西游八十一案

大唐梵天记

陈渐 著

重庆出版集团 重庆出版社

图书在版编目（CIP）数据

西游八十一案. 大唐梵天记 / 陈渐著. -- 重庆：重庆出版社, 2025. 2. -- ISBN 978-7-229-18889-4

Ⅰ. I247.5

中国国家版本馆CIP数据核字第2024N8S252号

西游八十一案．大唐梵天记
XIYOU BASHIYI AN : DATANG FANTIANJI

陈渐 著

出版监制：徐宪江　连　果
总　策　划：王唯径
责任编辑：王昌凤
特约编辑：计双羽　王菁菁
营销编辑：史青苗　刘晓艳
责任校对：彭圆琦
责任印制：梁善池
封面设计：设计
封面插画：吕　洋

重庆出版集团 出版
重庆出版社

（重庆市南岸区南滨路162号1幢）
天津淘质印艺科技发展有限公司　印刷
重庆出版集团图书发行有限公司　发行
邮购电话：010-85869375
开本：710mm×1000mm　1/16　印张：22.25　字数：341千
2025年2月第1版　2025年9月第2次印刷
定价：49.80元

如有印装质量问题，请致电 023-61520678

版权所有，侵权必究

详夫天竺之称,异议纠纷。旧云身毒,或曰贤豆。今从正音,宜云印度。

——玄奘《大唐西域记》

[天竺周边局势图]

大食

吐火罗

犍陀罗

印度河

天竺

萨珊波斯公元651年亡于大食

西突厥

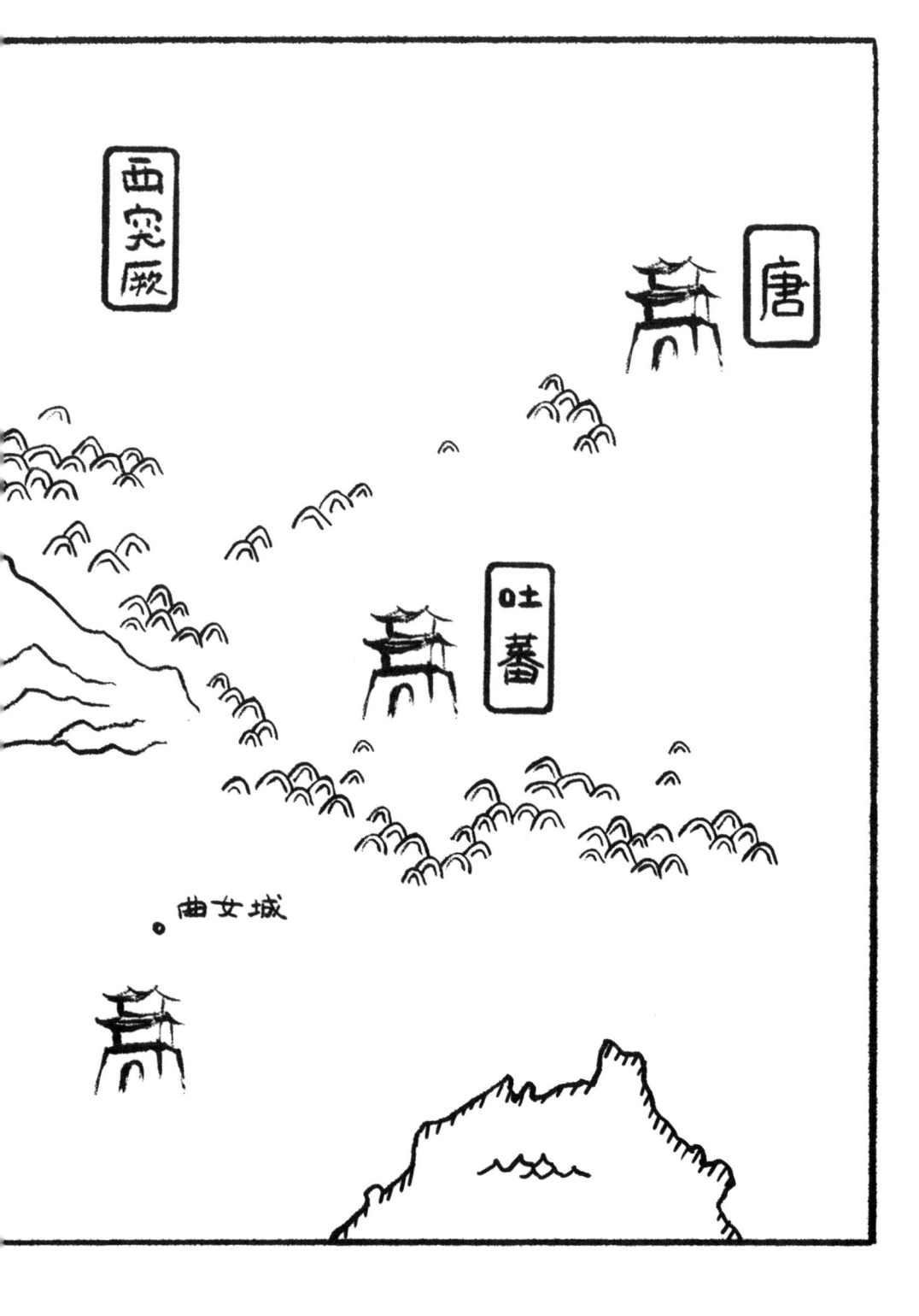

唐

吐蕃

曲女城

目录

楔子一　　　/ 1

楔子二　　　/ 4

第一章　　大乘天 / 9

第二章　　西游中的西游 / 25

第三章　　白鹿原上故人来 / 42

第四章　　长安噩梦 / 55

第五章　　犍陀罗赌约 / 68

第六章　　轮回之环，宿命之狱 / 83

第七章　　佛陀时代的政变、谋杀和爱情 / 98

第八章　　女儿国的女王 / 114

第九章　　曲女城的杀手、谈判和真相 / 134

第十章　　三十六年罪与罚 / 148

第 十 一 章　　李世民：甘露煮酒论帝王 / 159

第 十 二 章　　贞观年间的玄武门兵变 / 172

第 十 三 章　　妖人，妖术，妖言 / 186

第 十 四 章　　长生大药，灵山秘社 / 202

第 十 五 章　　天竺为舞台，众生为观众 / 215

第 十 六 章　　灵山脚下取经人 / 228

第 十 七 章　　印度河：围城战场 / 244

第 十 八 章　　齐王妃 / 259

第 十 九 章　　帝国盛世，帝王黄昏 / 272

第 二 十 章　　宫墙、暗夜与莲花 / 282

第二十一章　　帝那伏王 / 295

第二十二章　　长生药的秘密 / 308

第二十三章　　最是仓皇辞庙日 / 323

尾声一　　　 / 333

尾声二　　　 / 335

附录　　　　 / 337

楔子一

大唐武德八年。

二十六岁的玄奘从河北赵州前往长安，行次荥洛之间，时值大唐削平天下未久，荒野古道随处可见折断的刀戟和暴露的尸骸。常有野狗叼着人骨在路边游荡，血红的双眼带着狞笑，尾随行人，咯咯啮齿。极目望去，村庄残破，蒿草侵凌，残垣断壁间涂抹着风干的血痕。

这一日，玄奘夜宿荒林古庙，庙中只有一僧，法名圆观。昔日避乱山中，种有三亩瓜果、五亩稼禾，藏有经书十卷、古琴一张，自号"富僧"，悠游于山中，不知人间岁月几何。

圆观为玄奘抚琴，香炉中点起篝火，供案上摆了瓜果，杯中有泉水山茶，手里有经卷书香。古庙残破，殿顶缺漏，筛下大唐之夜的星光。琴声幽谧，山间似有死者醒觉，以人皮做鼓、人骨为槌，敲动着悠远神秘的鼓点；又有尸骨磷光，化作荧荧虫火，在星光月色中起舞。

玄奘叹息："贫僧游历十年，禅心不动，勘破轮回，才敢听你这一曲。"

圆观长笑："既然如此，师兄便说说，我避乱山间，此时是生，是死？生死之间，如何勘定？"

玄奘道："生和死，对贫僧而言，就像一扇门。在屋里憋闷了，贫僧推门走出去，便是另外一生。"

圆观问:"若我不憋闷,不想走出去呢?"

玄奘道:"我从十岁受戒,就开始行走。我走过王世充和瓦岗寨连年征杀的战场,走过隋朝末世的长安,走过三峡,走过荆楚,在开皇寺听到过这世上的真正经义,在丹阳见到大唐击破辅公祏的遍地尸骸。我行走过这天,行走过这地,行走过这人间和岁月。可我却受限于这副皮囊,看不到皮囊外的风景。有时候,我向众生讲解佛法,就像对夏天的虫子讲述冬天的故事。可是若有一天,有弥勒化身来向我讲述真正的佛法,我定会担忧自己也是那夏天的虫子。所以,师兄,若是我在屋内,我会推开这门,看一看院子的模样。若我在院子中,我要推开这栅栏,看一看大街和城池里的众生。若是这院子和城池都在他人的钵盂中,我也要敲破这钵盂,撕开这皮囊,看一眼天外世界,看一眼前世今生。"

圆观折断古琴,呜咽痛哭。

第二日,得知玄奘要西去长安,向天竺来的僧人波颇法师学习说法,圆观执意要陪伴玄奘西行。一路上谈古论道,如遇知音。半月后,二人抵达白鹿原上,灞陵桥东。圆观向玄奘辞行,想绕过长安,独自前往终南山求道。玄奘不解:"长安就在眼前,何必绕行?"

圆观叹息:"师兄有所不知,我的命格与长安相抵,此生不能入此城。"

玄奘笑了:"所谓命理,不过是因果循环。若你种下此因,则果报如影随形,君不入长安,长安也会奔你而去。"

圆观思忖良久:"师兄说得没错。走哪条路,既然是命中注定,我又何必绕远?"

两人过了灞桥西行,从延兴门入长安,挂单大觉寺。大觉寺在崇贤坊十字街西北角,靠近西市,胡人多有聚居。这一日,二人外出,过清明渠时,见有几个胡人妇女负瓮取水,其中一妇人身穿锦衣,似已怀孕,身上挂着纷繁的饰物。圆观望着这个妇人,不知不觉眼泪流淌。

圆观道:"师兄,我不想来长安,就是怕见到这个妇人。"

玄奘惊讶:"我们这一路走来,见过的胡家妇人无数,你为何单单怕见此人?"

圆观道:"这个妇人是昭武九姓的粟特人,姓康。在河洛山中,我已经知道自己命不久矣,而她就是我投生之所。她怀孕三年,迟迟未生,那是我还没有来的缘故。如今我既然和她相遇，这场轮回便无法再躲过，这就是我们佛家所说的六道往生。师兄，今夜子时我必死，等我死后，你把我埋在白鹿原上。或许数十年后，你也会葬在那里，那时，我再以瓜果琴声来迎接师兄。"

玄奘悲伤不已，和圆观回到大觉寺。圆观沐浴净身后，换上新衣，点燃熏香，等待子时的来临。玄奘静静地守着他。亥时漏尽，圆观告诉玄奘："师兄，三日后那胡人家举办洗儿礼，希望你能去看看我。若是我对你一笑，便是记起了你我今生的友谊。十六年后，我们会在一个末法乱世中相逢。"

子时一到，圆观静坐垂眸，呼吸断绝。而那胡人家中却传来新生儿呱呱坠地的哭声。

玄奘大恸，将圆观葬在白鹿原上，坟茔耸立，可得见长安。

第三日，玄奘寻到那胡人家中，果然在办新生儿洗礼。玄奘将那男婴抱到光亮处仔细观看，男婴是胡人血统，眼睛大且呈褐色，和圆观并无相似之处。似乎是看见了玄奘，男婴露颜一笑，一刹那，玄奘泪湿衣襟。

楔子二

时值大唐贞观十四年，波斯历伊嗣侯纪元九年，天竺戒日王在位三十五年。

萨珊波斯帝国东部山区，呼罗珊行省①。夏末午夜，大雨。

暴雨冲刷着山脉和战场，波斯帝国和大食之间一场惨烈的战役刚刚结束。山谷里到处是战死者的尸体、折断的长矛、弯曲的利剑、碎裂的皮盾。被砍倒的战旗卷在泥地里，死亡的战马和战象身上插满了箭镞，战士的尸体大都残缺不全，残肢断臂和孤单的头颅分散在战场的每一个角落。雨水混合鲜血，在地面冲刷出一条条沟壑。

战场上，一群白衣不净人②正在收拢尸体，他们用白麻布将尸体包裹起来，两人一组，抬上一座山峰。不净人仿佛搬运东西的蚂蚁，在山道上组成长长的队列。山雨路滑，不少不净人一经滑倒，便顺着斜坡滚落山崖，却没有人说什么，后来者接过前面的尸体，默默前行。

他们知道，伊嗣侯三世皇帝在山上等待着他们。确切地说，皇帝在等

---

① 在今伊朗东北部。古波斯语中，"呼罗珊"是东边之地的意思。
② 在古波斯帝国的国教拜火教中，常人不能接触尸体，尸体只能由专职的搬运人来运送，此专职者便被称为不净人。

待着这些勇士的尸体，要以最盛大的礼仪，将他们葬进寂静之塔，让他们回归拜火教的神祇——阿胡拉·马兹达的怀抱。

不净人抬着尸体抵达山峰，伊嗣侯三世站在路边等候。雨水浇透了他全身，他的目光呆滞，脸上分不清是雨水还是泪水。有内侍打算给他撑起伞盖，被伊嗣侯三世推开。看着战士们的尸体运到，伊嗣侯三世沙哑着声音吩咐："给朕穿上王服和正道之衫，朕要迎接他们。"

内侍给他穿上金丝袍服，在外面套上白色的正道之衫，又系上七十二根白色牛尾毛编织成的圣腰带，戴上皇帝的冠冕，又递来黄金铸就的权杖。伊嗣侯握着权杖行礼，平静地看着不净人抬着遗骸，走过自己身边，走向山脉的高处。在那里，耸立着五座圣火祭坛，祭坛上，圣火熊熊燃烧。五座圣火，萨珊之火、祭祀之火、胜利之火、战士之火和伊嗣侯之火。前四座圣火已经燃烧了四百年不曾熄灭，它们分别象征着萨珊波斯的国运、拜火教的气运、萨珊军方的武运和士兵的命运。而最后一座则象征着他伊嗣侯三世的个人命运，至今仅仅燃烧了九年。

大雨中，大麻葛（祭司）和信徒不停地添加木材和火油，维持着圣火的不熄。因为，这是萨珊波斯帝国和拜火教最后的圣火了。四年前，伊嗣侯三世在大食人的攻势下放弃国都，逃往帝国的东部边境，大食人几乎摧毁了拜火教所有的祭坛和圣火。这四年来，伊嗣侯三世率领波斯皇族和追随他的子民且战且逃，一路被大食人向东驱赶，携带的圣火几乎损失殆尽。

山顶上，波斯人已经建造好了寂静之塔。这座塔极为巨大，以石块砌成，环形、无顶。塔内是条石砌成的圆形平台，为了不让尸体污染土地，条石之间切合整齐。平台分成三圈，每一圈用颜料画出一格格的位置，用来摆放尸体。根据拜火教的教义，外圈摆放男尸，中圈摆放女尸，内圈摆放童尸。各圈和各停尸位之间预留了过道，以便不净人抬尸。

这时，不净人抬着尸体按性别和老幼摆放整齐，须臾间，密密麻麻的尸体覆盖了寂静之塔，堆积如山。有些尸体仍然流淌着鲜血，在雨水的冲刷下，鲜血顺着沟槽流淌到内圈的中间位置。那是一眼深井，井底和井壁铺以石板，井底连接着四条排水沟，排水沟末端置有木炭和沙石。若是以往，尸体经过长年日晒鹰啄，会在这里过滤掉细碎骨质和尸液，而此时流过的却是鲜血。经过第一层过滤，雨水澄清了一些，接着流进地下井，井底铺有一层厚沙。最后一抹血水在这里过滤，变成纯净的雨水，进入江河大地。

这是拜火教教徒的最终归宿，不以自身污染任何一寸土地。

辛苦了整整一夜，不净人将所有尸体都运进了寂静之塔。此时已经是清晨时分，雨依然在下，山间雾霭苍茫。伊嗣侯三世率领波斯皇族和麻葛们开始祭祀，麻葛们唱着拜火教古老的祭词，伊嗣侯三世解下圣腰带双手托起，微微摆动着。

> 我们赞美正教徒纯洁、善良而强大的众灵体，他们是最矫健的骑手、最机智的首领、最坚定的支持者、最锐不可当的武器。
>
> 当斯潘德·迈纽擎起苍穹，创造大地、牲畜、江河和植物，保护母腹中的胎儿，使其维持生命，待到分娩，将其骨肉、毛发、手足、五脏六腑和生殖器官合为一体时，马兹达神召唤众灵体前来协助保护天、地、江河和植物。
>
> 我们赞美正教徒纯洁、善良而强大的众灵体。他们异常英勇地从高处给敌人以有力的打击，在战场上将邪恶仇敌的强壮臂膀斩断落地。
>
> 我们赞美正教徒纯洁、善良而强大的众灵体。他们组成披坚执锐的无数军队，高擎着闪光的旌旗。

这时，山谷间响起沉闷的声音，一支波斯重骑兵奔驰到了山下。当先的将军在侍从的帮助下，摘下盔甲、胸甲、头盔、护臂等物，这才能跳下马，几乎手脚并用往山上爬。山上的气氛顿时紧张起来。

伊嗣侯三世静静地注视着，脸色紧张发白。

大麻葛低声道："陛下，是菲鲁赞将军。恐怕大食人又要进攻了。您还是带着皇族先行离去吧！出此山区几百里，就是印度河。这片五河之地河汊纵横，在沙漠里长大的大食人断然无法越过。咱们萨珊波斯，就能留下最后的圣火。"

伊嗣侯三世握紧权杖，五指苍白："若是没有子民和军队，朕渡过印度河又有何意义？况且渡过印度河又如何？难道让戒日王抓获，押到曲女城绞死？朕还不如与我的子民死在这里，死在我波斯的土地上！"

大麻葛苦劝："陛下，您的安危关系到我波斯的存续啊！"

伊嗣侯三世终于流出了泪水，说道："四年前朕不战而逃，舍弃了国都，这才导致了亡国灭种的命运。从那以后，朕就决定，无论走到哪里，都要跟朕的子民在一起，绝不再放弃一人。"

这时年过五旬的军方统帅菲鲁赞爬到了山顶，向伊嗣侯三世鞠躬施礼："臣菲鲁赞参见波斯的王，伟大的万王之王。有一个好消息要告诉陛下，大食人退兵了。"

伊嗣侯三世愣了："退兵？他们已经将朕包围，为何会退兵？"

菲鲁赞将军道："臣一开始也不解，于是冒险抓获了一名敌军审讯。原来大食的哈里发传来命令，要将咱们只击溃，不歼灭，重兵压迫，向东驱赶。"

大麻葛吃惊："大食人究竟什么意思？"

伊嗣侯三世惨笑："因为大食人已经知道，朕要突破印度河，进入天竺避难。他们只怕也想进入天竺，只是苦于印度河天险，所以才驱使朕和天竺的戒日王开战。一旦朕冲破印度河，大食人就会尾随而进。"伊嗣侯三世继而愤怒起来，"难道朕现在让大食人轻视到了这种地步吗？难道在他们眼里，波斯人就是一群绵羊，任由他们在草原上放牧吗？"

周围的皇族和麻葛一个个心情沉重，纵有清晨的冷雨浇头，也敌不过内心的冰凉。伊嗣侯三世向东眺望，雨雾山峦之外，就是犍陀罗之地，过了犍陀罗，就是五条河流所汇聚成的印度河，被天竺人称为五河地的地方。五河地仿佛梵天神张开了巨大的手掌，用纵横的河汊、神秘的沼泽、湍急的水流守护着它身后那片广袤、富饶、温暖、到处流淌着奶与蜜之地。可是，即便他用几十万子民的尸体击穿这河流进入天竺，也终究是在为大食人作嫁衣。前有戒日王，后有大食人，萨珊波斯帝国唯一的结局就是被这两大帝王一口一口地咀嚼磨灭，化作尘埃。

伊嗣侯三世心中茫然，朕到底能往何处去？

菲鲁赞建议："陛下，咱们往北如何？若是能得到吐火罗国的接纳，咱们进可以凭借地势抵抗大食人，退可以进入大唐的边界，得到大唐帝国的庇护。三年前您向李世民皇帝递交国书，恳求他的援助，他认为路远莫及，没有出兵。咱们若是靠近……"

伊嗣侯三世悲哀地摇头："吐火罗隶属西突厥，突厥人的性情你比朕更清楚，咱们这几十万人一旦进入草原，就会被这头狼彻底吞掉。朕已经决定——"

伊嗣侯三世狠狠地拽掉皇冠，披散着头发，任凭大雨浇头。他挥起黄金权杖指着东方大声嘶吼："朕要带领你们，击破这印度河！朕要在天竺夺取一片土地，让我萨珊波斯帝国的圣火永远燃烧！朕要向两大帝国同时开战，不能生存，那就死亡！"

周围的皇族、麻葛和将士一起狂呼："生存！生存！生存——"

伊嗣侯三世大吼："抬起圣火，跟随朕的脚步，我们要渡河！"

"渡河！"

"渡河！"

"渡河！"

呐喊声仿佛雷霆，震动山野。波斯人用巨大的圆木捆缚好圣火祭坛，上百人一组，呼喊着抬上肩膀。伊嗣侯三世走在最前面，他用黄金权杖撑地，迎着风雨在山路上跋涉而行。五百多人抬着五座巨大的圣火祭坛跟随在他身后，圣火照耀着萨珊波斯帝国最东部的边境，指引着最后的波斯人走向流淌着奶与蜜的土地。

第一章
大乘天

大唐贞观十五年，春二月。中天竺①，曲女城外，恒河南岸。

昼一时，晨朝。朝阳东出恒河，林木、寺庙、城郭和人家都笼罩在波光日色中，有晨课的钟声悠远而来，水声波纹，日霭钟声，有如佛家净土。

此时的恒河南岸，临时搭建起了连绵的建筑，房舍、佛殿、高台、军营，占据了方圆几十里，周边是无数象兵和骑兵往来巡逻，铁甲铮铮，刀矛耀眼，连恒河上都有数百艘船只往来游弋，几乎将周围彻底封锁。一场天竺瞩目的辩经盛会即将举行，聚集了五天竺二十位国王、三千名僧侣、婆罗门和其他外道三千余人，闻讯赶来的各地民众数万人。

时值戒日王在位第三十六个年头。自即位以来，戒日王东征西讨，征伐列国，象不解鞍，人不释甲，除德干高原未能征服外，五天竺已统御其三，五十余国慑服称臣，重建天竺笈多帝国崩溃以来的大一统王朝。至此整个帝国二十年不闻战火，步入它最辉煌强盛的时代。

这场辩经会戒日王从半年前就开始筹备，在恒河南岸建造了一座宏伟的庙宇作为主会场。庙宇以东搭建了两座巨大的草殿，每座可容纳千人；

---

① 即中印度，古印度小国林立，分为东、西、南、北、中五部分。

庙宇以西建造了行宫；庙宇正对面则修建了百尺高台，用来供奉与戒日王等身的黄金佛像。

昼二时，远处响起沉闷的号角，随即大地如闷雷般震动，周围的树木、房舍，甚至地面波纹般起伏，肉眼可见。

远远望去，就见曲女城方向一支象兵列队前来，足足三百头巨象，前一百头象的背上各坐着三名战士，一人持着旗帜，两人吹动号角，呜咽之声惊天动地；中间一百头象的背上则是舞伎，在象背上载歌载舞；后面一百头象的背上则是一百支乐队，演奏着音乐。

象兵过后，紧随的是一头巨大的白象，象背上驮着一尊巨大的黄金佛像。五十岁的戒日王装扮成帝释天，手持拂尘随侍佛像右侧，权势仅次于戒日王的鸠摩罗王则打扮成梵天模样，手持宝盖走在左侧。正后方跟随着十八位国王，统一扮作侍卫模样。据佛经记载，佛陀上天为母亲说法，返回人间后，两位护法神帝释天和梵天就是以这种礼仪迎接佛陀的。

再后面的一头巨象上，则端坐着来自大唐帝国的僧人，玄奘。在玄奘的后面，跟随着三百头大象，上面坐着参加辩经的各国高僧、大臣，各外道教派贤达。队伍到达会场，首先请下佛像，由戒日王背负着登上百尺高台，恭敬安放。[1]

戒日王站在高台边缘，高声道："朕听闻，太阳既出，萤火烛光便黯然失色；天雷震响，斧凿之音便从此消闻。今有大唐法师玄奘，所著《制恶见论》一出，破尽世间杂音，朕仿佛在漫漫黑夜之中，找到了光明宝塔，让朕五蕴皆通，豁然明悟。但世间道理万千，疑义纷纭，因此朕特召集天下才德之士，来与法师论道辩经。请玄奘法师立论。"

玄奘走上高台，站在戒日王身侧。玄奘西游天竺到如今已经十二个年头，他也四十二岁了，发茬间已经微微斑白，面目微黑，目光深邃平静。他如今的打扮完全是天竺式样，身上穿着杂色三衣，上身穿的七条衣按照天竺人的习惯，穿过腋下，横搭左肩，袒露右肩，左开右合，长度过腰。

入天竺以来，玄奘先在那烂陀寺求学五年，随后游历五天竺，行走上

---

[1] 据玄奘记载，确实是黄金佛像。鉴于戒日王能背动，推测应该是木雕，外贴金箔。

百个国家与城池，踏遍了雪山、雨林、荒漠、河泽与高原，众生入眼，众相摹心。一路上问经辩难、驳斥外道，从无败绩，早已经是那烂陀寺十大大德之一，受那烂陀寺顶级的供奉，入有婆罗门侍从，出则以象辇代步，行走诸国堪比王侯。

此次辩经起因于一场挑战，这些年那烂陀寺作为大乘佛教的圣地，却被佛教小乘教派的一名高僧般若毱多打压得抬不起头。般若毱多是南天竺一个大国的三代帝师，他精心撰写了一部著作，破尽大乘教义，那烂陀寺竟然数年研究不出驳斥之法。玄奘研究之后，作《制恶见论》，把般若毱多驳斥得体无完肤。戒日王看到后深表赞叹，当即要让二人辩经，结果般若毱多托词不出。戒日王本身信仰婆罗门教，他耳垂生了一颗红痣，后来有人说是佛痣，引起戒日王的兴趣，到了晚年慢慢倾向大乘佛教，见识到玄奘的才学后，他信心倍增，要让玄奘挑战全天竺的顶级论师。这才有了这场法会。

玄奘走上高台，向戒日王行礼之后，公布了自己的论题：

宗：真故极成色，不离于眼识；
因：自许初三摄，眼所不摄故；
喻：犹如眼识。

宗，论题；因，论据；喻，论证。这是一段基于因明论的论证式，论题一出，下面的人群有些骚动，全都在交头接耳，低声讨论这段因明论式。

公布完论题之后，按辩经的规矩，玄奘要订下赌约。玄奘平淡地望着众人，右手成刀，在自己颈上一斩："若有人能破开其中一字，请斩首相谢。"

人群顿时哗然，这等于以命相搏了。天竺人辩经，虽然偶尔也会有人赌命，但辩经双方都是各派大德，通常不会真的要对方的命，不过人家真要的话，你完全不能拒绝。尤其在这种轰动五天竺的大规模辩经会上，赌注必然兑现，否则名声扫地。由此可见玄奘的自信。

参加辩经的众人纷纷倒吸口气，更加仔细分析这段论题，却越看越震惊，整个论题结构严谨，论证缜密，理论上毫无破绽。

整整一天，众人仍然在研究讨论，竟无一人发起挑战。戒日王大喜，但第二日论师们仍然沉默，一连沉默五日，这气氛慢慢诡异起来，似乎有一股暗流在涌动。玄奘敏锐地察觉到了，他思忖再三，决定结束这场辩经，于是向戒日王请辞："陛下，贫僧以为，这场辩经已经彰显了大乘颠扑不破的至理，可以就此结束了。"

戒日王笑了："法师不必着急，朕请你看一场好戏。"

玄奘不解，随即才明白，戒日王请他看的，竟然还真是一出戏。佛殿外搭了一个戏台，戒日王邀请众论师和各国国王、大臣坐在佛殿中看戏，是他亲自创作的一部戏剧——《龙喜记》。

这部戏是戒日王根据佛教故事改编的，主要是讲持明国云乘太子偶然在山中遇见悉陀国的摩罗耶婆地公主，两人互生爱慕，却不知道彼此身份，也不知道对方爱着自己。有一次公主偶然看见云乘太子，偷听到他在描述自己所爱慕的女人，内心无比悲伤。这时公主的哥哥想把她嫁给云乘太子，云乘太子不知道她就是自己思恋的女人，直截了当地拒绝。公主以为太子另有所爱，心灰意冷要自杀，云乘太子将她救了下来。两人这才弄明白真相，喜结良缘。

婚后有一天，云乘太子在海滨散步，看见金翅鸟每天都要吃掉一条龙，龙的骨骼堆积成山，太子怜悯悲伤。这时龙宫的螺髻太子亲自来做金翅鸟的牺牲品，云乘太子看见螺髻和母亲难舍难分的悲伤情景，就穿上和螺髻一样的红色礼服，躺在祭祀的岩石上，要替龙而死。

金翅鸟飞来后，叼起云乘太子飞向山顶。太子的珠冠却掉落在摩罗耶婆地公主的别院里。公主知道真相，一路追到山顶，但云乘太子只剩下血肉和白骨。所有人都感动且悲伤，这时迦梨女神[①]拿着净瓶从天而降，用甘露救活了云乘太子。曾经死去的无数龙类也随之复活。金翅鸟发誓不再杀生，龙类为之欢喜无量。

台上，戏班班主最先是唱祝词："今天是盛大的节日。喜增皇帝[②]莲花足下的藩属，八荒万国来朝的君王，都聚集在一堂，把我客客气气地邀请了来，告诉我：'我们听说喜增皇帝御笔躬亲，写了一部题名为《龙喜记》

[①] 迦梨女神是婆罗门教、印度教中的一个女神，大神湿婆之妻。
[②] 戒日王本名曷利沙·伐弹那，简称曷利沙，意译喜增。古印度帝王无嗣号，戒日是其德号。

的剧本，剧本所描绘的故事从《持明本生话》里征引而来。为了表达对喜增皇帝的敬重，我们恳请你来演出它。'那么，我就来满足大家的期望。准备装扮吧！"

戴着黄金面具的云乘太子和戴着木头面具的弄臣阿低离登场。

　　云乘太子：我明白那青春是产生欲念的根源，我也不是不明白它只是过眼的云烟。世人都明白它阻碍鉴别善缘和恶缘，只可惜无法抑制那臭皮囊的拘管纠缠。我倒是享受着它，皆因我虔诚地在青春时侍奉双亲，快乐安然。

　　阿低离：喂，朋友。你还没遭够罪吗？住在树林子里，陪着两个快要断气的死人，多烦人哪！还是找点乐子吧，别那么死心眼地服侍老爹老妈，享受享受当皇帝的福气，真是随心所欲，想怎么痛快都行啊！

两人斗嘴中，摩罗耶婆地公主戴着白银面具和戴着草叶面具的侍女伶俐登场。

　　公主随着筌篌歌唱：啊，迦梨天，你黄色的容颜，正如那盛开的莲花蕊一般鲜艳。但求你大发慈悲，使我如愿……

《龙喜记》一共五幕，演完的话要好几个时辰，大概演了两幕，公主在无忧树上自缢，观众们情绪最紧张的时候，戒日王忽然向玄奘喟叹："法师，你知道朕为何喜欢看戏吗？"

玄奘摇头。

戒日王道："这出戏朕于十年前写成，这个戏班、这些演员从始至今，只演这一出戏。他们演了十年。你看这演员，太子英俊仁慈，威仪十足，这世上有哪个太子比他更像太子？你看这公主，美丽动人，善解人意，有哪个公主比她更像公主？为何？因为十年来扮演的这个角色，已经深入他们的内心和骨髓，他们已经和角色融为一体，再分不清彼此。所以，朕常常借此来思考，这人生的真与假，到底有何不同？朕这王座与帝国，是否也是一场戏？台下的臣民与军队，是否也是戏里的角色？"

玄奘想了想，摇头："陛下，贫僧从不将真与假相对。"

"哦？"戒日王问，"真应该与什么相对？"

"幻。"玄奘道，"佛家讲的真便是不颠倒，无虚妄，颠扑不破，永恒至理。但这一永恒实际上也处于生灭无常之中，万物如泡如影。这便是幻。真与幻是一种生命层次的不同。陛下请看那娑罗树下的一窝蚂蚁。"

戒日王望去，戏台旁侧，娑罗树下，果然有一窝蚂蚁。

"蚁后坐在王国的王座上，看着国家里的蚁民辛劳忙碌来供养它，它自然认为这是真实而非虚幻。"玄奘笑道，"若是有一天，它轮回往生成为人身，站在树下看着这窝蚂蚁，看着王座上的蚁后，这个人回想前世，那又是真相还是幻觉？"

戒日王若有所思。

"陛下，生命层次的不同，看真便是幻，看幻又成真。"玄奘道，"您能作如此想，已触摸到了大道的边缘。"

戒日王惊喜交加道："法师真可谓醍醐灌顶！那么法师，朕若往生，能生至兜率天[①]吗？"

玄奘正要回答，突然间一阵烟雾飘来，两人愕然回头，只见佛殿内侧突然涌出了浓密的烟雾。起初两人以为殿内在点燃熏香，就这一愣神的工夫，明火借着风势汹涌而出，半座佛殿笼罩在了烟火之中！

人群被惊动了，佛殿周边聚集了成千上万人，有些人呼喊救火，有些人四散逃走，整个人群拥挤成了一团，互相推搡踩踏，场面混乱。所幸佛殿四周空旷，并无遮拦，人群疏散较快。

戒日王的侍卫、军队纷纷开始救火，甚至戒日王也亲自提了一桶水参与扑救。玄奘冲进佛殿，抱了一尊佛像出来，却被戒日王喝令侍卫将他架了出去，严密保护。

玄奘道："陛下，佛殿被烧，贫僧应当出力。"

戒日王脸色铁青，扫视四周，说道："法师，如今烧起的不是一场大火，

[①] 佛教三界之一的欲界六重天中的第四层，未来佛弥勒居住于此。

而是众生的贪婪。事情没这么简单,你们保护好法师,有人接近,格杀勿论!"

玄奘大吃一惊,随着侍卫来到那棵娑罗树下,侍卫们围成一圈,拔刀戒备。玄奘抬头望去,就知道佛殿的火势已不可控制,戒日王显然也清楚,徒劳一番之后,就在侍卫的保护下退到一边。他满脸烟熏火燎的痕迹,脸色阴沉地望着。这时,戒日王的堂兄,宰相婆尼悄悄凑在他耳边说了句什么,戒日王思忖片刻,摇了摇头。玄奘隐约听见戒日王低沉地说:"既然要玩,那便玩一场大的!"

婆尼沉默了,两人并肩站着,直到整座佛殿被烈火吞噬。戒日王转回身,朝着众人道:"朕想问一句,为了这座佛殿,六个月来工人匠师日夜辛苦,它也是朕,是朕的帝国,是帝国的臣民耗尽心血的所在,有些人竟然一把火将之焚尽,他们到底想干什么?"

戒日王声色俱厉,众人纷纷低头。

一名老者低声道:"或许是天灾也未可知。"

"天灾吗?"戒日王冷笑,"朕却认为是人祸!你不信?"

那老者不敢说话,戒日王拂袖而去。

第二日,戒日王将辩经法会移到自己的行宫,邀请玄奘开始讲经,虽然仍旧无人挑战,但诸位大德讲经谈法,倒也其乐融融。整整十八日,玄奘的论题挂在会场门口,竟然无一人挑战。戒日王请玄奘登上高台,当众宣布玄奘赢得此次辩经大会,根据规则,要拟定尊号,奉献给辩经获胜者。那烂陀寺拟定尊号:大乘天!

会场上顿时鼓乐齐鸣,数万人共同祝贺,几十名少女挎着花篮,围绕着高台撒花,戒日王亲自引导玄奘从高台上下来,无数人涌过来欢呼。但就在这时,异变突起,一道白影猛然从人群中弹射而出,手中短刃化作一道光芒,朝着走在前面的戒日王射去!

戒日王多年戎马生涯,虽然年过五旬,身手却不减当年,一声大叫,身子猛然后仰,险之又险地避过短刃,仰面摔倒在台阶上。玄奘紧随在他身后,急忙将他扶了起来,拖着他便往台阶上面跑。

那短刃射在墙上,反弹回来,顺着台阶滚落,那刺客一个跟头翻到台阶上,捡起短刃,顺着台阶追杀过来。这时,周围的人群才反应过来,宰相婆尼大吼:"快!保护陛下!"

但侍卫和军队都在人群的外围，人群一乱，更加挤不进来。那刺客显然经验丰富，早就算好这些，甚至连戒日王将无路可逃，只能顺着台阶往上跑也在他计算中。他拎着短刃，踏上台阶追杀。台阶的墙垛两侧摆着一些鲜花，戒日王将鲜花一股脑儿地朝刺客扔过去，刺客露出讥笑，挥刀拨开，双腿猛然一弹，跃到墙垛上，然后凌空扑起，手中短刃朝着戒日王劈了过来。

戒日王手无寸铁，正在慌乱，玄奘已经跑到了高台顶上，拔下一根三尺多长、拇指粗细的黄铜烛签，扔给戒日王："陛下，接住！"

戒日王连滚带爬跑上来几步，抓住黄铜签，劈手刺了出去。那刺客身在半空，无处借力，手中短刃格挡，仍然晚了一步，"噗"的一声铜签刺中肩头。刺客勃然大怒，挥舞短刃，身子拧动，仿佛车轮般劈砍而来。戒日王把铜签当作长剑，格挡，击刺，二人猛烈地搏杀。

正厮杀中，"嚓"的一声，铜签被斩断。刺客大喜，没想到玄奘又拔下一根铜签扔了过来："陛下，接住！"

戒日王接在手中，没几个回合，铜签又被斩断。这时玄奘又喊："陛下，接住！"

玄奘又扔过来一物，戒日王以为是铜签，伸手一接，险些把手腕压断，他急忙两只手托着往前一送。那刺客也以为是铜签，劈手就是一刀，没想到"当"的一声巨响，冷水浇头。刺客还没搞明白怎么回事，眼前出现一团巨大的阴影，"咚"的一声砸在他脑门。刺客翻身栽倒，昏迷不醒。

那东西叮叮咣咣一路响着滚下了台阶，竟然是浴佛用的铜盆。这玩意儿足足有二十多斤，也不知玄奘怎么给抱过来的。戒日王惊魂甫定，将刺客手中的短刃拿走，苦笑道："法师，朕第一次觉得兵器没有佛器好用。"

玄奘也哑然失笑。这时，婆尼率领侍卫们才挤了过来，将刺客五花大绑。戒日王交代："带他到会场，弄醒他。朕要亲自审问。"

会场上，烧毁的佛殿前，刺客五花大绑，跪在空地上，脑门上鼓着好大的包，看起来异常狰狞。周围王宫侍卫全面戒严，弓上弦刀出鞘，将刺客与人群隔绝开来。

戒日王重新沐浴更衣之后，带着玄奘和各国国王、重臣、各界贤达来到会场，升上王座。众人也纷纷坐下。戒日王脸色阴沉地望着刺客："为何要刺杀朕？"

那刺客低头不语。

戒日王道："是朕德行有亏，还是与你有私仇？你尽管说来。今日当着诸王和众大德的面，只要朕有对不住你的地方，朕保证还你公正！"

那刺客有些动容，低声道："陛下对臣民一视同仁，帝国上下都受到您的恩德，并不曾辜负我。"

"那你为何刺杀朕？"戒日王道。

刺客沉默片刻："是小人愚昧狂妄，听信了外道的蛊惑，收了他们的钱物，才来刺杀陛下。"

围观者顿时哗然，所有人都知道，一场风暴在所难免了。刺杀天竺最具权势的帝王，注定将血流成河。

戒日王继续问："外道为何会刺杀朕？"

刺客道："因为陛下您召集诸国的国王、大臣和高僧大德，耗尽了国库来供养僧人，铸造佛像。外道们怨声载道，都认为您彻底遗弃了他们。最近波斯人入寇五河地，边境不稳，外道们认为机会到来，他们先是纵火焚烧了佛殿，让百姓认为您已经不再被诸神眷顾，随后派我来刺杀您……"

整个人群哗然震骇，事情比所有人预料的还要严重，若果真如此，那将意味着整个戒日帝国的大清洗。因为这件事已经不是单纯的权力之争，而是涉及外族和战争。天竺国自古以来被外族屡屡入侵，两千年前，雅利安人就入侵到恒河流域，并彻底融合进来，建立了种姓制度，事实上连戒日王等诸王也都是雅利安人的后代；一千五百年前，波斯人、马其顿人又相继入侵；贵霜帝国崛起后，同样越过五河地，占领恒河流域；仅仅一百多年前，嚈哒人建立帝国之后，也入侵天竺，打过印度河，占领旁遮普。戒日王的父亲光增王便曾经与嚈哒人作过战。因此天竺人对外族入侵极为敏感。这件事既然涉及了波斯人，那么戒日王无疑占据了道义高地，他想掀起多大的波澜，全凭自己心意。

就在众人内心忐忑之时，戒日王问："那么，这些外道都是谁？说出来，朕宽恕你。"

众人的心顿时提了起来，所有人都知道，只要刺客随手一指，将不知有多少人人头落地，多少人国破家亡，甚至连在座的十九位国王，也不知道有多少能活着回去。

刺客正要说话，鸠摩罗王突然站了起来："陛下，本王有几句话，不知该不该讲？"

戒日王似笑非笑地望着他："你是我最忠实的战友，自然无话不可以谈。"

鸠摩罗王实在不愿在这种场合下与戒日王唱反调。鸠摩罗王是戒日王早期的盟友，三十年前，正是在鸠摩罗王的帮助下，年轻的戒日王才战胜宿敌国王设赏迦王，奠定了一统天竺的根基。戒日王的回报则是，让鸠摩罗王成了整个天竺除自己之外，最强大的王。两人的联盟，正是戒日帝国稳定的基石。可他若不出面，一旦戒日王怒火爆发，挥动屠刀，局面就难以收拾。

鸠摩罗王深深鞠躬："陛下遭到贼人刺杀，五天竺上下子民无不愤慨，希望将幕后黑手捉拿归案。可是此事牵涉太大，不如请陛下以及十八位国王移驾内殿，大家商议之后再作决断？"

十八位国王和众位大臣齐声附和道："对对对，鸠摩罗王所言甚是，请陛下移驾。"

"也好，带这个刺客一起去。"戒日王冷冷一笑，站起身径直离去。众位国王哗啦啦地跟着。侍卫们押着刺客跟在后面。

会场周围没有人离去，所有人都焦虑不堪，似乎自己的头上正顶着一团风暴和雷霆。玄奘和众位大德也没有离开，大家默默地坐着，等待这些国王们做出裁决。

过了两个多时辰，人群压抑到了极致之时，戒日王、鸠摩罗王和众国王才回来。一个个脸色都不好看，只有戒日王神采飞扬，径直走到王座上坐下。宰相婆尼捧着一卷贝叶文书，站在他身后。

侍卫们将刺客推到戒日王面前跪下。

戒日王道："朕以仁德治国，所有国事，从不以个人私怨为重。今日这刺客受人蛊惑，收人钱财，意图刺杀朕。论理，当严惩不贷。但既然朕说过要宽恕他，就不能食言。来人，放了他！"

侍卫们上前割断他的绑绳，刺客连连磕头，千恩万谢，钻进人群跑得无影无踪。

"但是——"戒日王咬牙愤怒，"一个愚昧的莽夫朕可以宽恕，那幕后企图祸乱国家，引波斯人入侵我天竺的元凶首恶却不能宽恕！方才朕与诸王共同审讯刺客，那刺客招供了一个名单，朕将按图索骥，挖出一个个乱党。"

戒日王挥手，婆尼展开贝叶文书，开始念名字，每念出一个名字，就有侍卫上前，从人群中将之捉拿出来，按在地上跪下。刹那间，会场中间跪了上百人，个个都是戒日帝国各王国中权势名望倾重一时之人！

围观的众人一个个脸上色变，婆尼嘴里的音节，仿佛成了索命无常，竟然怎样都念不完。在场的，当即就被捉拿，不在场的，名字一出口，周围的骑兵立刻怀揣王令，奔赴四方，前去各个王国拿人。婆尼这件文书上，竟然整整记载了五百个名字！会场上，直接锁拿了两百多人，甚至玄奘的旁边，也有一些外道大德被抓。

这两百余人面如死灰，一个个悲苦叫冤，哭号声、哀求声响成了一片。侍卫们拿着皮鞭过去乱抽乱打一通，这些人才闭了嘴，不敢再说。鸠摩罗王等国王都清楚，这是自己和戒日王做的一个交易，只好打碎牙齿往肚子里吞，脸上却都露出义愤填膺的模样，强烈要求戒日王严厉惩罚这些人，统统斩首，家眷贬为贱民。

戒日王满脸不忍："朕虽然遭到刺杀，但更痛苦的却是内心！你们都是德高望重之人，帝国待你们不薄，五天竺更是生养繁衍你们的土地，你们刺杀朕，朕可以接受，但你们为何要与波斯人勾结，引外族入侵我们的家园和土地？"

囚徒们纷纷叫冤，戒日王一副悲天悯人的神情，摇头叹息："佛家慈悲，这些年朕笃信佛法，也不愿多造杀孽。你们都是有身份的人，剥夺你们的种姓，将家眷贬为贱民，朕也于心不忍。婆尼，名单前五人，就地斩首。其他人，连同家眷，驱逐出境吧！离开这片土地，朕希望你们能想明白，什么是国家，什么是家园！"

囚徒们又开始喊冤，纷纷向自己的国王哀求。诸王把脸别过去，假装没看见。这个名单如何处理，本来就是大家讨价还价商议好的，如今还有什么可以反悔的？

婆尼大吼："再有喊冤者，投入水牢，慢慢审讯，直到彻底挖出他背后的同党！"

囚徒们一怔，顿时面面相觑，有些人心中当真是委屈至极，却也明白自己已被自己的王放弃了，一旦被单独抓进水牢审讯，只怕结局更加悲惨。想通此关节，大家一个个面如死灰，瘫软在地，谁也不敢再喊冤了。当即被侍卫押走，连同家眷驱逐出境。余下五人，被带到会场外，当场斩首。

十八日辩经盛会，就在这阴谋与血腥中落幕。

当晚，玄奘歇在了戒日王的行宫。行宫占地颇大，玄奘独居一个院落。虽然是临时行宫，建造得也是富丽堂皇。房屋墙壁以竹木编成，用石灰涂饰，刻着精美的佛教壁画，门窗也都绘着各种图案的彩绘。屋顶铺设茅草，然后盖上砖头、木板。至于地面，则用牛粪细细地涂抹均匀，上面撒满鲜花。天竺人认为，这样才最洁净。

推开草叶编织的门，就是青灰色的恒河。明月朗照，恒河流淌，有波光和月光打在玄奘脸上，触之冰冷。玄奘在恒河的月光下打坐，思绪翻腾。

夜一时，院子外响起了杂沓的脚步声，偶尔传来金铁撞击的交鸣。玄奘从深沉的入定中睁开眼，就听见戒日王低声吩咐："你们就留在这里，朕自己去见法师。"

玄奘急忙起身，推开院门，戒日王带着一群侍卫刚到门前。

戒日王笑道："还以为要搅扰法师的清梦，不想法师竟然没有休息。"

玄奘也笑了："恒河月色，细细读之，就仿佛一卷经文。怎么舍得睡？"

戒日王大笑，和玄奘走进房中，在绳床上坐下。玄奘给他倒了一杯甘蔗汁，戒日王有些心绪不宁，握着锡杯，欲言又止。

"陛下可是来说明今日的事情？"玄奘干脆挑明。

戒日王一愣："法师能猜到？"

"陛下说过，既然要玩，那便玩一场大的。"玄奘默默点头，"贫僧方才也在思考，若是陛下不来说明，贫僧或许就会将它永远埋在心中。"

"原来你听到了。"戒日王无奈地微微叹气，"也是。法师天眼神通能对十方世界体察入微，又怎么会看不透朕这小小的伎俩？何况刺客袭击时，法师就在朕的身边。朕原本也没打算瞒着您，只是今日事情繁多，到了这时候才有些空闲，还请法师体谅。"

"不敢当。"玄奘急忙道，"这是国家大事，贫僧一介僧人，本不应当知晓，又怎么敢劳烦陛下亲自来解释？"

戒日王苦笑："也罢，朕既然来了，就将事情的原委说一说。法师也知道，去年十月底，萨珊波斯的皇帝伊嗣侯三世，率领数十万波斯人逃亡到了犍陀罗。他受到大食人的驱逐，最大的梦想就是向东越过五河地，进入天竺避难。"

玄奘点头："波斯人进入天竺，对波斯人而言是避祸，对天竺国而言则是灾祸。"

"谁说不是呢！"戒日王叹道，"几十万波斯人散布在犍陀罗一带，隔着印度河东窥天竺。虽然伊嗣侯三世不敢明目张胆地渡河强攻，可有这么大批的外族盘踞在边境，五河地一带已然不稳。去年冬天，朕御驾亲征，接连剿灭了两股叛乱，这背后就是波斯人在煽动。"

"这点贫僧自然明白。但贫僧不解的是——"玄奘迟疑片刻，颇有些小心翼翼，"今日陛下为何要演那一场戏，杀那一群人？"

戒日王表情沉重，继续说道："朕提起波斯人，今日的事自然跟波斯人有关。这两场叛乱虽平，可欲壑难平。朕的帝国已经平静了二十年，诸王的野心也被压制了二十年。当年与朕争霸天竺的国王们也都老了，对他们来说，要么臣服到老死，要么老死前了当年遗憾。而有些王自然是不甘心臣服到老死的。"

玄奘恍然大悟，道："波斯扰边，王权不稳，点燃了一些国王内心的欲念。所以他们才会借着这场辩经大会，烧掉佛殿，首先要营造出陛下已经陷入内忧外患的假象，其次暗示民众，神殿被烧，说明您已经不再受到梵天的眷顾。"

戒日王欣赏地看着这个僧人："法师说得好，继续说。"

"当时陛下虽然猜出这些人的心思，却无法追索纵火的凶手。"玄奘极为谨慎，字斟句酌道，"因为您若要树立权威，必须以雷厉风行的手段查出纵火者，给民众以交代。可这件事内幕复杂，纵火者行动缜密，短时间内又无法查出。这正中纵火之人的下怀。您却不能被他们牵着走，这才要玩一场大的，设计了自己遭到刺杀的凶险一幕。"

"妙，妙！不但对事件剥茧抽丝，甚至连朕的想法都分毫不差！"戒日王被人看破心思，非但没有生气，反而兴奋不已，"法师请继续说。"

事已至此，玄奘也只好一一推论，因为他觉得戒日王似乎另有目的，似乎在考察自己。玄奘道："对民众来说，刺客刺杀您，自然是纵火者一计不成，又施一计，必欲杀了您才甘心。等到您大展神威，亲手搏杀，抓获了刺客……"

戒日王老脸一红："安排得虽好，可确实没想到朕真的老了，体格大不如前。所幸法师帮助，才让这场戏演得逼真一些。"

玄奘笑了："贫僧当时虽看了出来，却不晓得陛下是什么目的。既然您要演，贫僧自然责无旁贷地充当其中一角色了。"

戒日王畅快地大笑。

玄奘继续道："随着刺客的招供，不但将纵火和刺杀联系到了一起，甚至将纵火者钉在了勾结波斯人、出卖全天竺的耻辱柱上，引起所有人的愤慨。如此一来，您就占据了道义高点，您是为了抵御外辱才被人纵火，才被人刺杀。您可以指使刺客攀扯出任何人，摧枯拉朽一般将其碾碎。"

"没错。"戒日王道，"朕二十年休养生息，他们当真忘了朕是从血与火中杀出来的，那么朕就让他们重新回忆起二十年前被征服的一幕。其实朕也明白，人心难满，欲壑难填。这些国王朕很了解，有些人隐忍潜伏，有些人则是被周围的大臣怂恿，那么，朕就让刺客站在他们面前，看他们屈服不屈服！谁若不屈服，朕也不是没牙的老虎，下一刻，从刺客嘴里就会吐出他的名字。朕就会提起象旅，击灭他的国家。哼，大义当前，谁敢阻拦？不过，朕虽年老，判断人心的本事却没有丢掉，这些王没有一个硬朗之人，全都妥协了。既然妥协，咱们就谈，你拿什么代价平息朕的怒火？"

"陛下所要的代价，就是消灭怂恿他们的人？"玄奘问，"也就是那五百名高官和贤达？"

戒日王笑了："怂恿他们的人哪里会有那么多。这五百人，是各王国中对朕有敌意者。反对过朕的，中伤过朕的，怂恿国王背叛朕的，损害朕利益的，此次借着这个机会，朕将他们一网打尽。"

玄奘虽然不忍，却也知道这种政治搏杀，不是你死就是我活。戒日王棋高一着，导演了一场刺杀，将整个帝国的反对者一网打尽，虽然权谋欺诈不甚光彩，但能以五颗人头将一场帝国的内乱扼杀在萌芽，也算是善莫大焉。同时，他也着实为戒日王的谋略狠辣而动容，这位继承父兄基业、少年起兵、十几年间扫平天竺的王者,当真不可小觑。

见玄奘不语,戒日王的兴奋略略有所收敛:"法师,有些事情着实无奈,欲做圣人,先做屠夫。这便是身为王者的悲哀。"

"贫僧自然能够理解。"玄奘点头。

"如此就好。"戒日王松了口气,神情竟然有些凝重,"法师,朕今日此来,给您讲述其中内情,就是希望法师能明白朕的苦衷。不到万不得已,朕不愿动刀兵。"

"陛下仁慈。"玄奘随口道,他知道戒日王有话要说,静静地等着。

戒日王没想到玄奘如此淡定,不禁有些懊恼。面对这僧人,他的权谋智慧,似乎根本派不上用场。人家岿然不动,静坐如松,任你清风狂风还是暴风,统统没辙。

便在这时,院子里响起一个苍老的笑声:"陛下,老僧这弟子还能入眼吗?"

玄奘一惊,急忙跳下绳床,飞一般奔到了院子里,波光月色下,两个老僧含笑望着他。其中一名苍老的僧人,正是玄奘的师父,五天竺大乘佛教领袖,那烂陀寺的住持,戒贤法师。他身边那人,也是那烂陀寺的高僧,师子音。

戒贤法师今年已经一百一十三岁高龄,身子骨还硬朗,精神也好,只是患有严重的痛风,日常出行需要乘坐肩舆,因此最近十多年就没离开过那烂陀寺。玄奘无论如何也想不到,老师竟然在这深夜赶到了曲女城,赶到自己的院子里。他心中一沉,知道必有大事发生,上前毕恭毕敬地施礼,双掌合于胸前,然后鞠躬。这是九礼的第四礼,也是他和戒贤法师的日常礼。

"老师,您怎么这会儿赶到曲女城来了?这一路颠簸,身子吃得消吗?"玄奘颇为担忧。

这时戒日王从房间内走了出来,有些惭愧:"是朕邀请的法师。"

戒贤法师道:"十年未出那烂陀寺,一路上看看恒河风物,心境倒也更好一些。这一路上,戒日皇帝派遣的使者细心安排,我很好,你不用担忧。"

两名净人[①]抬着肩舆将戒贤法师送到房内,众人跟随进去。两名净人退

---

① 净人,古印度寺庙中服劳役之人,未出家受戒。

出去，关上房门。

"老师，到底发生什么事了？"玄奘问，"怎么连您都离开了那烂陀？"

戒贤法师喟叹："我离开那烂陀，自然是来找你。半个月前，陛下派遣使者到那烂陀，想要我委派你去办一桩大事。这件事对佛门功德无量，何止七级浮屠，可我也深知其中的凶险，必须来与你商议，听听你的意思心里才踏实。"

玄奘点头："弟子明白了。请问老师，到底是什么事？"

"请陛下来说吧！"戒贤法师道。

"好吧！"戒日王也不兜圈子了，径自道，"这件事朕从去年冬天就开始筹备，只是无人可以胜任。自从见到法师之后，朕就认定，唯有法师您可以帮朕。只是此事太过危险，因此才请来戒贤法师，请法师仔细斟酌。"

"哦？"玄奘倒真稀奇了，"贫僧一介僧人，又能为陛下分担何事？"

"朕想请法师去收复一个国家！"

第二章
西游中的西游

玄奘这回彻底愣住了。他今生经历的事情，凶险离奇不知有多少，再加上万里西游，九死一生，他的心早已如磐石枯井，风波不动。可今日，玄奘却被震惊了。戒日王请一个僧人帮他收复一个国家？

"是这样的。"戒日王也知道此事匪夷所思，急忙解释，"法师从西域来，可曾经过犍陀罗？"

玄奘点头："贫僧当年就是从犍陀罗渡过印度河，进入天竺的。曾经在都城富楼沙住过几日，如今城市荒芜，居民稀少。城中大都是商贾。波斯人、突厥人、粟特人、天竺人，甚至西方的拜占庭人，各国之人混居，城内毫无秩序，杀人越货，无所不为。"

戒贤法师露出缅怀的神情："唉，犍陀罗竟然混乱至此吗？当年的佛家胜景，恐怕再不可见了。"

"是的。"玄奘道，"犍陀罗境内有佛寺一千多座，但全都荒废萧条，少有人烟。佛塔也都坍塌成了废墟。"

犍陀罗对佛教有着非同一般的意义，佛教传播世界，就是以犍陀罗作为中转站。早期佛教不准造像，偶像崇拜只能以佛足、佛牙、佛迹等局部物品代替。传到犍陀罗以后，因为它地处各种文明交会之所，佛教吸收了古希腊的雕塑艺术，形成恢宏壮丽的佛教雕塑，这才从此向北传播，进入西域，进入中国，盛行于东方。

戒日王道："一千年前，犍陀罗一直是我天竺的领土，它是扼守五河地的西方门户，凡要进入天竺，必须经过犍陀罗。一千年前，马其顿的亚历山大大帝东征，占领犍陀罗，打到了印度河边。后来虽然亚历山大退兵，但犍陀罗却再也不是我天竺的土地了。希腊人、波斯人相继统治，随后又落到贵霜帝国手中，两百年前，嚈哒人灭掉贵霜帝国，占领犍陀罗之后，更是毁寺灭佛，屠杀僧侣，将佛教摧毁殆尽。八十年前，突厥人灭掉嚈哒，统御犍陀罗，一直到如今。法师，正因为犍陀罗这个西方门户一直落在外族手里，天竺国才屡屡遭受外敌入侵。如今，萨珊波斯大崩溃之后，伊嗣侯三世率领残部又到了犍陀罗，一旦控制不住，天竺恐怕就会再次迎来外族入侵。"

戒日王详细讲述着，最后他站起身，双掌合十，朝着玄奘深深一拜："法师，朕想让您去收复的国家，就是犍陀罗！"

玄奘急忙把戒日王搀扶起来，他早已经猜出戒日王的打算，却仍然不解："陛下，您想收复犍陀罗，为何不直接派兵过去？"

"法师您有所不知。"戒日王苦笑，"若是能直接派兵，朕去年冬天亲征旁遮普时，早就挥军渡河，把波斯人驱赶出去了。可是，不行啊！犍陀罗如今隶属于西突厥，吐火罗王派遣总督统治，朕只要过河，突厥势必挥军南下。就算朕不怕突厥人，别忘了还有伊嗣侯三世，他必定会帮助突厥人将朕的军队彻底歼灭，然后乘胜渡过五河地。更麻烦的是，就算朕有诸佛眷顾，把突厥人和伊嗣侯三世都打垮了，可伊嗣侯三世的背后，还有大食人在虎视眈眈。所以，朕根本无法开战。"

玄奘这才明白其中错综复杂的政治关系，敢情现在的犍陀罗，就像一块巨大的肥肉，谁都想吃，谁都不敢张嘴。戒日王的顾虑自然不必说了。大食人想吃，直接就会受到突厥人和天竺人一北一东的夹击。甚至犍陀罗的现任主人突厥人都不敢吃，只要突厥敢派兵南下，东边必然引起戒日王的反弹，更难过的是，西边的大食人就会直插突厥的侧后方，把突厥大军和它的大本营割裂开来。

最舒坦的反倒是伊嗣侯三世。他带着一帮残部进入犍陀罗，三大帝国互相牵制，他竟然如入无人之境。可伊嗣侯三世恐怕也是最焦虑的，这个局势持续不了太久，一旦打破，无论是谁先动手，他都会成为那一顿饕餮盛宴。

"那……贫僧又如何帮您收复犍陀罗？"玄奘最不解的问题在这儿。他一介僧人，怎么去收复一个国家？

戒日王和戒贤法师对视一眼，哈哈大笑。

"提婆奴①，"戒贤法师说道，"这也正是我来到曲女城外找你的原因。犍陀罗曾经是我佛教的圣地，当地民众普遍信佛，虽然佛脉断绝了两百多年，各种外道混杂，但当地民众身上仍然存留着佛性。"

"老师，您为何这样断定？"玄奘对此并不乐观，他是亲眼见过犍陀罗的混乱无序的。

"因为犍陀罗人擅长雕刻，时至今日，虽然国内几乎无人信佛，可无论信仰是什么，雕刻佛像，贩卖各地，仍然是普通民众最重要的收入。"戒贤法师道，"老和尚我活了一百多岁，看惯世态人心，绝不相信一个以经营佛像为生的人，内心对佛会没有敬畏之心。只不过无人去点化他而已。"戒贤法师松垂的眼皮内射出睿智的光芒，仿佛看透了世间万象，"因此，陛下的意思是，委派你前往犍陀罗，宣扬佛法，唤醒他们内心的佛性，让这个国家重新皈依，让犍陀罗王重新皈依，我佛教北传的通道将再次打开。"

戒日王道："只要犍陀罗人信仰佛教，事实上就相当于和我天竺国结盟，朕就会和犍陀罗王达成密约，派遣军队瞬间渡河，进入犍陀罗。如此一来，朕就会在三大帝国的争斗中占得先机，将犍陀罗作为牢不可破的重镇，彻底堵住天竺的西方门户。"

玄奘不动声色，快速分析着这种可能性。靠一个僧人说动一个国家信仰佛教，这在中原几乎不可能，但在小国林立、百教争鸣的西域、中亚和天竺，却比比皆是。经常会有佛教高僧和国王一席长谈，国王便大欢喜，改变信仰。甚至玄奘在天竺各国辩经时，就曾经和一些外道订下赌约，谁输了，谁就改变信仰追随对方。当然，玄奘是赢家。

玄奘思考的时间有点长，戒日王颇有些忧虑，望了望戒贤法师。

戒贤法师道："提婆奴，你觉得如何？"

---

① 摩诃耶那提婆奴是玄奘自己取的梵文名字。意为大乘天的奴仆，是玄奘的谦称。

西游八十一案：大唐梵天记

玄奘默默地点头："弟子可以去试一试。"

戒日王大喜，戒贤法师却道："并非试一试，若去，必定要成。"

"弟子——"玄奘犹豫片刻，"定然不辱使命。"

戒日王急不可待："法师，等您成功归来，您就是戒日帝国的国师，朕将请您为朕灌顶。"

这回轮到戒贤法师大喜了，因为这意味着戒日王从婆罗门转信了佛教。而戒日王的灌顶师则意味着玄奘将来会继承自己的衣钵，成为天竺大乘佛教的领袖。当初被玄奘驳斥得托词不出的般若毱多，正因为是三代帝王的灌顶师，才统领小乘佛教的。

"法师，您去犍陀罗，需要带多少人马？"戒日王问，"朕要以国师之礼护送您前往。"

"贫僧一人足矣。"玄奘道。

法会结束三天后，夜三时，玄奘牵着一匹白马离开曲女城，孤身向西，前往犍陀罗。从曲女城到犍陀罗，近两千里，玄奘策马行走了一个月，到了戒日帝国最西部的边疆旁遮普地区，即天竺人日常所说的五河地。

渡过印度河时，玄奘仔细观察，这才明白这条水系对天竺人而言，在军事上到底意味着什么。印度河左岸有八条支流，右岸有六条支流，共同组成一座庞大复杂的水系，所谓五河地，乃是分布在旁遮普平原上的四条支流，加上印度河，整个水系覆盖的区域。这一带河流密布，枝杈纵横，土地肥沃富饶，天竺人占据此地，外族入侵就得一条河一条河地跋涉，每一条河流都是一座天堑。而犍陀罗，恰好位于印度河干流的西岸，失去了犍陀罗，天竺人就直接丧失了最大的一座天堑之河，这在战略上而言是极大的被动。外族一旦渡过五河地，就能长驱直入，再无天险。

玄奘渡过五河地，进入犍陀罗。十年前玄奘曾经路过此地，原本熟悉，然而过印度河渡口之后才发现，犍陀罗的景象与往日完全不同。曾经的村庄、城镇聚集了大批波斯人，这多达六十万的波斯人分散在犍陀罗国内各处，他们大都拖家带口，举族迁徙，于是就在犍陀罗人的村庄城镇外独自修建村落，双方因为争水争地时常发生械斗。

而这几十万人的突然涌入，也吸引了周边各地的商贾。大群的商贾涌进犍陀罗,与波斯人贸易,提供他们日常所需。因为所有人都知道,波斯帝国是这个大陆上最富庶的帝国,波斯人富可敌国,虽然弃国外逃,却携带了大批财富,趁着他们穷途末路之时,正好赚钱。有商贾贸易,就有盗贼劫夺、偷窃,整个犍陀罗乱糟糟的一团。犍陀罗王对这种混乱的态度也是模棱两可,一方面自己可以从商贾贸易中赚取税金,另一方面,整个犍陀罗的人口还没有波斯残族多,控制不住。

玄奘一路走过市镇,路边耸立着诸佛、诸菩萨的雕塑,小者只有拳头大小,大者耸立十余丈,更有一整座山峰都被雕成佛像,耸入云天。路边不时有人赶着车,将从深山切割下来的石块运到雕塑作坊,匠人们挥动斧凿,叮叮当当雕刻。来自各国的商贾们正在争执着价钱,将这些佛像贩运到各地。

玄奘有些悲伤,却也有些安慰,面对这种以佛像售卖金钱之人,他实在有些迷惘。

玄奘走到一家石雕作坊,对着坊主合十:"贫僧有礼了。"

"法师可是要布施?"坊主问。

"不。"玄奘道,"贫僧想请些佛像。"

坊主迟疑:"请?不花钱的那种?"

玄奘道:"花钱的那种。"

坊主大笑:"和尚尽管拿便是。"

玄奘道:"贫僧要得多一些,拿不动。"

坊主不在意:"拿不动,给你用车装。"

"也好。"玄奘点点头,指了指周围,"这些,贫僧全要了。"

坊主愣了:"我……全作坊的,你都要了?"

"不是。"玄奘道,"贫僧说的是,您和周边六家作坊的佛像,无论大小,贫僧都要了。"

坊主呆呆地看着他,还以为这个和尚得了失心疯。玄奘从马背上拎下一个袋子,提到坊主面前,哗啦啦一倒,三百枚银币落在了地上。这些钱还是辩经会之后戒日王的赏赐。当时戒日王赏赐了他金币一万、银币三万、僧衣一百套,玄奘拒绝了,只是临行前,戒日王又让人给他在马背上装了三百银币,充作路费。

这是玄奘第一次动用这笔钱,看见这些银币,他顿时就是一愣。原来这批银币并不是戒日帝国自己铸造的银币，而是萨珊波斯银币。在中亚商路最为通行的货币中，金币是拜占庭所铸造，银币则是萨珊波斯所铸造，至于铜币等辅币，各国都有。且无论拜占庭金币，还是波斯银币，铸造年代不同，钱币重量大有不同，因为几乎每个国王即位，都要铸造自己的金银币，换算起来相当麻烦。这批银币是库斯鲁二世银币，正好与开元通宝等重。正面是库斯鲁二世的侧脸半身像，背面是拜火教祭坛。库斯鲁二世在位三十八年，国力强盛，经济繁荣，贸易发达，铸币地点多达一百二十处，所以银币流传最广最多。

从戒日王送他波斯银币这件事上，玄奘立刻就明白了，他若失败，戒日王必会否认他是天竺委派，以避免刺激到各大帝国。玄奘心下有些苦涩。

"长者，不知道这些银钱，够不够买你们六家的佛像？"玄奘问道。

"那肯定是不够的。"坊主好半响才回过神来，"法师，您买这些佛像要运往何处？佛像沉重，价格倒罢了，运输却无比麻烦。"

"不远。"玄奘一指西边，"贫僧要将佛像运到王城！"

犍陀罗的王城富楼沙是一座贸易重镇，是波斯帝国、天竺国、中亚诸国的贸易通道，更是一座军事重镇，城南是高原山地，城西扼守着开伯尔山口。这座山口是从波斯帝国进入犍陀罗的必经之地，整条峡谷全长六十里，两山夹峙，曲折蜿蜒，最窄处仅有五十尺宽[①]。这座山口历来是兵家必争之地，易守难攻。而北面喀布尔河绕城流过，进入印度河之后向南流淌，正好把富楼沙城半包围，形成一个天然的护城河。

时值黄昏，落日没于城西的山脉高原之中。城东，商旅们紧赶慢赶来到了城门口，等待入城。就在此时，忽然东面尘土飞扬，遮天蔽日，门卒大吃一惊，还以为有大队人马袭城，当即飞奔上城楼，吹响了号角。

呜呜的号角声响彻全城，顿时王城守卫部队被惊动，纷纷赶赴东城，甚至犍陀罗王也匆匆登上城头。城内一片大乱，拥挤在城门的商贾更是推搡拥挤，拼命要入城躲避。

---

① 唐尺，一尺为31厘米。

远处的烟尘越来越近，犍陀罗王凝目眺望，顿时有些愕然。那烟尘席卷的半空中，赫然飘浮着一个个巨大的佛头！佛头忽隐忽现，离地十余丈高，密密麻麻，似乎漫天诸佛踩着烟尘悠然而来。

所有人都看见了这个异象，不由得愣住，呆若木鸡，甚至城门口拥挤逃命的商贾也傻了，回头望着这一幕。

那烟尘越来越近，越来越清晰，这时众人才看清，竟然是几百辆牛车，拉着一堆堆的佛像，前后又有数百人推拉。这些佛像有大有小，小的装了满满一车，大者则竖在特制的牛车上，由五六头牛拉着，佛像前后绑定，巍然耸立。

而车队的最前方，却是一位牵着白马的僧人。杂色僧衣，目光平静，带领车队径直朝城门处而来。

缁衣牵白马，浩荡入王城。

犍陀罗王看得瞠目结舌。他是当地土著人，西突厥灭掉嚈哒帝国之后，占领吐火罗、犍陀罗等地，除了吐火罗这个最重要的大城由统叶护可汗派了自己的长子呾度设统御，其他各国如果王嗣断绝，就委任当地人出任总督，犍陀罗王其实就是西突厥委任的总督。

犍陀罗王皱眉："去问问到底是怎么回事。"

立刻有守城的将军下了城墙，赶往城门外，拦住玄奘等人询问。

玄奘道："贫僧大唐僧人玄奘，只是经过犍陀罗，想入城居住几日。"

"那你带这些佛像作甚？"那将军问。

玄奘问："王城可有规定，僧人不准携带佛像入内吗？"

"这个……"将军语塞，"可……你带如此多的佛像……"

玄奘笑了："既然允许携带佛像入城，多与寡并未规定，贫僧似乎并未触犯王法。"

将军有些狼狈地望着城头的犍陀罗王。犍陀罗王也大致明白了，想了想，面无表情地摆了摆手，下了城墙。那将军这才点头："可以入城，不过入城需缴税。"

"贫僧行走各国，僧侣从来不需要缴纳入城税。"玄奘道。

将军恼了："可你携带如此多的佛像……"

"请问将军，犍陀罗规定，僧人携带的佛像多了，就需缴纳入城税吗？"

玄奘问。

"这个——"将军彻底凌乱了，知道凭口舌在这和尚面前占不了丝毫便宜，无奈地挥挥手，不搭理他了。

玄奘牵着白马当先而行，后面的车队轰隆隆地跟进，周围的商贾急忙躲避，闪开一条大道。到了城门处，雕工坊的匠人们将高大的佛像缓缓放平，这才勉强通过城门。

富楼沙城西高东低，两侧高中间低，形成一个平缓的谷地。王宫在西北缓坡上，周围是原住民的房舍，在王宫前鳞次而建。至于外来商贾则大多聚集在城东，店铺、妓院、坊区、住宅、神庙寺祠、客舍酒楼应有尽有，繁华而混乱。

而城南却颇为荒芜，曾经佛教最辉煌的时刻，城南建造有大批的佛寺，一座座精美的佛寺佛塔耸立在城南山坡上，俯瞰全城。但如今，寺庙萧瑟，佛塔毁弃，只剩下一座座残垣断壁，映照斜阳。乌鸦狐兔出没其中，蒿草藤蔓缠绕四野，曾经有多辉煌，如今就有多寂寞。

玄奘带领车队和佛像，径直来到这片寺庙废墟。这山上的一座庙宇名为迦腻色迦王寺，是佛教最兴盛时期，贵霜帝国的迦腻色迦王建造的。其中一座佛塔，高四百尺，塔基所占地面方圆一里半，周边大大小小的佛塔数百座，但此时巨塔坍塌，小塔摧毁。在巨塔的不远处，有两座观音像，一东一西。当时曾有预言：观音入土，佛脉断绝。

而此时，东面那座观音像已经被黄土埋到了胸口。

这句预言，这个征兆，让玄奘内心悲凉。他默默地走到观音像前，茫然地望着四周残毁破败的景象，禁不住泪流满面，跪地哭道："佛陀成道之日，我到底漂沦在何处啊？为何此时才来到这里！"

周围的工匠们默默地看着，玄奘站起身，吩咐："把佛像卸下，安置四周。再帮贫僧打扫出一间石室。各位就可以离去了。"

工匠们开始忙碌起来，几百人一起忙碌，声势浩大。城内的主道上，众人也都在注意着，好奇这个僧人为何携带如此之多的佛像，连犍陀罗王都在宫城上关注。一见玄奘居然要安置佛像，犍陀罗王当即色变："这个和尚，要惹出大麻烦了！"

城卫将军不以为然："一介僧人而已，又能如何？"

犍陀罗王摇头叹息:"此时,我犍陀罗局势太过微妙,伊嗣侯三世率领波斯残族抵达之后,引发三大帝国逐鹿,大食人想通过伊嗣侯三世进入天竺,戒日王想占据我犍陀罗,而吐火罗王也接到西突厥薄布可汗的命令,打算想方设法吃掉这六十万波斯人,壮大吐火罗的实力。只是吐火罗王的军队都已经开赴碎叶城,参与西突厥内部的争斗,心有余而力不足。这种敏感时刻,这个僧人一来,必然会引发一场乱局。"

"可臣还是不明白,一个僧人能引发什么乱子?"城卫将军问。

"你看。"犍陀罗王指着城中。

这时,城中大道上,已经聚集了成百上千人,正朝着玄奘方向呐喊、呼喝。有些人举着火炬,有些摇动着图案狰狞的幡,有些则抬着神像。

"嘿!"犍陀罗王冷笑,"佛教早已在犍陀罗断绝了两百年,这个僧人一人一马,带着佛像浩荡入城。若不引起别人的反弹,那倒稀罕了!哼,他自东而来,不消说,自然是戒日王出手了!"

夜色笼罩山冈,工匠们早已散去,玄奘独自坐在荒败的佛塔前,山下灯火摇曳,密密麻麻的人影举着火炬涌了过来,足足有两三千人,将玄奘团团围住。火把的映照下,所有人都面目狰狞,满怀愤怒,操着各地的语言,大声斥骂。

"你这僧人!"一名老者走了出来,指着玄奘道,"这犍陀罗,佛脉已经断了两百年。你来到王城,搞如此大的阵仗,到底有什么目的?"

"无他,贫僧欲重续佛脉而已。"玄奘道。

"做梦!"老者呸了他一口。

"有何不可?"玄奘从容端坐,"无论何种教派,皆心系众生,代上苍教化四方,赐众生福祉。你可有例外?"

"当然没有。"老者道,"我派驱魔、祈福、占卜、招魂,能解众生一切忧愁。"

"你能解众生一切忧愁,是因为众生有忧愁。你能使众生无忧愁吗?"玄奘问。

老者顿时瞠目结舌,这问题竟然是矛与盾,无论如何回答,都会让自己彻底溃败。人群中一时悄无声息,众人都意识到,这名僧人不简单。

一名拜占庭人走了过来:"谁为雨水分道?谁为雷电开路,使雨降在无人之地，无人居住的旷野，使荒废凄凉之地得以丰足，青草得以发生？雨有父吗？露水珠是谁生的呢？冰出于谁的胎？天上的霜是谁生的呢？"

玄奘沉吟半天，才叹息一声道："造化之神秘，又岂是我等凡俗可以触摸？"他顿了一顿，"如你所言，这造物者自然便是你们的神了？"

"一切荣耀归于神。"拜占庭人道。

"既然如此，贫僧也想请您代问神。"玄奘问，"贫僧是何物，贫僧从何处来，又要到何处去？"

这个问题要回答也简单，拜占庭人道："你本是神造物所生的凡俗，从神的怀抱而来，回归神的怀抱而去。"

"那么贫僧要问，既然能回归神的怀抱，贫僧今生自然是广做善事，崇敬神祇，才会有这福缘吧？"玄奘问。

"那是自然。"拜占庭人道。

玄奘道："既然如此，神为何又会将贫僧从怀抱中推开，投入这污浊人世，受这无穷苦楚？"

拜占庭人哑口无言，他的教派本来就不以解释轮回见长，可一旦交锋，众生的来源与归宿又是必定会被提及的话题。这时一名波斯人走了出来："最初，善与恶两大本原并存，思想、言论、行动皆有善恶之分。当两大本原交会之际，巍峨壮观的生命宝殿起于善端，阴暗的死亡之窟立在恶端。世界末日到来之时，真诚善良者将在天国享受神的恩典和光辉，虚伪邪恶之徒将跌落黑暗的地狱。诸位，这僧人分辨不清善与恶，真诚与伪善，当你们和他进行交谈时，容易上当受骗，错误地选择邪恶。"

"一切皆分善恶？只分善恶？"玄奘问。

"当然，这是神的指示。"波斯人道。

"贫僧学会了一道咒语，可以令大地分裂为深渊。有一天，贫僧行走在路上，遇见一个孩童，骑在一匹惊马上，冲向另一个孩童。"玄奘缓缓道，"于是贫僧念动咒语，大地分裂，惊马和孩童跌落深渊，另一个孩童安然无恙。贫僧要问，救一人而杀一人，贫僧所为是善，是恶？"

众人都愣了，苦思如何回答。

玄奘又道："若救下的孩童是贫僧的亲人，跌落深渊的孩童是陌生人，贫僧所为，是善是恶？若跌落深渊的孩童是贫僧的亲人，救下的孩童是陌生人，贫僧所为又是善是恶？"

这次连波斯人都无解了。众人不服，沉默片刻后，又有人改变话题，继续驳斥玄奘。这一夜，前后三百人，三百个问题，玄奘端坐浮屠塔下，一一驳斥，竟无一人能支撑片刻，往往三言两语就被击败。整个王城都轰动了，无数的百姓、商贾赶来迦腻色迦王寺，听玄奘舌战群道。

宫城上，犍陀罗王已经站了几个时辰，他派遣心腹，将玄奘和诸外道的对答一一禀报，详细到一字一句。犍陀罗王仔细品咂，忍不住将栏杆拍遍："这个僧人，好生厉害！他到底是何人，可曾打听出来？"

派去旁听的心腹禀报："属下去找那群送佛像的工匠打听了，说此人叫玄奘。并非天竺人，而是大唐之人。"

"玄奘……"犍陀罗王沉吟片刻，脸色立刻变了，"他梵文名字可叫摩诃耶那提婆奴？"

"陛下，您知道此人？"城卫将军问。

犍陀罗王缓缓点头："十年前，他曾路经我国，往来于吐火罗和西突厥的商贾对其推崇备至，本王本想召见，他却已经渡河东去。三年前听说一个大唐僧人环游五天竺，抵达咱们正南的狼揭罗国，一路击破无数外道，声名赫赫，朕派人延请，却又扑空了。十天前，本王派到曲女城的细作回来禀报，说戒日王召开曲女城辩经大会，一个大唐僧人立论之后十八日无人敢战，上尊号：大乘天。声名震动五天竺。若是本王没猜错，就是眼前此人了，大唐玄奘，摩诃耶那提婆奴。本王对他仰慕十余年，没想到今日他竟然出现在本王的眼前！"

"陛下，"城卫将军忧虑了，"这位玄奘法师看来身陷险境啊！"

"绝不能让他有危险！"犍陀罗王断然道，"这个和尚牵涉太大，且莫说戒日王那边，就算是大唐帝国的皇帝陛下，也与此人关系匪浅。更何况，咱们西突厥如今的可汗是薄布，薄布的父亲，上一代可汗阿史那·泥孰与玄奘相交莫逆。甚至连吐火罗王的父亲，上一代吐火罗王呾度设也是此人的好友——"

正说着，突然间迦腻色迦王寺前的人群开始暴动，无数人朝前涌去，火把光影中，彻底把玄奘吞没。

犍陀罗王急了："快，派人去保护法师……本王亲自去！"

西游八十一案：大唐梵天记　35

玄奘果然陷入了危机，很多人被他反驳得理屈词穷，竟然鼓动四周的百姓捡起石块朝玄奘乱砸。一时间，无数的石块劈头盖脸地砸了过来，玄奘安坐不动，任石头砸在头上、身上、脸上，满头满脸都是鲜血，他仍然端坐浮屠塔下，甚至连表情都没有变化，从容淡定地望着众人。

周围的人愤怒了，纷纷大吼："烧死他，烧死他！"

一些人将手里的火把掷了过来，很快玄奘四周燃烧起了熊熊火焰。正在此时，山下响起闷雷般的马蹄声，犍陀罗王率领骑兵冲上山坡，众骑兵挥舞马鞭，劈头盖脸地抽下去，将周围的人群驱散，然后用长枪将四周的火把挑开。

犍陀罗王急匆匆赶来与玄奘相见："请问您可是大唐僧人玄奘法师？"

"正是贫僧。"玄奘低头合十，脸上的血落在掌心。

"果真是大乘天！却要在本王这里受这般苦楚！"犍陀罗王心痛不已，愤怒地大吼，"传医士！传医士！"

立刻有骑兵疾奔到山下，砸开一座医馆，把医士驮在马背上来给玄奘疗伤。伤口挺严重，有些深可见骨，医士缝合伤口之时，玄奘默然不动，口中诵念经卷，连肌肉都不曾颤动，周围的人惊叹不已。

等处理好伤口，犍陀罗王低声问："法师，本王听说一个月前您还在曲女城论道，为何忽然间来到犍陀罗？"

玄奘睁开眼睛，笑了笑："贫僧说过，来接续佛脉。"

犍陀罗王苦笑："法师就不要和本王打机锋了。如今的犍陀罗危机四伏，波斯人、大食人、突厥人、天竺人，四大势力角逐，互相绞杀，阴谋暗战层出不穷，法师您是高僧大德，何必蹚这摊浑水呢？"

玄奘默默地叹息，回头看着半掩入土的观音像，黯然道："难道贫僧坐看这观音入土吗？"

犍陀罗王叹息："本王是土著人，世代居住在犍陀罗，两百年前家族也是佛徒，十方世界，万事万物都有兴衰轮回。连佛陀都预言过会有末法[1]，

---

[1] 佛法要经历的三个阶段：正法、像法、末法。

您又何必强求？"

这次玄奘思考了很久，才道："陛下可知道，贫僧方才提出三问，贫僧是何物？贫僧从何处来？又要到何处去？其实还有一个问题，贫僧来到这娑婆世界，所为者何？这个问题，至今不曾明白。今日来到这王城，看到这入土观音，贫僧常恨自己为何不生在佛陀未灭时？那时，我到底漂沦何处，为何没有这份福缘？可如今挨了一顿打——"玄奘指了指头上的白棉布，"贫僧忽然顿悟，或许我恰恰就是要生在这法到末枝时。"

犍陀罗王苦笑："法师您要弘法，本王当然没有异议，可您的安危本王怕护持不住啊！要不这样？法师，您且住到王宫之内，本王回头召集这些外道，严厉告诫他们不得伤害法师，等事情谈定，您再出来。"

"若是如此，贫僧这顿打白挨了。"玄奘大笑，"陛下且回去，日后贫僧就住在这迦腻色迦王寺，每日里沿街托钵化缘，看一看这众生万象。"

犍陀罗王大惊失色："这可不行啊！法师，您这是自寻死路！"

"无妨，"玄奘却很从容，"他打任他打，他骂任他骂，贫僧打不过他，却骂得过他。当然，还请陛下重申一下犍陀罗的律令才好，贫僧的口舌可快不过利刃，不想稀里糊涂地被人刺死。"

犍陀罗王再三苦劝也劝不动玄奘，只好回到王宫，当晚就下达命令：即日起，犍陀罗严肃律令，伤人者处以严刑，致死者偿命。王城的人都知道，这道律令是针对玄奘而设，一些人心中虽然愤愤，却也不愿冒着开罪犍陀罗王的风险去对付玄奘。

这一夜，玄奘默默地坐在坍塌的佛塔下，直到天明。

第二日，玄奘取出钵盂，走上了王城的长街。从昨日午时到现在，他没喝一口水，没吃一口饭。玄奘径直走向最繁华的城东，此时全城几乎无人不识玄奘，见这个僧人托钵化缘，都有些惊讶，也颇为佩服这和尚的胆子，却没有人施舍一口水、一粒米。有些人恶语相向，有些人视若不见，玄奘也不恼，脸上带着云淡风轻的宁静，默默前行。

从清晨到入暮，竟然没有一人施舍。

玄奘平静地离去，回到迦腻色迦王寺，依旧坐在坍塌的佛塔下，沉默入定。这一夜，整个王城议论纷纷，都在谈论着这个僧人。玄奘却毫无所觉，仰望着这个古国的星空，伴随着残垣断壁，明月清风。

第二日，玄奘站起身，继续托钵化缘。王城众人看着玄奘的目光都有些异样了，一些外道似乎觉得备受羞辱，召集一群人，在大街上包围玄奘，嚷嚷着要把他烧死。玄奘也不争辩，脸上带着平和的笑容看着他们："施主，烧死贫僧之前，可否施舍一碗斋饭？"

这群外道几乎出离愤怒了，看着这个和尚竟然不知如何是好。

一名男子道："这僧人莫非是有些痴愚？"

"我看像。"另一人道，"前夜那顿石头，应是把他脑子砸坏了。"

"这是神对他的惩罚！"

众人都兴高采烈起来，觉得这是自己的神祇降下的天威。这时一名老者推开他们，脸色阴沉地走了过来，竟然朝着玄奘深深鞠躬。

众人愣了："您为何向他敬礼？"

那老者冷笑："一群蠢人，凭你们也能看透这和尚的道行？"他再次向玄奘鞠躬，"和尚，你跟我来。"

玄奘点点头，也不问，径自跟随着他。走到一条最繁华的十字街上，那老者停下，叫过来一个年轻男子，吩咐一声。那男子呼喊来几个人一起走了，过了片刻，用床板抬过来一个妇人，平放在十字街中央。

那妇人显然罹患重疾，身上皮肤溃烂，肚子滚圆，嘴唇的肉都烂了，露出白森森的牙床，整个人奄奄一息。街上的人看见稀罕，立刻围了个里三层外三层。

老者道："和尚，你们佛家能解三灾六难，能消前世今生罪愆，能解人间一切烦恼。这个妇人被魔鬼缠身，病入膏肓，既然救人一命胜造七级浮屠，和尚，你且施展你佛家手段，救救她吧！"

周围的人纷纷亢奋起来，一个个鼓噪着。

"对啊！我们要看看佛家手段！你们平日里天花乱坠，有那么多的神佛，要能救了这妇人我们才信呐！"

"和尚，你要能救了这妇人，我愿意皈依！要救不了，你就滚出犍陀罗！"

玄奘彻底愣住了。他望着地上的妇人，沉默了很久，终于摇头："贫僧无法救她。"

"我呸！"那老者吐了他一口，朝四周嚷嚷，"看哪，这就是这个和尚的真相！你们如今相信了吧？他就是靠着口舌欺骗众生，却不会丝毫神法。他就是个骗子！"

周围人哄笑起来，随即有人推搡着玄奘，大肆嘲弄。

"我今日展示真正的神迹！"老者大声宣布，"我要驱赶这妇人体内的魔鬼，让她百病全消，康复如初！"

随即老者点燃一支香，口中念念有词，围着妇人不停地转步，香头在妇人四周缭绕。然后又往妇人嘴里塞了一团黑漆漆的软膏，口中的咒语越念越急促，指着妇人大吼："吾以神灵之名，命令你离开这具躯体，回归地狱！"

那妇人身子以诡异的姿势扭曲，随即嘶声吼叫，叫声凄厉，之后喷出一口黑血，那黑血见风化作阵阵黑烟，消散无踪。妇人扑通躺在了地上，一动不动。

众人看得心惊胆战，敬畏不已。过了片刻，那妇人脸上的溃烂以肉眼可见的速度开始复原，圆滚滚的肚子也开始缩回。在众人阵阵惊叹中，那妇人慢慢睁开了眼睛。

"我……怎的在这大街上？"妇人迷茫地望着四周。

众人顿时报以欢呼和掌声。

老者哈哈大笑，挑衅地望着玄奘："和尚，如何？"

玄奘平静地合十："受教。"

在周围人的嘲笑和谩骂中，玄奘托着钵盂，平静地离去。他继续沿街化缘，但前天击破三百外道的辉煌已经被今天的失败彻底击溃，王城的人对他不再有任何敬畏，更是无人施舍。

眼看天黑，玄奘拖着疲惫的身躯回到迦腻色迦王寺。两天两夜水米未进，他真是撑不住了，嘴唇干裂，身子虚弱，眼前阵阵眩晕。他强撑着回到塔下，跌坐在地，身子再也挣扎不起。玄奘盘膝趺坐，望着山下这人间烟火，望着头顶这宇宙星空，进入深沉的禅定。

也不知过了多久，荒寺外响起一阵脚步声，似乎有个人走到玄奘身边。他睁开眼睛，只见面前站着一条高大的人影，腰间挎着弯刀。

"你是来杀贫僧的吗？"玄奘问。

那人不说话，从身上的包袱里取出一个胡饼放在面前的岩石上，又取出一个水囊递给玄奘。玄奘接了过来。

"法师，我是个盗贼。"那人道，"劫财害命，杀人无数。"

玄奘打量着他："那你为何要送我斋食？"

那强盗道："心中有畏惧，希望能得大平静。"

玄奘点点头："你知道贫僧为何不让犍陀罗王施舍斋饭吗？"

那强盗摇头。

"一斋一食，来自众生。能得施舍，便是佛缘。"玄奘道，"你心中有恐惧，贫僧心中有慈悲。所以，你的水和食，贫僧受了。"

玄奘说完，拿起水囊喝了一口，又拿起胡饼吃了起来。

那强盗望着他："法师，常听人说，放下屠刀，立地成佛。可是真的？"

"你认为呢？"玄奘问。

"若是放下屠刀，我这恶人便能成佛，那修行一世的好人为何难以成佛？"盗贼问。

玄奘笑了："好人几世修行，也难以成佛，但众生皆有佛性。你放下屠刀之后，成就的并非佛，而是自身佛性，然后能得大安宁，大自在。"

盗贼沉默半晌，鞠躬致谢，一言不发地离去。

第二日，玄奘继续托钵化缘，他神情平和地走在街上，对待周围人的态度，竟然与两日前毫无分别。但一整天下来，却化不到丝毫斋饭。眼看落日，玄奘将要离开时，忽然人群中走来一名面罩轻纱的女子，旁边还跟着一位姿容出众的婢女。

那女子走到玄奘面前："法师，我可以施舍你吗？"

"多谢。"玄奘合十。

那女子从周围的摊位前取了几枚瓜果放进他的钵盂，玄奘致谢时，那女子轻笑："法师，我可是一个妓女哟。"

玄奘笑了笑："佛陀可以度化摩登伽女[①]，贫僧为何不能接受你的布施？"

那妓女愣了一下，轻笑着："法师，我还想布施一物，不知法师敢不敢受？"

[①]《佛说摩登女经》记载，摩登伽女为舍卫城的妓女，受佛陀度化，证得阿罗汉果。

"何物？"玄奘笑着。

那妓女姿态曼妙地撩下外袍，露出轻纱下朦胧的娇躯："便是我这身体了。若法师愿意要，今夜且随我到香遍国。"

周围的人哄笑起来。

玄奘沉默片刻："你这身体，贫僧可以要。却需跟随贫僧回到那迦腻色迦王寺，贫僧为你剃发灌顶，便如那摩登伽女一般，青灯古佛，修行一世。"

那妓女顿时愕然，想了半晌，苦笑道："你这僧人，倒也有趣。口舌之利，真是无人可及。"盈盈一拜，袅袅而去。

玄奘托着瓜果，回到迦腻色迦王寺。他坐在残毁的王塔下，神态虽然从容，内心却是沉重无比。如今的局面虽然早已料到，却没想到会如此举步维艰。尤其十字街头治病那一幕，给了玄奘重重一击。他自幼修行如来正法，对这种占卜、驱魔、祭祀、招魂之类的手段不屑一顾，认为这是末法的象征，可他也深深明白，普通民众难以懂得真正的无上菩提，这些微末手段，反而更能给他们以震慑。

第三章
白鹿原上故人来

这一日，玄奘正要离开王寺去化缘，忽然间听见东门处传来宏大的号角之声。玄奘居高望去，只见东门内的街上，一支声势浩大的队伍进入城门。最先是十六头巨象，每头巨象的背上都坐着两名少女，各自挎着一个花篮，沿街抛撒鲜花。随后是一头白象，白象背上搭着一具镶嵌着金玉明珠的巨辇，上面盘膝坐着一名老僧。僧人背后则是十六匹骏马，马背上的骑士都是净人打扮。虽然是净人，但一个个衣衫华贵，显然家世不俗。

整个队伍行走在长街，宛如众星捧月一般拱卫着白象上的老僧。长街上的人纷纷被惊动，围过来观看，都摸不清这支队伍的来历。人群中商贾众多，这些商贾一个个眼神发直，震惊不已。

"你看那象牙上的箍环，都是黄金啊！连那少女的胳膊和脚踝都箍着黄金和美玉！"

"那值个甚，你看那白象头上的披盖，上好的羊毛毯，上面缀的是猫眼石、祖母绿……那明珠为何那般硕大？"

就在众人的议论中，这支队伍片刻不停，径直往西而去，大家都以为他们要去王宫觐见犍陀罗王，然而到了迦腻色迦王寺的山下，队伍却停了下来。巨象上下来十六名少女，马匹上也下来十六名净人，在白象跟前一个个弯腰屈身，最后面的则跪伏在地，搭建成了一座人桥，那老僧赤脚踩在人桥上，从容走了下来，一步一步走向迦腻色迦王寺。

玄奘持着钵盂，站在王寺荒废的山门前，那老僧信步而行，拾级而上。两人互相凝望着对方，慢慢接近。老僧走到玄奘近前，合十施礼："见过大乘天！"

玄奘回礼，却没有说话。

老僧也不再说什么，缓步在荒塔间行走，神情感慨，到了两座观音像前，他停下脚步，喃喃道："观音入土，佛脉断绝吗？如今黄土已经埋到了胸口，大乘天，你认为何时观音像会彻底入土？"

"若你我广开菩提，可以到未来劫。"玄奘道，"若执着枝末之法，恐怕明日亦可入土。"

那老僧大笑，转回身来："大乘天，你知道我是何人？"

"有所耳闻。"玄奘道。

"说说看。"老僧在他对面的岩石上坐了下来。

"贫僧听说，大雪山中有一国，名曰婆罗伽。国中有一寺，无名。寺中有一僧，名曰娑婆寐。这娑婆寐自言，其寿两百岁，生于两百年前的鸠摩罗笈多一世的时代。他长年居住山中，数十年不出世，一旦出世，则以白象为坐骑，前有妙龄少女，后有婆罗门净人。"

"还有呢？"老僧笑吟吟的。

玄奘严肃起来："他擅长陀罗尼咒术、星象、占卜、护摩火祀、曼荼罗坛法、印契、灌顶、符咒、双修。介于僧俗之间，外人称为仙人。"

"说得不错。我就是娑婆寐。"娑婆寐感慨，"事实上，我出身于那烂陀寺。一百岁的时候，因为与戒贤的师父护法菩萨理念不合，离开了那烂陀。但至今僧契犹在，每年的供养都如数给奉。"

玄奘沉默，这个他倒真不知道。在那烂陀寺，对此人忌惮颇深。

"看见我，大乘天为何有种戒备之意？"娑婆寐问道。

玄奘淡淡道："道不同，路不同。贫僧修的是正法，而你修的是末法。"

娑婆寐大笑："和戒贤那些人的说法一样，我听得多了。但是大乘天，正或者末，是我佛家内部的纷争，无论如何，到底是佛法。"

玄奘有些迷茫，好半天才慢慢点头，却悠悠长叹。

"着！"娑婆寐一击掌，"既然如此，老和尚就没有白白来这一趟。"

玄奘沉吟："是谁请你来的？那烂陀寺还是戒日王？"

娑婆寐哈哈笑着道："大乘天啊，你慧眼通天、体察入微到如此地步，连我都心惊，却为何会受那群外道的鸟气？实不瞒你，是戒日王亲自到大雪山来邀请我，让我来助你一臂之力。因为戒日王很清楚，你修的如来正法，可以让世人大彻大悟，成就无上菩提。却不能呼风唤雨，召神驱鬼，号令万物生灵，令众生敬畏、慑服、膜拜。这就是法和术的区别。老和尚我擅长的，恰恰是此法。在这混乱暴虐的犍陀罗城，也恰恰需要此法。"

玄奘轻轻叹了口气："你知道贫僧来到王城这几日，虽然举步维艰，却不曾去找犍陀罗王的原因吗？"

娑婆寐摇头："老和尚已经在城外观察你几日，说实话，不解。以法师您口吐莲花的能力，再加上犍陀罗王祖上信仰佛教，恐怕三天两夜就能说服他皈依。你却为何宁愿受那帮愚民的凌辱，也不愿先度化了这犍陀罗王？"

玄奘望着入土观音像，淡淡地道："帝王护法，我佛法昌盛；帝王灭法，我佛法衰微。千年来我佛法始终逃不过这轮回，这是为何？因为自始至终，佛法传播靠的是帝王强权，盛衰在帝王喜怒之间，若是种进众生的心中，植根于灵魂，即使王权如那磨盘碾压，也无法磨灭。所以，贫僧想把这佛法，种进犍陀罗的民心之中。"

娑婆寐不禁有些佩服，却笑着摇头不语。

"若是你以术法来震慑，即使成功一时，当民众看到更惊人的神迹，又会改投他人。佛陀无上法力，你见他用过几回？正是这个道理。"玄奘道，"前日十字街上，那老者用诡术救那濒死的妇人，令玄奘感慨颇深，更是对此念深信不疑。"

娑婆寐笑道："大乘天，说起这事，当日我就在城外，对此事也颇为关注。那妇人的症状，你认为是如何形成？"

"滚圆的肚子是因为她吃了胀气之物，在腹中淤积。"玄奘道。

"没错。"娑婆寐沉吟，"让肚子鼓胀，我有十六种方法，其中九种是用一些异虫，并不罕见。"

"至于身体扭曲，更简单，那妇人是底也伽中毒，底也伽又称罂粟，汁液提取物可制成膏状，能治百病，也能令人成瘾。一旦断掉吸食，就会瘾性发作，身体拧成各种奇形怪状。"玄奘解释，"那老者后来给她的黑色软膏，就是底也伽膏。"

婆婆寐点头："我当时听净人们讲述，也大致如此判断。那么浑身皮肤溃烂呢？当时老和尚不在场，无法亲眼见到。"

"这点罕见一些，是黄铜症。黄铜铜质温良，但有些人体质特殊，触碰黄铜之后，身上皮肤会长出癍癣，过几日就好，但持续接触，不到半日，癍癣就会溃烂，继而呼吸艰难，窒息而死。贫僧曾经见过。"

婆婆寐严肃起来："这种病症，老和尚听说过，却没见过。一百年前派人四处寻找，但有这种特殊体质的人，十万中难得有一，一直未能找到。大乘天，你既然对那老者的手段明察秋毫，当时为何不破了他？反而受那羞辱？"

"因为，"玄奘顿了顿，"那妇人的嘴唇是刚刚豁烂的。他们为了对付贫僧，不但让这妇人触碰黄铜，吃了胀气之物，让她底也伽毒瘾发作，还豁烂了她的嘴唇。若贫僧拆穿那老者，这妇人只怕要受更大的折磨。"

"你……"婆婆寐气道，"迂腐！"

玄奘却很淡定："多数人看来，的确如此。可这就是贫僧心中的佛。"

婆婆寐望着他摇头不已："大乘天，老和尚不管你如何做，今日既来，你我就必须让这犍陀罗举国皈依。从世俗而言，为戒日王赢得河西之地，从我教而言，打开佛法北上的通道。而且必须尽快完成。因此来见你之前，老和尚已经派了两名净人去见犍陀罗王，让他召集国内的外道，与你我约赌三场。输了，咱们两人斩首相谢，赢了，外道要么皈依我佛，要么离开犍陀罗。"

"约赌三场？"玄奘愣了，"赌什么？"

婆婆寐淡淡一笑："随他们提。你不是说我是末法吗？那你我就一正一末，一内一外，一法一术，看这世间何人能破！"

玄奘想了想："犍陀罗王为何要听你的，挑起这种麻烦事？"

"因为，"婆婆寐道，"追随我的净人里，有两个是曾经的国王。"

玄奘对这个老和尚真没话说了，喃喃道："你设赌局，让贫僧陪你掉脑袋……"

犍陀罗王此时处于跟玄奘一样的烦恼中，两个曾经的国王前来拜访，说出娑婆寐的赌约。犍陀罗王顿时有些头痛，可犍陀罗与这两个国家都存在邦交，也不好拒绝，于是召集王城的外道前来商议。

犍陀罗王告诉众人，赌与不赌，选择权交给他们。这些外道一听，当即嚷嚷誓要和这和尚赌一场。事实上，由不得他们不赌，教派之间的赌斗，根本不容拒绝，对方提出挑战，自己不应战，立刻就会丢掉信众。且这些人慢慢地也听说了玄奘大乘天的名声，若是能斩掉大乘天的脑袋，将来的影响力定将远播各国。犍陀罗王也懒得劝阻，当即定下明日在王宫门前开坛赌斗。

众人二话不说，纷纷散去做准备了。

片刻之间，赌约轰动全城，所有人都亢奋起来。同时有数骑快马飞奔出了王城，赶往各地传送消息。其中一匹奔向了犍陀罗南部，距离王城百里的一座城堡。

这座城堡依山而建，易守难攻，却早已废弃上百年。然而自从去年秋天开始，无数的波斯人翻山越岭而至，修葺这座城堡，重新经营得固若金汤。周围山上又修建了箭塔、望楼、投石车、拍杆等防御性设施。在城堡周围又建造了军营，一队一队的波斯大军入驻到军营之内，拱卫这座城堡。军队多达数万人，比犍陀罗全国的军队还要多出数倍。周边道路上，供应大军日常需用的车辆来往不绝。

因为，伊嗣侯三世驻跸于城堡之内。整个萨珊波斯流亡宫廷，就在此处。

骑士抵达城门，城上放下吊桥，骑士策马而进。不大的城堡中聚集了太多波斯流亡的皇族、祭司、贵族和臣民，挤得满满当当。

骑士禀报上去，立刻就有人引着他来到行宫，城堡最高处的一座宫殿。

伊嗣侯三世正在和大麻葛、菲鲁赞将军、义子阿罗撼议事。伊嗣侯三世二十一岁即位，今年才三十一岁，容貌俊美，举止高贵，可自从帝国崩溃之后，心力交瘁，万里逃亡，早已让他未老先衰，褐色的头发已经有了斑白，身体瘦弱，神情疲倦。

"陛下请放心，呼罗珊人心向帝国，绝无可能轻易被大食人征服。"菲鲁赞将军正在汇报，"两年之内，大食人难以控制呼罗珊全境，就不会大举进攻犍陀罗。因此咱们还有时间，可以仔细筹划，进攻五河地。"

"不，朕要尽快进入五河地！"伊嗣侯三世激动起来，"对大食人，永远不要拿你们的思维来判断它。因为这些年的逃亡中，朕的大臣们没有一次说中过。朕预感到，大食人快要来了，朕要加紧渡河，一定要夺取旁遮普，给波斯人一块繁衍的土地。"

"陛下，如今犍陀罗的局势太过微妙啊！咱们一定不能率先打破这种平衡！"大麻葛也劝道。

伊嗣侯三世凄凉惨笑："大麻葛，朕当初年少无知，大食人派遣使者见朕，让朕赐给他们一块土地，朕嘲弄他们，让人给了他们一大袋子泥土。如今想来，这难道不是马兹达神对朕的惩罚吗？是朕拱手将我的土地送人，破坏了波斯的国运，才落得如此境地。所以，朕发誓，今生一定要打过印度河，送给波斯人一块土地！"

宫殿里一时沉默，正这时，骑士走进来，向伊嗣侯三世报告了王城的赌约。众人都愣了。

伊嗣侯三世不确定："大麻葛，这种赌约，可以作数吗？"

大麻葛点点头："若是在咱们波斯，自然不会因区区赌斗就举国改变信仰，可在这种小国林立的东方，确是如此。"

伊嗣侯三世眼睛一亮："若是这么说，咱们赢了之后，不就可以一统犍陀罗了吗？大麻葛，答应他们，一定要赢了他们！"

大麻葛皱眉，询问骑士关于玄奘和娑婆寐的情况，骑士只知道玄奘舌战三百外道逐一击破，却对娑婆寐丝毫不了解。

伊嗣侯三世听得倒吸一口气："这个玄奘如此了得，那犍陀罗何人能是他的对手？"

大麻葛笑了，说道："陛下请放心，几日前我就收到了关于玄奘的消息，此人的确厉害，不过应该是那种精研佛法，学识渊博，诸如咱们波斯帝国所说的博学之士而已。至于一些左道之术，他并不了解，否则在十字街也不会那么狼狈。明日，我亲自赶往王城，必定击破这和尚，赢得赌约。"

伊嗣侯三世大喜："有劳大麻葛，朕等候你胜利的消息！"

大麻葛也需要筹备，当即准备离开，伊嗣侯三世忽然又想起一件事，急忙叫住他："大麻葛，这玄奘既然是大唐帝国的僧人，又和大唐皇帝交好，千万要留他性命！"

大麻葛一怔："输者必死，这是赌斗条件，与玄奘赌斗的并非我一人，却又如何能网开一面？"

伊嗣侯三世哀求："大麻葛，若是无法进入天竺，我们波斯人就只剩下大唐帝国这最后一个希望了！"

大麻葛为难半天，最终默默点头。

犍陀罗王城，王宫广场。

广场上搭了一座高台，中间是王座，犍陀罗王端坐其上，左侧有两把胡床，是玄奘和娑婆寐的座椅；右侧六把胡床，坐着大麻葛等六名外道领袖。高台下，人山人海，几乎整个王城的人都赶来围观，连周边百里之内，也有无数人涌进王城，欣赏这难得一见的教派斗法。

犍陀罗王亲自主持："前几日，玄奘法师莅临王城，要重续佛脉，却遭人反对。民间信仰，本王不加干涉，但此事惹起了偌大风波，本王不得不加以调停。昨日玄奘法师和娑婆寐法师向本王提出，要以赌斗的方式挑战各外道，若输，斩掉头颅相谢；若赢，其他外道退出犍陀罗。本王亲自召集各道大德进行商议，都同意赌斗。赌斗规则是，双方三次展示自己的神迹或教论，让对方破解，破解最多的一方获胜。"

因为外道是被挑战的一方，犍陀罗王命他们首先出招，问是展示论题还是展示神迹。六个人都怕了玄奘，也都对娑婆寐不了解，纷纷表示，要展示神迹。犍陀罗王可是知道娑婆寐底细的，苦笑不已，不再干涉。

一名西突厥的老者当先走了出来，他身材魁梧，手中持着一杆幡，傲慢地站到高台中央。

"老夫摩诃末！好教二位知道，跟老夫斗法，是要有性命之忧的。"摩诃末道。底下有百姓欢呼着他的名字，狂热无比。

娑婆寐呵呵笑道："无妨，反正输了要把头颅给你。"

"很好。用大乘天的头颅炼制成酒器，想必美酒更加醉人。"

摩诃末哈哈大笑，忽然在烈日晴空下挥舞长幡，口中念念有词，绕着高台旋转。旋转中，高台上空竟然逐渐凝聚出一股股烟尘。烟尘越来越浓烈，最终形成一团漆黑的乌云，笼罩高台。高台内，在座的众人无不色变，只觉温度陡然降低，四周烟云笼罩，咫尺之外不辨人影。身体周围仿佛刮着旋风，风中有鬼魂盘旋吟唱，发出阵阵凄厉的惨叫，直透耳鼓！

而在外界的众人看来，情况更加惊人。里面阴云暗影，外面却是朗日晴空，那团暗云像是一团黑色的棉絮笼罩着高台，黑雾中不时有翻滚的人形鬼影，发出阴森的笑声和凄厉的哭声。所有人都脸色发白，两股战战，有些胆小的人当场跪下，磕头祈祷。

浓雾中，摩诃末哈哈大笑，一挥长幡，大喝道："幽魂厉鬼，听我号令！将玄奘和娑婆寐的魂灵拘入地狱，永不超生！"

这时，台上人肉眼可见，浓雾中仿佛有无数的鬼魂嘶叫着扑向对面的玄奘和娑婆寐。玄奘平静地看着，神色从容。娑婆寐笑吟吟地看了他一眼："大乘天，你不觉得惊惧吗？"

"《金刚经》有云，若菩萨有我相，人相，众生相，寿者相，即非菩萨。"玄奘平淡地道，"贫僧不是菩萨，这鬼魅也不是人我四相，有什么好惊惧的？从空虚中来，到空虚中去，一切相皆为虚妄。"

娑婆寐大笑，根本不理会即将扑上身的鬼魂，只顾着和玄奘对谈："老和尚阅人两百年，从未见过如大乘天这般磐石枯井，禅心不动。既然吓不倒你，这区区幻术，散了吧！"

随着他一言既出，浓雾中仿佛响起一声霹雳，轰然大作，惊得那鬼魂四散，连浓雾也开始消散。娑婆寐脸上现出残忍的笑容："就这么走了吗？去——"

他手指虚弹，那无穷的鬼魅突然朝摩诃末拥了过去，随即在他身上消没，摩诃末的身体突然就是一定。他猛地抛下长幡，双手扼住自己的咽喉，似乎想惨叫，却叫不出声来。高大的身躯摔倒在地，不停地翻滚，扼着自己的咽喉，竟然硬生生将喉骨扼断！随即他的身体内响起沙沙声，片刻之间，身上的肌肉迅速消失，仿佛被某种东西给吞吃，只剩下白骨和鲜血淋漓的内脏！

这时，黑雾已经消失殆尽，天地恢复清明。摩诃末模样惨烈的尸身倒在高台边缘，整个广场一片寂静。寂静中，那尸身动弹了一下，众人一声惊呼，尸身坠落高台，摔在了广场上。

第一日的斗法给众人极大的震撼，谁也无心再比拼下去，犍陀罗王宣布第二日继续举行。将摩诃末的尸身收敛之后，人群散去。

玄奘回到迦腻色迦王寺，娑婆寐也跟了过来。

玄奘没有好脸色："你日常所居奢侈张扬，为何不去王宫居住，要来这里？"

"和尚自然要住伽蓝。"娑婆寐笑道，"伽蓝虽破，老和尚也能让它蓬荜生辉。"说着吩咐手下的少女打扫出一间石室。

他这打扫可并非简单的洒扫，那群美貌少女先将一间石室用清水洗了一遍，然后用牛粪擦了一遍，在里面铺上厚厚的羊毛地毯，四壁挂上华贵的挂毯，挂毯上缀满了明珠美玉，然后又在外面铺下羊毛地毡，摆上饮食。

娑婆寐邀请玄奘用餐，玄奘也不推辞，坐在一侧默默地吃着各种叫不上名字的美食，喝着甘蔗汁。

"大乘天，你可是在责怪我吗？"娑婆寐问。

玄奘叹息道："既然能破了他，又何必伤他性命？"

娑婆寐沉吟了片刻："大乘天，你可知道佛法为何会衰落吗？且不说这犍陀罗，那是因为国王灭佛。可就算在天竺，佛教亦已日渐衰落，有些王国，佛教与外道并存，有些王国，佛教已经破毁消失。这是为何？"

"贫僧一直在思考这个问题，尚未有答案。"玄奘道。

"是因为我佛法追求的是无上菩提，明心见性，成就涅槃。就拿大乘天你来说，佛法高深，正遍知，正遍觉，所证得的智慧，正真而又圆满，于一切法无不了知，无所不包。"娑婆寐道，"大乘天，你能度人成佛，可能解人厄难吗？对于普通的百姓民众而言，成佛成道，证得菩提太过遥远，相反，他们在世俗中会遇到各种厄难艰辛，生老病死，八苦六欲。他们病痛了，有求于你，你能解决？他们思念死去的亲人，有求于你，你能解决吗？他们被恶鬼缠身，有求于你，你能解决吗？他们头上生疮，脚底瘙痒，口歪眼斜，浑身恶臭，你能解决吗？不能！你不能，但其他的外道却能！大乘天，你说民众会选择谁呢？"

"你这是邪见。"玄奘冷冷道，"佛陀四谛，苦、集、灭、道，正是告诉众生如何脱离八苦的永恒法门。这种解一时痛厄的法门，就是末法。"

"戒贤的师父护法菩萨跟你观点一样。"娑婆寐不以为忤，"可和尚我能解决众生眼前的厄难，让他们尊信我佛；能让他们心怀畏惧，叩拜我佛。和尚我能让五天竺的民众目睹一场场神迹，狂热追随我佛。当其他外道用这种方式招徕众生，你还死守经义不放，最终只能沦落到眼前——"他指了指那尊观音像，"观音入土的凄凉景象。"

玄奘摇了摇头，道："佛陀的四圣谛十二因缘，世间正法，牢不可破。但你这种小术，明眼人一旦窥破，那就是全盘皆崩。"

"小术？"娑婆寐恼了，"老和尚的如何是小术？你且说说看。"

"无非是障眼法而已。"玄奘道，"那摩诃末黑雾中的鬼魂，只是一群细小的飞虫，翅膀振动，隐约似鬼魂之音。他释放出那黑雾，只不过是为了掩盖这群飞虫而已。他想用飞虫杀你——"

"杀的是你我！"老和尚纠正。

"哦……"玄奘道，"杀你我。结果你弹出一种药物，这种东西你精研多年，贫僧我也说不清，你弹到他身上，引发飞虫反噬，钻入他体内，吞吃他血肉。贫僧对豢养虫蛊并不精通，却也能判断出来，这飞虫食尽血肉之后，钻到他内脏中潜伏严卵，所以你事后才让犍陀罗王把那尸体烧掉。还有，你说话中那一声霹雳，要贫僧解释给你听吗？"

"不用！"娑婆寐气道。他面色不动，其实听得遍体生凉，这和尚目光太过敏锐，知识太过渊博，世间万事万物在他眼中竟毫无秘密。虽然此人手无缚鸡之力，却给了娑婆寐一种无可撼动的感觉。

两人正在争辩，忽然有一名净人走了过来："拜见二位法师，山下有一人求见大乘天。"

玄奘让净人带那人过来，却是一个陌生的老者。那老者显然也见识了白天的事情，对娑婆寐颇为敬畏，根本不敢看他，在玄奘面前叩拜。

"法师，我是替人传讯，有一位您的故人，请您前往城东十里的河边见面。"

"贫僧的故人？"玄奘惊讶，"他可说了名字？"

"未曾。"老者道。

玄奘沉吟片刻："好，贫僧去见见他。"当即起身，赶往城外。

城外十里处，有一条通衢的官道，商贾往来繁忙。旁边是一条细小的河流，河边长着茂密的胡杨林。玄奘站在一棵胡杨下等待，此时已近黄昏，路上行人匆促，有放牧的牧人归来，哼唱着古老的歌谣。西天晚霞灿烂，映照在犍陀罗的上空。

这时，响起驼铃之声，从小河的对岸，一个十六七岁的少年骑着一头骆驼，涉水而来。那少年似乎是粟特商贾，身穿野蚕丝长袍，系着腰带，脚上穿着长靴，骑在驼背上吹着横笛。

玄奘看了一眼，就不再理会。那少年骑着骆驼经过他身边，忽然一声叹息，道："三生石上旧精魂，赏月吟风不要论。惭愧情人远相访，此身虽异性常存。"

竟然是一首七言诗，汉诗！

玄奘陡然一惊，目光炯炯地望着少年："你……这诗中之意，你我竟然是旧相识？"

那少年从驼背上取下些瓜果捧在手中，向着玄奘走来，眼中似乎有泪，却笑着："身前身后事茫茫，欲话因缘恐断肠。河洛山川游已遍，却回烟棹瀍原上。"那少年神色迷惘地望着玄奘，低声道，"师兄，多年未见。"

玄奘磐石枯井的禅心这一瞬支离破碎，他浑身颤抖，凝望着那少年，仔细想在那眉眼中找到昔日的模样。他步履蹒跚地走过去，想伸手触摸那少年的面孔，只是还未触及，已经泪流满面。

"圆观！"玄奘喃喃道，"是你吗？"

"师兄，我说过，只要我今生还能记得你我的友谊，十六年后，我们会在一个末法乱世中相逢。"那少年搂着玄奘，又哭又笑，"未想过，命运竟如此动人！"

玄奘摸着他陌生的面孔，脸上流着泪，笑着："圆观，你今年十六岁了吧？"

"按粟特人的计岁，已经十七了。"那少年哭着，"师兄，我今生已经不再叫圆观，我的名字叫作阿罗那顺。师兄叫我那顺就是了。"

"贞观三年，我离开大唐西游之前，曾经到崇贤坊去看你。你们却已经搬走。"玄奘擦着他脸上的泪水，"这些年，过得还好吗？"

那顺道："贞观元年我们便搬走了。粟特人往来丝路，居无定所。所有粟特家的孩子，六岁开始，便要随着商队经商，这十年来，我蝇营狗苟，赚钱谋生，往生之事，大多已经淡忘，只记得当年与师兄的相识、相约。师兄如今名动五天竺，尊号大乘天。我听到，也为师兄开心。"

两人在河边的胡杨下坐下,那顺铺上地毯,摆上瓜果,两人对坐。谈及前世,谈及今生,开心时逸兴如飞,悲伤时相对呜咽。

那顺叹息:"不知道白鹿原上,我的坟茔还在否?"

"应当还在。"玄奘道,"你说过,几十年后,或许我也会葬在那白鹿原,你还要以瓜果琴声相迎。"

"可惜,我们的路已经不同。"那顺道,"师兄注定今生能修到弥勒净土,而我还要在这轮回中打转。这轮回的奥秘,明知深陷其中,也难以舍弃啊!师兄,你我本已殊途,原本不该再续前世的缘分,可是我今生却触动了一桩缘法,纠缠其中,悲伤烦恼,还请师兄帮我!"

玄奘点点头:"你且说说看。"

"从我记事之后,前世的记忆日渐模糊,或许长此下去,会彻底磨灭,只记今生。"那顺讲述着,"可是不知为何,从我三岁起,眼前就突然出现了一个女人的模样,我不知她是谁,不知她为何入我记忆,入我今生。随着年龄的增长,我对这个女子越来越痴爱,可是我却不知道她在哪里,于是我行走于丝路,走遍上百国,我走过大唐,走过西域,走过波斯,走过天竺,甚至远到拜占庭诸国,疯狂地寻找这个女子。直到十三年后,也就是今年,我才终于找到了她。"

"果真有其人?"玄奘吃惊。

"有的。"那顺道,"与我记忆中一般无二。"

此时夜幕降临,月升印度河。印度这个名字,玄奘曾深入探究,唐语意译为"月亮"。意思是众生生死轮回,永无休止,仿佛漫漫长夜永无尽头,永无黎明,此时只有印度像明月降临,为众生指引前路。

然而,在这印度河的漫漫长夜,明月照耀之下,玄奘却遍体生凉,心中悚然。这命运与轮回,竟然如此诡异!

"今年春天,我来到犍陀罗王城,偶然间在无数的众生里,回头一望,恰好看见了她。那一眼,仿佛前生的业火将我席卷,梵天的雷霆在我心中炸响,师兄,只一眼,我就不可遏制地爱上了那个人!"那顺眼睛里闪耀着温柔,"师兄,这十几年的追寻,说是在找一个女人,事实上我是在探寻自己的命运和真相,可就在这一刹那,我爱上了她,也爱上了命运。然后我在人潮中跟踪着她,我想知道她是谁,为何从记事起,她就在我生命中存在。师兄，我跟到了一家妓院，她是一个妓女。"

玄奘哑然，不知该如何劝解他。

"我向周围的人打听，这才知道，她的名字叫莲华夜，是犍陀罗，甚至整个天竺、整个西域最美丽的妓女，也是身价最高的妓女。过一夜，需要五百金币。"那顺一脸苦涩地拍了拍骆驼，"这匹骆驼值十二枚金币，她接待一个客人，要四十二匹骆驼。我整个商队的钱都不够。但是师兄，我真的爱上了她，每一次看到她，我的肌肉，我的灵魂，甚至我的每一根毛发都在欢呼，都在赞美，都在痴迷。我发誓要拥有她，可是却不知道该怎么办，于是我奔走各地，用两个月的时间卖掉了商队里的所有货物，又去撒马尔罕找家族借款，总算是凑够了五百金币。"

那顺打开驼背上的一只口袋给玄奘看，里面金光耀眼，满满一大兜波斯金币。那顺叹息："我回到王城，想陪她度过一夜，可是却不知道该说些什么。恰好在王城中看见了师兄。师兄，求你帮帮我。"

玄奘黯然："你让我如何帮你？"

"我想知道我为什么会爱上她，"那顺道，"我想知道我和她前世今生到底有什么宿缘，我想知道，我们今生今世到底要经历怎样的命运！"

月光照着河流、胡杨和山脉，那顺在旁边生起了篝火，火光照在他的脸上。年轻的脸上布满了悲伤、迷惘和痴恋。玄奘忽然有些恍惚。在这月光与篝火中，今生与前世中，玄奘凝望着眼前这张陌生的面孔，这一时，这一事，仿佛正在做一场无边的大梦。

"好。"玄奘道，"我答应你。"

第四章
长安噩梦

这一日，万里之外的长安城，天色晦暗不明，墨云翻卷，整个皇城似乎变成了幽冥鬼域，李世民在南海池中划船宴饮，丝竹弹唱，不禁有些醺醺然。然而就在这时，一颗流星突然划过阴暗的天空，云开雾散，太白星出现在天际，异常耀眼。

李世民一愣："今日是什么日子？"

"六月初四，陛下。"一旁的杨妃道。

"六月初四！"李世民一惊，看向左右，忽然觉得身边的内宦和后妃们服饰怎的有些怪异？他登基十五年来，大唐服饰日渐华美，可这些人的服饰却仍旧粗粝简约，似乎是大唐开国时的风格？

就在这时，玄武门外传来喊杀之声，刀枪撞击，马蹄翻腾，战马的嘶鸣和受伤者的惨叫如在耳畔。李世民霍然而起，向玄武门方向望去，一道身穿皇子服饰的人影从临湖殿踉踉跄跄地奔来，背上竟然插着一支箭镞！

"父皇，救我——"那皇子凄厉大喊。

突然从临湖殿外的树丛中追出一人，那人全身甲胄，一手提着一个人头，一手持着一把长弓。眼看皇子将要奔到南海池边，那将军张嘴咬住人头的发髻，弯弓射箭，那皇子正奔跑间，利箭穿喉而过。那将军缓缓走过来，攥着皇子的发髻，让他仰脸看着李世民，冰冷地一笑，一刀将人头斩下。

"是谁在作乱？你又是谁？"李世民恐惧至极。

那将军提着两个人头走到池畔，单膝跪下，将人头高举："陛下，您的两个儿子作乱，我家殿下举兵诛之。殿下仁孝，怕您受到惊扰，故此命臣前来护卫！"

"我的两个儿子？"这天地不知道出了什么问题，李世民仿佛在水中望月，涟漪丛生，谁的面目都模糊不清，"这是朕的哪两个儿子？你家殿下又是朕的哪个儿子？"

"三王门外杀，唐室见轮回。"那将军森然一笑，将人头掷向船上，"陛下想知道，就让您看个清楚！"

李世民惊恐大叫，"呼"的一声坐了起来，只觉满头满身冷汗涔涔，窗外弯月如钩，映照窗棂。竟然是一场噩梦。

"陛下，您怎么啦？"旁边一双白腻的胳膊缠了过来，侍寝的杨妃也惊坐起身，搂住了他。

"今天是什么日子？"李世民浑身颤抖着。

杨妃看了看窗外的夜色："已经过了子时，是六月初四了。"

"六月初四，嘿！"李世民闭上了双眼。十五年前，六月初四日，玄武门前那一摊摊血色映入了他的双眼。当上皇帝已经十五年了，每年他都想忘掉这个日子，可每一次，这个日子都会死死纠缠着他，入他魂，入他梦，凿穿骨髓，撕裂肝肺。

这时他才明白，自己竟然重现了父皇李渊昔日的恐惧。十五年前的六月初四，正当李渊在南海池泛舟之时，自己玄武门兵变，亲手射死了建成，尉迟敬德追杀元吉，于武德殿外将其射杀，并斩下头颅送给了李渊。或许，父亲当年的恐惧就如同今日的自己吧？三个儿子在门外残杀，一个面目狰狞的将军将两颗首级送到自己面前。

"宣右卫率府长史王玄策甘露殿觐见。"李世民朝门外吩咐了一声，然后起身。

"陛下，这才三更天啊！"杨妃急忙起身，拿出汗巾给他擦拭身上的汗水，伺候他穿衣。

李世民没说什么，沐浴更衣之后，在内宦的伺候下，起身前往甘露殿。这里是皇帝的寝宫，也是他日常接见亲近臣子的地方。

王玄策名义上是右卫率府长史，实质上却是大唐直属皇帝的秘密组织——不良人的贼帅。不良人这一组织乃是武德年间设立，当时国内和边境烽烟处处，太上皇李渊设置不良人，从全国招募有恶迹者充任耳目，必要时做些侦缉逮捕之事，成员非但有汉人，还招募有不少突厥人、吐蕃人、粟特人、吐谷浑人、羌人，以及西域各族胡人。

等到魏徵担任秘书监，参与朝政之后，认为这一组织是个有悖于清明政治的怪胎，要求李世民将之归纳到秘书监辖下。

贞观三年，大唐对东突厥发起灭国之战，为了加大对外情报的刺探力度，魏徵看中了融州黄水县的县令王玄策。此人生在洛阳，自幼和胡人聚居，能讲各种胡语，为人多谋善断，尤其擅长大国权谋。于是魏徵便将王玄策调入长安，担任不良人的贼帅。

王玄策此人能力超群，贞观三年，为了配合大唐攻灭东突厥，尾随玄奘出关，出使西突厥，试图说服西突厥的统叶护可汗不要插手，结果居然一手挑起了西突厥的内乱，导致统叶护可汗被杀，西突厥的两大部族分裂，直到如今西突厥还陷在两大部族的仇杀纷争之中，直接从一个举世无匹的大国，堕落成了一盘散沙。（详见《西游八十一案：西域列王纪》）

王玄策出色地完成了任务，但魏徵却为之悚惕，下令剥夺了不良人的逮捕权力，只留下侦缉刺探的职能，并明文规定，不良人贼帅的品级不能超过五品，以各种方式将这一秘密组织纳入朝廷系统的管辖。

王玄策出身儒家，深知儒家之人对这种怪胎的警惕，他倒也无所谓，直接在从五品的右卫率府长史位置上干了十二年。如今大唐国势煊赫，威服天下，除了西域边境略有摩擦，平日里倒也没什么大事，王玄策的不良人一个个处于闲散状态，搜集些情报，帮长安县和万年县的衙门抓些小贼，破些小案之类。但今日三更时分一听皇帝召见，王玄策当即就亢奋了，一骨碌爬起来，赶往甘露殿。

不良人是秘密开衙，设在皇城西北角的将作监内，距离宫城并不远，不到半个时辰就到了甘露殿。王玄策为人轻佻豁达，但皇帝这个时辰召见，他也颇有些忐忑不安，收敛起气息，毕恭毕敬。

"朕刚才做了一个梦。"李世民将方才的噩梦讲述了一番。王玄策听得遍体冷汗，大唐谁都知道，玄武门兵变是李世民不可触碰的伤口，皇帝突然亲口讲述，福祸难料。

"陛下的意思是……"王玄策不敢擅自揣摩。

"朕想知道，我那三个儿子到底是谁？"李世民有些憔悴，"是不是有人想效仿朕，发动一场玄武门之变！"

"陛下！"王玄策冷汗淋漓，惶恐地道，"臣不敢监控皇子。"

李世民冷冷地盯着他："别以为你做的事朕不知道！何止是皇子，满朝文武大臣你哪个没有派人盯着？以朕看，除了魏徵你不敢，其他臣子早饭吃了几碗粥你都一清二楚吧？"

王玄策尴尬不已，却不敢回答。

"太子和魏王，如今又生出什么事端没有？"李世民也不理他，径直问。

王玄策犹豫半晌不敢回答，原因很简单，这些年，太子李承乾和魏王李泰的夺嫡之争，一直是大唐朝廷最重大的政治话题。

李承乾是李世民和长孙皇后所生的嫡长子，武德二年出生后，被李渊命名为承乾，这一名字富有深意，似乎预示着李渊对李世民的某种许诺。李世民也兴奋无比，对承乾宠爱有加。贞观元年刚即位，就将承乾册立为太子。

当年八岁的承乾让李世民喜欢不已，"性聪敏，特敏惠，丰姿峻嶷，仁孝纯深"。李世民要将他培养成完美无瑕的一代明君，先后委派大儒陆德明、孔颖达教导他儒学，又任命教导过前隋太子杨勇、隐太子建成的名臣李纲为太子太师。

十二岁的时候，李世民就让承乾听讼，决断诉讼之事。承乾身体不好，一次生病时，李世民不但请道士为他祈福，在他病愈后，更是召度三千人出家，修建两座寺观为儿子祈福。从承乾十六岁开始，李世民外出巡行，就由太子监国，军国大事任其决断。

可以说，为了完美地打造这个儿子，李世民几乎倾尽了感情和手段。三年前，更是为太子在东宫设置崇文馆，经籍图书，课试举送，一概往太子的宫中送。可讽刺的是，也不知道是师从李纲这个教过两任废太子的衰人的缘故，还是命中注定，贞观十三年，太子患了足疾，治好之后走路微跛。这在极端注重仪表威态的朝廷，无疑让太子颜面大损。

更要命的是，李世民的完美继承人思想，在另一个人身上更加完美地实现了。那就是魏王李泰。

魏王李泰是李世民和长孙皇后的次子，刚出生就分享了承乾作为嫡长子的殊荣。因为李泰更讨李渊喜欢，还不到一岁，就被封为正一品的卫王，让他继承早夭的卫王李玄霸的爵位。一门双王，这对李世民来说也是莫大的殊荣。

李世民做了皇帝之后，对李泰更是恩宠有加，在其九岁时，就封其为扬州大都督和越州大都督，总督十六州军事，封地更是多达二十二州。同时受封的皇子李恪，封地才八个州。十四岁那年，李泰被授予雍州牧之职，成了长安京畿的最高长官。

皇子们年长后，照例要迁到封地居住，但李世民舍不得李泰，不但将其留在了长安，还想让他搬进武德殿居住。武德殿在宫城内，就和东宫隔着一堵墙。这里面的象征意味太明显，魏徵忍无可忍，极力劝谏，才算阻止。

若说李世民巡游时让太子监国是恩宠，那他巡游时每次都带着李泰，究竟算什么？这李承乾自己也说不清，心中总有一种父亲带着老二游山玩水，自己被遗弃在家做功课的滋味。

最让承乾难受的，还是李泰自己争气，"聪敏绝伦，雅好文学，工草隶，集书万卷"，著有文集二十卷，在朝野间拥有极大的声望。

李世民对李泰的宠爱，简直到了一日不见就百爪挠心的地步。李世民养了只白鹘，只要见不到李泰，就派白鹘去给他送信，一日之内白鹘几次往返。更有一次，李世民去延康坊看望儿子，一高兴，赦免了京畿及长安死罪以下的囚犯，还免去了整个延康坊一年的赋税。还有一次，有人向李世民上书，说魏徵、房玄龄等人对李泰不够尊重，李世民居然雷霆震怒，把魏、房等人召进宫中严厉质问。房玄龄等人被吓得不敢说话，魏徵急了，梗着脖子跟皇帝掐了起来，李世民从来就没在魏徵跟前占过上风，只好承认错误。当时朝廷中已经有人猜测，皇帝有了改立太子之心。

在跛足之前，承乾还勉强能对李泰保持心平气和，可跛足之后，他就再也遏制不住内心的嫉妒和不安。

这个二十岁的年轻人想发泄内心积压的愤怒，打算加盖一座房子，于志宁便上书给皇帝，批评他喜慕奢华；他心中烦闷，跟太监饮酒，于志宁又告发他，说他学秦二世。孔颖达和少詹事张玄素更是眼睛不眨地盯着他，只要稍微有不对的地方，不是当面痛加指责，就是报告皇帝，要求皇帝严厉惩戒。

因为皇帝说过，要将太子培养成一代明君。于是孔颖达等人给承乾定下的标准是：圣人。

后来连太子的乳母也看不惯这种苛求，便对孔颖达说："太子成长，何宜屡致面折？"孔颖达对曰："蒙国厚恩，死无所恨。"最后结果是"谏诤逾切"。

一开始，承乾玩起了两面性，临朝交谈，三句话不离忠孝之道，退朝之后就荒唐嬉戏；孔颖达等人还没张口进谏，他先危坐敛容，引咎自责。孔颖达等老师们很是欣慰，觉得太子在自己的责骂劝谏下，终于懂事了。

可今年发生的一件事，让承乾彻底绝望了。

两年前，李泰开始召集文臣编撰一部大型地理书籍《括地志》，今年完稿之后献给皇帝。这部划时代的辉煌大作共有五百五十卷，记载了全国各州、各县的沿革、地望、得名、山川、城池、古迹、神话传说和重大事件等。博采经传，征引广博。

李世民如获至宝，将此事视为贞观年间的文化盛典，对李泰大肆赏赐，接连半年，每个月都要赏赐大量的财物，数量和规格远远超过了太子。最后连朝臣也看不惯了，这实在是已经逾越朝廷礼制。褚遂良上书劝谏，认为魏王的规格不应超过太子。李世民虚怀若谷，表示认同，却并未削减李泰的花销，而是提升了太子的花销。

承乾备受打击，迷茫无措，连装蒜也懒得装了。他听说屠宰牛违法，特意在宫中筑鼎，私下盗取耕牛宰杀来吃。又让上百名奴婢梳起胡人的发饰，剪掉彩绸做衣服，敲锣打鼓玩闹，日夜不休。还在宫中盖起突厥人的帐篷，分建部落，和汉王李元昌分别统领部落开战。

李世民十分不解这儿子为何变成如此模样，他觉得是老师没教好，于是派出十几位老臣去东宫教导太子，这些人几乎囊括了贞观年间的名臣，如杜正伦、房玄龄、魏徵、马周等。可就在这时，李世民挨了当头一棒，不良人密报，说太子私养一名太常寺的乐人少年，日夜厮混，并给他取名叫称心。

李世民勃然大怒，下令斩杀称心。承乾伤心不已，在宫中为男宠立牌位，日夜祭奠，并且竖冢立碑，追赠官职。李世民气得发疯，几乎要废掉他太子之位。

承乾认为是李泰告密，派人刺杀李泰，所幸没有成功。李世民下令缉捕，凶手却逃之夭夭。虽然没有证据，可朝臣们都知道，这就是承乾干的。

而魏王李泰，也渐渐滋生了夺嫡之心。双方各自结交朋党，互相攻讦，弄得朝廷里人人自危。这种浑水漩涡，王玄策怎么敢轻易沾染？

"好了好了，"李世民不耐烦，"不要学房玄龄了，朕说个重话就战战兢兢的。你王玄策胆大包天，谁人不知？贞观三年，你带着一百多人，就敢在西突厥的王庭挑起内乱，连统叶护都死于非命。朕让你保护玄奘法师，你却险些害他丢掉性命！哪一件事你不是擅作主张？"

"这个……太子和魏王这边暂时倒也没什么事发生。"王玄策谨慎措辞，"就是太子最近和太子詹事于志宁之间颇有冲突。前几日太子又私自招募了几个突厥人在东宫嬉戏，被于詹事知道了，上表斥责他。太子颇为怨恚，大骂于志宁。"

"逆子！"李世民勃然大怒，"太子詹事是他的老师，辱骂老师简直是……简直是……"李世民想了半天，这脏话也没有骂出口，"你给朕盯着太子！但凡他有出格之事，务必报朕。"

王玄策领旨。

李世民又叮嘱："查到的那些阴私之事，就不必通过秘书监了，朕丢不起这人！"纵然英明神武如李世民，想起自己这些亲生儿子也忍不住深感疲倦，"三王门外杀，这个门必定是玄武门了，还有一王到底是谁，给朕查清楚！"

"是！"王玄策一个字也不敢多说，起身应诺。

王玄策返回衙门，不敢怠慢，连夜召集手下的不良人和巡夜的武候，亲自带队，将任务一一交代下去。这一夜王玄策奔波在长安城的大街小巷，命人盯住太子和魏王那些心腹手下的宅邸，收买他们宅中的仆役，刺探消息。所幸他身份特殊，不用遵守宵禁。

然而就在路过亲仁坊之时，王玄策却突然发现两道人影纵身跃过坊墙，进入坊内。身边的不良人和武候大吃一惊，正要呼叫，被王玄策阻止。他久经风浪，眼力更是好得出奇。这亲仁坊在朱雀大街之东，靠近皇城，历

西游八十一案：大唐梵天记 61

来都是高官贵族居所。坊墙一丈，这两名刺客纵身便能跃过，绝对不是普通蟊贼，所图必定不小。

王玄策命武候们搭人梯，跟着跳进了亲仁坊，众人悄悄跟踪。却见这两名黑衣人东弯西绕，竟然到了于志宁宅邸的外墙。两名黑衣人影腾身跃过高墙，消失不见。

有人要行刺于志宁！于志宁除了身兼太子詹事之外，官职为中书侍郎，中书省的长官，正三品的大员。这样的人物遇刺，那可是一件大事！

"快！"王玄策急忙吩咐，"翻墙进去，保护于中书！"

众人手忙脚乱，搭好人梯刚上了墙头，就见月色下那两名刺客潜踪匿迹，悄悄摸向于志宁的卧房。月色下，两人黑巾蒙面，手持的长剑在暗夜中闪耀着光芒。

一名刺客以长剑撬开门闩，即将推门而入。王玄策急了，正要大喊，突然房顶上凌空扑下一条人影，一脚将那名刺客踹进房中，轰然一声房门碎裂，那刺客摔倒在地。

另一名刺客一惊之间，那人影双手一挥，手中竟然是一把长达七尺、重达十余斤的陌刀！这种陌刀乃是大唐军中重步兵所持的利刃，主要是为了斩杀骑兵。凡是使用陌刀之人，都是力士，因刀太重，唯有以腰力旋斩，而挡者皆为齑粉。不料今日竟然出现在此地！

王玄策知道其中大有隐情，当即趴在墙头，按捺不动。这时两名刺客和这名陌刀客已经杀成了一团。两名刺客也是高手，但对方的武器威力实在太大，不得不连连闪避。陌刀所向，无论廊柱还是山石，无不碎裂，爆发出闷雷般的巨响。时而刀剑相交，铮铮鸣响。

这时于志宁也被惊醒，狼狈地跑了出来，站在门口两眼呆滞。三人厮杀得极为激烈，从卧房一直杀到庭院，激斗中，一名刺客的长剑被陌刀客一刀斩断。那刺客魂飞魄散之时，陌刀客却劈手撕下了他的面巾，随即冷笑一声，一脚踢出。刺客整个身子被踹飞，直撞在大门上，一寸厚的大门硬生生被撞碎，刺客口吐鲜血，倒在大街上爬不起来。

"杀了我！"刺客朝着同伴大叫。

另一名刺客大吼一声，长剑劈手掷了出去，陌刀客随意挥刀一挡，长剑落地。那名刺客却夺门而出，搀扶起同伴逃之夭夭。陌刀客追出去几步，却拐向另一个方向,霎时间消失得无影无踪。

这时有武候问:"贼帅,用追吗?"

王玄策长长吐了一口气,那刺客被揭下面巾时,他已经认了出来,是自己的同僚,太子左卫率府的武骑尉,太子的心腹卫士,纥干承基。

王玄策摇摇头:"风暴将起。命人加强人手,盯紧东宫!"

这场刺杀事件果然掀起了风暴,首先是朝廷震动,居然有人在长安城刺杀朝廷大员,简直是无视朝廷尊严。李世民愤怒不已,下令调查。但诡异的是,调查尚无结果,民间却传出了真相,幕后真凶正是太子,刺客乃是太子的心腹纥干承基,早已经逃出长安城。

李世民原本不信,但命人去左卫率府调查,果然,纥干承基当夜之后便消失不见。李世民勃然大怒,召太子质问,太子却哭着死不认账。李世民没有真凭实据,也不愿将太子逼迫过甚,只是罚他禁足东宫。

李世民心中仍有疑虑,召来王玄策询问。王玄策这几日早已做好功课,当即禀告:"陛下,臣亲眼所见,刺客的确是纥干承基。"

"朕知道刺客是他!"李世民烦躁,"朕想知道,幕后指使之人,是不是太子?"

王玄策深吸一口气:"的确是太子。"

李世民霍然盯向他,咬牙道:"你敢确定?"

"臣确定。"王玄策道,"当夜臣亲眼看见刺杀案之后,便展开调查。这几个月来,于詹事鉴于太子荒嬉,对他严加管束,除了上书斥责,还将太子招募的那几个突厥人重打三十鞭,赶出东宫。太子极为恼恨,因此才命纥干承基和张师政前去刺杀于詹事。您可以调查一下,事发之后,张师政也被太子派遣出了京城。"

"果真是这孽畜!"李世民气得破口大骂,"你还查出了什么?说吧,朕不嫌家丑!"

"还有……"王玄策这次真的犹豫了,半晌才低声道,"魏王也牵涉其中。"

李世民愣了:"泰儿?这关泰儿什么事?"

"三日前,有个叫韦灵符的术士投靠太子。这个人曾经被魏王招募,在魏王府待了三个月,但不受重视,于是转投到太子门下。"王玄策道。

"泰儿做得很好啊,"李世民颇有些欣慰,"这等术士早就该将他弃之门外。"

王玄策苦笑,道:"韦灵符投靠太子之后,道出一桩秘密,原来于志宁、张玄素、孔颖达三位詹事对太子求全责备,全是魏王在背后指使。"

"胡说八道!"李世民气着了,"三位詹事乃是风骨傲然的儒学大家,朕还指使不动,岂能被泰儿指使?"

"陛下,魏王的手段非同寻常。魏王交好文人诗人,三位詹事每一次指责太子之后,魏王总是会让这些文人诗家颂扬他们的铮铮傲骨,为人师表。结果,这三位詹事看到颂扬自己的诗词文章,极为受用,对太子的管束便更加严厉,惹得太子对他们更为不满。双方矛盾便愈演愈烈,最终演变到了太子派刺客杀师的地步。"

李世民听得目瞪口呆,在他眼中,魏王李泰忠厚坦诚,才华横溢,对权势毫不热衷,每日醉心于文学诗章。怎么到头来竟然是这副模样?

"陛下,那韦灵符说出此事之后,太子知道上了魏王的当,极为愤怒。"王玄策低声道,"这次刺客去杀于詹事,那名陌刀客仿佛预先得知一般,就在那里等着救人。虽然臣未能查出陌刀客是何人,但此人确凿无疑是魏王所派。"

李世民呆呆地坐着,忽然想起那日噩梦中的十个字:三王门外杀,唐室见轮回。他凄凉地笑着:"难道朕的儿子,果真要重走朕的路吗?玄武门内,果真要送两个人头到朕的面前?难道朕犯过的错,永远也消弭不掉吗?这难道是佛家说的报应与轮回吗?"

这句话王玄策可不敢接,低头不语。

"你与玄奘法师相熟,"李世民问,"若是玄奘法师还在,他能否回答朕的问题?"

王玄策低声道:"臣不知。"

李世民没有说话,默默地站了起来,朝寝宫走去。他如今才四十三岁,背影看起来却苍老憔悴,甚至白发都添了几根。王玄策躬身送别,直到皇帝消失在帷帐之间,才起身退了出去。

第二日,李世民强打精神,早早起身,有内宦伺候他穿上朝服。因为今天是侯君集献俘于观德殿的大喜日子。就在去年，吏部尚书侯君集率领大军平灭高昌国，俘虏高昌王麴智盛，这是大唐攻灭的第一个西域王国。

原来，高昌王麴文泰自从经历内乱之后，安定了十余年，再度故态复萌，政策又开始摇摆不定。他和西突厥勾结，先是攻打大唐的伊吾郡，随后又侵占了焉耆三座城池。焉耆王求助于大唐，李世民下诏斥责，麴文泰居然回复道："鹰飞于天，雉伏于蒿，猫游于堂，鼠噍于穴，各得其所，岂不能自生邪？"

当时西域各国朝贡大唐，都要经过高昌，麴文泰竟然扣留各国使者，不让朝贡，终于惹得李世民震怒，令侯君集率兵攻打高昌。

麴文泰这才害怕起来，日夜忧虑，在大唐兵临城下之时，惊惧而死。他临死前，其子麴智盛返回高昌，继承王位之后，出城投降。

李世民大喜，下令在交河城设安西都护府，直到今年侯君集才押解麴智盛等高昌王族，返回长安献俘。

这是灭国之功，献俘之后，李世民赐宴太极殿，王玄策也参加宴饮，大唐君臣在宴席上喝得醺醺欲醉，喜笑颜开。但是角落里，却有一个人持着酒杯，满面伤感，正是原本的高昌王，今日刚被封为左武卫将军、金城郡公的麴智盛。

王玄策端着酒杯走了过去，麴智盛抬眼望他，脸上慢慢地露出了笑容。

"王长史，你也老啦！"麴智盛叹道。

"是啊！这一晃，你我已经十二年未见了。"王玄策也无限感慨。眼前的麴智盛，贞观三年时尚是年轻英俊的王子，现如今人到中年，面容苍老，神情憔悴，连鬓边的头发都白了一片。

"我师父玄奘法师可曾回来？"麴智盛问。

王玄策摇摇头："法师自从出关西游之后，十几年了，至今杳无音信。"

麴智盛眼中露出悲伤，当年在高昌王城，他和龙霜月支生死绝恋，若非玄奘破解了那一场死局，只怕高昌国十几年前就已经被灭了，他麴智盛坟头树苗也已是参天大树。（详见《西游八十一案：西域列王纪》）

"若是长史能够见到我师父，请告诉他老人家，智盛做得很好，保全了高昌子民，没有让他们经历战火之乱。"麴智盛失声痛哭。

王玄策也心有戚戚焉，两人流着泪对饮，喝得酩酊大醉。王玄策酒到酣处，纵情起舞，好在此时殿中大家都喝多了，不少人还跳起了胡旋舞，也没有御史参他举止不雅。

包括李世民自己都有些放浪形骸，一高兴，下令内宦取来波斯进贡的六只琉璃盏，盛满葡萄酒，分赐给赵国公长孙无忌、梁国公房玄龄、郑国公魏徵等六人。内宦用黄金盘端着琉璃盏，六位国公受宠若惊，齐刷刷鞠躬谢恩，等着喝酒，不料就在这时，王玄策端着酒过来了，一头撞在了内宦的身上。哗啦一声，黄金盘落地，六只琉璃盏全都摔成了碎片。

六位国公全惊呆了，这些人都知道，这是皇帝最心爱的琉璃盏，平时自己都舍不得用，这下好了，谁都别用了。

"大胆！"李世民心疼不已，暴喝一声，摔掉了手中的酒杯，"王玄策，你可知罪！"

王玄策也吓傻了，一个激灵，喝进肚子的美酒全都化作冷汗排了出来，瞬间就清醒了。他跪倒在地，连连叩首。

"来人，给朕拖出去——"

李世民话还没说完，魏徵急忙跪倒："陛下！请勿以玩物责罚大臣！"

李世民还有些醉意，看着地上的琉璃盏碎片，心疼不已："这可是朕的——"

长孙无忌也反应了过来，皇帝这时候喝多了，琉璃盏再珍贵也是个酒杯，真要因为打碎几个杯子责罚大臣，这后世史家的嘲讽那是注定跑不掉了。他也急忙跪倒在地，道："陛下，古有燕昭王千金买马骨，所图者，非马也，士也！如今陛下若是因为几只酒盏处罚大臣，后世该如何评价？"

李世民最注重身后名声，当即警醒。长孙无忌急忙爬起来，命内宦用热毛巾给皇帝净面，几番擦拭之后，李世民才回过味儿来。他默默地盯着跪在地上的王玄策，有那么一刹那，心中当真动了杀机，此人最近知晓的皇家秘事太多了。可他也知道，今日不是个好时机。

李世民道："你殿前失仪，即使不为琉璃盏，朕也不得不罚你。朕给你两个选择。如今高昌国归入我大唐辖下，军兵物资都要经过八百里莫贺延碛运送过去，你便去那伊吾郡，镇守八百里流沙吧！"

王玄策一哆嗦，他深知莫贺延碛的苦处，一旦去了，便要丢掉自己贼帅的职位。他想了想，大胆地道："陛下，请问第二桩呢？"

"第二桩么……"李世民想了想，"这几日不知为何，朕忽然思念起玄奘法师，他去往天竺国取经，已经十多年了，杳无音信，连生死都不知，你便去一趟天竺，找到玄奘法师，去给他做个徒弟。告诉他，朕很想念他。"

王玄策知道自己最近得知的皇室机密太多，皇帝想远远支开自己，但好歹去天竺还有回来的一天，忙不迭地道："陛下，臣选第二桩！"

不远处，麴智盛持着酒杯，忽然呜咽失声。

第五章
犍陀罗赌约

犍陀罗国，富楼沙城。

万人瞩目中，第二场赌斗开始。玄奘带着那顺来到高台之上，依旧坐上那张胡床，那顺侍立在他身后。

高台上，建起了一座巨大的火坛，里面烈火熊熊。燃烧物是石炭，火势猛烈，温度极高，整个高台上热浪灼人。底下的围观者都有些不解，这是要做什么？

这时，一名赤脚的长袍男子走了出来："鄙人苏罕哒。这场赌斗非常简单，无论玄奘法师抑或娑婆寐法师，只要跟随鄙人在这火上走一圈就行。"

此言一出，人群哗然，这火势太猛，只怕是一头牛扔进去，一时三刻间也给烤熟了，何况是人，这分明是要搏命了。苏罕哒却笑着："鄙人已经请得火神护佑，入水火而不伤。"

苏罕哒就这么赤着脚，缓步走进了火坛之中，烈火熊熊，瞬间将他包围。但令人震撼的是，如此大的火势，却连他的衣袍也不曾烧掉，只有赤脚踩在燃烧的石炭上发出的哧哧声。人群中鸦雀无声，一些信徒跪拜下来低声祷告。

苏罕哒在火焰中无法张嘴，火焰和炭气熏得他两眼通红，几乎流泪。他朝玄奘和娑婆寐招了招手。玄奘皱紧了眉头："此人的确非同凡响，你应付得来吗？"

娑婆寐叹息："只可惜，老和尚这身衣服保不住喽。"

他呵呵笑着，走下胡床，走向火焰，赤着脚走进了火坛。这一刹那，所有人屏息凝神，仔细观看。只见娑婆寐走进火焰之后，那身僧衣立刻焦枯，随即燃烧起来，化作火焰蝴蝶，四处飞舞。苏罕哒的信徒立刻欢呼起来，而娑婆寐的净人和侍女则失声惊呼，如丧考妣。苏罕哒脸上露出笑容，但随即就凝固了。只见娑婆寐的衣服虽然烧掉，人却安然无恙，信步在火坛中行走，径直走到苏罕哒对面，朝他深深合十施礼。两人浑身火焰围绕，对峙而立。

"可惜，这火尚不够烈。不如试试老和尚的无明业火。"娑婆寐手一挥，那火焰猛然变色，从赤红逐渐变白，温度似乎更高，玄奘远离火坛，也感觉眉毛脸皮都炽热无比。

火焰变白的瞬间，苏罕哒怔了一怔，忽然间发出撕心裂肺的惨叫，拼命跑向火坛外，却一跤摔倒，在火焰中翻滚。在惨叫声中，瞬间就被烧成了焦炭。娑婆寐合十，对着尸体深深鞠躬，默念咒语，从容地走了出来。

此时，他浑身赤裸。身上的衣服尽数化为灰烬，有风吹来，灰烬如同蝴蝶飘舞。人群中一片寂静，所有人都被这神鬼般的手段震慑了。

大麻葛低声叹息，从胡床上走了下来，径直走到二人旁边："今日的比试且到此为止，明日午时，老夫出手，还请娑婆寐不吝赐教。"

娑婆寐在侍女的服侍下换了僧衣，深深地盯着大麻葛："等你许久了。"

大麻葛朝玄奘微微躬身，转身离去。

犍陀罗王宣布第二场赌斗玄奘和娑婆寐获胜，然后命人撤掉了火坛。苏罕哒的信徒却铲走了那些石炭，里面有苏罕哒的骨灰。

玄奘并未与娑婆寐一起返回王寺，他离开高台，沉默地行走在人群中。那顺在一旁跟着。那顺虽然两世为人，却到底是个少年，对万事万物充满好奇："师兄，这到底是怎么回事？难道苏罕哒的神真的不如娑婆寐的佛吗？"

"与神佛无关。"玄奘道。

那顺诧异道："可娑婆寐明明入火不伤，而苏罕哒却抵挡不住他的业火。"

玄奘本欲解释，想了想却抚摸着那顺的头，叹息道："那顺，今世你既然做了普通人，那就无忧无虑地过完此生吧。这场斗法其实也是战争，只要是战争，无论哪一种，内里都是污浊不堪，你不用去探究。"

"可是我真的很想知道。"那顺道。

"那顺,你前世能算透轮回,躲避三年,想来也是修得大神通之士。"玄奘道,"可既然回归凡俗,此事你就不要再想了,咱们这就去寻那莲华夜吧!"

一提莲华夜,那顺当即两眼放光,连连应着,到粟特人商铺取了自己的金袋子背在身上,带玄奘往莲华夜所在的妓院走去。

妓院在城东靠北,占了好大的院落,层层叠叠,依山而建。又从北面的喀布尔河引来了渠水,环绕各个院落流过,渠水两侧种满了各式花木,典雅无比。玄奘此生还是第一次来妓院,抬头观看,只见门上挂有写着香遍国的石牌,字体有突厥文、波斯文、梵文、粟特文四种。玄奘这才恍然,因为犍陀罗国的音译,正好是香遍国,意指香花满地,香遍全国。居然用国名来做妓院的名字。

那顺带玄奘进门,找到一个管事,对他说:"请告诉莲华夜小姐,就说那顺来了。"

那管事打量他一眼:"你不就是那个一直窥探莲华夜的粟特人吗?五百金可凑齐了?"

"凑齐了。"那顺把金袋子拿了出来。

那管事大喜,随即看见玄奘,恼了,道:"怎么又带了个僧人?不行,必须再加五百金!"这时,他忽然看清了玄奘的样子,顿时目瞪口呆,扑通一声跪伏在地,"原来是大乘天!请恕罪,请恕罪!大乘天可是要来过夜?小人这就去请莲华夜来服侍您!"

玄奘闹了个大红脸,急忙表态:"贫僧六根已断,并非来……"想想终究没有言辞可以表达,"管事的,你且去请莲华夜出来。贫僧有些事情想找她谈谈。嗯,贫僧就在前院,不进后院了。"

"是是。谨遵大乘天之命。"管事的爬起身,飞也似的跑进了后院。

玄奘暗暗叹息,经过这几日的斗法,看来婆婆寐对民众的震慑的确如他所言,到了一种恐惧而虔诚的地步。相比前几日玄奘自己托钵化缘的景象,简直不可同日而语。

过了不久,整个妓院都知道玄奘驾临,轰动一时,无论是妓女、管事、仆佣、保镖，还是逛妓院的客人，纷纷前来礼拜。有些人甚至根据自己地方的礼节亲吻玄奘的脚面。玄奘一一祝福，让他们散去。

这时管事的回来了，恭恭敬敬地邀请他们到河边一处幽静的圆顶塔楼内坐下，敬上瓜果和葡萄汁。那顺急不可待，抓耳挠腮，玄奘平静地喝着葡萄汁。片刻之后，花树间响起金玉交鸣的叮咚之声，一个身姿曼妙的女郎袅袅婷婷走来。她竟然有着中原人的肤色与眼眸，牛奶般的肌肤，净滑细腻，宛如丝绸。黑色的长发，漆黑的眸子，黑发飞舞，眼波流转，带着无尽的柔媚之意，仿佛漫漫长夜，仿佛轮回之河，将人的灵魂和生命吸入其中，无法自拔。

"当啷"一声，那顺手中的葡萄杯落在了地上。他已然痴了。

玄奘静静地望着她，从容道："女施主，许久不见了。贫僧还没谢你的布施之恩。"

那莲华夜此时完全没有了当日街头的狐媚，屈身施礼："是莲华夜造次了，请大乘天恕罪。"

"你们认识？"那顺愕然。

莲华夜不理他，径自跪坐在玄奘旁边，为他斟了一杯葡萄汁，双手高举，低头捧到了玄奘面前。玄奘接过，默默地喝着。那顺丝毫不理会莲华夜的冷淡，喜滋滋地把金袋子摆到石桌上："莲华夜，你看，我已经凑够了五百金。"

"那么，今夜你尽可以来嫖了。"莲华夜淡淡道。

那顺脸色涨红："不是那样的，莲华夜，我对你的敬爱就如同对我母亲一般……"

"你积攒五百金，就是为了做我儿子？"莲华夜问。

那顺张口结舌，急得浑身颤抖，干脆把金袋子一抖，五百枚金币哗啦啦地落在桌子上："莲华夜，我是真的爱慕你。这两个月，我卖掉了我的商队，卖掉了所有的货物，甚至卖掉了祖宅，借遍了亲友，凑够这五百金。我没有亵渎你的意思，只求能和你静静地待上片刻，我想和你谈谈，我想看着你的样子，闻着你的气息……"他不知该如何表达，失声哭了起来，"莲华夜，我是真的爱你。我也不愿意如此痛苦。可为什么从我生在这世界，到处都是你的影子？从我三岁起，我睁开眼，闭上眼，都是你。我不知道为何会这样，难道是往生的宿缘？可我知道，这是生命的纠缠，我今生注定要为你而来，躲也躲不开。"

莲华夜默然无语，神情冷淡。

玄奘叹息："莲华夜，你已经知道那顺的事情了吗？"

"是的，法师。"莲华夜恭敬地道，"两个月前，他来找我，说了一些疯话。这些人，这些事，我经常遇到。我接待客人，只看有没有五百金，除此之外，再没有别的理由能让我对任何一个男人假以辞色，哪怕是国王。管事的将他驱赶出去，他却日日跟着我。后来我无奈，就让他去凑够五百金。"

"你为何要定下五百金的夜资？"玄奘问。

"倘若厌恶男人，却又无法躲避命运，以色娱人，您不觉得这是最简单的方式吗？"莲华夜道。

玄奘点点头："莲华夜，贫僧对世间男欢女爱并不关心，只不过那顺和你的事情，涉及前世今生，六道轮回，加上那顺乃是贫僧故人，所以才想来探究一番。"

"前世今生，与我何干？"莲华夜冷笑，"这种人我见得多了。从各国慕名而来，又拿不出五百金的，如恒河之沙。他们都会说，莲华夜啊，我从前生就爱上你了，你就免费陪我过一夜吧！您这位故人，年龄虽小，嫖妓手段却不凡。"

那顺想要说什么，玄奘阻止了他，温和道："莲华夜，宿命之缘，并非那顺一人能够引发。在我佛家看来，一切众生，本来清净，然而前世之中，一念妄动，便造下了今生之业。有造业，便有入胎之识，有入胎之识，便有今生之胚胎，有了胚胎，便具备了眼、耳、鼻、舌、身、意等六根。出胎后，便有了今生之你，今世之他。在世间你们会有各种感受，有了感受便懂得爱，懂得爱就会执着，懂得执着就会夺取，有所夺取，就会有今生之纠缠。莲华夜，今生的爱欲纠缠，贫僧不懂、不问，贫僧所要看的，是这六道轮回中你们的前世、今生和来世，只有如此，才能让你们二人尘归于尘，土归于土，永远脱离沉沦之苦。这也正是贫僧答应那顺要做的事。"

莲华夜沉默了很久，玄奘静静地看着她。

"大乘天，今生的宿命是不是安排好的？"她问。

玄奘点点头："或许是吧。"

"既然如此，您把这六道轮回看一眼又有何用？我只需要跟随命运的指引，在佛灯鬼火的指引下默默前行便是。"莲华夜站了起来，"大乘天，小女子还要赚夜资，告退了。那顺——"

那顺急忙站起来，赔着笑："莲华夜……"

莲华夜道："你既然带来了五百金，今夜我就是你的，任你一偿夙愿就是。只是今夜之后，你我妓女恩客，从此就像汪洋与宇宙，沧海与星辰，不复有相逢之日。哪怕来世也不要再来找我了。来吧。"

她淡定地转身离去，那顺呆在一旁，然后他迷茫地追过去，走出几步却又停下，失声哭泣："莲华夜，我不想就这样和你擦肩而过，我想要你的今生今世！"

莲华夜不再回答，曼妙的身姿掩入花木丛中，楼阁之内。那顺泪流满面。

玄奘站了起来："那顺，走吧！"

玄奘默默地走了出去，那顺哭着收拾好金币，跟随在他身后。两人离开香遍国，返回迦腻色迦王寺。婆婆寐正在岩石上禅修，他将整个身体缠绕折叠成一种诡异的姿势，静默不动。

"师兄，"那顺道，"你能帮我吗？"

玄奘默默地沉吟着，好半晌才道："那顺，莲华夜知道的，比你更多。"

"啊？"那顺愣了，"什么更多？"

玄奘道："关于你们之间宿缘的因果，她已经明了，只不过对你我有所隐瞒。"

那顺吃惊道："她怎么会知道？师兄，我能不能直接去问她？我这样……我五百金币给她，不让她和我过夜，只让她告诉我原因。"

玄奘摇了摇头道："没这么简单，你在这里先住下，贫僧出去走走。"

玄奘离开王寺后，整整一夜未归，那顺到底是个少年，一开始还等着，后来实在支撑不住，头一歪，睡了过去。一觉醒来，已经是天光大亮，玄奘出现在他眼前，递给他一个水囊："醒了？来，喝点水，吃点东西，一会儿第三场赌斗就要开始了。"

"师兄，你昨夜去哪儿了？"那顺边吃东西边问。

玄奘道："昨夜我去了很多地方，找到了所有和莲华夜相关的人等仔细询问，对莲华夜的来历已然知晓。"

那顺顿时怔住了:"师兄,她到底是什么来历?"

玄奘神情有些伤感:"她也是个苦命人。你知道苏毗国吗?"

"就是大雪山中的那个东女国?"那顺道,"知道,却不曾去过。"

"她就是苏毗国人。"玄奘道。

这个苏毗国,天竺人称之苏伐剌拏瞿呾罗国,意译黄金氏族。位于喜马拉雅山之中,气候寒冷,东接吐蕃国,北接于阗国,西接三波诃国。国内种植宿麦,放牧羊和马,国中盛产黄金、食盐。最重要的是,这是一个女权制国家,女性称王,小到家族大到国事,一切以女性为主,男性只负责耕种、战争。连女王的丈夫也不能干涉政务。因此汉人称之为东女国。苏毗国崇奉巫教,信鸟卜,语言、风俗与天竺类似,时常与天竺各国有贸易往来。

但前些年,发生了一桩大事。吐蕃史上最具雄才大略的赞普松赞干布即位,年仅十三岁。松赞干布即位后,迁都逻些城,励精图治,扫平内乱。几年之后挥军向西,征服了象雄,与苏毗国接壤。他随即出动大军,攻破苏毗国,迫得苏毗国向西迁徙。在国破逃亡之中,莲华夜被乱军俘虏,随后被军队卖给一个商人,并随其来到了天竺。

起初,莲华夜被商人纳为妾侍,但她容貌过于惊人,被商人之妻嫉妒、虐待,后遭其背着商人转手卖给一个行商。行商带着她走到吐火罗时,钱财赔光,不得已又将她卖到妓院,弥补亏空。

从此,莲华夜流落于吐火罗一带的多个妓院,一年前,被犍陀罗王城的香遍国妓院买走,在此安顿了下来。

那顺听了莲华夜的经历,禁不住号啕痛哭:"师兄,为何我不早生几年,好好保护她!为什么要让她遭受如此凄惨的命运!如今想起在河洛山中,我躲避轮回三年,实在是好生愚蠢,若早知今日,我应该提前十年自杀,好早早地来到今生,找到莲华夜,不让她经受这种命运!"

玄奘不知该怎么安慰他:"那顺,有些事情既然是命运注定,便无法改变,只要你今生能好好待她,幸福圆满就是了。"

"师兄,我一定要好好待她。"那顺擦干眼泪,"可是她却很抵触我!"

玄奘苦笑:"莲华夜对人提防很深,只能缓慢图之。走吧,第三场赌斗要开始了。"

昼一时，晨朝。吠舍佉月①。

天气渐热，王宫高台上，白日当头。玄奘和娑婆寐坐在胡床上，静静地等待着最后一场赌斗。对面只剩下四个人，另外两人已经在两场斗法中死亡。其中三人望着娑婆寐，面有惧色，但大麻葛却神情平淡。

居中的犍陀罗王正要宣布开始，东门处突然间传来闷雷般的马蹄声，从高台上望去，只见一支三百人的骑兵席卷而来。守门兵卒猝不及防，直接被这些人夺去了城门。随后，在骑兵的拱卫下，一辆十六匹骏马拉着的巨型辇车缓缓驶进城门。

城墙上立刻响起急促的号角声，王城守卫军纷纷出动，沿着长街组成队列，迎击过去。犍陀罗王走到高台边缘，脸色凝重，刚要下令，大麻葛缓步走了过来。

"陛下请勿担忧，是伊嗣侯三世前来拜访，并无恶意。"大麻葛道。

犍陀罗王愣了，愤然道："伊嗣侯三世要来，为何不递交国书，知会本王，反而要派骑兵抢夺城门？"

大麻葛淡淡道："皇帝万金之躯，担心消息泄露，引来不法之徒的窥测。万一皇帝在王城有个闪失，您比如今更要被动。"

犍陀罗王冷笑不语，他其实明白，这是波斯人给自己的下马威。但他并不担心，因为波斯人在犍陀罗的土地上流亡可以，一旦要攻占王城，就必然会引起吐火罗，甚至是西突厥的怒火，这六十万波斯老幼就会被屠杀殆尽。伊嗣侯三世后有大食追兵，前有天竺堵截，除非昏了头了，才会得罪这片土地的主人。

犍陀罗王传令下去，说明了情况，周围惊恐的百姓安定下来，自动站到道路两侧，给波斯骑兵让开了道路。玄奘也走到高台边缘望着，只见来的都是波斯的重骑兵，号称不死军团，又称长生者军团。这是波斯帝国最精锐的部队，标准配备是盔甲、护胸甲、头盔、护腿、护臂、长矛、小圆盾、剑、锤矛、战斧、三十支箭的箭筒、弓袋和两张弓，以及两根备用弓

---

① 印度梵历第二个月，相当于中国农历二月十六日到三月十五日。

弦。连马匹也披上了铁甲，整个骑兵仿佛用钢铁给罩了起来，只有眼睛外露，完全武装到了牙齿，所以又称铁罐子军团。富裕的萨珊波斯倾国之力，打造的这支军团也不过万人，任何战死、重伤或重病的士兵立刻会被一名新的士兵取代，保持人数永恒不变，宛如不死者，因此才得名不死军团。

然而在历次与大食人的战役中，不死军团伤亡惨重，以波斯如今的国力无法维持万人规模，只有三千骑，但这种精锐中的精锐，是伊嗣侯三世对各国最有力的震慑。这次伊嗣侯三世只带了六百骑，但这钢铁洪流行走在长街上，铁甲映日，马蹄如雷，甲叶铿铿，给犍陀罗人以最有力的视觉震撼，甚至高台上的犍陀罗王都不禁色变。

犍陀罗王很清楚，萨珊波斯虽然崩溃，但到底是国脉四百年、疆域数万里的庞然大国，仅仅这支三千人的不死军团，就能横扫周边的十几个小国。当然，对大食、天竺、西突厥和大唐这种大国而言不值一提，可就算自己的宗主国吐火罗，只怕也得倾举国之兵才能与伊嗣侯三世相抗衡。

这时，伊嗣侯三世的巨辇到了高台下，巨辇里出来一个内侍，带着文书走上高台，宣读伊嗣侯三世对犍陀罗王的尊敬和善意。犍陀罗王也就顺水推舟，下高台亲自迎接。伊嗣侯三世从巨辇上下来，他头戴金冠、手持黄金权杖，与犍陀罗王寒暄，两人脸上都带着矜持。随即犍陀罗王邀请伊嗣侯三世上了高台，在自己的尊位旁加了王座，请他入座。

犍陀罗王将参加斗法的五人一一向伊嗣侯三世引荐，又特别介绍了玄奘和娑婆寐。伊嗣侯三世是个温文尔雅的年轻人，一一与众人见过，却对娑婆寐颇为冷淡，老和尚也不在意。

伊嗣侯三世走到玄奘面前，露出笑容："法师可是来自大唐帝国？"

"正是。"玄奘合十。

"听说您与贵国的皇帝陛下交好？"伊嗣侯三世问。

玄奘想了想，道："贫僧曾经与陛下共经一桩厄难，至于交好，实不敢当。"

伊嗣侯三世感慨颇深："哪怕在甜蜜中共度几十年，又怎比得上共经危难，彼此扶持？法师想必也知道朕的处境，自从朕的帝国崩溃，流落异国，有无数朕曾经信赖的人弃朕而去，所以时至今日，朕才明白，能在逆境厄难中帮助朕的人，才值得朕永生感恩。"

"陛下说得是。"玄奘不愿借着与李世民的交情和这些帝王们相处，可伊嗣侯三世感兴趣的恰恰是这些。

"法师，四年前，朕曾经派出使团前往长安，拜见大唐皇帝。"伊嗣侯三世道，"朕希望他能够出兵帮助朕抵御大食，岂料却被大唐皇帝拒绝。他回复的国书中说道：'国君相救，理固然已。然朕自贵大使之口，得闻大食为何等人，其风俗，其信仰，其首领之品格，皆甚详尽。人民如斯之忠信，首领如斯之才能，焉有不胜之理？尔其慎修德谨行，以博彼等之欢。'"

伊嗣侯三世竟然把几年前的国书内容一字不差地背了出来，可见此事对他刻骨铭心。

"法师，您与大唐皇帝既然相熟，不妨说说，你们皇帝到底是什么想法。"伊嗣侯三世深深鞠躬，"请法师指点迷津。"

眼看即将斗法的当口，他竟然向玄奘咨询起国策来了。众人愕然，但犍陀罗王明白，这恐怕才是伊嗣侯三世亲自前来的目的。想亲眼见见这个大唐高僧，亲耳听听大唐皇帝李世民的秉性。

玄奘仔细沉吟："从国书的措辞看，我国皇帝并非不愿救援。"

"哦？"伊嗣侯三世激动起来，苍白的脸上涌起红晕，握着玄奘的手，"法师，您请说！"

"我国皇帝认为可以救援您，然而大食和波斯强弱悬殊，出兵意义并不大。其次，大唐和波斯之间隔着西突厥，如今我国皇帝正在向西突厥用兵，恐怕在没有征服西突厥之前，鞭长莫及。所以，陛下认为您首先要做的，是在大食的攻势下，想方设法自保，以待来日。"玄奘道。

伊嗣侯三世沉思着。如今世界大国之中，萨珊波斯和拜占庭、西突厥关系一向紧张，而拜占庭也在遭受大食的进攻，西突厥则是一边内战，一边被大唐步步紧逼，两国根本不可能援助他。至于戒日王，则年龄大了，进取不足，国力也不足，只要能防守住印度河，维持帝国不遭受外族入侵足矣。何况伊嗣侯三世对天竺虎视眈眈，戒日王更不可能帮他。

这世上唯一比大食强盛、唯一能帮助波斯的顶级大帝国，唯有大唐！

只可惜，玄奘说得没错，伊嗣侯三世和大唐中间隔着西突厥。在大唐征服西突厥之前，根本不可能对他提供有效的帮助。

不过玄奘的分析也给了伊嗣侯三世莫大的希望，因为这些年他们翻来覆去研究这份国书，大部分人认为最后那句话李世民是让他们向大食人投降，这让伊嗣侯三世无比绝望，所以他才不顾一切，即便冒着与两大帝国同时开战的风险，也要强渡印度河。玄奘的话，瞬间带给他另外一种希望。

伊嗣侯三世的脸上泛起了红晕，颓废的表情开始有了神采，他朝玄奘深深一鞠躬："多谢法师指点。今日法师还有要事，他日朕再专程向法师求教，请法师不要拒绝。"

玄奘点头答应，两人各自回到自己的座位上。大麻葛也在旁边，把两人的对话听得真真切切，不禁一咧嘴，自己若是赢了，这和尚就要被砍掉脑袋，皇帝还求教谁去？可若输了，拜火教就得离开犍陀罗。这都什么事儿啊！

犍陀罗王见两人谈完，宣布第三场斗法开始。

大麻葛当先站了起来，走到高台中央，唱着古老的祝词："嗬，马兹达神！你在世界之初创造了我们的灵魂；出于本性，恩赐我们以智慧，并将生命置于我们的躯壳。"大麻葛唱完，高声道，"今日，我将展示造物主的神迹，每一缕火焰都包含着一个孤单的灵魂，它将在圣火的指引下，从黑暗的深渊归来，讲述地狱的故事。"

大麻葛平伸双手，念动咒语，忽然间，两只手上各自出现了一缕火焰。围观的人群中响起惊呼声。大麻葛一挥手，一缕火焰飞上半空，摇曳着划过人群，消失不见。随后他又一挥手，另一缕火焰也飞过人群，消失不见。大麻葛不停地念动咒语，手上接连出现火焰，他双手如蝴蝶般翻飞，火焰飞舞，消失在各处。

"在圣火的照耀与指引中，死者，归来吧！"大麻葛一声吟唱，然后沉默地转身，走回了自己的座位。

众人都愣了，往四周看看，毫无动静，连玄奘和婆婆寐都有些不解。这时，城西南的荒芜之地忽然跑来一个人影，那人一边喊着一边跑，脸上满是恐惧，只是隔了太远，听不见他在说什么。

高台上的人远远地望着，就见底下仿佛是在池塘边缘投进了一块石子，古怪的动静迅速波及整个人群，所有人都朝西南处跑去。片刻间高台下的人所剩无几。

"这到底怎么回事？"犍陀罗王皱眉。

立刻有王宫的内侍跑下去打听，片刻后上来，脸色异常难看，说："陛下，西南荒坡上的坟茔，炸了。"

众人都愣了，一起望着大麻葛。大麻葛好整以暇，淡淡地笑着："各位少安毋躁，片刻便见分晓。"

众人更加好奇，翘首遥望人群涌去的方向，果然，片刻后人群中发出一声巨大的惊呼，潮水般朝后退缩，一个个面带恐惧。跟随过去的内侍疯一般跑回来大叫："复活了！坟墓里的尸体复活了！"

王城的西南方是一大片荒地，城内的死者大都葬在此间，坟墓林立，荒草丛生，狐兔纵横。每到晚间阴森幽暗，时常有鬼火飘飞，鬼魂呜咽，但白日里倒没什么异常。可就在今日，大麻葛挥手间，那蕴含灵魂的火焰飘散之后，这坟茔间，突然有一座新坟炸开，一条腐烂的手臂从泥土中钻了出来！

那手臂呈半腐状态，一边血肉仍在，一边只剩下白骨，穿出泥土，僵硬了片刻，五指突然动弹起来。随即另一只手臂也钻了出来，泥土翻滚中，头颅、肩膀、身躯，一具尸体慢慢挣扎了出来。那尸体的头脸也是半腐，嘴唇已经全部烂掉，露出森白的牙齿。它慢慢睁开眼，有些呆滞地看了看四周，随即就看见了面前的这些人。

人群惊骇地望着，这样一具尸体虽然恐怖，但青天白日的，又有这么多人，大家倒也没放在眼里。可随后令人恐惧的事情发生了，只见周围的坟茔纷纷炸开，一具具尸体从坟墓中爬出，眨眼间就有几十具出现。那些尸体腐败程度不同，有些新鲜，有些腐烂，有些半腐，衣服早就在泥土中沤烂，一片一片地挂在身上，它们就这样慢慢地走着，朝着人群逼迫而来。

人群后退间，有些人摔倒，有些人跑得慢，当即落在行尸群中。那行尸一把按住，狠狠地咬了下去，手撕牙咬间，一个活生生的人瞬间成了血肉模糊的碎片。众人何曾见过这种恐怖的事情，当即溃散奔跑，哭喊推搡，仿佛天崩地裂。

波斯的不死军团骑兵急忙上前，形成一条钢铁长城，放过人群，阻挡了行尸。在旗长的号令下，六百重骑兵齐齐伸出长矛，长达三米的长矛宛如密集的獠牙，朝着行尸刺了过去。

"扑哧"一声，长矛刺进行尸体内，然后收回，再刺。六百支长矛围绕着三十具行尸击刺,密密麻麻,发出沉闷的响声,污血飞溅。然而这些行尸却是丝毫无损,有些身体被洞穿,依然活动自如!

这下子连不死军团的骑兵都变了颜色。

高台上,所有人都站在边缘处望着,一个个也脸色苍白,大家都望着大麻葛。大麻葛慢慢走了出来,平淡地望着娑婆寐:"这就是我的法,这就是我的术!"

高台上所有人都望向娑婆寐,连玄奘也皱紧了眉头。娑婆寐远远地望着那群行尸,淡淡地一笑:"所谓行尸,阴晦污物,佛法遍照娑婆世界,当然可以破之。"

犍陀罗王急忙问:"怎么破?"

娑婆寐道:"法术好破,法器难寻。陛下,你若是可以尽情供应,我就在你眼前破掉它。"

"法师请讲,一切法器,由本王支应。"犍陀罗王表态。

娑婆寐道:"我要一面大鼓,剥掉十六个童女心口的皮肤,缝合成鼓的阴面,再剥掉十六个童男心口的皮肤,缝合成鼓的阳面。然后用晨二时出生的男子心头血一升,在鼓的阴面画符,用夜二时出生的女子心头血一升,在鼓的阳面画符。你再砍下一个老者的胫骨,以之做鼓槌,老和尚捶之,行尸自然化作脓血。"

众人听得一个个脸上变色,忍不住打了个寒战,这术法太过歹毒邪恶,竟然用人的骨血来祭祀。玄奘更是骇然色变:"娑婆寐,你胡说什么!我佛教哪里有这种恶毒的术法!"

"术法千变万化,你能知道几何?"娑婆寐冷冷地道。

犍陀罗王也脸色阴沉:"我犍陀罗国乃是堂堂光明国度,怎能用这种残害生灵的术法!此事休提!"

"慢!"大麻葛却冷笑,"娑婆寐,你莫不是破不了我的术法,在信口开河吧?明知这种条件陛下不可能答应,你正好躲过一劫!"

娑婆寐冷笑:"不知死活。也罢,这面大鼓,老和尚自己带有,只要你能弄来男女的心头之血和老者胫骨,我就破了你这邪术!"

他向净人吩咐下去,两名净人回到王寺,果然带过来一面大鼓。鼓面的皮质上有数十条缝合的纹理,细细一数,果然是十六张皮!众人看得头皮发麻,知道这就是娑婆寐用十六童男十六童女的心口皮肤做成,一时间竟然有些恶心。

大麻葛脸色铁青,朝犍陀罗王鞠躬:"请借陛下狱中死囚一用!每一名死囚,我萨珊波斯补偿其家人百金!"

玄奘急了,飞奔过去阻拦:"千万不可。这是残害众生的恶行,死后要沦入阿鼻地狱!贫僧宁愿认输,请斩掉贫僧的头颅!"

大麻葛冷笑:"法师,众生的生命来自马兹达神,若是能证明马兹达的神迹,众生死而无怨。他既然要以人命献祭,那便看看他的本事!"

玄奘又哀求犍陀罗王,犍陀罗王一时骑虎难下,望着伊嗣侯三世:"陛下,您看这……"

伊嗣侯三世淡淡道:"朕也想瞧一瞧。"

犍陀罗王无奈,吩咐内侍到监狱中提取三名死囚。玄奘还要阻拦,伊嗣侯三世站了起来,走到他面前低声道:"法师,您的慈悲朕是知道的,可是此时此际,这赌斗已经无法终止。朕相信,佛教与此人毫无关联,此人不知从何处学来的邪术,来玷污光明世界。可是朕如果不比试下去,难道说光明无法战胜邪恶?难道说圣火无法照亮污秽?法师,既然是死囚,终归有取死之道,即使他们今天不死,来日也会被一刀斩掉头颅。何况此时死去,他们的家属可以拿到一百金,倘若家中有病人老幼,也能安置妥当。"

玄奘默然半晌,长叹一声,望着娑婆寐:"今日之后,你我分道扬镳。"

"六道轮回就如同车轮滚滚,今日之后,任何人都再也阻挡不了它的前行。你杀了老和尚都无妨。"娑婆寐笑道。

玄奘默然无语,走到犍陀罗王面前低声叮嘱了一句,犍陀罗王露出诧异之色,却点了点头,吩咐内侍拿着谕令,带领兵卒到了死囚牢中,提取了一男一女一老者三名死囚,押上高台。

娑婆寐询问了那两名男女的生辰,准确无误之后,命人手持弯刀,剖开了他们的胸膛,心血飞溅,娑婆寐早就命净人持着钵盂,装满鲜血。然后用鼠尾笔蘸了鲜血,在鼓面上画出一道道符咒。随后又命人剁掉那老者的双腿,剖出胫骨,刮干净,变成两根鼓槌。

整个场面血腥无比,令人不忍目睹。玄奘端坐一旁,面露痛苦,默念往生咒。大麻葛等人却面带冷笑,嘲讽地看着。

这时，在不死军团的掩护下，犍陀罗的兵卒搬来了鹿角，形成一道工事，不死军团的骑兵在鹿角后面以长矛阻敌，行尸们面对这道工事使劲儿地抓挠，却无法突破。兵卒和百姓在鹿角之内胆战心惊。娑婆寐站在高台上，将大鼓架起，猛地一敲，"咚"的一声，那群行尸忽然一颤，露出惊慌之色。

娑婆寐开始敲击大鼓，轰隆隆的鼓声震天动地，却透出阵阵的阴森之意。这时百姓们也都知道了这鼓的来历，一个个满脸恐惧，然后看着那群行尸的反应，却又不禁愕然。只见那群行尸一个个嘶声尖叫，在自己身上又挠又抓，随即互相撕咬，血肉横飞。一头行尸被咬断了脖子，浑身一抽搐，身上突然冒出熊熊火焰，转眼间被烧成了灰烬。

这些行尸在彼此厮杀的过程中一个个身上着火，仿佛点燃了数十支人形火炬，眨眼间尽皆化作了焦炭。

第六章
轮回之环，宿命之狱

围观的人群早已经被震撼得无以复加，看看地上的焦炭，看看高台上挥槌击鼓的娑婆寐，一个个跪伏在地，鸦雀无声。所有人都被震慑了。

大麻葛脸上早已铁青。这时娑婆寐停止击鼓，笑道："大麻葛，如何？"

"好手段！"大麻葛咬牙切齿，"你是如何引动他们身上的火焰的？"

"此事说来简单。"娑婆寐笑眯眯地道，"要我说出来吗？"

大麻葛哼了一声，便不再说话。玄奘凝望着那堆焦炭，皱眉深思。他细细地推断每一个步骤，却总觉得匪夷所思，一些关键环节仍是想不透彻。

"那么，陛下，"娑婆寐问犍陀罗王，"是否可以判定老和尚赢了这场斗法？"

"三战三胜，"犍陀罗王道，"本王宣布——"

"且慢！"大麻葛厉声喝道，"陛下，当初的规则是说三轮斗法，我方出了三轮术法，我等也承认尽皆被娑婆寐破掉。可娑婆寐还没有出招！若是他出的三招术法，也尽皆被老夫破掉，那这场斗法就可以算作平局！"

"呃——"犍陀罗王愣了，看着娑婆寐，"法师，您看呢？"

犍陀罗王此时看向娑婆寐的眼光也不同了，充满了敬畏之意。这老和尚的手段如神似鬼，让所有人惊惧。

"这话当然不错。"娑婆寐居然点了点头，"不过不用出三招，我只出一招，倘若大麻葛能够破掉，请他亲自斩掉老和尚的头颅！"

台上的众人都怔住了。犍陀罗王询问似的望着玄奘，似乎想征求他的意见，玄奘却沉默不语。

"自大！"大麻葛冷笑，"那便如你所愿！"

"二十四年前，在遥远的东方帝国，一个强大的帝国崩溃，另一个强大的帝国崛起。这个崛起的帝国，名字叫作大唐。老和尚的大招，就是要讲述一个关于大唐帝国的故事。"娑婆寐凝望着大麻葛，缓缓道。

众人都愣了，他的术法，竟然是讲故事？

"那时候，大唐帝国刚刚扫平国内的叛乱，放眼望去，国家残破，道路蓬蒿间遍布尸体，就是那一年，玄奘法师从北方的赵州前往长安。在大河与洛水交汇的山河之间，玄奘法师夜宿山林古庙，遇见了一个避乱山中的僧人。他的名字叫作圆观……"

谁也没想到，娑婆寐讲的故事竟然与玄奘有关，众人顿时纷纷看向玄奘。玄奘一怔，和那顺对视一眼。那顺低声道："昨夜他问我，我就讲给他听了。师兄，我是不是做错了？"

"无妨。"玄奘安慰他一句，神情不动，静静地听着。

娑婆寐讲述的果然是圆观的故事，这个故事事实上颇为离奇诡异，充满不可知与不可思议，尤其是当娑婆寐讲述到，十六年后，玄奘果然在犍陀罗国遇见了圆观的转世之身少年那顺时，所有人都震动了，纷纷望着玄奘背后的那顺，充满赞叹与惊讶。那顺从未被这么多人注视过，尤其是其中还有皇帝和国王，更让他觉得窘迫。

"那顺，"伊嗣侯三世颇感兴趣，询问道，"娑婆寐所讲，可是真的？"

"嗯……"那顺畏缩地看了他一眼，低下了头。

"世事之神奇，竟至于此！"伊嗣侯三世喟叹道。

玄奘注意到那顺的不安，握着他的手，温和地道："那顺，坐到我身边来。"

那顺磨磨蹭蹭地坐在了玄奘的胡床上，紧紧地攥着他的手，心中有了些许安慰："师兄，他为什么要讲我的事情？"

玄奘沉默片刻，道："娑婆寐做事，天马行空，匪夷难测。你不用管他，万事有贫僧做主。"

"嗯。"那顺低声道，"一切都靠师兄了。"

娑婆寐却淡淡一笑，继续说着："老和尚刚才所讲，只不过是故事的开始。富楼沙城外的那个黄昏，那顺唱着唐人的歌谣来到玄奘法师面前，恳求他帮自己一个忙。因为那顺自从转世以来，就在宿命中爱上了一个女子。从他三岁起，这个女子的容貌就出现在他脑海，仿佛有一桩因果织成了线，冥冥中将他们的前世今生牵在了一起。那顺开始行走各国，疯狂地寻找这个姑娘。原本他以为这是一场梦幻，可是十几年后，他果真见到了这个女子。这个女子，就在犍陀罗王城！"

此事涉及双方斗法，在娑婆寐讲述的时候，犍陀罗王安排了专人转述给台下的围观者，几乎是娑婆寐讲一句，台下的听众就能听到一句。此时所有人尽皆哗然。听到一个遥远的故事，和听到一个自己身边的故事，那种感受截然不同。王城的百姓们一听说和那顺前世今生相纠缠的女子就在自己身边，整个人群就像炸了锅一样，交头接耳，议论纷纷。

犍陀罗王更是霍然而起："敢问法师，那女子是谁？"

那顺突然一跃而起，嘶声大吼："不能说出她的名字！"

娑婆寐含笑望着他："为何？"

"她……"那顺流着泪，"法师，求求你了。你会害了她的。你会让她在别人眼里成为怪物！"

"六道轮回，天理昭彰，怎么会成为怪物？老和尚自有主张，你不用多嘴。"娑婆寐道。

"法师——"

那顺扑通跪在了地上，正要哀求，娑婆寐吟诵道："香遍国里莲华夜，一身一夜五百金。"

"竟然是她！"犍陀罗王大吃一惊。

伊嗣侯三世不解，急忙询问，犍陀罗王向他讲述了一番，连伊嗣侯三世也惊叹不已。莲华夜美貌之名传遍西域、天竺，一夜五百金，夜资之昂贵，非但普通民众充满绮念，连国王们都有所耳闻。

那顺绝望地抬起头，迷茫地望着台下的人群，似乎看见一个面罩轻纱的女子悄然转身，消失而去。那顺惊醒，急忙跑下高台，追了过去。玄奘默默地望着，并没有开口阻止，唯有一声叹息。

"是她。"娑婆寐点点头，含笑望着大麻葛，"那顺请玄奘法师的目的，就是帮他去探寻两人前世到底有何因果，造成了今生的痴恋。"

大麻葛沉吟着："你讲这个故事，与你要出的术法有何关联？"

"大有关联。"娑婆寐笑道，"老和尚的大招，就是要和大麻葛比试一番，看谁能解开这二人的前世因果，今生因缘。"

大麻葛霍然色变，目光灼灼地盯着他，娑婆寐含笑对望。好半晌，大麻葛哼了一声，转向玄奘："法师，老夫想问一句，这娑婆寐所言，可有一字虚假？"

玄奘叹了口气，摇摇头："没有。"

"老夫信不过这娑婆寐，却信得过法师你！"大麻葛断然道，"这个赌约，老夫接了！"

娑婆寐笑了："那么，这个赌注，可不仅仅是我的脑袋了。"

"想赌什么，老夫一并接着！"大麻葛冷笑。

"老和尚便和你赌这犍陀罗国！"娑婆寐淡淡地道。

"赌便赌了！"大麻葛道。

犍陀罗王有些气闷，忍不住说道："各位，这犍陀罗国，好像是我的。"

伊嗣侯三世笑了笑："无论谁赢了，都是你的。到时候且看你这犍陀罗王是由谁册封罢了。"

犍陀罗王感到又是愤怒又是羞辱，却没有丝毫办法。国家弱小，竟然让人当着自己的面决定国家的归属，他哼了一声，一言不发，转身离开了高台。

城北街道的两侧是黏土掺杂卵石砌成的围墙，围墙内外，长着高大笔直的桉树，金合欢正在树下盛开，花香满路，遮住了日光和炎热。

莲华夜正在吩咐侍女："朵娜，进去后我缠着假母和管事，你去我房里，搬开佛陀像，掀开地上的石板，里面有我这些年积攒的金币。你取出来悄悄出城，咱们今夜在城外第一口水井处见面。"

"小姐，你要逃走？"朵娜色变，"一旦被抓，他们会杀死你的。"

莲华夜有些哀伤："如今，我已经成了赌注。不逃出犍陀罗，怎么能逃出轮回？朵娜，一定要帮帮我。"

朵娜犹豫道:"小姐,犍陀罗盗贼横行,咱们两个女子,又带着金币,只怕是寸步难行。"

莲华夜凄凉一笑:"这世上,除了那个人,没有人能够杀死我。哪怕国王和军队也破不掉这场宿命,盗贼又算什么?若是我能死在盗贼手里,那将是我最大的福缘。"

两人一路谈着,眼看要到达香遍国门前,忽然那顺从街角跑了过来,拦在她们身前。

"莲华夜!"那顺温柔地望着她。

"又是你?"莲华夜恼怒起来,"你害我害得还不够吗?为什么总是缠着我不放?"

"莲华夜,你误会我了。"那顺解释,"今天的确是我害了你,我担心娑婆寐和大麻葛对你不利,所以想请你去迦腻色迦王寺,玄奘法师在那里,即便是犍陀罗王也不敢乱来,玄奘法师一定能保护你的。"

"你让一个妓女住到迦腻色迦王寺?"莲华夜冷笑,"那里有波斯的地毯吗?那里有西域的葡萄酒吗?那里有涂抹蜂蜜的烤鹿肉吗?那里有载歌载舞的彻夜狂欢吗?你让我居住在荒废的石塔下,居住在结满蜘蛛网的洞穴中,身边爬满了狐狸和长蛇吗?"

"都有的。"那顺微笑,"我有五百金,我会为你修建起崭新的房子,里面铺上波斯的地毯、大唐的丝绸,为你装满喝不完的葡萄酒,每天给你烤好鹿肉,涂抹上甘甜的蜂蜜。每个夜晚,我都会邀请我的粟特族人来陪你狂欢,我们彻夜不眠。我会把迦腻色迦王寺打扫整洁,涂抹上新鲜的牛粪,撒上鲜花,我用药草和猎狗驱赶狐狸和蛇虫,让你安然入睡。莲华夜,跟我走吧,我能做到你想要的一切。"

"好呀。"莲华夜嘲讽地问道,"我也可以在迦腻色迦王寺里接客了?"

那顺的笑容僵硬了。

莲华夜笑得前仰后合:"那顺,我是妓女,我住在华丽的房子里,是为了让恩客的五百金币花得值。我每天都要喝葡萄酒,是因为这能让恩客们花更多的钱。我彻夜狂欢,是因为我要让所有来嫖我的人尽兴而归。那顺,香遍国才是最适合我的地方。"

那顺有些悲伤地凝望着她,脸上却仍然带着笑容:"要是这样,莲华夜,你带我一起去香遍国吧。我愿意卖身为奴，只要能陪着你。"

"你……"莲华夜怔住了，"你是个疯子！"

"我不是疯子。"那顺认真地道，脸色依然温和，"我只是个找到了家的孩子。我们粟特人，今生的宿命就是行走在这天地间。我六岁的时候，母亲生弟弟难产死去，我九岁的时候，在大清池遇见盗匪，父亲被杀，我从十一岁就开始独自行商，奔波在大唐、西域、波斯、拜占庭和天竺之间，可我从不觉得孤独，也从不觉得劳累。因为，我知道我在寻找你。莲华夜，我在这世上没有亲人了，可我知道，我有一个最亲近的人在等着我去寻找她。那是上苍在前世就赐给我的今生的伴侣。莲华夜，我是幸福的，因为我能用前世和今生去爱同一个人。而你，也是幸福的，因为有一个人，会用尽自己的生命来爱你。"

莲华夜神情复杂地望着他，喃喃道："你这个痴人。"

"或许是吧。"那顺笑了笑，"走吧，我陪你去香遍国。或许我能卖上四十二匹骆驼的价格。"

莲华夜厌恶地看着他，冷冷地道："以后不要让我看见你！"

莲华夜带着侍女转身离去，那顺脸色瞬间苍白，他喃喃地叫着："莲华夜……"想追上去，却一跤跌坐在金合欢树下，掩着脸失声痛哭。

"那顺。"玄奘温和的声音在背后响起。

那顺抬头，泪眼迷蒙地望着玄奘："师兄，你都看见了？"

玄奘摇头："贫僧看到的，和你看到的不一样。"

"有何不一样？"那顺愣了。

"凡有所相，皆是虚妄。那顺，你执着于莲华夜的男女情爱，一日得不到她，这世界如你所言，便如同一副磨盘，碾磨出你的苦痛和嗔恨。可是在贫僧看来，这大千世界，待你不薄。"玄奘道，"六道轮回，天、人、阿修罗、畜生、饿鬼、地狱道，你不曾入了天道，和她永隔仙凡，也不曾入了畜生道，纵使相逢应不识。你能入得今生，且在这恒河沙数的人众里找到她，听到她的声音，看到她的样子，在她看不到的角落里守护着她，有此福缘，贫僧为你欣喜。"

那顺本是极聪慧之人，他愣怔了片刻，看着这满山香花，默默地点头："山上桃花开，花从何处来。师兄，我看着这满山桃花，灼灼耀眼，只要一想，这花是从前世移来，开在我的眼前，便满心感激。"

"可是……"那顺哭丧着脸，"我真想在这山上桃花间盖起茅屋。"

玄奘苦笑："爱别离，求不得，看来人生八苦，真有它的苦法。"

莲华夜既有逃走的心思，当即妥善安排，朵娜很容易地取走了金币，出城等候。莲华夜要走却不容易，入夜时分是香遍国最繁忙的时刻，人声嘈杂，众人都是忙碌不堪。莲华夜看准机会，什么东西都不敢带，偷偷离开了香遍国。

此时城门已经关闭，但城南的山坡上有几段城墙坍塌，若是缒下绳索则勉强可以跳出城外。莲华夜当即往城南而去，走了二三里地，路过十字街之时，突然四周灯火通明，无声无息地出现了无数人马，将大街前后封锁。

莲华夜大吃一惊，初时还以为是妓院来抓自己，仔细一看竟然是犍陀罗的军队。她顿时脸上色变。这时娑婆寐和大麻葛走了出来，两人对视一眼，大麻葛点点头："老和尚，你果然神机妙算，她的确要逃走。"

娑婆寐笑了笑，挥挥手："抓起来。"

犍陀罗士兵上前拿下莲华夜，将她五花大绑。

莲华夜挣扎不已："为何要抓我？"

娑婆寐摇摇头："你如今既然是决定两国命运的赌注，又如何能逃？老和尚对你并无恶意，且随我去吧，等到我们猜破你前世今生的轮回之谜，决出胜负，自然放你离去。"

"你们的赌约，关我何事？"莲华夜愤怒，"我不想做赌注！"

"由不得你。"娑婆寐走过来，伸手在她鼻端轻轻一抹，莲华夜当即昏迷过去。

旁边有骑兵让出一匹马，众人将莲华夜放在马背上，赶往犍陀罗王宫。两人既然是打赌，为示公平，便以犍陀罗的王宫为决战地点。犍陀罗王虽然郁闷，却不得不答应，在王宫内专门辟出一个院落供他们使用。

两人抽筹决定先后，娑婆寐抽到长筹，于是率先出手。伊嗣侯三世今夜也宿在王宫，他颇为好奇娑婆寐的手段，在犍陀罗王的陪同下也来观看。

娑婆寐弄醒了莲华夜，让她坐在宫室的中央，大麻葛和犍陀罗王、伊嗣侯三世都坐在旁边，静静地盯着。

"你的前世，到底是谁？"娑婆寐跌坐在狮子床上，含笑问道。

莲华夜坐在宫室的地毡上，长裙曳地，宛如莲花盛开。宫室里燃着上好的安息香，青烟袅袅，莲华夜面容冷漠，并不回答娑婆寐的问题。娑婆寐叹了口气："你既然不回答，就莫要怪老和尚用些手段了。"

"我的前世是谁，我如何知道？"莲华夜冷笑道，"凡人经过轮回转世，一概忘掉前世的记忆，你为何不问地藏王菩萨，反而要问我？"

"老和尚法力低微，怎能与菩萨对话？"娑婆寐摇摇头，"这么说，你对前世是没有记忆的了？"

莲华夜凄凉地摇头："自然是没有的。人清清白白地来到这个世上，活着就是要如同白雪一垅、白纸一张，重新来过。娑婆世界既然如此之苦，洗掉前世的记忆，那是造物者赐给我们的福祉，难道我竟会如此福薄吗？"

"不妨，不妨。"娑婆寐道，"如你所说，众生转世，自然是会洗掉前世的记忆。不过老和尚已获宿命通①，能知晓过去、现在、未来三世，只是要用些手段罢了。小娘子，老和尚的手段有些疼，你可要忍住。"

娑婆寐起身，从净人手中接过一支鼠尾笔，在一只锡罐中蘸了蘸，笔尖是鲜血般的颜色。伊嗣侯三世、犍陀罗王和大麻葛目不转睛地看着，娑婆寐走到莲华夜身前，让她将衣袍拉下，露出雪白柔腻的双肩，在她额头和双肩各自画下一个古怪的符文。

"躺下，会有些疼。"娑婆寐温和地道。

莲华夜顺从地躺在了地上，娑婆寐命净人们分别按住她的四肢和头颅，从净人手中接过一只盒子，打开，里面是三根细长的银钉。

"此钉名为六入钉。"娑婆寐道，"一钉钉六识，视、听、嗅、味、触、脑。"娑婆寐用力将银钉钉入了莲华夜额头的符文中，莲华夜一声惨叫，拼命挣扎，却被人按住死死不得动弹。

"二钉钉六根，眼、耳、鼻、舌、身、意。"娑婆寐又将银钉钉入她的左肩，莲华夜撕心裂肺地惨叫着，众人都有不忍之意，娑婆寐却毫不动容，"三钉钉六尘，色、声、香、味、触、法。六尘灭，六根断，六识绝。

---

① 佛教语。即能知众生的过去宿业，知道现时或未来受报来由的能力。

生死河流，重归清净。"

第三根银钉钉入她的右肩。

娑婆寐盘膝坐在莲华夜头顶前方，口中念动符咒，双掌交互搓动，越搓越疾，手掌中竟然冒出袅袅青烟。娑婆寐"啪"的一掌将青烟拍在了莲华夜的脸上，莲华夜猛地瞪大双眼，身子一挺，一动不动，两只漆黑如夜的眸子兀自大睁，只是没有了神采。那青烟仍然缭绕在她的面孔上久久不散。

"大胆！"伊嗣侯三世勃然大怒，"你竟敢杀死她！"

"陛下，少安毋躁。"大麻葛却有些见识，轻轻拦住了伊嗣侯三世。

娑婆寐笑了笑，轻轻吹了一口气，吹去她脸上的青烟，然后问道："你叫什么名字？"

"莲华夜。"

"你如今在何处？"

"往生梦里，轮回场中。"

此言一出，旁观的三人看得心惊肉跳，脊背发凉，娑婆寐这手段真是匪夷所思，奇诡绝伦，竟然真的把莲华夜的前世给钩了出来。

"你前世是谁？"娑婆寐笑吟吟地问道。

"我是——"莲华夜突然剧烈地扭曲挣扎起来，口中说出一连串晦涩难懂的语言，类似梵语，又类似粟特语，甚至有吐蕃语和突厥语掺杂其中，这些语言在座的众人要说也不陌生，可是她说的偏偏与如今的各国语言都有不同之处，众人侧耳聆听，如坠五里雾中，几乎一句也听不懂。

娑婆寐也有些发怔，正在众人面面相觑之时，突然莲华夜喃喃道："愿于来世，得一端正庄严之身，像青莲花一般色香俱足，娇艳动人。愿于来世，得一痴情挚爱之人，如光阴在侧，呼吸相随，至死不弃。"

随即口中喷出鲜血，昏了过去。娑婆寐呆住了："怎么会这样？"

"尊者，此人被你折磨死，算不算你输？"大麻葛冷笑。

娑婆寐怒目而视："那你来！"

大麻葛傲然走了出来："你先弄醒她！"

娑婆寐脸上有些挂不住，手掌冒出青烟，在莲华夜的脸上一抚，随后拔掉银钉，喝道："莲华夜，速入轮回！"

莲华夜忽然喷出一口鲜血，眼睛里慢慢有了神采。这时净人们已经放开了她的手脚，莲华夜却没有起身，仍然躺在地上，望着宫室的穹顶，眼角泪水流淌。

大麻葛吩咐在院子里摆上一口水缸，几名粗壮的内侍抓着莲华夜的两臂和头发，将她的头猛地按进了水缸之中。莲华夜手脚挣扎，水缸里咕嘟嘟冒着气泡。几名内侍死死地按住她，莲华夜渐渐窒息，手脚停止挣扎。

大麻葛两眼通红，站在旁边观察着。伊嗣侯三世、犍陀罗王也紧张地关注着，可婆婆寐却在胡床上闭目凝神，满脸不屑。

大麻葛观察片刻，道："好了。"

内侍们把莲华夜拽了出来，莲华夜脸色苍白，已然停止呼吸。内侍们将她平放在地上，大麻葛伸出食指，指尖突然冒出一团火焰，他用手指在莲华夜身上烧灼片刻，莲华夜毫无反应。大麻葛猛地一拳击在莲华夜胸口，莲华夜突然间喷出一股水，剧烈地咳嗽起来，渐渐有了呼吸，但人仍旧昏迷。

"莲华夜，你可曾见到生与死之际的火焰？你可曾见到审判之火在你脚下燃烧？"大麻葛喃喃念着咒语，然后问道。

莲华夜闭目不答，大麻葛皱了皱眉，伊嗣侯三世紧张地问："到底怎么回事？"

"或许过于接近死亡了吧。"大麻葛也不确定，"意识有些模糊，没有能贯穿起前世今生的记忆。"

伊嗣侯三世急了："大麻葛，咱们一定要赢！"

"我这就呼唤她的魂魄归来，然后再试一次。"大麻葛脸色也很难看，眼睛里冒着血丝，显然他的压力极大。大麻葛用指尖的火焰在莲华夜脸上灼烧片刻，莲华夜在剧痛中醒来。

在这种折磨之下，莲华夜形容憔悴，眼窝深陷，头发蓬乱，曾经的绝世美女，如今几乎不成人形。莲华夜仇恨地望着大麻葛："不用烧了，我醒了。"

"醒了，咱们就继续。"大麻葛有些疲惫。

"为了一己私欲，如此折磨一个无辜之人，你不觉羞耻吗？"莲华夜冷冷地道。

"你算什么无辜之人？"大麻葛淡淡地道，"你关系到我数十万波斯人的生死，关系到我萨珊波斯的存续，只要能赢了这个赌局，老夫哪怕丧尽天良，也倍觉荣耀。"

"呸！"莲华夜朝他啐了一口，大麻葛平静地擦干，吩咐："按进去！"

几名内侍拖起莲华夜，将她按在水缸边，揪着头发把她的头颅按进了水中。莲华夜拼命挣扎，却被人死死按住，动弹不得。

便在这时，门外忽然有些嘈杂，大麻葛愤怒无比，吼道："再有喧哗，格杀勿论！"

突然间院子的门轰然一声巨响，四分五裂，两三名宫卫跌了进来，随即一道人影闯进。竟然是那顺！

只见那顺手持一把重步兵所用的双手长刀，浑身是血地冲进大门，一眼便看到了被浸在水缸里的莲华夜。他悲呼一声，长刀劈下，那几名内侍惨叫着倒地。那顺手忙脚乱地将莲华夜抱了出来平放在地上。莲华夜剧烈地咳嗽着，口中喷出一股股的水。

"莲华夜，莲华夜……"那顺低声呼唤。

莲华夜呻吟着醒来，一睁眼，却看见了那顺。她露出笑容："我终于死了吗？"

"没有。"那顺将莲华夜搂在怀中，微笑着，"你没死，我来救你啦！有我在，一切都不必怕，我这就带着你杀出王宫，杀出这犍陀罗！"

"拿下他！"大麻葛吩咐道。

周围的波斯禁卫正要向前，那顺大吼一声，劈手将手中的长刀掷向伊嗣侯三世。波斯禁卫吓得魂飞魄散，急忙聚拢在皇帝身边，挥刀格挡。而那顺则抱起莲华夜，转身跑了出去。

"追！"大麻葛气急败坏。周围的波斯禁卫和犍陀罗战士纷纷追了出去。

那顺抱着莲华夜在王宫中奔跑，经过一处骑兵驻地时，趁着骑兵不备，夺得一匹战马，将莲华夜抱上马背，顺手抽出一支骑枪，驱马狂奔。后面的追兵也纷纷上马，追赶了过来。更有犍陀罗宫卫吹动号角，顿时整个王宫震动，王宫宿卫纷纷集合。

蹄声嘚嘚，敲醒了暗夜的寂寞，敲碎了陶瓷般的月光。那顺在王宫中飞奔，眼看宫门已在眼前，却关闭着。那顺并不停歇，驱马狂奔，似乎要撞击宫门。莲华夜惊呼着，紧紧抱着他的腰不敢看。突然道路两侧火把通明，一支骑兵阻挡在道路前方，密密麻麻，足有三四百人。

"下马就擒！"骑兵统领喝道。

"杀——"那顺暴喝一声，狠狠一夹马腹，那战马长嘶一声，四蹄撒开，风驰电掣般冲了过去。犍陀罗骑兵统领一声大喝，整队骑兵列成冲锋的锥形阵，仿佛咆哮的长龙般迎面撞击过来。

那顺大吼一声，猛地拿匕首刺在马股上，那战马长嘶一声，速度暴增。马背上，那顺低头、弯腰，长矛平举，一往无前地撞向军阵。莲华夜紧紧地搂着他的腰，闭上了双眼。

"杀——"那顺冲进了军阵，嘶声吼叫中，将一名骑兵刺于马下。随即收回长矛，闪电般再度刺出，正中另一人的咽喉，那名骑兵惨叫一声，摔下战马。那顺就这样趁着犍陀罗骑兵的瞬间混乱，杀入重重军阵，仗着马匹的冲刺速度，左冲右突，如入无人之境。转瞬间，竟有五六人死于他的长矛之下。

这时娑婆寐、伊嗣侯三世、犍陀罗王和大麻葛等人也追了过来，伊嗣侯三世惊叹："这少年竟如此勇悍！"

娑婆寐点点头："粟特人行商，常常遇见劫匪，这孩子从六岁开始行商，十余年来与劫匪厮杀恐怕不下数十次，早已经是个勇悍的战士。"

"结军阵，给我杀了他！"那骑兵统领见国王在一旁看着，顿时恼羞成怒，大吼道。

"要活的！"娑婆寐急忙吩咐。

骑兵统领恼怒地看了他一眼，却是不敢得罪，下令："把他撞下来！"

骑兵们密集结阵，轰隆隆地朝着那顺冲击过去。这时那顺已穿过了前锋部队，高速冲击过来。双方谁也不肯退让，转瞬间就撞击在一起，那顺的长矛刺透一人胸膛的同时，自己也被几根长矛刺中，双方还没反应过来，便因战马的剧烈碰撞而被抛飞。莲华夜一声惊叫，那顺急忙扔掉长矛，在半空中抱着莲华夜的腰肢，重重地摔在了地上。周围尘土飞扬，包裹一切。

骑兵统领命人将场地围了起来，待混乱过后，只见那顺披头散发，浑身是血，兀自一手搂着莲华夜，一手从地上摸到一把弯刀。以弯刀撑地，挣扎着站了起来。他胸前后背多处受伤，鲜血汩汩，却毫不理会。月光和火把的照耀下，那顺双眸如同野狼般闪耀着光芒，死死地盯着周围的骑兵。

"投降吧，那顺。"大麻葛喊道，"你知道，看在玄奘法师的面子上，老夫是不愿杀你的。"

那顺吐出嘴里的血沫，冷冷道："若不能带她离开，我何必活在这世上！"

莲华夜朝周围望了一眼，已经知道今夜突围无望，被几百名骑兵围困，便是插翅也难逃了。她凄凉一笑："那顺，就这样吧。希望你我来世不要相逢。"

"我只要今生，不要来世！"那顺疯狂地吼叫着，挥舞着弯刀冲杀过去。

"拿下他！"骑兵统领大喝。

上百名骑兵跳下战马，手持长矛将那顺团团围住，那顺疯狂地砍杀，但他兵刃太短，根本够不着敌人，反而被长矛在身上刺出无数伤口，浑身浴血。

"那顺，你走吧！"莲华夜泪流满面。

那顺凄凉地笑着，仿佛困兽般厮杀，却已经是穷途末路，数支长矛分别刺在他的手臂和双腿上，那顺手里的弯刀坠落在地，整个人站立不住，跪在了地上。场面一时寂静下来，那顺静静地跪着，身上血流如注，月光映照，那鲜血似乎闪耀着莹莹的光芒。那顺不管不顾，只是呆滞地看着不远处的莲华夜，脸上血泪纵横。

几名骑兵想过去拿下他，那顺一声狞笑，龇着白森森的牙齿，骑兵们顿时头皮发麻，不敢上前。那顺想挪到莲华夜的身边，却扑通摔倒在地。他手脚使不上劲，就这样用头和肘撑着地，咬着牙，一寸一寸地朝莲华夜挪去，身后拖出长长的血痕。莲华夜也哭了，踉踉跄跄地跑了过来，搂住那顺，将他抱在怀里："那顺，你为什么这么傻？为了我这样的女人，值得吗？"

"为了你，一切都是值得的。"那顺躺在她怀中，笑道，"哪怕为了这一瞬间的拥抱，虽死不悔。"

"可是，我不能够接受你的。"莲华夜哭道。

"不妨。我爱你的人，你走你的路。"那顺仰望着莲华夜那美丽绝伦的面孔，目光从黑色的发丝间，望见了苍茫的夜空。星空明月，宇宙浩瀚，却无法融解那顺内心的悲伤，"莲华夜，你知道吗？或许无数个轮回里，我们就这样仿佛两颗星星遥望着对方，却无法接近，无法拥抱。也许某一颗星星坠落的时候，会和你擦肩而过，滑过你的身边，再度忘掉一切，沉入轮回。可是我知道,这个星空下只要有你在,我就愿意这悲惨的人生再来一遍。今生,很好,我拥抱到你了,对吗……这里的夜空真寂寞,我想带你去看大唐的烟火,璀璨,美丽,就像我为你燃烧,你对我微笑……"

那顺喃喃地说着,直到昏迷过去。莲华夜失声痛哭。

"好了,把他们绑起来,带走。"大麻葛吩咐。

"不!"莲华夜紧紧搂着那顺,似乎怕失去他,却被人强行将他拖了过去,五花大绑捆了起来。

"大麻葛,是否继续?"娑婆寐笑道。

"你来!"大麻葛赌气地道。

"这可是你说的。"娑婆寐笑道,"老和尚查出真相,你可别后悔。"

大麻葛冷笑一声,做了个请的姿势。娑婆寐从地上捡起一把长剑,"噗"的一声插在了地上。那剑刃距离那顺的脖颈不到一寸,莲华夜一声惊呼。

"莲华夜,"娑婆寐郑重地道,"老和尚知道你记得前世,我也不再用手段逼迫你了,只问你一句话,说是不说,若是不说,这把剑就会割断那顺的脖子!"

"你——"莲华夜又是惶惧,又是愤怒。

"老和尚不杀生。"娑婆寐召来一个净人,将长剑递给他,吩咐道,"杀了他。"

那净人举起长剑就朝那顺斩下,莲华夜大叫:"不要杀他!我说!"

"这怎么可以?!"大麻葛和伊嗣侯三世都怔住了。

"为何不可?"娑婆寐翻着眼睛问他们。二人语塞,当初约赌,可没说用什么方法。

"说吧!说出来之后,我会放你们离开。"娑婆寐温和地道。

莲华夜怔怔地看着昏迷不醒的那顺,让娑婆寐先救治他。娑婆寐二话不说,命手下的净人给那顺包扎治疗。莲华夜的脸上露出凄凉的笑容,喃喃道:"尊者,您说得没错,我确实记得前世,所有的前世,每一个人,每一件事,历历在目,分毫不差。"

"所有的前世?"娑婆寐愣了,"什么意思?"

莲华夜的神情中忽然有了一种恐惧,她似乎不敢开口,一旦开口说出,就会惊动冥冥中的宿命:"因为,我不是轮回了一世,而是轮回了三十三世!"

众人惊骇不已,连婆娑寐都愣在当场。

"我的每一世都会重复一种命运,起初集万千宠爱于一身,随后沦为妓女,紧接着机缘巧合成为王后,最终被某人击破头颅而死,重新轮回。我生生世世重复这样的命运,无论诞生到哪个时代,无论诞生到哪个国家,都无法逃脱,无法改变。这是一个轮回之环,宿命之狱。我就是那轮回狱中可怜的囚徒。"

众人禁不住神魂悸动,半晌无言。婆娑寐的神情中更是隐隐生出畏惧,他多年禅修,磐石枯井,却也禁不住手指有些颤抖。

"为何会这样?"婆娑寐喃喃道,"你的源起到底是何人?为何会陷入这种轮回之中?"

"我的第一世,"莲华夜露出嘲讽之意,"名叫优钵罗月。"

第七章
佛陀时代的政变、谋杀和爱情

玄奘得知王宫剧变的时候，已经是次日清晨。他牵挂那顺，急忙入宫，犍陀罗王将他迎了进来。玄奘详细追问事情的经过，听到那顺重伤，焦虑不已，急忙去探视。

那顺此时还未苏醒，浑身包扎着躺在地毯上。玄奘掀开他的衣服，只见他肌肤被鲜血染红，大小创口足有数十处，可见昨夜的惨烈。

玄奘没有说什么，这时犍陀罗王才告诉他关于莲华夜的轮回之谜，玄奘震惊不已，惊讶地望着莲华夜。莲华夜默默地坐在那顺旁边，孤独而忧伤，仿佛他们谈论的事情与自己无关。

"娑婆寐呢？"玄奘问。

"昨夜他听到优钵罗月这四个字，就急忙离开了，说要查询典籍，验证真伪。"犍陀罗王道，"大麻葛和伊嗣侯三世寸步不离地跟着他。眼看赌约分出胜负在即，二人都很紧张。说实话法师，本王也很紧张。"

犍陀罗王一脸沮丧，这赌约无论谁胜谁败，他都是那待宰的羔羊。

这时，那顺呻吟着慢慢醒来，玄奘大喜，急忙过去轻轻呼唤。那顺睁开眼睛，第一眼看到的却是莲华夜。

"我们已经死了吗？"那顺问道。

"没有，我们还活着。"莲华夜温和地道。

那顺四处张望,这才发现他们身处王宫之中。那顺苦涩地叹了口气:"到底没能救出你。也罢,不用再找你了。我找得真辛苦,可我更害怕今生和你大海星辰,永不相逢。"

莲华夜勉强笑了笑:"那顺,其实我们不应该相逢的。"

"为何?"那顺道。

"因为,只要相逢,我们便会堕入轮回所安排好的命运,无论如何挣扎,都会是一个痛苦悲伤的结局。你要吗?"莲华夜道。

"我要。"那顺挣扎着坐起来,握着她的手,"莲华夜,还有什么比今生找不到你更悲伤的吗?我们是命中注定的恋人,可是你找不到我,我找不到你,被无数的山川河流隔绝,被无数的家国种族分裂,被无数的汹涌人潮淹没。我走在满是人群的大街,却仿佛走在孤独苍凉的沙漠,我形单影只,心肝都不见了,灵魂都丢失了。莲华夜,还有比一个人从生下来就被思念缠绕,仿佛行尸走肉更加悲惨的命运吗?莲华夜,拉着我的手,搂着我的腰,骑在我的战马上,跟着我一起去挑战吧,不管我们面前的敌人是谁!"

"我比你大七岁。"莲华夜道。

"都怪我。我应该早死三年,就能早三年看见你。"

"我是个妓女,早已不是洁净之身。"

"那真好。他们只能买走你的一夜,而我,将得到你的一生。"

"我命运不祥,你会因为我而死掉。"

"为你而死,请给我这份荣耀。"

"唉,那顺,那顺。"莲华夜痴痴地抚摸着他的脸颊,神情忧郁,"我的每一次轮回,都在等待一个人,那个人是你吗?"

"是我。"那顺笃定地道。

很多年后,那顺回想起来,这短短的一刻,竟然是他今生最动人、最美好的时光。莲华夜陪伴在他身侧,整个世界都仿佛被佛光照耀,没有悲伤,没有污秽,没有烦忧,一切都心满意足,别无所求。

这时门外响起杂沓的脚步声,伊嗣侯三世、娑婆寐、大麻葛联袂而来。在他们身后,兵士们还牵着七八头骆驼,背上驮着一些箱子,不知道装的是什么。

一行人走进宫室，众人才发现娑婆寐憔悴了许多，两眼通红肿胀，神情疲惫，却透露着亢奋。娑婆寐看见玄奘也在，得意道："大乘天，老和尚已经破解了莲华夜和那顺的前世之谜！"

"哦？"玄奘淡淡地道，"贫僧正要听听。"

娑婆寐志得意满，喟叹着："昨夜用了些手段，逼迫莲华夜说出优钵罗月四个字，随后老和尚查阅了数百夹的经书，探寻优钵罗月的生平。经书中记载，有数位王后死于非命，其中亦有数位做过妓女。有些语焉不详，但是有一位却记载得极为详尽。那正是这莲华夜的第一世，优钵罗月。"

娑婆寐一摆手，净人们将箱子从骆驼背上卸了下来，一个个打开，里面是一箱一箱的贝叶经书，每一捆都用木板夹着，绳子捆扎。

这个时代，天竺文化区域的各种典籍都写在一种名为贝多罗树的树叶上，即著名的贝叶经书。写经的贝叶，先新鲜摘下，裁成长条，然后和酸角、柠檬一起熬煮，晒干压平之后，再用铁笔刻写经文。刻写完之后还要在贝叶上涂抹油和煤烟制成的墨，等把叶子表面的墨擦掉之后，铁笔刻痕便会浸了墨汁，清晰显示出字迹，之后再打孔用绳子装成册。贝叶经书正常能保存数百年不腐。

"拿出《增阿含经》《杂阿含经》《四分律》《五分律》。"娑婆寐吩咐。

净人们从箱子里找出经卷，拆开板夹外的绳子。娑婆寐翻了几页，递给玄奘和大麻葛等人传看。

"据经中记载，在佛陀时代，有个女子，她因年老色衰被丈夫抛弃，于是自杀而死。自杀前，她找到一位圣者，发下宏愿：愿于来世，得一端正庄严之身，像青莲花一般色香俱足，娇艳动人。愿于来世，得一痴情挚爱之人，如光阴在侧，呼吸相随，至死不弃。"娑婆寐凝望着莲华夜，冷冷一笑，"当初老和尚用六入钉钉住轮回，察看她前世，她就说出过这句话。"

"这个女子死后，转世轮回到了王舍城，成为一个吠舍女孩。这女孩生下来便与众不同，她的皮肤细腻滑嫩，宛如新开的莲花花瓣。她的肌肤莹白澄澈，宛如一朵池中出水的优钵罗花。她的眼睛漆黑如玛瑙星空。她身上自然散发出奇异的香气，芬芳馥郁，如同莲花。这是一种奇迹，整个王舍城的人都来欣赏，大家为她取名：优钵罗月。

"她在整个王舍城人的赞美与呵护中长大。十几岁的时候，姿容绝色仿佛青莲花映照着月华，她的风姿令所有的生灵倾倒，她的嗓音令所有的男人沉醉。她经过的地方，灰尘不敢飘飞，污秽不敢降临，心怀邪恶的人感动于那造物的美丽，劫盗之徒把抢来的金玉当作尘土。

"在她出生的同时，她的邻家诞生了一个男婴。这个男婴从生下来就爱上了她，甘心在她身边做一个默默无闻的人，陪着她玩耍，陪着她长大。因为他就是优钵罗月前世宏愿中，那一痴情挚爱之人。他会如光阴一般伴随在她身侧，如呼吸一般紧紧相随，至死不弃。这个少年，名叫优昙。"

那顺喃喃道："那就是前世的我吗？"

莲华夜流着泪，抚摸着他的脸："是你，我一直都知道。从你拿着五百金币来找我的第一个瞬间，我就知道，你来了。今生，你又来了。"

娑婆寐继续讲道："可是，对于优钵罗月而言，优昙的存在过于自然，他就像自己的呼吸一般，不可缺少，但也觉察不到他的存在，更对他产生不了感情。他更像那光阴，你爱他，怕他离去，带走你的青春、你的岁月、你的记忆和你的生命，可只有当他离开的时候你才会惋惜，才会后悔，平时你使劲挥霍，无视他的存在。有哪一个女孩会爱上呼吸，爱上光阴呢？优钵罗月寻找着自己那一痴情挚爱之人，最终她被王舍城最大的商人哄骗，那商人送给她一座美轮美奂的精舍，在她所经过的路上撒满鲜花，从世界各地买来最昂贵的珠宝装饰她，在她耳边诉说着任何一个女孩都没有听过的甜言蜜语。于是，优钵罗月相信，商人就是自己今生要找的挚爱，她答应了他的求婚。商人举办了王舍城最盛大的婚礼，耗费了一半的资产来迎娶她，他们的婚礼令国王都羡慕，令王后都嫉妒。那么，她生命中的优昙在何处呢？优昙病入膏肓了。他失去了优钵罗月，如同失去了光阴，失去了呼吸。他躺在病床上，听着屋宇上冷雨敲打着优昙花，他知道，明日，院里的优昙花将零落一地，践踏成泥。"

众人默默地听着，娑婆寐的讲述极有韵味，仿佛带着魔力，将所有人的思维都吸进那个一千两百年前，佛陀时代的远古故事中。娑婆寐的眼眶甚至有些湿润，充满悲悯和感动，玄奘有些诧异，瞥了他一眼。

娑婆寐有些不好意思："大乘天可知道我为何感动吗？"

玄奘摇头："不知。"

"老和尚在这二人的故事里，看到了宿命，看到了因缘，看到了佛法无处不在，看到了人性的百转千回，看到了爱情的至死不渝，看到了暗夜众生的嗷嗷呼唤。"娑婆寐感情外溢地道，"所以，大乘天，当你随着他们的轮回一路看去，仿佛能看到佛法真义在其中验证、流转。老和尚因此而感动。"

那顺冷冷道："莫要废话，你且继续说。"

"好。"娑婆寐一笑，继续道，"优钵罗月嫁给商人之后，过着优裕奢侈的生活。商人对她宛如珍宝般疼爱，因为优钵罗月的名声，商人也成了各地国王和婆罗门的座上客，很多人都想见到他的妻子，他的生意越做越大。但新婚的激情过后，商人很快恢复了本性，他素来喜欢拈花惹草，纵然家里藏着这世上最美丽的瑰宝，也对妓院里的破砖烂瓦流连忘返。商人甚至在他做生意的每一个城市中，都偷偷买了宅邸，私养外室，经常聚众淫乱。优钵罗月得知之后，伤心无比。她觉得爱情是纯洁的，无瑕的，不容玷污的，丈夫的行为已经亵渎了二人的爱情。她愤而离家出走。她要去寻找那真正的光阴在侧、呼吸相随的挚爱之人。可是她不知道，就在她离开王舍城不久，优昙病体康复，找到了她丈夫的家。得知优钵罗月的遭遇，优昙悲伤，牵挂，开始四处寻找她。"

"就像我行走百国来寻找你吗？"那顺在莲华夜的耳边低声道。

莲华夜没有说话，眼睛里有着悲伤。

"优钵罗月在路途中遇见了一个贵族，那贵族喜欢她的美色，向她求婚。优钵罗月离开商人之后，遭遇了各种艰难，才知道生活的艰辛。她走投无路，嫁给了贵族。那贵族生性粗暴，嗜酒如命，仅仅是喜欢她的美色。过了一段日子，在优钵罗月身上尝过了鲜，贵族每次醉酒之后就开始折磨她，殴打她。尤其是在行房事的时候，殴打会让他获得难以形容的快感。优钵罗月经常伤痕累累，却羞于启齿。最终，她忍受不了这种羞辱和折磨，偷偷离开了贵族的府邸，再次踏上漫漫的旅途。在她的心中，始终相信自己今生会有一个挚爱之人，如同呼吸和光阴一般陪伴着她。哪怕对生活绝望，她也从来不曾对爱情失望。可是她并不知道，她前脚离开了贵族府邸，优昙就找上了门。最终优昙只是如同跟随的影子，似乎能在茫茫人海中感受到她,追随着她,却始终触摸不到她。

"几年之后,优昙找遍了五天竺,终于在一个偶然的机会里,找到了优钵罗月,可这时,优钵罗月又嫁了人。她嫁的是个官员。优昙向优钵罗月诉说自己的痴爱,他讲述自己从小的相思,讲述自己多年的寻找,讲述自己内心所蕴含的情爱之火,这令优钵罗月觉得很可笑,因为官员对她很好,虽然没有狂热如同火山和海啸般的激情,但这种安逸优渥的生活,令尝遍颠沛流离之苦的优钵罗月无比满足。她觉得,这或许就是自己想找的人,想要的爱情,想过的生活。她觉得,这个衣服磨掉肘子,鞋底磨穿大洞,衣衫褴褛的童年玩伴,只是因走投无路而向她哀求。优昙伤心无比,可他终于找到了优钵罗月,不想再失去她,他怕极了这个寻找的过程,即便无法得到她,就这样陪着她也是好的。于是,优昙卖身为奴,将自己卖进了官员的府邸。"

婆婆寐讲到这里,那顺突然失声痛哭:"莲华夜,那就是我!那就是我啊!"

莲华夜喃喃道:"我知道那是你,可是我逃不脱命运。"

"我厌恶命运!为什么让我每一世都如此痛苦?眼看着你就在身边,却无法在一起?"那顺咬牙切齿,"今生,我再不愿这样!"

"老和尚还要讲吗?"婆婆寐对他打断自己极为不满。

"讲!"那顺怒吼。

"优昙在官员府邸陪伴了优钵罗月三年。很多年以后,优昙说,这三年是他今生最幸福的日子。他眼睛里能看到优钵罗月的身影,耳朵里能听到她的声音,呼吸里有着她身体散发的芳香,睡觉时梦中有她的思念。可是,三年后,官员的仕途发生了危机,上司厌恶他,要将他免职。在仕途面前,官员愿意放弃一切,可是他没有能打动上司的东西。他想起了优钵罗月,他将自己的妻子出卖给了上司。在官员的安排下,趁着优钵罗月酒醉,上司强暴了她。官员如愿以偿,优钵罗月却被粉碎了此生的信念。等优昙得知此事的时候,优钵罗月已在一个雨夜走出府门,回到了王舍城,在一家妓院做了妓女。她虽然不曾挂牌,却成为王舍城中第一名妓。她的美貌,她的媚态,她的淫荡,她的诱惑,几乎使全城男子颠倒发狂,所有有钱有势的人蜂拥而来,甚至住在王舍城中,等候一亲芳泽。优钵罗月身价昂贵,男子想与她过夜，一夜五百金币——"

一说起五百金币，所有人都露出异色，望着那顺，连娑婆寐也不讲了，饶有深意地望着他。那顺面无表情，神情中却有着深深的疲惫和痛苦。

"优昙找到优钵罗月，想要救她出苦海。优钵罗月将他当作嫖客，要收取五百金的夜资。优昙告诉她，自己不想要她一夜，想要她一生。优钵罗月敷衍他，许诺他若能赚到五百金，自己就跟他走。优昙默默地离去，这一去就是二十年。他辛苦赚钱，去大海中采珠，去丝路上贩丝，被波斯皇帝雇佣去战场，去大雪山的激流峡谷中淘炼金沙，整整二十年，他赚到五百金时，已经成了两鬓斑白的中年。他回到王舍城，来寻找他的优钵罗月。可是，优钵罗月此时年老色衰，门庭冷落，世事无常让她忽然顿悟了人生。这时，她遇到一个僧人，提婆达多。"

"提婆达多是谁？"那顺不解。这些年他对上辈子做和尚的记忆已经越来越模糊。

"提婆达多是谁？"伊嗣侯三世询问大麻葛。

大麻葛摇头，表示不知。

"提婆达多——"玄奘深深地吸了口气，提起这个名字，让他有一种惊心动魄之感，"提婆达多是佛陀的弟子，也是他的堂弟。"

"没错。"娑婆寐道，"优钵罗月，就是遇见了他！"

优钵罗月年过四旬，风姿渐渐衰败，有如青莲花的凋谢。这一日，她正在妓院的阁楼上纵情声色，提婆达多托着钵在街边乞食，周围的妓女和恩客都知道提婆达多佛法深湛，于是拿出金币，鼓动优钵罗月勾引他。

优钵罗月自恃美貌，走到提婆达多面前搔首弄姿引诱他。提婆达多说："可怜的女人，你的身体已然污秽不堪，如今为了金钱，又来引诱我。你生来出淤泥而不染，如今却只能重新沦落淤泥，身体腐臭。"

优钵罗月似乎真的闻到了自己身上的芳香开始发出腐臭之味，她想起自己今生的种种苦难，哭道："我罪孽深重，也曾想向善，可世间的羁绊让人挣扎不出。"

提婆达多道："若你有向善之心，无论过往的罪孽如何深重，我都能救你。"

经过提婆达多的度化，优钵罗月当即顿悟，开始修行，她打算修得不净观,洗涤完自身的污垢之后,就前去参拜佛陀,出家为尼。她离开了妓院,在城外结了草庐,每日修行,虔诚无比。淫欲是贪欲的根本,不净观是对治的法门。经过一年的修行之后,她终于洗涤了自身的污秽,从此,一个崭新的优钵罗月出现了。她准备前往灵鹫山,跟随佛陀出家。

而就在这时,优昙二十年辛苦,赚到了五百枚金币,来找她。优钵罗月如今已经彻底割裂了前尘往事,一心修行。她告诉优昙,拿五百金币来陪他过夜是个玩笑。她今生已经不再沾染男女之事,从此要剃发出家,一心修行。优昙彻底绝望了,他吃了无数的苦,等待她一生,为了一句话的承诺,辛苦二十年赚到五百金。可她却还是要离他而去,永远地离他而去。

优昙绝望至疯狂,他强暴了她,无论如何,他一定要得到她。她是他的光阴,她是他的呼吸,优昙决不能容许她弃自己而去。

重新修行出青莲花洁净之身的优钵罗月被他强暴之后,不净观被破掉,彻底丧失结成罗汉果的资格。她重新变成了污秽之身,万念俱灰,仿佛一位即将乘着白云飘然而去的仙子,被人拽入了污泥。

强暴她之后,优昙清醒过来,才发现自己到底做下了多大的错事。他伤害了她,他毁灭了这个女人,这个他曾经当作珍宝,呵护在掌心,愿意为之付出一切的女人。优昙悔恨绝望中,自杀而死。临死前,他发下宏愿:愿生生世世守护优钵罗月,如光阴在侧,呼吸相随,至死不弃。

优钵罗月听到这个宏愿,彻底惊呆了。她终于明白,原来这世间宇宙中,这亿万人潮中,那个能伴随她一生一世的痴情挚爱之人,一直就在她身边。

那顺和莲华夜呆呆地注视着彼此,执手相望,泪眼蒙眬。

那顺喃喃道:"原来我的前世是这样的,永生永世都为了你而存在。这样真好,莲华夜,这样真的很好。莲华夜,要是我今生死了,下一个轮回,请不要躲着我。"

莲华夜哽咽着摇头,也不知是答应还是拒绝。

众人也听得唏嘘不已,伊嗣侯三世叹道:"朕第一次觉得亡国之痛并没有什么。今生如何悲伤,死了之后万事皆空,归作乌有。下一世或许能做个普通人,无忧无虑地度过此生。那么,接下来呢?"

"老和尚累了,接下来请大乘天来讲吧!"婆婆寐道,"后面的事,他比老和尚更熟悉。"

玄奘沉默片刻，这段记载他确实很熟悉，只是从未想过优钵罗月就是莲华夜的前世。玄奘点点头，开始讲述之后的故事。

优昙死后，优钵罗月万念俱灰，提婆达多悄然而至。告诉她，有业有报，今生她注定无法找到那痴情挚爱之人，只能多积累福报，期待下一世了。优钵罗月问他该如何积福报，提婆达多建议她进入摩揭陀国的王宫，诱惑阿阇世王子。提婆达多预言，她将成为阿阇世王子的王后。她将劝导阿阇世心向佛法，造下善业，来世就能找到那痴情挚爱之人。优钵罗月欣喜不已，答应进入王宫。

此时，佛陀已经年老，提婆达多在继承人的问题上和佛陀产生了严重的争端。提婆达多野心勃勃，一心想要领导僧团，而佛陀根本无意传他衣钵。提婆达多悍然率领五百比丘叛教而出，自称新佛。他与阿阇世王子交好，受到其丰厚供养，但阿阇世王子的父亲频婆娑罗王是佛陀的忠实护法王。为了控制阿阇世王子，提婆达多将优钵罗月送入王宫，毫无意外，优钵罗月的美貌征服了阿阇世王子，他娶她做了自己的王妃。

优钵罗月时常在阿阇世王子面前夸赞提婆达多的佛法和慈悲，阿阇世王子越发对提婆达多言听计从。提婆达多仿佛一个魔鬼，渐渐将阿阇世王子诱惑进了深渊，他劝王子弑杀父亲，夺取王位，然后统一天竺，成为新王，而自己则成为新佛。阿阇世王子被他迷惑，果然发动政变，将父亲频婆娑罗王囚禁在了七重室，不准人送饮食，企图生生将他饿死。母亲韦提希王后借口探狱，用酥油、蜂蜜和成面，涂在身上。又将中空的璎珞装满葡萄汁，供频婆娑罗王吃喝。

过了许久，阿阇世王子发现父亲尚未饿死，调查之下发现了韦提希王后的计策。他勃然大怒，要杀亲生母亲，只是在大臣的劝阻下未能成功，于是他将韦提希王后囚禁在了深宫。

最终频婆娑罗王被生生饿死，阿阇世王子登基称王！他请提婆达多为自己灌顶，并尊其为摩揭陀的国师，同时，册封优钵罗月为王后。

优钵罗月没想到一向温文和善的阿阇世竟然变得如此邪恶，她苦口婆心地劝阻，阿阇世王却陷入统一天竺的狂热梦想之中。他发动战争，吞灭了跋耆国、憍萨罗、迦尸国、鸯伽四个大国，势力膨胀，称霸天竺。而提婆达多也借助摩揭陀的扩张，广招僧徒，扩大僧团，一时间声威煊赫。随着扩张，提婆达多和佛陀的矛盾更加尖锐，佛陀以他的慈悲和中道，仿佛无言的桃李，吸引着提婆达多派的僧侣虔诚皈依。

提婆达多恨之入骨，他心中动了杀机。阿阇世王豢养有一头巨象，名那罗祇梨，极为凶狠，暴虐勇健，巨大有如山丘。提婆达多将巨象讨了过来，命人将其灌醉，想趁着佛陀率领弟子入城乞食之时，释放醉象，践踏佛陀。

佛陀走进王舍城。提婆达多下令释放醉象，巨象在狭窄的街道间奔突，路上的障碍无所不摧，有时甚至径直穿透房舍。路人纷纷躲避，佛陀却径直迎着醉象而去。那醉象到了佛陀面前，佛陀只是微笑地看着它，连连叹息。

那醉象神志忽然清醒，如同醍醐灌顶，向着佛陀四腿跪地，以鼻子舔舐佛陀的双足。佛陀伸出右手，抚摩着象头，说道："瞋恚生地狱，亦作蛇蚖形，是故当舍恚，更莫受此身。"

那巨象点头连连，朝着佛陀环绕三匝，悄然远去。

谋害佛陀不成，反而让佛陀获得了更多的信众，提婆达多更是愤怒，他找到阿阇世王，要借用军队的弓箭营。

这一日，佛陀照常率领弟子沿街乞食，路上的徒众见到佛陀，十分喜悦，将自家的蜂蜜和乳酪等物一一施舍到他的钵盂中。佛陀一一致谢，给徒众讲了一段经，众皆欢喜。

便在这时，长街突然肃杀。众人转身一看，一排一排的弓箭手弯弓搭箭，将他们团团包围。众人惶惧无比，佛陀却从容平淡，走到最前面，望着面前的弓箭手。

"提婆呢？请他出来见我。"

提婆达多站在弓箭营之后，听到佛陀的呼唤，却不敢露面，大叫一声："射！"

佛陀静静看着这群弓箭手，没有说话，神情慈悲，目光中似乎蕴含着浓烈的怜悯。这一刻，他身上没有佛光普照，更没有出现丈六金身，他只是以一个凡人的身躯站在箭镞之前，但在那些弓箭手看来，自己却似乎面对着整个娑婆世界的慈悲、生命、福祉和辉煌。

弓弦在手中绷紧，如同弯月，只要一个念头，弦就会弹直，箭就会射出，那锋利的箭镞就会撕裂这娑婆世界最伟大的人的肉身。可是却没有一个人愿意松开自己的手指，所有人的内心都在涌出一个念头：他们是在弑佛！他们是要断绝整个娑婆世界的希望！他们是在让这个世界沉沦入阿鼻地狱般的黑暗！

"射啊！"提婆达多再次下令。

五百弓箭手却纷纷放下弓箭，跪伏在佛陀的脚下。人群之后，提婆达多仿佛退潮后的礁石，惊惶地站在街上，隔着跪倒的弓箭手，与佛陀对峙。

"提婆，"佛陀温和地道，"一花一世界，一木一浮生，一草一天堂，一叶一如来，一沙一极乐，一方一净土，一笑一尘缘，一念一清静。提婆，无染无所着，无想无依止。体性不可量，见者咸称叹。提婆，风中灯摇摆不定，水聚沫本是虚体，你所执着的，都是不真实之物。"

"我要走的路，与你不同！"提婆达多答道，"你走你的中道①便好，莫要与我相争！你说过，天上地下，唯我独尊。"

提婆达多骄傲地鞠躬，然后转身离去。佛陀目送他的身影消失在长街尽头，默然无语。

玄奘在讲述的时候，甚至能感受到提婆达多内心熊熊燃烧的杀机。玄奘感受着这股无名业火，他知道，那是一种骄傲，那是一种执念，那是一种对自己生命层次的不满。他古怪地感觉到，提婆达多似乎是在借着佛陀修行。但这条路却偏仄可怖，玄奘不知道他要走向何处。

提婆达多回到摩揭陀王宫。阿阇世王已经知道刺杀失败的消息，深感忧虑。

"尊者，佛陀屡次刺杀不死，难道真的无法被伤害？"阿阇世王道，"倘若如此，我们为何与佛陀作对？"

"佛陀并非无法被伤害。"提婆达多回答道，"譬如佛陀的身躯，就会在这岁月中衰竭，老死。能被岁月杀死，又为何不能被凡人杀死？"

"那么，如何才能弑杀佛陀？"阿阇世王问。

---

① 释迦牟尼的核心教义之一，谓无差别、无偏倚的至理。即离开空、有或断、常等二边的实相。释迦牟尼主张应远离二边，至于中道。

"这世上的众生，无法弑杀他。只要看见他的法身，就没有任何生灵能够下手。"提婆达多道，"所以，我打算向您借一物。此物必定能弑杀佛陀。"

"何物？"阿阇世王问。

"投石车！"提婆达多道，"重型投石车需要五十人操作，抛掷距离可达三百弓。我想借陛下五百人，操作十架投石车，将之安置于灵鹫山侧的山崖之上，装上百斤重的石弹，轰击灵鹫山！"

阿阇世王倒吸一口冷气："为何要动用如此大的阵仗？"

"因为，不能让这世上众生看见佛陀。只要看见他，没有人的恶念能达到弑杀佛陀的境地，他们必然会被佛陀感化。所以我要趁着佛陀在灵鹫山说法之时，远距离射杀他。这样，那些操作投石车的人，根本不知道他们要做的是什么事，要杀的是什么人。如此才有成功的可能。"提婆达多道。

阿阇世王心中满是懊悔与忧惧，厉声道："尊者，本王听从你的诱惑，先是弑杀父王，然后囚禁母后，接着又要杀死一个无法杀死的佛陀！你到底要带着本王往哪一条路上走？"

"这条路无论有多艰险，我会始终陪着你。我的王。"提婆达多回答。

阿阇世王惨笑道："是啊，你我都回不了头了！投石车可以借给你，但是你一定要记住，这是最后一次！若是佛陀不死，你死！"

阿阇世王调拨了五百士兵，将国内仅有的十架重型投石车交给了提婆达多。

然而就在提婆达多和阿阇世王在王宫中密谋之时，优钵罗月偷偷听见，她终于明白，自己被提婆达多利用了，她最终做下的不是善业，而是恶业，因为她，很可能导致佛陀遇害！

优钵罗月没有犹豫，她急急忙忙地出了王宫，要赶往灵鹫山，把这个阴谋告知佛陀，请佛陀避开。可就在她走到王宫外的时候，提婆达多追过来揪住了优钵罗月。

那优钵罗月惨然道："我不净观被破，舍身进入王宫，为的是劝说阿阇世广做善事，为我自身造下善业，祈求来世能遇见那一痴情挚爱之人，与他呼吸相随，至死不弃，却不是为了你一己之私欲。"

提婆达多勃然大怒，提起拳头，用尽大法力，一拳打在了优钵罗月的

西游八十一案：大唐梵天记　　109

头顶。顷刻间，优钵罗月头颅破碎，死于宫墙之下。

玄奘讲述着这一千二百年前的往事，这往事惊心动魄，涉及了佛门分裂，涉及了阿阇世王弑父篡位，更涉及了优钵罗月最终的往生之谜。短短的故事中浓缩了佛陀时代的一场风云变幻，刀光剑影。众人听得长久无言，心绪低沉。

"法师，后来如何呢？"伊嗣侯三世听入了神，"朕虽然是拜火教徒，却也对佛陀不胜崇敬。"

玄奘深深施礼，继续讲述后来的故事。

提婆达多秘密将投石车运送到了灵鹫山对面的山崖上，安装固定。十架投石车耸立于此，兜袋里填好百斤重的石弹，静静等待着。

这一夜，提婆达多就站在山崖上，眺望着对面的灵鹫山。灵鹫山上有佛陀的精舍，精舍旁有一棵菩提树。每天夜四时，佛陀会在菩提树下为弟子说法。而如今，投石机的目标，就是这棵菩提树。

夜四时整，恒河之上终于孕育出了浩茫初日。

在讲述的过程中，玄奘就仿佛站在山峰上，凝望着北方混沌一色的恒河，粼粼波光打在他的脸上，每一道波光都仿佛一页经文。这个世界如此斑斓地呈现在他眼前。玄奘似乎迷醉了，这一千二百年前的世界，竟然如此动人，往古来今，几人可见？

灵鹫山上响起悠扬的敲击钵盂之声。佛陀从精舍中出来，率领着十大弟子和一群比丘，走向菩提树下。此时的佛陀已经老了，他的步履有些蹒跚，旁边的阿难小心翼翼地搀扶着他。

"等你涅槃之后，世上之人会懂我。我所做的事，绝非妄念。"提婆达多喃喃地说着，下令，"投石机，射！"

十座庞大的投石机，士兵们同时砸下木板，装着百斤巨石的网兜陡然弹起，将巨石掷向空中，朝着一里外的灵鹫峰砸去。十块巨石越过山涧，砸到山顶，轰隆隆的巨响，整个灵鹫山都被撼动，十里之外仿佛地震一般。

山顶墙倒屋塌，所有的建筑在这种巨石面前仿佛纸糊的一般，树木崩倒，山石破碎。整个灵鹫山乱石崩飞，尘土飞扬，仿佛世界末日。

正在菩提树下听经的弟子们顿时陷入血肉磨坊之中，有几块巨石径直砸入人群中，不少弟子整个人被石块拍击到了地上，成为肉饼。投石机的石块是特别磨制的，为了增加杀伤力，往往打磨成圆形的石球。石球砸入人群，轰隆隆地滚动，顿时在弟子中间犁出一道血肉山谷！

更有些石球在砸中地面的山岩之后崩裂，呼啸的碎石四处飞溅，劲道如同箭镞，不少人被碎石射中。

十大弟子陡然遭变，惊惶中却首先保护佛陀的安危。阿难和目犍连等人急忙搀扶着佛陀躲避。提婆达多沉默地看着，下令："继续装石。射！"

又一轮石球凌空掷出，轰击灵鹫峰，其中一颗正中菩提树。这株千年菩提被从中击断，树冠轰然倒塌，只留下三尺长的一截树干。这一轮轰击过后，山峰上再无站立之人，遍地尸体。

"装填，射！"提婆达多大吼。

最后一轮石球射出，这次提婆达多命人调整了角度，对准佛陀。密集的石球轰然砸下，卷起巨大的阴影，朝着佛陀当头而来。

佛陀一动不动，目光中满是悲哀，这时人群中冲出一个胖大魁梧的僧侣，那僧侣名为宫毗罗，宛如怒目金刚，手持一根巨大的宝杵，从后面冲了过来，怒吼一声，挥舞宝杵朝着那颗石球砸了过去。

轰隆隆一声巨响，宝杵剧烈撞击石球，当场脱手而出，宫毗罗也口吐鲜血，重重摔了出去。然而，石球也被宝杵砸碎，碎石飞溅。其中一片碎石射在了佛陀的脚上。佛陀流出了今生第一滴，也是唯一一滴血。是谓"五逆罪"之终极重罪：出佛身血。

阿难等人惊慌失措，急忙为佛陀包扎。佛陀站立不动，凝望着对面的山崖，看着灵鹫山上满目疮痍，目光中满是悲哀和责怪。

提婆达多苦涩地一笑，他知道，能出一滴佛身血，在这十方宇宙，娑婆世界，自己已经算是空前绝后了。

然而无论如何，弑佛的计划彻底失败。他不会再有下一次机会了。自己轰轰烈烈的一生，就此而止。

"诸法因缘生，诸法因缘灭，我佛大沙门，常作如是说。"

提婆达多哈哈大笑，弯腰一揖，揖别恒河白日，灵鹫菩提，转身离去。

提婆达多回到王舍城，阿阇世王却拒不见他。提婆达多呆了半响，无言地离去。提婆达多召集所有的弟子，为他们讲经，最后叹道："这或许是我最后一次讲经了。若我涅槃，诸弟子当遵循五法，不可懈怠。"

有弟子问："尊者，您正当盛年，为何会涅槃？"

提婆达多忽然想起佛陀的话，喃喃道："成、住、坏、空，一人一世界，都要经历这样的过程。我之涅槃，又有什么可避讳的呢？"

他不再多说，转身回到自己的精舍。

提婆达多拿出一只瓶子，那瓶中装的是见血封喉的毒药，他珍藏多年。如今他将毒药蘸出来，仔细抹在了自己的十根指甲上。

提婆达多沉默地离开精舍，走向北门。王舍城的北门外一里处，是佛陀的竹林精舍，由大富豪迦兰陀所布施，规模宏大，分十六院，每院六十间房舍。灵鹫山被毁后，佛陀又搬到此处居住。

提婆达多到了精舍外，有愤怒的僧人要拦住他，他的亲弟弟阿难出来阻拦了僧众。

"兄长，你还不死心吗？"阿难伤心地道。

"我想和世尊说几句话。"提婆达多道，"最后几句话。"

阿难没有阻拦，提婆达多径直走进了佛陀的精舍。佛陀脚上包着白布，隐约有鲜血渗出，他平静地坐在蒲团上，望着走进来的提婆达多。

提婆达多双掌合十，恭恭敬敬地在佛陀身边绕行三周，然后跪坐在佛陀对面。二人平静地对视。

"世尊，我想您已经知晓我的来意。"提婆达多说。

佛陀缓缓地点头："我尽知晓。"

"您为何还会见我？"提婆达多问。

佛陀有些悲伤："你追随我四十余年，今日你要入灭，我如何忍心不见？"

"您确定是我入灭，而不是您入灭？"提婆达多问。

佛陀默默地点头，缓缓闭上了眼睛。

"可我还是想试一试！"提婆达多说完，合身朝佛陀扑了过去，十指张开抓向佛陀的双脚！

周围的阿难和目犍连等人大吃一惊，却阻拦不及，提婆达多淬了剧毒的指甲抓在了佛陀的脚面上！只听"咔嚓"一声，十根指甲同时折断，佛陀的脚面却毫发无损。提婆达多摔倒在地，那折断的指甲，已经深深地嵌进了他的手掌之中。

众人急忙将佛陀和提婆达多隔开，提婆达多苦笑着想爬起来，却无力地跌在了地上。这时，他的双手已经肿胀，脸上隐约开始变得青黑。剧毒之药，竟然如斯猛烈！

提婆达多不再挣扎，他默默地躺在佛陀的脚下，凝望着精舍外的天空。他知道佛陀在看着他，却没有在意。他脸上笑着，喃喃道："六十年前，我们还是小孩子的时候，我总喜欢跟你竞争，却总是争不过你。你骑马比我好，射箭比我好，相貌比我英俊，心地比我慈悲。我是旁系的王子，你是释迦的太子。我想方设法要夺走太子之位，暗中谋划了十年，正要发动政变之时，你却将太子之位弃如敝屣……"提婆达多哈哈笑着，"从那时起，我就知道，今生今世，我再也不如你了。"

"何必执着于妄念？"佛陀叹息道，"我从未想过跟山比重量，跟树比高低，跟人比贫富，跟象比食量。"

"是啊，所以你才永不可战胜！"提婆达多嘴角慢慢淌出了鲜血，眼神涣散，"所以我才跟随你出家，我想在你所走的路上，赢你一次。但你要知道，四次谋杀，我其实并不是想杀你。"

"我知道。"佛陀沉重道。

阿难等人听得迷惑不解，四次谋杀，一次比一次险，甚至第三次还伤了佛陀，怎么不是要刺杀他？但佛陀并不解释。

"这一次，算我赢了吧？"提婆达多灰败的脸上露出喜悦。

"你赢了。"佛陀合十致意，低头送别他。

提婆达多笑着，溘然而逝。

西游八十一案：大唐梵天记　113

第八章
女儿国的女王

玄奘讲完，众人沉默无言，好半晌，大麻葛才问："法师，为何提婆达多临终前的话难以理解，似乎有深意？"

玄奘想了想："他要走的路曲折险恶，或许只有佛陀能明白吧！就像您面前的娑婆寐尊者，他如今在走的路，贫僧也看不懂。但我想，他一定有他的执着。"

"你——"娑婆寐吃了一惊，深深凝望了玄奘一眼，却仿佛不愿提及，"好了，无论如何，老和尚已经探究出了莲华夜和那顺的前世之谜，这场赌局该了结了吧？"

此言一出，所有人的心都提了起来，众人只觉脊背冷飕飕的，似乎有一股不祥的阴风席卷四方。伊嗣侯三世的表情甚是难言，狰狞、羞辱、不甘、绝望、愤怒、迷茫，不一而足，他定定地望着眼前的佛塔，一言不发。众人谁也不敢再说什么，静静地等着，都知道他只要一言出口，极有可能会爆发一场惨烈的战争。

"不！"大麻葛忽然道，"这莲华夜轮回三十三世，你只不过探究出了她的第一世，也敢说赢了赌约？"

娑婆寐恼了："源流已经探究清楚，难道你要老和尚将她的每一世都一一打捞出来吗？"

"那倒不用。"大麻葛冷笑道,"中间的过程我可以不看,只需你将她最后一世探究出来,我们便认输!"

娑婆寐愣了,望着伊嗣侯三世:"陛下,您也是这个意思吗?"

伊嗣侯三世沉默很久,点了点头:"大麻葛的意思,就是朕的意思。"

娑婆寐轻轻吐了口气,道:"老和尚倒不是怕难,而是此事太过简单。"他转身望着莲华夜,"那便说说你的最后一世,也就是上一世。你到底是何人?"

莲华夜愣了一下,眼神中流露出恐惧,喃喃地问:"当真要我说吗?"

"若是觉得不便,你可以不说。"玄奘温和地说。

娑婆寐恼了:"大乘天,胜败在即,你切莫搅扰,说!"

莲华夜点点头,正要说话,忽然她的身上冒出一缕缕白色烟雾。那股烟雾仿佛从她体内散出,透过衣物冒了出来,如同体内充满了湿润的柴草,正在艰难地燃烧。众人都怔住了。

"莲华夜,你没事吧?"那顺想要冲过去,却被娑婆寐一把拉住,他神情凝重,摇了摇头,"你且不要惊慌,看看发生了什么事。"

玄奘没有作声,也静静地看着,但更多的注意力却放在周围众人的反应上。只见莲华夜身上的烟雾越来越多,那烟雾似乎充满一种迷乱的气息,稍微吸入一口便头昏脑涨,昏昏欲睡,众人急忙掩住口鼻。

"我这是怎么了?"莲华夜茫然地看着自己的身体。

这时烟雾越来越多,越来越浓密,仿佛一只巨大的白色蚕茧,裹住了她的全身。众人已经看不清蚕茧中的莲华夜。

"那顺,救我——"莲华夜忽然一声惨叫。

那顺大叫一声,甩开娑婆寐冲入烟雾,但瞬息间,众人却看见那顺从烟雾的另一端冲了出来。烟雾中竟然空空如也!

那顺伸出双手,迷茫地看着,那手上只沾染了几缕烟雾,轻轻一吹,消散无踪。

"莲华夜?"那顺回过神来,反身冲入烟雾四处乱抓,瞬间把烟雾搅得七零八散,最终烟雾散尽,众人只看见那顺呆愣愣地站在宫室中央。莲华夜,在刹那间消失无踪。

"师兄,师兄!"那顺惶恐地哭着,"莲华夜不见了——"

玄奘也震惊不已，他走过去仔细查看，目光从在座的各人脸上一一看过，震惊，疑惑，呆滞，不一而足。娑婆寐凝望着他，与他默默对视。

　　玄奘的心慢慢凉了下来，他拉起那顺，温和地道："放心，只要她还活着，贫僧就一定能帮你把她找回来。"

　　那顺激动地握着他的双肩："师兄，哪里能找到她？告诉我，上刀山下火海我都去！"

　　"我们去苏毗女国。"玄奘道。

　　那顺愣了，连娑婆寐和伊嗣侯三世等人也愣了。

　　"苏毗女国？"那顺诧异，"莲华夜虽然在那里出生，可是——"

　　玄奘止住他："那顺，听我的。咱们走吧！"

　　"莲华夜——"那顺泪流满面，扑通跪倒在地上，"无论你在哪里，无论是被谁抓走，你都不要害怕，哪怕我穷尽一生，也要重新找到你！"

　　玄奘和那顺出王城东门而行。一匹白马，一匹骆驼，行走在印度河的波光和树影之中。那顺骑在骆驼上，一步三回头，此时富楼沙城已不可见，树影遮蔽，山脉层叠，偶尔有炊烟升起，飘摇在天际，似乎是一头秀发，在人的相思中袅袅不散。

　　"走吧，或许回来时，一切已然不同。"玄奘没有回头，策马而行。

　　"师兄，莲华夜明明是在犍陀罗的王宫内失踪，您为何要去苏毗女国寻找她的出生地？"那顺催动骆驼跟了上去，询问道。

　　玄奘沉吟片刻："犍陀罗王宫内，迷雾重重，贫僧不敢去捅破这层纸，只好另辟蹊径。再说了，贫僧认为所谓的手段、过程，甚至失踪地点都无足轻重。真正重要的，是她为何会失踪？如果莲华夜的失踪是人为，此人众目睽睽之下大费周章地将她掳走，必定是不想让她说出那句话。"

　　"哪句话？"那顺问道。

　　"她的上一世，到底是何人。"玄奘道。

　　那顺恍然大悟："所以师兄您才要去苏毗女国，寻找她的家乡？对，她从小在那里长大，身世既然如此奇异，当地人肯定有所了解。"

　　"是啊！"玄奘点头，"如果知道她上一世是何人，我想，掳走她的人就呼之欲出了。"

此地距离苏毗女国两千里，渡过印度河之后，折向北，进入乌仗那国。乌仗那国内河谷交错，盛产花果，尤其是葡萄，行走过城池与村落，路边葡萄藤密布，更有各种鲜花果树，交织辉映在雪山河流之中。

乌仗那国往北，就是迦湿弥罗国。这是天竺西北境的一个大国，已经深入雪山之中，方圆七千里，群山环绕。国内山岭峻峭，虽有路径，却狭窄盘绕于群山之中。山中气候森寒，虽然是春三月的时节，却飘舞着白雪。玄奘和那顺用毛毡裹着全身，连马匹和骆驼也盖上，整个人伏在驼马的背上，在荒凉的雪山间跋涉。

行了有十余日，才算越过雪山，进入迦湿弥罗国的腹地，气候也温和起来。路上偶尔能遇上商旅。玄奘向他们打听前往苏毗国的路径，商旅告诉他们，往东北走六百里，过喀喇昆仑山的山口，就是苏毗国。

"不过，苏毗国已经西迁了。"商旅道，"近些年吐蕃国崛起，吐蕃国的松赞干布征服象雄之后，就对苏毗国发动了进攻。去年，攻灭了苏毗国的都城，苏毗国向西迁到了勃律一带。法师一路可要躲避兵乱，喀喇昆仑山口以北，就是苏毗国和吐蕃的战场，时常有乱兵劫掠。"

玄奘谢过，继续北行。

"师兄，苏毗国已经被击溃，咱们还能找到莲华夜的故乡人吗？"那顺问道。

玄奘沉默片刻，望着茫茫雪山叹了口气："贫僧十四年前离开大唐，行走一百一十国求取真经。一路上风霜跋涉倒也罢了，有时也会遇见那诡异离奇之事，虽然与佛法无关，贫僧却从不曾绕道而过，总是要探究源流，弄个清楚明白。那顺，你可知道原因？"

"难道是师兄的好奇心太盛吗？"那顺道。

玄奘哑然失笑，道："若要纸上寻佛法，笔尖蘸干洞庭湖。佛法与真意，从不会记录在纸上，要靠你自己去探寻，去开悟。贫僧的西游，就是这样的一条路，无所谓开始，无所谓终结，也无所谓能否找到，只是用尽一生，去体悟这大千世界展示在我面前的一纤一毫、一花一叶。所以，那顺，既然有了脚下的路，那就不要犹豫，也不要怀疑，只管走下去便是。"

北行六七百里，又进入大雪山中，这座雪山更为宏大，如同金字塔般耸立天际，山峰两侧的路径都被冰川覆盖，湿滑陡峭，有些路段还积雪数尺。

骆驼和马匹都有些打滑，玄奘在驼马的四蹄包上麻布，到了异常险峻的雪岭，便自己攀爬上去，取出特质的长铁钉，钉入冰雪之中，系上长绳抛给那顺，让那顺拴在骆驼和马匹的缰绳上，然后两人合力，把一驼一马给拽上来。

"师兄，你这法子真是不错。"那顺赞叹道。

"贫僧这些年经过几十座大雪山，早年翻越大凌山时，山路积雪，有好几人掉下山岭，所以贫僧就做了这些东西，不想有人再次丧命。"玄奘道。

再往前走，就是喀喇昆仑山口。路上遇见了一些商旅。这些商旅运送的可不是普通的货物，而是奴隶。用一根粗绳子捆绑住十余人，有男有女，有老有少，前面有人骑在马上牵着。这些奴隶衣着单薄，蓬头垢面，目光呆滞地在冰雪上逶迤而行。

玄奘一询问，才知道这些人是吐蕃俘获的苏毗国俘虏，被这些商人购买，运往天竺贩卖。两人默默地望着这队奴隶在雪山中走远，那顺两眼通红，说道："莲华夜就是这样来到天竺的吗？师兄，我真恨自己，为何会让她受这样的苦！"

玄奘只有默默地叹息，继续前行。

过了山口，天气暖和起来，雪山被抛在了身后，眼前是苍茫的原野、雪山和湖泊。蓝天苍翠欲滴，无瑕的湖泊倒映着蓝天，分不清哪里是天，哪里是地，时而有羚羊群在碧草蓝天下跳跃而过，带动起伏的长草，是这凝固的天地间唯一的掠影。

玄奘二人找到一条商路，开始向西去寻找苏毗国的痕迹。两百里之后，他们在一座镜子般的湖泊边走过，翻上碧草覆盖的山冈，赫然惊呆。眼前的谷地中，无穷无尽的大军正在厮杀，覆盖了山谷平原。

距离有些远，听不见战士的呐喊、战马的嘶鸣和死者的惨叫，只有一缕缕刀光映照落日，扫过玄奘的眼前。双方大军中间是步兵肉搏，在山冈上望去，如密密匝匝的蚁群交织在一起，互相拿着刀剑砍杀，长矛捅刺，双方的战阵被一层层削薄。步兵阵之外，则是双方的骑兵角逐，无数的骑兵往复冲刺，如同一道道黑色的浪潮互相碰撞，溅起的无数浪花里，是无数条人命在黯然离去。

两人看得呆了，玄奘默默念着往生咒，那顺却不以为然："师兄，他们信的是外道，你的往生咒超度不了他们的。"

"大千众生，无不可超度之人。"玄奘道。

他正要再说，忽然身后响起杂沓的马蹄声，两人回头望去，只见一队吐蕃骑兵斥候呼啸而来。这群吐蕃斥候长袍窄袖，辫发，勒着红抹额，在双颊和额头涂有赭面。到了近前，先是兜马绕二人转了一圈，二话不说张弓搭箭，森寒的箭镞射在了二人脚下。两人不敢再动，只听那群骑兵呼喝着什么，策马绕着二人转圈。他们说的是吐蕃语，玄奘听不太懂。

那顺行走商旅，略懂一些，低声解释："他们认为咱们是苏毗国的奸细。"

玄奘低声道："你告诉他们，咱们是从天竺来的。"

那顺用不太流利的吐蕃语告诉那群骑兵："尊敬的雪域雄鹰，我们是来自天竺的僧人，您眼前这位，就是五天竺最具声名的大乘天，前来拜见贵国的赞普……"

那群骑兵应该是听懂了，两名首领商量一番，将二人裹挟在中间，一路疾驰，前往山谷中的一处高地。高地周围帐篷林立，无数的吐蕃战士进进出出，运送箭镞、盾牌以及抛石兜、圆形石弹等物资前往战场，又有无数的伤兵被运送回来，涂着赭面的苯教经咒师一边敷着草药，一边念咒，帮他们治疗。整个营地乱糟糟一团。

那群骑兵斥候带着他们进入营地，迎面碰上一名东本[①]，正率领一支千人骑兵前往战场支援。东本见他们带了个僧人，诧异地询问之后顿时恼怒起来："达赤，我看你是要吃鞭子！赞普的两只眼睛像雄鹰一样关注着战事，你弄些乱七八糟的人来打搅他，他非砍了你的头不可。先把这僧人关起来，等打败苏毗女王再说！"

那个叫达赤的斥候不敢再说，将玄奘二人带到营地后面，关在了牦牛棚里。这里的牦牛是作为肉食屠宰的，周边不远处，就有一群奴隶在屠宰牦牛，剥皮取肉。玄奘郁闷无比，语言又不通，只好在牦牛棚里打坐。

也不知过了多久，就听见远处传来无数人的欢呼，仿佛天崩地裂一般。两人正诧异，只见一个奴隶满脸喜色，踉跄着跑进来，大声吼叫："胜了！我们俘虏了苏毗女王！"

---

① 吐蕃军制中的千户长。

一群奴隶狂呼起来，扔掉手里的屠刀，载歌载舞。玄奘看得摇头不已，那顺却担忧："师兄，连女王也被俘虏，看来苏毗国完了。"

"是啊！"玄奘也感慨，"这些年苏毗国被吐蕃一再击溃，原本覆灭也是在旦夕之间。"

"要是这样，想打听莲华夜的消息，岂非更加艰难？"那顺担心。

玄奘想了想："走一步算一步吧。"

两人正在聊天，突然那个叫达赤的斥候跑了进来，操着生疏的梵语道："你便是那个天竺来的僧人？"

"正是贫僧。"玄奘合十。

"有一位贵人要见你。"达赤说着打开牦牛棚，将他们放了出来。

玄奘钻了出来，问道："可是你们赞普？"

达赤不搭理他，带着他们径直走出屠宰场，进入营地中央。胜利的吐蕃人正在返回营地，一个个浑身鲜血，却满脸亢奋，连脸上的赭面都给鲜血冲淡了。更有一些经咒师唱着古老的祭祀词，载歌载舞。

在回营的吐蕃人后面，则是大批的苏毗国俘虏，有男有女，浑身是血，用绳子捆成了一串，被吐蕃人牵着。这些吐蕃人一边用鞭子狠狠地抽着，一边大声用简单的梵语斥骂——苏毗国语属于梵语系，和吐蕃不同，但两国交往上千年，即使普通的吐蕃人也懂得几句梵语。有些性情激烈的女子不甘受辱，大声回骂着，那些苏毗国的男子反而一个个畏畏缩缩，垂头丧气。

"连你们苏毗女王都被我们俘虏了，你们还有何骄傲可言？"吐蕃士兵嘲笑道。苏毗国的女子闻言顿时大哭起来，在吐蕃人的驱赶下，被押送到了俘虏营地。

玄奘默默地看着，跟随达赤绕过重重岗哨，来到大军拱卫的一处高地。这里是吐蕃赞普和王族的住处，营帐高大华丽。达赤禀告上去，一名内相从营帐中走了出来，带着玄奘和那顺来到一座最豪华的营帐前，走了进去。

这个营帐极为巨大，足可容纳数百人。此时在营帐深处，正挂着一幅巨大的牦牛皮舆图，十几个吐蕃贵族围着两个身穿便袍的年轻男子，正在舆图前商议。

"击败苏毗国之后，吐蕃的疆域向西已经与大小勃律接壤，若能吞并大小勃律，则向北可入西突厥，向南可入吐火罗区域。赞普扼守天竺、波斯、西突厥三大帝国的要道，能成不世霸业。"其中一位年龄大一些的男子说道。竟然是正宗的唐腔，还带有洛阳口音。

"正是，正是。"那个年轻男子击掌赞叹，"等击败大小勃律，我吐蕃就能进入于阗，直接深入西突厥的腹地！届时，吐蕃将能与大唐会猎西突厥，真是人生快事！"

内相等了片刻，见两人还在谈论，只好上前抚胸鞠躬，低声禀告："赞普，王贵人要的那名天竺僧人带来了。"

"来了吗？"那名年龄稍大的男子转过身，随口问道。他一眼看见了玄奘，顿时惊呆了，玄奘也目瞪口呆。

"玄奘法师！"

"王玄策！"

原来此人正是大唐不良人的贼帅，公开身份是太子右卫率府长史的王玄策！贞观三年，玄奘出关西游，遇见大卫王瓶的诡异事件，背后正是王玄策代表大唐在和西突厥、西域诸国角力。二人也算是同甘苦共患难了。十几年没见，王玄策已年近四旬，儒雅不羁的脸上有了些岁月的沉淀，更显沉稳。他身上还穿着大唐的绯色官服，腰里挂着银鱼袋，混迹在这群吐蕃贵族中间，显得格格不入。

两人呆呆地对视着，忽然王玄策爆发出一阵畅快的大笑，快步冲过来向玄奘见礼："法师！法师！您难道有神足通吗？我找天竺僧人就是要打听您的下落，您却直接到了我的眼前！"

"王长史，你却为何在吐蕃人这里？"玄奘更加纳闷，"又何要打听贫僧的下落？"

王玄策愣了愣神，忍不住苦笑，道："法师，都是因为您啊！来来来，我先介绍一下，这位便是吐蕃的赞普松赞干布。"

这时玄奘才注意到旁边梳着辫发，戴着塔式缠头，唇边两撇髭须的年轻男子，无他，此人太年轻了。

事实上，此时松赞干布年仅二十四岁。他十三岁时，父亲朗日松赞因为雅隆部落的旧臣、新臣之争，而被旧臣毒死，刚刚一统的吐蕃帝国转眼就有崩溃之势，内有雅隆旧臣、王后一族的反叛，外有象雄和苏毗国旧部卷土重来。松赞干布即位后，励精图治，组建了一支万人军团，三年征战，将毒杀父亲的雅隆旧臣斩尽杀绝，平定内乱。他精力旺盛，雄才大略，先是以缴纳贡赋的方式收降了苏毗国的旧部，然后杀象雄王李聂秀，迫得苏毗国再度西迁，统一了整个高原。随后他迁都逻些城，摆脱了雅隆旧臣对政权的控制，国势蒸蒸日上。前几年，更是击败了党项、白兰羌、吐谷浑，雄霸高原。

松赞干布也一直在打量玄奘。王玄策一到吐蕃就四处找来自天竺的商贾和僧侣打听，松赞干布也因此不但知道这个僧人和李世民的关系，更了解玄奘在天竺的名声。玄奘辩难五天竺、尊号大乘天的事迹，也一直为松赞干布所钦慕。此时一见玄奘的风采，松赞干布只觉更胜传闻。

松赞干布笑道："法师的声名，即便我偏处高原，也一向久闻。没想到今日竟能见到法师驾临，真是不胜欢喜。"

松赞干布命人撤去舆图，摆上酒食招待玄奘和那顺，他亲手在牛角杯里盛满了葡萄汁敬献给玄奘，极为恭敬。

王玄策问道："法师啊，您是为了何事来到吐蕃的？"

玄奘看了他一眼："那么，王长史又是为了何事来此？"

"我啊？"王玄策苦笑不已，"我是被皇帝陛下撵过来，给您当徒弟的。"

这回轮到玄奘张口结舌了："给贫僧当徒弟？此话怎讲？"

王玄策苦笑着将事情的经过讲述了一番，玄奘感动无比，他和李世民的交集并不多，只是在霍邑的地下泥犁狱中与崔珏周旋时，救了李世民一命，事后才知道其实李世民早已洞悉。但李世民一直对他礼遇有加，尊崇无比。

"能得陛下如此，贫僧铭感五内。"玄奘朝着东北方向合十礼拜。

"唉。"王玄策却叹息，"法师您说我能怎么选呢？谁愿意去莫贺延碛吃流沙？正好文成公主下嫁赞普，我便随江夏郡王的送亲使团来了吐蕃。我在吐蕃已待了数月，只要有天竺来的商旅就打听您的消息，没想到今日您竟然出现在此处！看来，这也算是我的佛缘。"

王玄策站了起来，毕恭毕敬地跪拜在地："弟子王玄策，奉皇命拜师。恳求法师剃度。"

松赞干布呆住了："等等，王长史，你真要出家不成？"

"不出家又能如何？"王玄策也满心不乐意，"皇命难违啊！"

"可……"松赞干布有些凌乱，"王长史，你雄才伟略，运筹帷幄，乃是将相之才，怎么能出家做个僧人呢？"

"不然又如何？"王玄策问他。

松赞干布也不知如何是好了，求助地望着玄奘。玄奘想了想，问："王长史，陛下可曾剥夺了你的官职？"

"不曾。"王玄策道。

"既然如此，贫僧也不能为你剃发。但皇命不可违，你就不剃发，受五戒，且做个居士吧。"玄奘道，"贫僧当年曾经有两个弟子，大弟子阿术、二弟子麴智盛，你都认得。从今以后，你就是贫僧的三徒弟，且赐你法号，悟净。"

王玄策大喜，当即跪拜在地："师父，悟净作何解释？"

玄奘道："你思虑过重，心猿不定，何时悟得清净法门，何时便是大觉悟之日，贫僧便放你归去，重入朝堂。"

"怕是永难归去了。"王玄策叹着气，除掉幞头，披散了头发，玄奘向松赞干布借一个箍给他拢住头发。松赞干布很豪爽，当即找了一个金箍送给王玄策，说："王长史，你们师徒游历四方，若是三餐难继，便把这金箍卖了，也能换些米粮。"

这席话说得王玄策险些流泪，堂堂大唐从五品官员，从此便是佛门中人了。根据居士五戒，不杀生，不偷盗，不邪淫，不妄语，不饮酒。前三条倒也罢了，不妄语，那让堂堂不良人的贼帅如何施展合纵连横的大国之策？不喝酒……王玄策预感到自己凄惶的日子即将来临。

松赞干布当即命人上了好几袋子青稞酒，告诉王玄策，既然以后不能饮酒，那今夜就喝个痛快。

众人席地而坐，边喝边聊，玄奘喝的是吐蕃的青稞茶。这么一聊，才知道这次文成公主下嫁吐蕃，里面也充满了大国玄机。

原来，三年前，松赞干布统一高原，兵锋所向，诸王俯首。李世民皇帝不清楚此人的根底，就派了冯德遐出使吐蕃，了解虚实。那时松赞干布才二十一岁，见中原帝国也与自己修好，甚是得意。后来言谈中，得知党项、突厥都娶了大唐公主，松赞干布感觉有些没面子，就派使者随着冯德遐到长安，要迎娶大唐公主。李世民对新兴的吐蕃并不了解，因此就不以为意，当即拒绝。吐蕃使者害怕无法向赞普交代，编造了一番谎言，说："初至大国，待我甚厚，许嫁公主。会吐谷浑王入朝，有相离间，由是礼薄，遂不许嫁。"

松赞干布勃然大怒，感觉自尊心受辱，于是兵发吐谷浑。吐谷浑王诺曷钵此时还是个几岁的娃娃，真是闭门家中坐，祸从天上来。吐谷浑早在贞观九年就被大唐打败，吐谷浑王伏允自杀，国家分裂为东西两部，权臣争权，国内混乱。松赞干布早就垂涎吐谷浑，以此为借口，悍然发兵，不但打垮了吐谷浑，又乘胜击破党项和白兰羌人。

携大胜之势，松赞干布又发兵大唐松州，屯兵松州之西，给李世民写了一封措辞严厉的求婚文书：若大国不嫁公主与我，即当入寇。我将亲提五万兵，破汝都城，斩汝头颅，抢汝公主。

李世民一看，气得火冒三丈，下诏严厉斥责。松赞干布恼怒，果真率领五万大军攻打松州。

松州是个边疆的都督府，只有万余人，都督韩威轻视松赞干布，仓促出战，结果大败。

李世民勃然大怒，跟松赞干布斗上了气，你说用五万人打我，我就派五万人打你，下令侯君集率领执失思力、牛进达、刘兰等部的五万步骑迎击。

左武卫将军牛进达为先锋，率先与松赞干布接战。当时松赞干布围攻松州，十余日不下，牛进达夜袭吐蕃大营，吐蕃溃败，斩首千余。这一战吐蕃人损失不大，却让自视甚高的松赞干布倒吸口冷气。这些年他战无不胜，攻无不克，结果见识到大唐精锐府兵的战斗力后不由深深震撼。但豪言壮语已经说出，松赞干布也被激起了傲气，还要提兵再战。吐蕃众臣却很清楚，这场仗不能再打了，因为大唐的主力部队还没抵达，仅仅先锋部队就让自己如此狼狈，如何再战？况且吐蕃这些年连年攻伐，先后攻灭数国，后方不稳，一旦前线战败，后果不可收拾。

众臣苦劝，松赞干布执意不肯退兵，吐蕃大臣也甚有血性，赞普不退兵，我便以死进谏！接连八名大臣自杀，松赞干布扛不住了，只好退兵。

松赞干布退回逻些城之后，重新求婚。这次因为见识到了大唐的实力，松赞干布决定派遣大论①禄东赞，献黄金五千两、其他财宝数百件，真心求

---

① 吐蕃官名，相当于丞相。

婚。而李世民通过这一战也见识到了新兴吐蕃帝国的战力，着意笼络，同意将宗室女文成公主嫁给松赞干布。

今年春，李世民命自己的堂弟，礼部尚书、江夏郡王李道宗护送文成公主入吐蕃。松赞干布亲自率领大军迎接于河源，见到李道宗，松赞干布甚是恭敬，持子侄之礼。见到大唐的服饰之华美、礼仪之优雅，松赞干布又是沮丧又是惭愧，更加坚定了将吐蕃打造成当世大国的雄心。

王玄策将文成公主入吐蕃的故事娓娓讲来，仿佛说书人一般。

松赞干布听得苦笑不已："王长史笑杀我也，松赞得文成，如得珍宝。我父我祖从未有通婚上国者，今日我得以迎娶大唐公主，实在万幸。等西征结束返回逻些城，我会为公主修筑一座城池，让子孙后代见证我吐蕃与大唐的友谊。"

玄奘也听得好笑，有时候这种大国角力充满了孩童气，但谁能知道这孩童气的背后往往杀人盈野。

席间，玄奘提出想找个苏毗女国之人，询问一些旧事。

松赞干布哈哈大笑："法师可找对人了，今日我吐蕃勇士俘虏了苏毗女王。还有谁比她更了解苏毗国的，明日一早，我便命人将女王带来，您随便问。"

玄奘致谢不已。

今日吐蕃大胜，胜利的吐蕃人开始了狂欢。松赞干布要去参加狂欢，鼓动军心，酒过半酣之后告辞。他希望二人也参与，却被玄奘借口旅途劳累婉拒，松赞干布也不强求，当即为他们安排了帐篷休息。

帐篷距离王帐不远，玄奘、王玄策与那顺跟随内相前往帐篷的途中，看到吐蕃人围着篝火载歌载舞，欢呼雀跃，还有些贵族为了尽兴，拉来苏毗国的女俘寻欢作乐。

玄奘不忍目睹，垂着视线默默地走过。

王玄策却道："师父，您好像有不忍之心？"

"你说呢？"玄奘心情不太好。

"不瞒师父，这次吐蕃西征，是弟子鼓动的。"王玄策笑道。

玄奘愣了："这是为何？"

"因为大唐，进入西域了。"王玄策道，"师父或许还不知道，您的结拜兄弟，高昌国王麴文泰，死了。去年，皇帝陛下派兵攻占了高昌，高昌国也灭了。"

"高昌王死，高昌国灭？"玄奘顿时惊呆了，"到底怎么回事？"

玄奘与高昌王麴文泰情深义厚。贞观三年，他西游时路过高昌，与其结拜为兄弟，并助其平定了一场高昌内乱，之后甚至收了其三儿子麴智盛为二弟子。麴文泰以倾国之力助玄奘西游，给沿途二十四个国家的国王备了二十四封书信、二十四匹大绫，每经过一个就送上书信和大绫，拜请这些国王照顾玄奘。

麴文泰唯一的条件，是请玄奘取经归来之后，在高昌停留三年，接受自己的供养。玄奘此生结交过的国王无数，若说真正倾心相交，感情深厚的，却只有麴文泰（详见《西游八十一案：西域列王纪》）。

玄奘失魂落魄，回想起麴文泰的风采，不禁眼眶湿润，喉头哽咽。

王玄策曾经亲眼见证玄奘和麴文泰的交往，深知二人的感情，也有些黯然，当即将高昌国灭亡的经过讲述了一番。

"麴文泰临死前，我那二师兄麴智盛返回高昌，继承王位之后，出城投降。"王玄策道，"弟子在长安见到他了，二师兄很是思念师父。他让弟子转告师父，说他很好，虽然做了亡国之君，却让高昌子民避免了战火，心中有大安宁。"

玄奘内心悲伤："如今的高昌是什么样子？"

"如今高昌国已经没了，陛下在交河城设置了安西都护府。焉耆、龟兹等国纷纷臣服。如今大唐的兵锋已经进入西突厥，正和其在大草原上逐鹿。"王玄策道，"所以，弟子才说动松赞干布西进，他只要进入于阗，就等于一刀插进了西突厥的腰腹，我大唐征服西突厥必然更加顺利。"

"难道松赞干布就甘愿被你利用吗？"玄奘问道。

王玄策冷笑："师父，松赞干布乃是一代人杰，更兼年纪尚轻，雄心勃勃，他当初向大唐求亲，其实不无试探之意，所幸我大唐兵锋正盛，将他打了回来。可松赞干布的雄心何处安放？放眼天下，唯有将他引向西突厥。"

"大国之谋，有多少人做了战城南、死郭北的冤魂。"玄奘叹息。

"是啊！"王玄策道，"娑婆世界既然如此残酷，我等人力所能改变的，只能是保护我们自己的家园。若是不把松赞干布的兵锋引而向西，让他向东向北进入我大唐，那我大唐边疆又有多少人妻离子散、家破人亡？"

玄奘默然，情知他说的是实话，内心却郁痛难消。三人默默地在吐蕃的大营中行走，高原的月光照耀营地，辉映着篝火与歌声，更觉苍天寥廓，大地无情。

"是陛下让你做的吗？"玄奘问。

"陛下？"王玄策哑然失笑，"怎么可能？陛下远在数千里之外，怎么知道吐蕃的局势？陛下采取的对策是扶持吐谷浑，牵制吐蕃人，而我的对策是让吐蕃人向西发展。"

"如此大国争锋，动则死伤数万，覆灭数国，却被你如此随性而为。"玄奘严厉起来，"胆大妄为，说的就是你吧！"

王玄策刚要反驳，忽然想起如今二人的身份，顿时讪讪："师父责骂得是。"

第二日，松赞干布果然将苏毗女王送了过来。

苏毗女王今年已年近五旬，头发有些斑白，形容也有些憔悴，但气度风采却不减当年。身上仍然穿着青毛绫裙的王服，外披青袍，袖子长可拖地，耳朵上还挂着黄金垂珰。这一代女王姓汤滂氏，任小王①十六年，任女王八年，当年苏毗国强盛时几乎统御整个高原，连吐蕃人也曾经是其藩属，长年养成的王者风范，令人不敢直视。

在王玄策和十余名吐蕃士兵的押送下，苏毗女王走进帐篷，静静地望着玄奘："便是你要见本王？"一口流利的梵语。

"阿弥陀佛。"玄奘躬身合十，"贫僧玄奘，见过女王陛下。"

"我苏毗国的王号称为宾就，你称呼本王宾就即可。"苏毗女王道。

"见过宾就。"玄奘道，"贫僧虽然是大唐之人，却是那烂陀寺戒贤法师的弟子，这次从天竺来到吐蕃，是为了前往贵国，却不想遇见贵国和吐蕃之战，意外与宾就在此处相逢。"

苏毗女王有些惊讶："你是戒贤法师的弟子？十多年前，我曾经亲自去过那烂陀寺，拜见戒贤法师。他老人家如今身体可好？"

---

① 苏毗国世代以女子为王，最高统治者为女王，另有小王协助女王管理国家。

"师尊除了痛风之症时时发作,其他都好,身体康健。"玄奘道。

苏毗女王这才相信,点点头:"你果然是戒贤法师的弟子。戒贤法师早就不再开坛收徒,你如此年轻,却能为你破例,想必你也是高僧大德。嗯,说吧,你来苏毗国见我,所为何事?"

"贫僧想打听一个人。"玄奘道。

"她叫莲华夜!"那顺急不可待。

"莲华夜?"苏毗女王的脸色顿时变了,神情间似乎有些恐惧,有些期待,更有些五味杂陈之意,连长长的袖子都有些抖动。

"宾就,您知道莲华夜?"那顺兴奋了,奔跑过来,眼巴巴地望着她。

苏毗女王默然良久,才缓缓地点头,说道:"我当然知道。在苏毗国境内,不知道她的人很少。你们怎么知道她?难道她现在还活着?"

玄奘点点头:"活着。"

"她如今如何了?"苏毗女王神情关切。

"不算太好。"玄奘老老实实地回答。

"也是。"苏毗女王叹气,"像她那样的人,此生如何能好。她如今在做什么?"

"她……"那顺心中难受,"她如今做了犍陀罗国的妓女。"

苏毗女王脸色大变,喃喃道:"竟然真的应验了,难道还是逃不脱吗?"

"到底怎么回事?宾就,麻烦您告诉我!"那顺连连追问。

苏毗女王沉默,慢慢地道:"她是一个转世之人。前世、此生、未来都将陷入轮回,无法逃脱。"

那顺激动得浑身颤抖:"果然如此,果然如此!宾就,请您仔细讲来,莲华夜身上到底有什么秘密?"

"你和莲华夜是什么关系?"苏毗女王望着他。

"我……"那顺苦涩地道,"我也不知道。或许是前世我们之间有些宿缘未了。"

"哦,你是偶然入得这场轮回。"苏毗女王叹息,"相比而言,你是幸福的。"

那顺眼睛有些发红:"我知道,莲华夜受了很多苦。所以我想查清楚,我和她前世究竟有何纠葛,我想拯救她,把她从这场轮回中救起,从此守护着她，不再让她受到伤害。宾就，求求您告诉我，莲华夜身上到底藏着什么秘密？"

"当年，我苏毗国居住于羌塘，国脉有七百余年，下辖十余国，我们种植宿麦，淘炼黄金，贩卖盐巴，国中人烟阜盛，衣食无忧。"苏毗女王缓缓地讲述着，"我姓汤滂氏，二十四年前，我还是王族的一个女贵人，尚未被选为小王，因为女王去世，小王顺位为女王，我被推选为小王，开始参与国政。也就是在此时，王族内部诞生了一个女婴，生下来头发、眼眸漆黑如长夜，肤色白皙如牛乳，女王甚为喜爱，取名为莲华夜。大家当时都认为，等到我顺位之后，莲华夜极有可能是未来的小王。七年后，莲华夜成了粉雕玉琢的小女孩，却突然有一天说起了梵语！女王极为惊异，下令调查，得知莲华夜竟然是个转世之人，她的上一世让人极为恐惧。女王又请巫师来占卜，得到了大凶之兆，主亡国之运。女王下令把知情者灭口，将莲华夜的秘密尘封起来。"

玄奘、王玄策、那顺愣在了当场，心中仿佛掀起了惊涛骇浪。他们也想过莲华夜身上的秘密会十分惊人，却从未想过诡谲离奇到了这种地步！

"她上一世到底是何人？"玄奘忍不住问道。

"不可说，不可问，不可查。"苏毗女王身体有了一些颤抖，脸上强忍恐惧，严厉告诫，"我也不会说的，因为一旦说出莲华夜身上的秘密，必然会导致国家倾覆，血火战乱！"

那顺却不管不顾，大吼："我不管！不管山崩地裂，血火漫天，我都要知道她到底是谁，我又在哪里！"

"如果你不后悔，我便告诉你！"苏毗女王冷笑，"她的上一世，便是我苏毗国的小王，衍罗娜！"

这个名字三人都很陌生，玄奘合十问："那么这衍罗娜小王，又有什么奇异之处？"

苏毗女王叹了口气："这是我苏毗之耻辱，既然你要听，我便讲给你听。这衍罗娜出生不久，便被王族和巫师选中为小王，二十一岁那年，在一次与迦湿弥罗国的战争中，她的军队覆灭，自己也被俘虏。迦湿弥罗王为了羞辱她，将她卖入妓院，做了妓女。六年之后，坦尼沙国的王子偶然遇见她，为她倾倒，将她赎回，迎娶为后。"

玄奘大吃一惊："坦尼沙王子？坦尼沙的哪一个王子？"

"他的名字叫王增。"苏毗女王道。

玄奘的脸色顿时严峻起来，沉吟不语。王玄策和那顺却不太了解，二人询问，玄奘才叹了口气，答道："王增就是戒日王的亲兄长。戒日王喜增，兄妹三人，他排行在二，兄长王增，小妹罗伽室利。当时还没有如今的戒日帝国，他们的父亲光增王还在世，定都坦尼沙城。"

这段历史玄奘很清楚，当时的天竺大陆，主要有四大强国争霸，西天竺的坦尼沙国，定都曲女城的穆克里国，东天竺的高达国，控制中天竺的摩腊婆国。光增王为了联姻，将女儿罗伽室利嫁给了穆克里国的摄铠王，两国结盟，对抗高达国和摩腊婆国的军事联盟。

不久，盘踞吐火罗区域的嚈哒人残部入侵五河地，光增王派两个儿子讨伐嚈哒。就在五河地战事最为激烈的时刻，光增王突生疾病，王增分身乏术，喜增赶回王城，光增王最终病逝，王后也自焚殉夫。喜增则代理国政，直到王增胜利班师，才将王位交还给了哥哥。传说中兄弟二人极为和睦，对王位互相谦让，王增一心一意要让弟弟继位，自己进入山林修行，但他拗不过淳朴的弟弟。喜增坚拒，把王位让给了哥哥。

"那么，衍罗娜最后做了坦尼沙的王后？"玄奘问道。

"是的。"苏毗女王道，"王增当时要娶一个妓女，令国人极为不满，光增王也颇为恼怒，但两人恩爱情重，王增宁可不要王位，也要娶衍罗娜，与父亲的关系闹得颇为僵硬。直到光增王死后，他继承了王位，才娶了衍罗娜为妻。然而，仅仅一年之后，就发生了塌天大事。"

玄奘点了点头，他当然知道。

王增即位的第二年，穆克里国和摩腊婆国之间爆发了战争，摩腊婆国击败了穆克里国，并攻破曲女城，斩杀摄铠王，俘虏罗伽室利。王增大怒，让喜增监国，自己和大将婆尼率领一万骑兵攻打摩腊婆国。双方爆发了一场激烈的战争，王增勇冠三军，彻底歼灭摩腊婆军队，将其国王斩杀于乱军之中，却并没有找到自己的妹妹。

这时高达国的设赏迦王宣布调解两国争端，邀请王增赴会。王增不知有诈，结果在会场中遭到设赏迦王的暗算，被杀。之后喜增即位，对设赏迦王宣战，经过数年的征战，最终与鸠摩罗王联手，才击败设赏迦王，从而一步步建立起了如今统辖天竺的戒日帝国。

"我之所以不想告诉你们，是因为衍罗娜小王被俘事件，乃是我苏毗国一大耻辱。"苏毗女王叹息，"正是因为苏毗小王被俘，上一代女王末羯才仓促地被选为小王，数年后即位，成了女王，而我也被改变了命运，选为小王。"

"衍罗娜之后的事情呢？你是否了解？"玄奘问。

苏毗女王摇摇头："她去了天竺以后的事，我便不清楚了。那是苏毗国之耻，谁会去关心她，打听她？想来你们也问完了，我也该回俘虏营去了。"

玄奘站起身，朝着她深深鞠躬合十，女王不说话，沉默地从容走了出去。到了营帐门口，她又转回身，望着王玄策："方才你一直没有说话，但我知道，你便是这两日的战争中，为吐蕃出谋划策之人。"

"是我。"王玄策坦然道。

"你是大唐官员？"苏毗女王看了一眼他腰里的银鱼袋。原来王玄策虽然披了发，易了服，却不舍得自己的银鱼袋，照旧挂在了身上。

"您认识此物？"王玄策惊讶。

"末羯女王在位时，曾派人朝贡过前隋，武德年间和贞观六年，我也曾两度遣使朝贡，皇帝承认我苏毗国的藩国地位。"苏毗女王冷冷道，"却不知道为何大唐的官员会帮助吐蕃，灭我苏毗？说不得此事我苏毗国要去长安问个清楚明白。"

王玄策顿时有些狼狈，他神情郑重，朝着苏毗女王长长一揖，说道："玄策虽然无愧于职责，却有愧于您苏毗。若是宾就同意，我愿作保，让吐蕃人将您释放，送您到长安颐养。"

苏毗女王露出嘲讽的笑容："你认为这一战我苏毗败了吗？"

王玄策愕然："难道不是？"

"我苏毗国都城被攻破，一直向西迁徙，在吐蕃人的追杀下，根本逃不到勃律。"苏毗女王淡淡道，"所以我才发动这一战，只不过以自身为饵，将松赞干布的大军拖在此地，换其他国人能顺利抵达勃律而已。我如今已经年有五旬，高原苦寒，寿命短暂，我又患了重疾，原本活不了太久，能以我这一身，换苏毗国重新立足，于愿足矣。一战的胜败，自身的荣辱，又算得了什么？"

她苍凉地笑着，转身离去。背影消失在帐篷之外时，仍有幽幽的声音传来："人生短暂，瞬间哀苦老死，化作劫灰，连个痕迹都留不下来。和轮回者比较起来，到底谁更幸福？"

见完苏毗女王，此间的事便算了了。玄奘向松赞干布告辞，松赞干布有些不舍："法师，松赞正好有一事要请教。"

"陛下请说。"玄奘道。

"我有一大心愿，"松赞干布道，"如今我吐蕃已经一统整个高原，却尚未有自己的文字，因此前几年，我曾经两次派遣大臣，携带黄金、金沙等财物，希望能学习天竺的文字，创造吐蕃文字，然而有些人为魔鬼所阻，有些人因为酷热而亡，还有些人则不晓梵语，只好回来了。我一向听闻法师的声名，知道您不但是大唐的高僧，更精通梵语，能以梵语写作经论，实在是一等一的高僧大德。若是可以，松赞愿意供奉法师常住逻些城，教授梵语，为我吐蕃制作文字。不知法师意下如何？"

玄奘顿时有些为难，想了想："不瞒陛下说，贫僧此次来到吐蕃，是为了替戒日王办一件事，此事办完，必须返回曲女城。"

"那不急，我可以等待法师。"松赞干布快乐地说，"只要法师能在我有生之年来到逻些城，我就于愿足矣。"

玄奘只好明确表态："陛下盛情，贫僧感激不尽。只是贫僧在天竺游历十余年，搜集经卷数百卷，为的是有生之年能返回大唐翻译经典，造福众生。如今贫僧四十有二，尚不知寿命几何，等返回曲女城之后，贫僧就要向戒日王辞行，回国翻译经典。"

松赞干布遗憾不已。

"陛下，不如这样。"玄奘道，"您可选派一些人到天竺去，贫僧将他们引荐到那烂陀寺学习梵文。"

松赞干布这才高兴起来，连连感谢。两人约定，等松赞干布挑选好学习梵文的人选，就送到曲女城，请玄奘找人教授他们梵文。

在一个清晨，朝阳映照雪山的时刻，玄奘带着王玄策、那顺离去。回去的路要顺畅许多，松赞干布送了大批的骆驼和马匹，以及一应物资，三人免了饥寒之苦。但过了迦湿弥罗国，玄奘却改道向东。

"师兄,咱们这是去哪儿?"那顺问。

"去天竺国,曲女城。"玄奘道。

"去曲女城作甚?"那顺不解,"咱们不是要回犍陀罗找莲华夜吗?"

玄奘温和地望着他,说:"那顺,莲华夜的上一世,先是做了苏毗小王,享尽万千宠爱,随后沦为妓女,之后遇见王增,成为王妃,这都一一应验了。那么,她最终的死亡,必然是被杀。所以贫僧想来,王增的王妃之死,恐怕会与戒日帝国有关。咱们便去那曲女城调查一番。"

第九章
曲女城的杀手、谈判和真相

对于天竺，玄奘熟悉无比，跋涉千里之后重新回到曲女城，却发现门外号角响动，旗帜招展，宰相婆尼亲自出来迎接。玄奘问了周围的路人才知道，伊嗣侯三世竟然亲自访问天竺了。

这倒让玄奘惊愕无比，自古极少有国家的帝王亲自去别国，尤其是波斯和天竺目前这种关系，伊嗣侯三世怎么会亲自来到曲女城？他不怕戒日王将其扣押吗？

这时就见远处尘土漫天，铁蹄震动。首先映入眼帘的是一杆杆的波斯王旗，随后是五百人的不死军团轰隆隆地开了过来。这种重甲具装的铁罐子军团，走到哪里都能带来一股摄人心魄的力量。而波斯皇帝伊嗣侯三世，就在不死军团的拱卫下远远而来，旁边还有戒日帝国的官员陪同。

波斯帝国的人对玄奘是熟悉的，仔细看去，却不见大麻葛和军方的统帅菲鲁赞，护卫伊嗣侯三世的是两名军团长赫伦和纽多曼。这时宰相婆尼迎候上去，两人以礼节相见，鼓乐之中，婆尼将伊嗣侯三世迎入城中。

"师兄，他们俩怎么搅和到一块儿了？"那顺颇为不解。

玄奘摇头："估计是咱们前往吐蕃之时，犍陀罗又发生变故了。毕竟，那场赌约算是波斯人输了。"

王玄策路上已经了解了犍陀罗发生的事，当下笑道："这种大国之间的权谋争霸，分分合合的并不是什么稀奇事，伊嗣侯三世输掉这场赌约，未必不是如他所愿。"

玄奘倒稀奇了："哦？难道他还想故意输掉？"

"故意输掉虽然未必，可输掉于他恐怕正中下怀。"王玄策解释，"波斯人想进入天竺避难，有戒日王在，靠武力基本不可能，那么大家就谈判。但之前双方是对等的大国，波斯帝国虽然被灭了，伊嗣侯三世仍旧是皇帝之尊，要谈就极为艰难。可如今他输掉赌约，若是摆低了姿势，正好给谈判营造了一个契机。"

玄奘恍然大悟，道："这种大国权谋，为师还真不擅长。你这么一说，倒解决了我心中的一个疑问。不过，你可能判断出他们究竟如何谈判？"

王玄策无奈："这让弟子如何判断？师父且入城问一问不就清楚了。"

玄奘哑然失笑，等仪式结束后，便跟随入城的人流进入曲女城。

王玄策是第一次来曲女城，颇为好奇，一路走着四处打量。曲女城是方形城墙，用砖砌成，高峻厚实，规模宏大。但是城内却不像长安一样有条理，大大小小的街巷曲折盘绕，店铺酒肆遍布道路两侧。然而建筑却要比长安城高大，各处的豪富宅邸和各教寺庙，往往有三四层高，楼阁相叠，耸入半空，屋檐和椽梁都雕刻着奇妙的图案，门户和墙壁则绘制着众多的彩图。

戒日王的王宫就更显得宏大，楼阁重重叠叠，阁上有楼，楼上有塔，整个王宫建筑有如一件精美的工艺品。

玄奘三人到了王宫前，此时伊嗣侯三世已经被迎入宫中，玄奘通报了姓名，求见戒日王。如今的玄奘已经名满天竺，几乎无人不知，宫廷禁卫不敢怠慢，急忙禀报上去。戒日王一听玄奘回来，连忙派人来请。

到了王庭院落，戒日王带着婆尼亲自出来迎接，一见玄奘顿时开怀大笑："法师啊，当日朕请您帮朕收复犍陀罗，您一人一马渡河而去，朕一直颇为担忧，如今法师安然返回，朕才放心下来。"

"惭愧。"玄奘道，"贫僧当初答应陛下收复犍陀罗，如今未能完成，实在有愧陛下之托。"

"法师啊，您何必过谦，这犍陀罗，您已经帮朕收复了！"戒日王大笑，看到玄奘颇有些不解，解释道，"法师也知道，犍陀罗的困局，在于谁也不敢伸出第一只手，否则必定会遭受三方的殴打。可朕为何敢大兵压境？因为法师您替朕找到了借口！那就是，您替朕赢了这场赌约！根据约定，犍陀罗王要举国皈依，而波斯人必须全部撤出。可如今呢？犍陀罗王首鼠两端，伊嗣侯三世恋栈不去，那么朕就提兵驱赶，逼他们履行赌约，这就叫师出有名！是法师替朕找到了这个名！"

"陛下竟然出兵了？"玄奘吃惊。

"当然。"戒日王自豪地道，"朕派了五万大军，屯兵印度河，借赌约之名逼压伊嗣侯三世。"

玄奘愣了："可当初您告诉贫僧，是要等犍陀罗王皈依之后，您和他秘密结盟，然后才挥军渡河，兵不血刃收复犍陀罗的。"

王玄策这才弄清楚师父跑到犍陀罗的原委，忍不住摇头苦笑。

果然，戒日王哈哈大笑："法师啊，国与国之间的事，朕难道能赌犍陀罗王的向佛之心吗？即便他肯皈依佛家，就肯跟朕结盟吗？朕请法师做的，其实是要犍陀罗王皈依之后，引起西突厥人的猜忌，然后朕挥军渡河。大军压境之下，他才会跟朕结盟啊！"

"所以，"玄奘已经彻底想通了，淡淡道，"只要贫僧这一去，势必会引发一场战争？"

戒日王听出了玄奘的不满之意，沉吟着没有说话。

婆尼笑道："法师，您切莫责怪自己，这场战争迟早要爆发的，只是要看何时爆发，爆发的时候是哪一方占了先手而已。法师您让我戒日帝国占了先手，结果大军一摆出架势，伊嗣侯三世只好亲自来到曲女城和陛下谈判。这都是您和婆婆寐的功劳啊！"

玄奘没有再说话，默默地捻着手中的珠串，神情略有些感伤。

戒日王看出玄奘的情绪，也不再多说，将玄奘迎入王庭之中。在宫中的一处园林空地上，搭建了彩棚，正在接待伊嗣侯三世。此时天色已晚，园林中篝火燃烧，数十张食床上瓜果酒食堆积如山，帝国的重臣们正在接待这帮波斯客人。伊嗣侯三世看见玄奘到来，脸上露出喜悦，亲自过来见礼。

"法师，当日您不辞而别，朕到处派人寻找也没有找到，没想到今日却在曲女城相见。"伊嗣侯三世笑道。

"贫僧也吃惊，陛下竟然会亲自来到曲女城。"玄奘道。

伊嗣侯三世的笑容顿时有些苦涩："朕输掉了赌局，可离开犍陀罗又无处可去，只好来和戒日王谈谈了。"

"陛下难道不怕以身犯险吗？"玄奘问。

"再险，又能险过征战沙场的波斯勇士吗？"伊嗣侯三世叹道，"他们抛弃生命保护朕，朕为何不能为他们冒上一点风险？"

"陛下仁慈。"玄奘对伊嗣侯三世倒是充满了敬意。这个亡国之君其实是个很温和、很慈悲的年轻人。

"嘿嘿，法师莫要夸奖朕。"伊嗣侯三世笑道，"来之前，朕是递交了国书的，戒日王亲自做出承诺，保证朕的安全。朕若是有事，戒日王的脸面可要丢光了。"

天竺人在草地上铺上地毯，燃起篝火，烤着小羊羔，给玄奘等人奉上乳酪和瓜果之类素食后，众人便围绕篝火，吃肉喝酒，大呼小叫，极为畅快。

戒日王酒至半酣，起身舞蹈，一边舞蹈一边唱着《梨俱吠陀》里的诗句：

> 人的愿望各式各样，木匠等待车子坏，医生盼人腿跌断，婆罗门希望施主来。苏摩酒啊，快为帝释天流出来！
>
> 铁匠有木柴在火边，有鸟羽扇火焰，有石砧和熊熊的炉火，专等着有金子的主顾走向前。苏摩酒啊，快为帝释天流出来！
>
> 我是诗人，父亲是医生，母亲忙推磨，大家都像牛一样，为了幸福而辛勤。苏摩酒啊，快为帝释天流出来！
>
> 马愿拉轻松的车辆，快活的人欢笑闹嚷嚷，男人想女人到身旁，青蛙把大水来盼望。苏摩酒啊，快为帝释天流出来！

天竺人大都能歌善舞，一个个加入，有些人把王玄策和那顺也拉了过来，大家围着篝火，欢快地唱起这曲《苏摩酒》。一时间热闹沸腾。

戒日王跳过一曲，执着酒杯笑吟吟地走了过来："二位为何不跳上一曲？"

玄奘笑了："贫僧只会念经，不会跳舞。"

"那么伊嗣侯陛下呢？"戒日王大笑，"难道波斯皇帝只会享乐吗？"

伊嗣侯三世听出他话中的嘲弄，并不恼怒，淡淡地道："那是早年间的事了，如今的朕，只会为国求死。"

戒日王眯上眼睛，静静地盯着伊嗣侯三世，两位当世帝王之间不足一尺，却似乎风雷激荡，大浪滔天。很久，戒日王才慢慢点头："如今你我两国的大军隔着印度河对峙，战争一触即发，既然你敢来我曲女城，朕想，必定带来了能让朕高兴的东西。不妨说说看。"

伊嗣侯三世知道真正的谈判已经来了，顿时有些紧张："就这么开始吗？"

戒日王大笑："今夜你我的对话，不知有多少个国家、多少个国王等得焦灼不安。何必让他们着急呢？"

伊嗣侯三世哈哈大笑："让整个大陆世界为之焦灼不安的时刻，朕好久没有经历了。想当初，朕坐在泰西封的宫殿里，万王来朝，一句话说出，东到呼罗珊，北到君士坦丁堡，西到埃及，南到大沙漠，半个世界都会掀起飓风。只可惜，雨打风吹去。可今夜，所有人的眼睛都得盯着朕，很畅快，很畅快！"

伊嗣侯三世笑得前仰后合，他凝望着皇宫的灯火辉煌，风烟云动，喃喃道："这让朕觉得，朕还在泰西封。朕还能牵动这大陆的风云……"

玄奘安慰："陛下，王朝兴衰，非一朝一夕之势，你只不过在承受前代诸王的恶果。"

伊嗣侯三世凝视着玄奘，忽然有一些感动，但最终叹息："朕的过错，自己知道，朕将负罪终生，不敢诿过于人。"

他转而凝望戒日王："陛下既然要谈，那咱们就谈。四年前，灭国之后，朕东躲西藏，犹如丧家之犬。起初，追随朕的子民多达百万之众，他们为了保护朕，和大食人殊死拼杀，一个接一个死于道路沟渠，到如今只剩下六十万人。我们睡在荒山野岭，上无片瓦遮蔽，下无安寝之所。老人饥馑，婴儿夭折，朕常常想，朕要把他们带到哪里？如何还给他们一个安居乐业的家园？"

伊嗣侯三世慢慢流出了泪水，月光和树影交织在皇宫上空，有风吹起，光影舞动，宫墙的佛塔和诸天菩萨、力士金刚仿佛活了一般，共同见证他不堪回首的往事。玄奘和戒日王没有说话，静静地听着。

"喜增陛下，朕真的倦了。厌恶了战争，厌恶了厮杀，若非万不得已，朕不想与您开战。希望您能够成全。"伊嗣侯三世对着戒日王一揖。

戒日王沉吟："嗯，你打算如何与朕化干戈为玉帛？"

伊嗣侯三世神情郑重:"若是陛下肯接纳波斯族人,能让我们在五河地谋得一个栖身之地,朕取消帝号,波斯取消国号,波斯子民甘愿成为戒日帝国的藩属,世世代代为帝国戍守边疆,永不背约!"

戒日王明显有些愕然:"你是萨珊波斯的皇帝……"

伊嗣侯三世苦涩一笑:"萨珊波斯,已经亡了!朕刚刚逃离泰西封的时候,总是想着复国大业,恢复昔日荣光。可是仓皇逃亡这些年,大食人越来越强盛,这个念头早已经是空中楼阁,镜花水月。朕如今要做的,就是让追随朕的几十万子民,有个家园可以栖息;让我萨珊波斯的圣火,能够不受雨打风吹,永恒不灭。至于朕,是做个皇帝,还是藩王,又有什么要紧?"

玄奘肃然起敬:"陛下此举,善莫大焉。"

戒日王却冷笑:"却不知道这是善,还是伪善?"

玄奘愣了:"此话怎讲?"

戒日王凝望着伊嗣侯三世:"朕来问你,整个五河地分为八个王国,最大的国家人口也不到五十万,若是朕让你六十万波斯人进入五河地,如何钳制?"

伊嗣侯三世一愕,急忙解释:"我波斯人只想有个栖居的家园,绝无背盟之心!"

"就算你们初来乍到,为了避祸而隐忍下来,可是等你们安定之后呢?"戒日王道,"你们又岂会心甘情愿受一个弱于自己的国家管辖?"

伊嗣侯三世沉默下来:"陛下这么说就有点强词夺理了,那么鸠摩罗王呢?您这位最强大的盟友坐拥东天竺,麾下子民百万,他可敢与您争锋?"

"那是因为我们是同族,自古而今已经形成一套相处的法则!"戒日王冷笑,"大小萨蒙塔层层叠叠,互相制约,谁也不敢擅自破坏这层规则。可你们乃是外来之人,且看看犍陀罗,六十万异族突然进入,和当地人产生了多少纷争?久而久之,整个五河地就会乱作一团,朕的帝国边疆不宁,一旦你们有异心,和外族结成一气,朕的西部边疆直接就会门户洞开,重演当年外族入侵之祸!伊嗣侯陛下,只要朕让你们进来,您等于就捏住了朕的……"戒日王指了指自己的裆下,"卵蛋!"

伊嗣侯三世没想到戒日王如此坚决,脸上露出绝望。

"那么,陛下有什么法子,可以避免战争?"玄奘问道。

"朕为何要避免战争？"戒日王冷笑，"不瞒法师说，朕所思所想，就是开创一个武功赫赫的帝国，重现孔雀王朝之雄风！只要朕能得到犍陀罗，退可以守住天竺大陆，进可以争霸西方世界。所以，朕必须征服犍陀罗！倘若波斯人不退，这场战争势在必行！"

"陛下，只要战事一开，势必血流成河，尸骨如山。难道万千百姓的生命，也抵不过一个帝王内心的欲念吗？"玄奘语气严厉起来。

戒日王哈哈大笑："法师，拿下犍陀罗，朕的子民将永无外族入侵之祸。只要朕对得起天竺子民，只要朕无愧于天地道义，在这世间，朕又有何畏惧？"

"那么贫僧还想问一句，从您登基至今，征伐列国，果真能无所畏惧？果真能无愧于天地良知吗？"玄奘的神情也有了一些激动。

戒日王的眼睛眯了起来，目光中透出一丝冷厉："法师难道要与朕为敌？"

"贫僧乃佛门中人，眼中看到的，不是国与国之间的差异，而是众生与众生之间的无差。在贫僧看来，天竺人与波斯人并无二致，他们流出的血是同样的颜色，他们头顶上的是共同的星空。所以很抱歉，陛下，贫僧的脚踩的是众生的世界，而不仅仅是天竺的土地。"玄奘道。

"哼。"戒日王冷笑，"法师，可你吃的、喝的是我天竺人的供养！传授你学问的，是我天竺人的寺庙！"

玄奘默然片刻，叹息着点头："是啊！所以贫僧不愿辜负天竺，只求陛下开恩。"

三个人一时沉默，站在皇宫的草地上互相对峙。明月照耀着金碧辉煌的宫殿，也照耀着庭院里的古老森林与河流，河流如带，森林如墨，交织成明暗的光影，似乎恰恰将三人分割在不同的世界。

曲女城的小巷之中，玄奘带着王玄策、那顺正艰难地走着。与长安城干净整洁的街道不同，曲女城的街巷弯弯曲曲，两侧的民居也没有围墙，直接面对街巷开门。街上垃圾遍地，污水横流，到处都是牛粪，不时有几头牛哞哞叫着走过，堵塞巷子。

到了一户破旧的人家前，玄奘命那顺去叫门。

那顺拍门，喊道："请问梅塔霍查在吗？"

霍查就是宦官。这位梅塔乃是二十多年前戒日王皇宫中的太监，十几年前年老体衰，离开皇宫到民间生活。玄奘费了不少工夫才打听到，梅塔当年在皇宫中伺候过衍罗娜王妃，于是辗转找了过来。

这时一名中年男子走了出来，一看玄奘的服饰，知道是一位大德高僧，不敢怠慢，施礼道："尊者找我父亲有何吩咐？"

"梅塔是你父亲？"三人都愣了。

中年男子尴尬："我是父亲离开皇宫后领养的义子，照顾他老人家晚年的生活。"

众人这才恍然大悟。

玄奘道："贫僧有一桩二十多年前的宫廷旧事想打听一下。你父亲可在家中吗？"

"在在在。"那人忙不迭道，"父亲年龄大了，常年卧床，在房中躺着呢。"

他恭恭敬敬地引玄奘进去，穿过长长的甬道，进入一间阴暗潮湿的卧室，梅塔正在床上躺着，老态龙钟，目光浑浊。玄奘在他身边坐下，温和地道："霍查，你可还记得衍罗娜王妃吗？"

"王妃……"老霍查的目光慢慢沉入回忆，"当然记得，衍罗娜王妃是极好极好的主人，我再也没见过一个像她那样美丽、那样温和的女子。"

"你伺候她是在哪一年？"玄奘问。

"就是王增陛下登基的那一年。"老霍查道，"那时候我们还在坦尼沙城，王增太子从大雪山带回来一个美丽的女子，要娶她为妃。那时候还是光增王在位，光增王坚决反对。后来我们才知道，原来这个女子竟然是个妓女。可是王增爱极了她，父子关系闹得很僵，王增宁愿被废掉太子之位，也要娶她为妃。直到光增王病死，王增即位，才将她迎娶为王后。也就是在那一年，我被派去伺候王后。"

"之后的事情呢？"玄奘问。

"其实我并没有伺候她太久，前后只是一年。"老霍查叹了口气，"两个人情爱深笃，我从未见过世上有如此恩爱的国王和王后。可惜，仅仅一年之后，王增就远征摩腊婆，被设赏迦王诱杀。之后喜增皇帝即位，将我调走伺候他。而衍罗娜王妃从此将自己锁在深宫，不见外人，我就再也没有见过她。"

西游八十一案：大唐梵天记

玄奘皱眉："老霍查，你即便被调走，可是衍罗娜王妃死的时候你总是知道的吧？她究竟是如何死的？"

"她是因宫墙坍塌而被砸死的。当时王妃走在宫墙下，谁料想那宫墙年久失修，又遭了大雨浸泡，坍塌了，将她砸在底下。等救起来时，已经身亡。"老霍查仔细回忆着，叹息不已，"这么好的人，怎么就没有被护佑呢？"

"宫墙坍塌？"玄奘缓缓摇头，"不对，她不应该是这般死法。你再想想当时可有什么异常？"

"异常？"毕竟时间太久，又没有亲眼看见，老霍查苦思冥想，忽然间浑浊的眸子一亮，"我想起来了！"

便在此时，周围突然响起杂沓的脚步声，三人一惊之间，四面八方的窗户纷纷碎裂，七八条身影撞入房内。这些神秘人训练有素，脸上戴着面具，手持反曲刀，闪电般扑了过来。

那顺和王玄策伸手抽出弯刀，将玄奘挡在身后。

"你们是什么人？"那顺大吼。

这些神秘人却一言不发，举刀劈来，行动之间，身上叮当作响。那顺和王玄策挥刀抵挡，逼仄的房间里，无数人影闪电般交错，金铁交鸣，瞬息间双方拼斗了数十刀。玄奘越看越心惊，这些人竟然无一不是高手，反曲刀纵横肆意，将那顺和王玄策逼得连连后退，一不留神，身上接连中刀，鲜血飞溅。而那顺的弯刀也劈中其中两人，然而叮当之间，那两人的身上却火星闪耀，衣服被刀锋撕裂，里面竟是鱼鳞甲！

"我来保护师父，速退！"王玄策大叫，一脚踢起桌案，朝那群人砸了过去，就在众人挥刀抵挡之时，王玄策一只手搂着玄奘，轰然一声撞破身后的窗户，滚到了院子里。

但诡异的是，玄奘一走，那群神秘人也纷纷撤退，转瞬间消失在街巷深处，马蹄声急促远去，只留下那顺愣怔站在房间里。

玄奘忽然明白了："他们不是来杀我的！"

玄奘匆匆跑进房间，果然，老霍查颈部中刀，早已死去。连他的儿子也颈部中刀，死于非命。

王玄策怔住了："他们的目标竟然是老霍查？"

玄奘脸色铁青，给老霍查合上双目，默默地诵念经文。

"师兄，"那顺不解，想起这群人的武力，他仍心有余悸，"这些人如此厉害，为何会杀一个手无缚鸡之力的老宦官？"

"因为，这个老宦官，要捅破一桩二十四年前的宫廷内幕！"玄奘淡淡地道，"悟净，你是不良人的贼帅，擅长这种探查之事，赶紧查查，看能否找到线索！"

王玄策苦笑："师父，事情恐怕麻烦了。"

"为何？"玄奘问。

"刚才这群人使用的武器是反曲刀。"王玄策低声道，"反曲刀是天竺特有的兵刃，尤其军队装备最多。这些人训练有素，配合默契，一看就是久经战阵之士。"

"天竺军队？"玄奘色变，"你判断准确吗？"

王玄策点点头，一摊手，掌心出现一个金属片："这是弟子在屋里找到的。"

玄奘拿过来仔细看，这金属片乃是精铁打造，上面还有两个圆孔："这是何物？"

"这是甲片！"王玄策神情凝重，"是被那顺的弯刀从甲衣上劈落的。这种鱼鳞甲，是典型的天竺胸甲样式。师父，反曲刀、鱼鳞甲，这些人断然是天竺士兵无疑了。"

玄奘的脸色难看无比，沉吟道："天竺的士兵能穿甲衣的极少，尤其是穿这种以精铁打造的上等甲衣的，恐怕只有皇宫的刹帝利禁卫了！"

三人顿时沉默，好半晌那顺才道："师兄，这事情恐怕越来越凶险了。"

"是啊！"王玄策也道，"师父，对方既然敢出动刹帝利禁卫杀人，一来是要掩盖一桩大事，二来也未必不是在警告咱们。再追查下去，一旦惹怒对方，当真是凶险无比。"

"你什么意思？"那顺怒目而视，"我说凶险，可不是不查！你要怕死，自己躲一边儿去，我自己查！"

"不要吵了。"玄奘打断二人，"这件事贫僧必然追查到底。那顺，你去街市上买一夹《戒日王传》。"

"《戒日王传》？"那顺诧异，"那是什么东西？"

西游八十一案：大唐梵天记　143

"二十年前，宫廷诗人波那写了一本颂扬戒日王的传记，就是《戒日王传》。戒日王曾经刊发天下，应该可以买到。"玄奘道，"这本书对二十年前的宫廷之事记录得极为清楚，找一份来看看。还有，十年前，戒日王铸造了六枚铜牌，上面有铭文，来纪念自己的兄长王增，你去买一套。这种铭牌恐怕不好买到，你仔细打听一下。"

那顺却颇有信心："师兄，您忘了我们粟特人是干什么的了，只要这个世界上有，我就一定能买到。啊对了，师兄，那您呢？"

"我去一趟皇宫，找找戒日王，看能否查出刹帝利禁卫的调动记录。"玄奘道。

王玄策吃惊："师父，您要直接去找戒日王？这岂非打草惊蛇吗？"

玄奘脸色凝重地点点头："如今我们已经在明处了，想做什么，敌人心知肚明。既然如此，将蛇惊出来，岂非更好？"

"可是，"王玄策犹豫，"这实在太危险。"

玄奘叹道："求法，求真相，哪一样都得拼着性命向前。走吧！"

玄奘带着王玄策来到王宫，一提今日之事，戒日王勃然大怒，下令彻查。宰相婆尼搬来厚厚的禁卫调动记录，却发现今日并无刹帝利禁卫随意出宫。玄奘不死心，告诉戒日王，自己认得其中一名禁卫的脸，戒日王命全体刹帝利武士在王宫中集合，由玄奘指认。

三千刹帝利禁卫笔挺地站在玄奘面前，玄奘在婆尼的陪同下，一一从众人面前走过。这些人的装备果然与刺杀老霍查的杀手一模一样，鱼鳞甲，反曲刀。此时他们都没有罩外袍，鱼鳞甲熠熠生光。

玄奘从三千人面前走过，半个时辰还没看完。这时王玄策急匆匆地跑过来，低声说了句什么，玄奘点点头，告诉婆尼："贫僧已经有计较，不需再看了。"

婆尼愣了："法师找到那几个刺客了吗？"

玄奘点点头，又摇摇头，把婆尼给弄蒙了。

玄奘向戒日王告罪之后离开王宫，显得神神秘秘的，戒日王和婆尼都是一头雾水，连王玄策都有所不解。玄奘也不解释，带着王玄策去和那顺会合。

那顺果然弄到了《戒日王传》和那六枚铭牌，玄奘在城中找了一处僻静的地方，坐在一块石头上翻看，足足几个时辰，头也不抬。眼看着日色偏西，王玄策忽然觉得四周有异常，仔细一看，只见原本喧闹的大街，竟然悄无声息。

"不好，师父，快走！"王玄策不由分说，拉着玄奘就走。

"怎么回事？"玄奘一愣神的工夫，只听四周嗡嗡之声大作，数十支利箭激射而来。那顺大吼一声，这个十七岁的少年竟然将路边的一架大车举了起来，挡在三人面前。箭镞射在车板上，居然穿透三四寸之深，可见弓箭之强劲。

"走！"那顺大叫。三人贴着墙壁，那顺举着大车抵挡弓箭，等到了一户人家门口，王玄策一脚踹开房门，三人闪了进去，在曲女城幽深曲折的街巷里狂奔。那群弓箭手也飞奔而来，这次杀手们没有穿甲衣，更没有带制式武器，只是以弓箭激射。一个个飞奔跳跃，在狭窄的街巷中丝毫不受限制，更是在奔跑跳跃中弯弓射箭，如行云流水。

那顺和王玄策保护着玄奘，时而撒腿狂奔，时而埋伏起来，待杀手经过时突袭而出，斩杀一二人。众人且战且走，但四周的杀手越聚越多，更有些人跳到屋顶追逐。

"走，到宰相府！只有那里是安全的！"玄奘大喊。

三人转了方向，撒腿朝婆尼的府邸狂奔。一进入高官豪富聚集的区域，这群杀手似乎忌惮了许多，最起码不敢随意射箭，怕伤及路人。三人亡命奔逃，到了婆尼的府邸前，不顾门口武士的阻拦，一头撞了进去。玄奘从地上爬起来，转头望去，只见那群杀手追到门口，却不敢再前行一步，一名杀手挽起弓箭想射，被另一名杀手狠狠拍了一巴掌，众人逡巡片刻，悄无声息地散了。

这时宰相婆尼正在府中，急匆匆走了出来，一看见玄奘，顿时愣了："法师，这是怎么回事？"

"呵呵，"玄奘苦笑，"刚才遭到追杀，只好躲到您的府中暂避，请勿见怪。"

"何人敢追杀法师？"婆尼大怒，"老夫立刻下令，全城搜捕。"

"没用的。"玄奘摇摇头。

西游八十一案：大唐梵天记

"为何没用？"婆尼惊讶。

玄奘微笑地看着他，婆尼有些不安，见玄奘不说话，只好先请他们到室内。四人在胡床上坐定，婆尼命人送上无花果汁。那顺和王玄策经过一番激战，又累又饿，拿起来刚要喝，玄奘阻止："且不要喝，用银针试一下。"

两人吓得一哆嗦。王玄策震惊："师父——"

"法师，您这是何意？"婆尼不悦。

玄奘想了想，抱歉地对婆尼一笑："对不住，贫僧想岔了，那你们就喝吧。"婆尼的脸色这才好看了一些，没想到玄奘随后又补了一句，"这么多人都看见咱们来了宰相府，那咱们便不会死在这儿了。"

婆尼勃然大怒："法师，您是在指控我吗？"

那顺和王玄策立时抽刀在手，而婆尼的侍卫也拥了进来，双方剑拔弩张。

玄奘端坐不动，沉默地喝了口无花果汁，缓缓道："虽然您可以自由调动刹帝利禁卫，可最开始贫僧却并没有怀疑您，您知道您是何时露出破绽的吗？"

"我有什么破绽？"婆尼冷冷地道。

玄奘拿出那片甲衣上的铁片："这种甲衣铁片想必您不会陌生，乃是刹帝利禁卫所独有，是在老霍查被杀时，我这师弟用刀劈下来的。可是贫僧在皇宫中，查看三千刹帝利武士，却没有一人甲衣上有破损。"

"可你根本就没看完！"婆尼也气着了。

玄奘点点头："贫僧当然没有看完，因为已经不必再看。贫僧在让您召集所有刹帝利武士时，已经命令弟子悟净前往缮作坊，您也知道，皇宫中的缮作坊是专门修补武器的地方，贫僧只让悟净去打听一件事，方才有没有人拿着破损的甲衣前来修缮。"

婆尼脸色变得煞白："原来你真正的目的在这儿。"

"不错。"玄奘悲悯地望着他，"杀手的甲衣破损，他一定知道，贫僧让您召集刹帝利武士，他一定明白我是想查看这件破损的甲衣。所以来不及思索，急急忙忙拿到缮作坊去修补。我之所以请戒日王下紧急命令，就是要让他们没有思考的时间。悟净，名字你询问出来了吗？"

王玄策将一张贝叶片递给婆尼，上面记录了两个名字。

婆尼并没有看那贝叶片："那你如何知道是我指使？"

"皇宫中,您掌管禁卫。您要查看调动记录,谁敢作假?可是偏偏记录就做了假!"玄奘道,"但直到那时贫僧也不确定,等到刚才又遭到追杀,贫僧决定冒险一搏,逃往您的府上。如果这群杀手是别人所派,看到贫僧逃到宰相府中,一定担心贫僧会向宰相告密,只怕豁出命也要冲进来将贫僧杀掉。结果呢,那群杀手连一根箭都不敢往门里射,这说明什么?"

婆尼呆若木鸡,跌坐在胡床上。

玄奘抱歉地看着他,低声说道:"实在对不住,贫僧只想找到莲华夜,并不想探究二十年前的是是非非。"

婆尼苦涩地叹息:"可惜,找到莲华夜,这二十年前的是是非非,就再也藏不住了。"

"你果然知道莲华夜的下落!"那顺冲过来,众侍卫急忙用刀尖顶着他的胸膛,那顺却不肯退却,怒吼道,"她在哪里?"

婆尼心灰意冷,摆了摆手:"去,将莲华夜带过来。"

第十章
三十六年罪与罚

在两名侍卫的押送下，莲华夜默默地走了进来。看见玄奘和那顺在座，她露出一丝欣喜，却没有说话，袅袅婷婷地给婆尼施礼："见过宰相。"

那顺兴奋地跑过来，拉着她的手："莲华夜，我终于找到你了！他没有为难你吧？"

"没有。"莲华夜摇头，"比在犍陀罗王宫要好多了。"

这一句话，说得那顺眼泪几乎流出来，他很清楚，在犍陀罗王宫，莲华夜到底经受了如何惨烈的折磨，当即对着婆尼怒目而视。

王玄策却好奇："莲华夜，当日你是怎么失踪的？据说在犍陀罗王宫之中，白烟弥漫，你就消失不见了。"

莲华夜迷茫地摇头："我也不知道，当时我体内冒出烟雾，然后就昏迷了。醒来，就到了宰相府。"

"哼。"那顺斜睨着婆尼，"总归跟他脱不了关系！"

"婆尼，当日您是如何从犍陀罗王宫中掳走莲华夜的？"玄奘问。

婆尼苦涩地摇头："我并没有掳她。那一日，我在房内休息。莲华夜在白色烟雾中出现在我的面前，躺在地上昏迷不醒。"

"胡说八道。"那顺恼了。

王玄策也冷笑："这鬼话能骗谁？"

玄奘沉吟良久，才慢慢点头："这种事的确匪夷所思，不过贫僧却不想追究这个过程。婆尼，咱们可以开诚布公地谈谈吗？"

婆尼苦苦一笑："以法师在天竺的地位，您在众目睽睽之下进入我的府邸，我必然不能杀您灭口，可至少还能将这件事带入坟墓！"

"您何必如此？"玄奘叹道，"哪怕您不说，这件事也已经遮掩不住了。"

"哦？"婆尼嘲讽，"世人都说法师修炼出了天眼通，世间之事无论如何幽秘，也瞒不住您的洞察之眼，我却是不信。"

"所谓的贫僧有天眼通，都是以讹传讹，您不信是对的。"玄奘道，"只不过贫僧修佛数十年，却能看透这世间万象，都逃不脱一个欲望。从这一点入手，一切的迷雾都无法遮掩真相。"

"哼！"婆尼傲然，"是吗？那法师不妨把这真相说出来听听。"

"真相就是衍罗娜王妃之死所牵涉的人和事。"玄奘道，"当日在犍陀罗王宫，波斯大麻葛让莲华夜说出她上一世的身份。一旦我们知道她上一世是衍罗娜王妃，就会出现一个悖论。"

"什么悖论？"婆尼冷笑。

"关于莲华夜轮回的悖论。"玄奘道，"莲华夜的轮回是一个轮回之环，宿命之狱。起初时集万千宠爱在一身，随后沦为妓女，接着成为王后，最终被某人在宫墙下击破头颅而死。她的每一生都会重复这种命运。如果衍罗娜死于宫墙的自然坍塌，那么这场轮回就是假的！如果这场轮回是真的，那么衍罗娜就是死于宫墙外的人为谋杀！"

婆尼沉默了很久："那么法师是相信衍罗娜王妃死于谋杀了？"

玄奘叹息道："二十四年了，时间过去这么久，很多真相都难以钩沉。既然莲华夜在这里，我们还是请她来讲述一下当年的经过吧！"

莲华夜望着婆尼，神情中隐约有一种恐惧，紧紧闭着嘴。

玄奘温和地望着她，说："莲华夜，贫僧要求这个真相，不是因为好奇，而是这个世上的公正。"

"我不想要公正。"莲华夜流泪，"我实在受不了这样的人生了，求法师慈悲，让我离去吧！"

玄奘叹了口气，道："真相不揭穿，你走不出三步，就会再次被人灭口。因为衍罗娜之死的背后，有一场更大的惨剧。"

"你是说——"莲华夜骇然。

"没错。"玄奘黯然,"我是说王增。"

此言一出,所有人都骇然,连婆尼都开始颤抖,他大吼着将所有侍卫赶出室外,两眼通红地望着玄奘。玄奘静坐垂眸,捻着念珠。

"好,我说!"莲华夜深吸一口气,思绪沉入二十多年前的风云岁月。

"这时候想起王增,那种恩爱情迷还如在眼前。"莲华夜喃喃道,"我不愿做苏毗国的女王,也不想做一国的王后,我只愿得一痴情挚爱之人,如光阴在侧,呼吸相随,至死不弃。见到王增,我以为找到了这个人,我顶着坦尼沙全国的辱骂,陪伴在他身侧,哪怕不做他的王后,只是一个侍女,也是好的。可是他太傻,他今生只愿爱我一人,他要我做他的正妻,让我随着他荣耀,随着他荣华,分享他在这个世上能给予我的一切。可是,恩爱不过一年,他就远征摩腊婆,被设赏迦王诱杀。"

众人都静静地听着,没有人打断她。莲华夜静静地回忆着,目光虚浮,泪水流淌:"当他的死讯传来,我知道,我这一生结束了。我在殿前生了一堆火,打算引火自焚,随他而去。可不知道为什么,我的心中却听见王增在呼喊,他不希望我死,他要我活着,看到杀死他的凶手偿还血债。于是我找到刚刚即位的喜增,告诉他,我想带着设赏迦王的死讯去见他的哥哥,喜增答应了。喜增登基后,立刻发兵曲女城,击败了设赏迦王,成功救回了罗伽室利。随后,喜增和罗伽室利共同执掌穆克里国,又过了几年,喜增将坦尼沙国和穆克里国合并,成立戒日帝国。可是我一直等不到他再次进攻设赏迦王的日子,我剃光了头发,就在冰冷无人的宫殿中等啊,等啊……

"很多年之后,喜增对内完成了三个国家的统一,对外和鸠摩罗王达成了盟约,才进攻设赏迦王。他们在奔那城爆发一场战争,最终击败了设赏迦王。但是,喜增却放过了设赏迦王,只是将他囚禁在了城中,便班师回国。我愤怒不已,去王宫找他,告诉他,我梦见王增了,王增说喜增对不起他。"莲华夜幽幽地说着,"当时喜增给我讲述了很多,他需要靠设赏迦王来维持高达国的稳定。但我并没有原谅他,离开了王宫。当时的宫墙因为雨季的水浸泡,正在修葺。我走在一堵宫墙下,它却忽然倒了下来,我被拍在下面,化作肉泥。再度醒来,已身在苏毗国王族之中,成了一个三岁女童,前尘往事如同一场梦幻。"

众人听着莲华夜的讲述，沉默无言。

婆尼忽然哈哈大笑，说道："法师，衍罗娜王妃的死亡真相您清楚了吧？这可不关我的事！"

玄奘怜悯地看着他："衍罗娜的死，贫僧无法探究真相，因为像她这样的可怜人，又有谁会愿意去记录？可是王增的死，却有清晰的记载。"玄奘让那顺把《戒日王传》和六枚铭牌拿了出来，"二十一年前，戒日王击败设赏迦王之后不久，宫廷诗人波那奉命写了一篇《戒日王传》。上面写道：王增虽然轻而易举地战胜了摩腊婆军队，却中了设赏迦王的诡计。他深信不疑，抛弃了武器，独自一人在自己的住所遭遇不幸。"

玄奘用梵文将这篇文字背诵了出来，波那是戒日帝国著名的诗人，文字优美，朗朗上口，玄奘读起来抑扬顿挫。"贫僧一直很奇怪，当时王增刚刚获得胜利，居住在上万骑兵守卫的营帐中，怎么会中了设赏迦王的诡计，死于自己的住处？十一年后，戒日王铸造了六枚铜牌[①]，上面刻着铭文，记载道：王增铲除敌人，赢得大地和人民的爱戴。由于高尚的誓愿，在敌军营帐，他抛弃生命。婆尼，当时您是跟随王增一起出征的，贫僧想问，王增到底死在哪儿？"

婆尼脸色惨白，一言不发，额头冷汗涔涔。

"贫僧来到天竺时，戒日王已经一统天竺，功业煊赫。初创之时的过程贫僧并未亲眼看到，只能通过行吟诗人的传唱和帝国颁发的文件追慕那种辉煌。可是，同为宠臣，波那为何极为讨厌您？当时您是随着王增一起进攻摩腊婆的，可是波那却在《戒日王传》中大肆怒骂您，说婆尼仿佛因为抛弃主人而偷生，所产生的罪过和耻辱用泪水面纱遮住了脸庞。波那当时是跟随你们一起出征的，在王增死后，波那记录道：婆尼的四肢软弱无力，羞愧地蜷缩着。他仿佛一个罪犯，仿佛一个凶手，仿佛一个叛徒。贫僧想问您，您贵为宰相，为何无法阻止一本辱骂您的《戒日王传》颁行、流传，到底原因何在？"

"法师，真相已经掩埋了三十六年，您为何要让它重现人间？"婆尼

[①] 目前为止印度共出土戒日王铭文铜牌六枚，铸造于公元627—630年。史学界根据出土位置，命名为班斯凯拉铜牌、默图本铜牌等。

忽然间哈哈惨笑,"这样真的好吗?"

一言未落,婆尼忽然拔剑斩向自己的脖颈,一时鲜血飞溅,婆尼的身躯摔倒在地。

戒日王听到噩耗,顿时惊得肝胆欲裂。婆尼是他堂兄,也是他父亲收的义子,两人从小感情深笃,相知四十多年,没想到一日之间,婆尼竟然突然死去。这个消息是玄奘派人传递,他还不清楚具体情况,急急忙忙前往婆尼的府邸。

婆尼的府邸已经是哭声遍地,戒日王脸色铁青走进厅堂,婆尼的尸身在地毡上躺着,身上盖着白布。厅堂中只有玄奘一人,正沉默地坐在胡床上,默默地诵经。

戒日王颤抖着掀开白布,只见婆尼的脖颈处流淌着鲜血。

"他是自杀而亡。"玄奘淡淡地道。

"为何会这样!"戒日王两眼通红地大吼。

"因为贫僧揭穿了一桩三十六年前的往事。"玄奘黯然,把和婆尼的那番对质以及自己的推论讲述了一番。

戒日王惊呆了:"你是说,婆尼杀死了朕的王兄?"

玄奘摇摇头:"贫僧并没有说王增是婆尼杀的。"

"那他为何会死?"戒日王大吼。

"因为他要替某人掩盖这桩罪行。"玄奘道。

戒日王呆住了,脸色越来越白,额头冷汗涔涔,眼神中既有愤怒,又有悲伤和恐惧。

"他要替谁掩盖?"戒日王沙哑着嗓音道。

玄奘看了他一眼:"这世上,能让婆尼付出生命也要保护的人,陛下难道不知道是谁吗?"

戒日王悲伤地望着婆尼的尸体,喃喃道:"法师是在指责朕弑兄吗?"

"指责您弑兄的,不是贫僧,而是波那。他把秘密写在了您亲自审定,并颁发天下的《戒日王传》里。"玄奘道。

戒日王愕然:"不可能!《戒日王传》朕看过多遍,绝无此事。"他辩解道,"波那和婆尼素来不睦,那几句话是说,婆尼没有尽到保护王增的职责，让王增独自一人去了设赏迦王的营帐，因此而遇害。至于王增死的营帐，是波那记错了。毕竟他当时虽然跟随王增出征，却并未亲眼看见王增被害的场面。"

"波那记错了，那么您也记错了吗？"玄奘冷冷道，"您当时审定《戒日王传》，连这点错误都不曾发现？既然不曾发现，十一年后，您为何要重新铸造铭牌，更改王增死亡的地点？"

戒日王哑口无言："可这也无法说明波那指责我杀了兄长啊！"

"《戒日王传》中还有一句提到了您：喜增企图抹去杀死婆罗门的罪行，如同帝释天企图抹去杀死婆罗门的罪行。"玄奘朗诵道。

"是有这句。"戒日王闷闷地道，"这又能说明什么？朕杀死的婆罗门多了。"

玄奘怜悯地望着他："陛下，婆罗门一词，在波那的家乡具有双关的含义，它的另一个含义是，兄长。而梵天神话中，帝释天也杀死了他的兄长众色。"

戒日王目瞪口呆，傻傻地望着玄奘，一句话也说不出来。

"你……这些话曾经给何人讲过？"戒日王失魂落魄地问道。

"并不曾讲给任何人听，只有贫僧一人知道。"玄奘道，"若是陛下想杀死贫僧，只需一声令下，这个秘密将永远消失在天地间。"

戒日王惨笑："灭得了法师之口，能灭得了诸天神佛之口吗？这个波那，朕供养他一生，他却如此待朕！"

"人所做下的业，无论善业、恶业，都会铭刻于天地之间。无论如何文过饰非，都如同一只昆虫举起手臂，去阻挡滚滚的车轮。"玄奘道，"十五年前，我大唐皇帝也曾犯下一桩大恶业。当初他的兄长是太子，但大唐定鼎天下，他出力最多，于是日渐和太子有了矛盾，为了争夺帝位，双方针锋相对，你死我活。大唐皇帝先发制人，率兵在玄武门伏击自己的兄长和弟弟，并亲手射杀了兄长，逼迫父亲退位，禅让于他。之后更将兄长和弟弟的亲族斩尽杀绝。我国的史官秉笔直书，记载此事。皇帝一直思谋，想更改起居注，篡改历史，但忠于他的臣下却严词拒绝。因为这世上除了荣华富贵，还有道德良知。陛下，波那忠诚于您，但更忠诚于道德良知。"

戒日王陷入深思："听说你们大唐天子十八岁起兵反抗暴政，朕是十六岁征战沙场；大唐天子发动兵变杀死兄长和弟弟当上了皇帝，朕就更不用说了；大唐天子登基后扫平天下，朕则征战六年，征服数十个国家，开创戒日帝国；到了如今，我们又同时为往昔的罪孽所苦。为何我们二人会如此相似？法师，难道这是做帝王的原罪吗？"

"这不是帝王的原罪，而是欲望的原罪。"玄奘道，"譬如玄武门政变，一直是大唐皇帝内心的刺。这根刺，大唐皇帝认为拔掉之后，他就不会再疼了。不知陛下如何看待？"

戒日王久久没有说话，沉默地走到厅堂门口，凝望着院落外藏黑色的丛林，四周有风吹林木，天籁虫鸣。头顶上宇宙无限，在这恒河边的古老星空下，忽然间只觉自身如此渺小，如此孤单，如此无依无靠。纵然王城中驻扎着数万铁骑，一声号令，可踏碎山河，摧毁城池，碾碎阻挡在前方的一切敌人，可只要一想起王增的鲜血，那种发自灵魂的恐惧与颤抖，无论如何也挥之不去。

"三十六年了。朕一直以为已经忘记王增的血，没想到它仍然如此鲜活。"戒日王慢慢淌出了泪水，"法师是如何察觉破绽的？"

"因为衍罗娜。"玄奘解释道，"如果莲华夜每一轮的宿命都会重复的话，衍罗娜必然死于人手，而不是意外。既然有凶手，那会是谁？当时贫僧看《戒日王传》并未多想，包括您后来颁发的铜牌铭文，虽然王增遇害地点矛盾，贫僧也以为是记载混乱的缘故。可是既然对衍罗娜之死有了怀疑，那推断下来就并不困难了。可惜，婆尼为了保护你，先是杀死老霍查，随后又刺杀贫僧，想把这场罪孽背到自己身上，可他背得动吗？"

戒日王沉默不语，看着婆尼的尸体，伤心不已。

"陛下，奔那城之战，您明明击败设赏迦王，甚至进入他的王城，为何会放过他？衍罗娜当时来质问您，想来您有些无法回答吧？"

戒日王承认："没错。王增当日的确是死在自己帐篷里的，朕宣布他是被设赏迦王所害，设赏迦王自然知道不是自己。那老东西如此聪明，略一推论，便能得出王增之死的真相。当日朕攻入高达国，大肆屠杀，吓坏了设赏迦王。他亲自来见朕，若是朕能保留他的王位，他就承认自己是杀死王增的凶手。当时朕已经彻底占领高达国，区区王位，给他又如何？只是没想到，回到曲女城，衍罗娜却找到了朕，说夜晚王增托梦，说朕对不起他。朕以为她知道了王增死亡的真相，于是趁她走到宫墙下的时候，命人推倒宫墙，将她砸死。随后朕借口工匠们是导致衍罗娜死亡的元凶，将他们沉入了恒河。"

"难道在帝王眼中，人命真的如同草芥吗？"玄奘叹息，"事实上，您这些杀孽完全可以不必造下，衍罗娜至死也不知道是您杀了她。她一直以为设赏迦王是杀死王增的凶手，在她看来您对不起王增，是因为您放过了设赏迦王。"

戒日王呆若木鸡，半晌才苦涩道："原来如此。杀几个无关痛痒之人，朕实在不愿动太大心思，以致纰漏迭出。当时也没想过要瞒着人，能瞒过便瞒了，瞒不过也便罢了。没想到却因此让人怀疑王增之死。"

玄奘厉声道："陛下，众生平等，在天上的佛祖和贫僧看来，杀王增与杀工匠一般无二！"

戒日王也激动起来："世上之人谁不造杀孽？既然你佛家说一切都是轮回注定，那么我和王增之间难道不是因为前生的宿缘吗？当年，父亲只有我们两个王子，王增醉心沙场功名，我则醉心戏曲诗歌，原本对皇位并无贪念。可是父亲突发疾病而亡，我先赶回国都，大臣们推举我临时摄政。法师，您是僧人，不懂人间权谋贪欲，我一走上摄政的位置，几乎所有大臣和贵族便都将赌注押在了我的身上。王增因为娶了妓女，引来了大臣们的厌恶，再加上我当时年幼，大臣们都觉得主少可欺，扶持一个幼主，远远比扶持一个醉心沙场、强势霸气的君主能带来更大的利益。所有人都在诱惑我，劝我争夺帝位。可是等王增归来之后，我二话不说，将皇帝之位拱手相让，为何？因为那是我亲兄长啊！我们兄弟自幼敦睦，我怎么忍心夺了兄长之位？当时，兄长也察觉出国内的人心向背，他屡次拒绝，要进入山林苦修，最后是在我以死相逼之下才登基的！法师，试问你大唐皇帝可能做到？他们兄弟之间，对皇位可有片刻的辞让？"

玄奘默然不语，李世民和李建成的皇位之争，甚至连最初的温情都不曾存在。

"可是，政治就是如此毫无人性啊，法师！"戒日王痛哭，"王增即位之后，对那帮大臣的厌恶日甚一日，而那帮大臣也怕他报复，他们请来很多人劝说我，那些人都与我有着千丝万缕的亲情和友谊。比如婆尼，他是我堂兄，也是父王领养的义子，从小对我如同父兄。我那时候才十六岁，他们在我耳边日复一日地说着王增的坏话，诋毁我和王增之间的关系，用王权霸业来诱惑我。等到王增率兵出征摩腊婆，又让我摄政之后，法师，我真的尝到了那种大权在握，一言既出，苍天为之颤抖、大河为之断流的权威。无数人在你面前瑟瑟发抖，无数人终其一生琢磨的就是如何讨你欢心，无数天才的诗人绞尽脑汁写出颂扬你的诗篇。法师，我真的醉了，醉了。我无法想象，当王增出征归来，把这一切统统拿走，那会是什么样子，我真的不想失去了。法师，您说，我是个十恶不赦的恶徒吗？我今生的命运难道不是轮回中的安排吗？如果有真正的罪恶，那这个恶人便是执掌轮回的天道！是它安排了这场毫无人性的谋杀！是它让一个醉心文学、淳朴天真的少年成为谋害至亲的杀手！是它将兄弟亲情逐渐染色，让敦睦之爱变成了凶狠杀机！它为何要践踏人间美好的感情？为何要让这娑婆世界充满惨剧？法师，这天道，比我们人类众生更冷酷，更无情，更残忍啊！"

"贫僧无法评价天道轮回。"玄奘叹息道，"我只能说，今生虽然注定，却也并非不可阻挡。贪嗔痴三欲，存在于这世上的河流、山川、草木、空气和一切众生间，若你修行自身，三欲自然无法左右你的人生，若你放任心猿意马，自然会被那天道轮回所左右，堕入既定的命运安排之中。"

"嘿！"戒日王默默地擦干眼泪，摇头道，"朕自幼热爱文学，便是爱那无拘无束的自由、天马行空的畅快和人间爱恨纠缠的情感。若让我抛弃一切欲望，只为躲避命运，那又何苦来人世这一遭？"

玄奘摇头不已。

戒日王收拾情怀："好了，法师，您今日跟朕挑明此事，究竟是何意？您肯定也明白，得悉一个君王的秘密，是一桩福祸难辨之事。您冒着大风险，揭穿朕的秘密，想拿这个要挟什么？你说，朕满足你。"

"贫僧不想要挟什么。"玄奘摇头，"莲华夜的上一世既然卷入这件事，倘若不查个水落石出，她无论走到哪里都会有危险。贫僧拜求陛下，让莲华夜和那顺平安离去，安度此生。"

"什么？"戒日王惊愕地张大了嘴巴，"您……您冒着大风险，揭穿一桩惊天秘事，得罪一个帝王，就是……就是为了让一对草芥般的男女活着？"

"是。"玄奘点点头，又摇摇头，"他们并非草芥，还请陛下放过他们。

您也说了，当年的您曾经是个醉心文学与诗歌的淳朴少年，是一桩桩的权谋，一场场的诱惑，将您推到了谋害至亲的位置。可难道这就是作恶的终点吗？不是的，陛下。只要欲望还在，只要权谋还在，您就会一步步地越陷越深，最终您回顾自身，看见的将是满身的污秽，不敢抬头看天上的星空，也不敢低头看脚下的厚土。还请陛下心疼这天地众生的不易，不要制造杀戮。"

"朕若是不答应呢？"戒日王问道，"法师会揭穿朕吗？"

"或许会，或许不会。"玄奘道，"其实贫僧如何做并不重要，重要的是，陛下已经年过五旬，该当考虑一下，他日如何面对您地下的兄长。"

戒日王终于变了脸色，微热的风似乎变冷了。他浑身颤抖，脸上早已经没有了那股睥睨天地的帝王之气，他慢慢抬起自己的手，似乎那手上还有三十六年前的鲜血，刺鼻的血腥味挥散不去。

"朕放过他们了。"戒日王深深地恐惧着，"为了这件事，连婆尼都死了。朕失去的已经够多了。"

"多谢陛下。"玄奘郑重致谢，"既然陛下放过了他们二人，那贫僧就把婆尼还给您。"

戒日王怔住了，玄奘指了指婆尼的尸体："他还活着。当时他只是割破了浅浅一层，就被贫僧的弟子阻止了，只不过为了请您来到此处，随后又将他打晕了。"

戒日王惊喜交加，他和婆尼是真感情，当即掀开白布将婆尼抱起来，连连呼唤。婆尼慢慢地醒转过来。戒日王搂着他，呜咽失声。

玄奘默默地离开了厅堂，王玄策从一旁闪了出来。

"师父……"王玄策欲言又止。

"都听到了？"玄奘问。

王玄策沉默地点头。

"这件事，你我从此以后守口如瓶。"玄奘叹息道。

王玄策道："师父没打算拿此事来要挟他？"

"为何他杀人千万也不会恐惧，杀一个王增却会恐惧三十六年？"玄奘问。

"因为，王增是他兄长。"王玄策道。

"为何一个人杀死外人不会放在心上，杀死兄长却要负罪一生？"玄奘又问。

王玄策张口结舌，不知如何回答。这算是个问题吗？

"因为，这是众生内心的禁忌和戒律！"玄奘微微叹息，"所以，能要挟他的，不是贫僧，而是他内心的戒律。"

五年后，玄奘和弟子辩机著成《大唐西域记》，关于王增之死这一节，玄奘记载道：（设赏迦王）于是诱请（王增），会而害之。

一个"会"字，比波那的"婆罗门"和"兄长"隐埋更深，引人遐想。

第十一章
李世民：甘露煮酒论帝王

曲女城中，戒日王仍然对玄奘保持着尊重，靠近皇宫有一座戒日帝国的皇家寺庙，以戒日王的姓氏"伐弹那"命名，称为伐弹那王寺。为了表示尊崇，戒日王请玄奘暂住在伐弹那王寺之中。

这一夜，却有客人来访，玄奘命王玄策将人迎了进来，不禁有些意外，竟然是伊嗣侯三世。

"怎么，法师觉得很意外吗？"伊嗣侯三世笑道。

"确实有些意外。"玄奘急忙请伊嗣侯三世坐下，"陛下不是和戒日王在谈判吗，为何有闲暇来找贫僧？"

"和戒日王谈完了。"伊嗣侯三世叹息道。

"结果如何？"玄奘急忙问。

伊嗣侯三世摇头："戒日王最终同意接受我波斯残族，然而要求我们迁入中天竺，并且打散聚居，群居的人不得超过五万。除了每年要缴纳大笔的赋税，还要求抽调一万人编入戒日帝国的军队中。这些条件朕无法答应，因此就谈崩了。明日朕就返回犍陀罗。"

玄奘不解："既然能有个活路，为何不答应呢？"

"法师是不知道，"伊嗣侯三世苦笑，"倘若朕答应他的条件，那就是把波斯子民带进了火坑。我们就成了一头头牛，供他驱策鞭打，敲骨吸髓，还要去沙场给他充当肉盾。朕朝思暮想,是为了给子民寻找一个栖息的家园,朕梦想中的家园可不是这个样子的。"

玄奘沉默了很久:"回去后,陛下打算如何做?"

伊嗣侯三世露出迷茫,然后苦笑着:"朕其实是来找您的弟子,悟净法师的。"见玄奘有些诧异,伊嗣侯三世继续询问道,"听说悟净法师是大唐的官员?"

王玄策唉声叹气:"东宫右卫率府长史,从五品。"

"那又为何做了僧人?"伊嗣侯三世问道。

"陛下思念师父,小和尚我又恰好犯了错,承蒙陛下看得起,命我来照顾师父。"王玄策解释,"我和师父约定,若是朝中有事,我就可以回归朝堂。"

"贫僧这么说了吗?"玄奘淡淡地说。

王玄策装傻:"哦?难道我记错了,师父您当时怎样说的?"

玄奘不理他了,转向伊嗣侯三世:"这个人胆大包天,大唐皇帝也只是让他来收收性子罢了。"

"胆大包天,才能在这乱世中游刃有余啊!"伊嗣侯三世感慨,"朕的性格,若是做守成之主,还能勉力支撑,在这乱世之中,真真如土鸡瓦狗一般。悟净法师,在你看来,我波斯的困境,可有什么解决之道?"

"没有。"王玄策立刻道,"无解死局。"

伊嗣侯三世苦涩:"连你也这么看吗?"

王玄策点头:"陛下身在网中,西有大食,东有天竺,北有吐火罗和西突厥,若不跳出这网罟,那就是他人砧板上的肉。只是何时吃掉罢了。"

伊嗣侯三世眼睛却是一亮:"难道朕可以跳出这网罟吗?"

"可以,只是不知道陛下是否有这个勇气。"王玄策道。

伊嗣侯三世深深鞠躬:"请法师教我!"

王玄策笑了笑:"不知道陛下对大唐和西突厥的局势可了解?"

"所知不多。"伊嗣侯三世道。

"十一年前,大唐攻灭东突厥之后,始毕可汗的儿子欲谷设逃奔西突厥,趁着统叶护可汗死后西突厥陷入纷争之际,积蓄起了自己的势力,向东袭扰大唐边境,向西攻打西突厥原有势力,试图一统西突厥。前年他击杀了同俄可汗。去年，同俄的儿子继位，又被他击败斩杀。同俄的侄儿薄布随后被立为可汗，双方如今正在鏖战不休。"王玄策说起政治局势，如数家珍，"去年我大唐攻灭高昌国之后，成立安西都护府，正在与薄布一起剿灭欲谷设。在下以为，这个局势，正是陛下您的用武之地！"

"哦？"伊嗣侯三世沉吟，"我波斯如何做？"

"简单。"王玄策打了个响指，"陛下真正应该做的，不是东进，而是北上。因为东进，您面对的是敌人，北上，您面对的是朋友。若是陛下北上经过吐火罗，进入西突厥大草原，联合大唐夹击欲谷设，陛下想象一下，会是什么景象？"

伊嗣侯三世陷入沉思，半晌不语。玄奘也不理会，任凭这个弟子舌灿莲花，游说波斯皇帝。

"您是说，若是我波斯能配合大唐剿灭欲谷设，就能进入大唐避难吗？"伊嗣侯三世问道。

王玄策连连摇头，叹息道："陛下，您不要总想着避难好不好？您是帝王，何必非要托庇于他人羽翼之下呢？等到我大唐一统西域，您得到的，是吐火罗！"

伊嗣侯三世霍然一惊，呼吸都粗重了："吐火罗？朕能得到吐火罗？这怎么可能？"

"为何不可能？"王玄策道，"如今吐火罗的军队都已经被薄布抽调，北上参战去了，整个吐火罗国内空虚。您要想进入西突厥，势必要闪电行军，一举占领吐火罗，这才能突然插到欲谷设的后方，配合大唐给他致命一击！薄布尊我国皇帝为天可汗，您又为我大唐立下大功，在我大唐的支持下，区区一个吐火罗，谁敢跟您抢？"

伊嗣侯三世惊喜交加："法师说得不错，朕也知道吐火罗国内空虚，只是忌惮西突厥的势力，不敢贸然占据。若是大唐愿为朕撑腰，朕有十足的把握，一举将之拿下！"

"不错。"王玄策这才笑了，颇有些孺子可教的嘉许，"吐火罗的地势陛下肯定了解，山岭重叠，易守难攻，尤其是你背靠大唐，能源源不断得到物资，哪怕大食人千军万马，他又能奈你何？这是不是比你强行东渡，与戒日王厮杀要好得多？"

"没错！"伊嗣侯三世兴奋得脸色涨红，急切道，"法师，您可否禀报大唐皇帝，我波斯人愿意配合！"

"可……"王玄策为难地看了看玄奘，"我正在给师父做徒弟，怎么能擅自回长安呢？"

玄奘早就看出了他的心思，不理会他。

伊嗣侯三世哀求地望着玄奘："法师……"

玄奘叹了口气："修道，修的是一颗心。悟净，你既然心在庙堂，贫僧也不阻拦你。"

王玄策正色道："师父，弟子奉旨出家，自然心在佛门，您千万莫要误会。"

"既然如此，那就继续跟着贫僧修行吧！"玄奘道。

王玄策急忙改口："呃……弟子刚刚悟到一个道理，救人一命，胜造七级浮屠。眼下这六十万波斯人颠沛流离，无处可归，弟子若能给他们另找出路，避免这场战争，岂非比造了七十级浮屠还有功德？菩萨说，我不入地狱，谁入地狱，所以弟子决定，我宁可不当这和尚，也要帮波斯人完成这桩使命！"

玄奘静静地望着他，神情从容平淡。王玄策给他盯得发毛，垂下了头。

玄奘道："好，你去吧！"

"真的？"王玄策惊喜交加。

玄奘点点头："贫僧会写一封手书，说明详情，你带给皇帝陛下，他自然便不会怪你擅离之罪。"

王玄策这才真有些羞愧了，面对玄奘的光风霁月，自己耍的小手段和小心机让他不禁汗颜。

王玄策拜服于地："弟子……多谢师父成全！"

王玄策和伊嗣侯三世于是秘密协议，当天晚上，王玄策随同伊嗣侯三世回到馆舍，两人共同拟定了国书，以汉文和波斯文誊写两份，用印之后以火漆密封，交由王玄策藏好。

伊嗣侯三世握着王玄策的手，千叮咛万嘱咐："王长史，朕六十万子民的生死前途，就交付给您了！若是能得大唐庇护，朕向马兹达神发誓，我波斯族人永生永世为大唐藩属。"

"陛下放心,大唐和波斯一向交好。有您的承诺,我国皇帝定然相助!"王玄策慨然应允,"在下此去,必然不辱使命!"

伊嗣侯三世郑重道:"这不是帝王的承诺,而是誓言!"

伊嗣侯三世亲自将王玄策送出门外,凝望着那一人一马消失在夜色中,深深地喟叹。

军团长赫伦和纽多曼走过来,赫伦喜悦地道:"陛下,您真的打算按照王玄策的计划北上?"

"暂且作为一个希望罢了。"伊嗣侯三世淡淡道。

赫伦愣了:"难道您并未决定?"

"当然。"伊嗣侯三世道,"北上之路,哪里有王玄策说的那般容易,无数关隘,每一处都会有意外。若是我们没打下吐火罗,那么连现在的容身之地都要丢掉。即使打下吐火罗,但最终西突厥内战是欲谷设胜出的话,咱们将直面欲谷设的报复。即使一切圆满,薄布击败欲谷设,可若是大唐军队没有及时抵达,咱们又会面临薄布的报复!所以,这仅仅是一个希望,仅仅是希望……"

伊嗣侯三世喃喃地说着,馆舍中供着萨珊之火的祭坛,火焰熊熊燃烧,照耀着伊嗣侯三世的脸,那脸在光暗之影中跳跃,映照悲伤,映照绝望。

翌日,夜三时。朝阳初升于恒河平原,玄奘将王玄策送出城门。玄奘望着这个徒弟,说道:"临别之际,贫僧不再多说,只告诫你一句:天道无情,视众生如刍狗,可若是你把自己的同类人也当作刍狗,他日回归朝堂,位置越高,为祸越大。"

"师父,"王玄策苦笑,"可事实上,无论是我还是普通人,在帝王眼中都不过是刍狗。在大国争锋的夹缝里,平民百姓连一根烧火的柴草都算不上,他们连收割都懒得,直接把你践踏进泥地里。"

"那么你若是高官显贵,也会把平民百姓看作烧火的柴草吗?"玄奘严厉地盯着他。

王玄策沉默片刻,摇摇头:"师父,您可经历过隋末战乱?"

"我比你还大十来岁,怎么不曾经历?"玄奘说。

"是啊!师父和我都是洛阳人,从杨玄感叛乱开始,洛阳大地战火不停,王世充、翟让、李密、窦建德、宇文化及、再加上当今皇帝，无数势力围绕着洛阳绞杀，尸横遍野，整个河洛之间几乎人烟灭绝。师父，我就生存在那种环境之下。"王玄策道，"师父，您可知晓一个孩子面对战火和兵乱时的那种无力吗？城头王旗变幻，你方唱罢我登场，今日我家中住的是瓦岗军，明日一开门，又是王世充的郑军，好容易在郑军刀下留得性命，一眨眼，唐军又来了。所以，我无比感激大唐，是大唐结束乱世，给我以安定，给我以荣耀。弟子从小就立下誓愿，我决不再任由他人摆布，我要做一条泥鳅，游行于列国的夹缝中，让这些帝王的手，成为我的手，让这些帝王的刀，成为我的刀！我今生誓死忠于大唐，可即便是大唐皇帝，也不能掌控我的人生。师父，弟子也有亲情人性，可是谈论此物实在奢侈啊，两把刀锋碰撞的间隙里，容不下情爱之物。"

玄奘叹了口气："有些事，是世态改变人心。贫僧也不强求，只希望你能多想想那些美好的情感，不要将它们践踏。"

"弟子拜别师父！"王玄策跪下磕头，与玄奘洒泪而别。

这些日子，他与玄奘倒是真正有了感情，不过向北走出一百多里，王玄策驱马站在一座山崖边，猛然摸摸自己的头，居然还披发戴着金箍，顿时懊恼地摘掉金箍，用尽全身力气扔进了悬崖，然后用绳子将头发绾了起来。

他朝着山谷大声呼喊："我王玄策又回来啦！大唐！吐蕃！天竺！西突厥！大食！帝王们，你们颤抖吧——"

一腔愤懑发泄完，王玄策猛地想起来："哎哟，我的金箍！金子啊！"

王玄策心疼完了，也无可奈何，只好策马北行。这次没有走原路，而是从曲女城向东北走，进入泥婆罗，翻过喜马拉雅山，来到了吐蕃境内。

松赞干布听说之后大喜，亲自将王玄策迎入布达拉宫宴请。两人盘桓几日，王玄策辞别松赞干布，走上唐蕃古道，先是翻越终年风雪的唐古拉山口，进入青海。此时的青海在吐谷浑辖下，不过吐谷浑已经臣服大唐，王玄策拿出自己的银鱼袋，吐谷浑人盛情招待，负责一应所需。过青海之后入大唐境内，沿着河西走廊，进入渭水谷地，尽头处便是辉煌长安！

路上马不停蹄，星夜兼程，行程三四个月，王玄策终于得见长安。从金光门入长安，跻身熙熙攘攘的西市，他几乎流下泪来。他因为醉酒，失手打碎琉璃盏，便被皇帝掷出长安，先是做送亲使，后化身吐蕃谋士，攻灭苏毗国，正当胸中豪迈之气抵达巅峰之时，却做了和尚，跟着玄奘东奔西跑，颠沛流离。如今想来，王玄策只觉得如同一场梦幻。似乎昨夜醉酒平康坊，倚红偎翠，肆意喧嚣之后，一梦醒来，老鸨曰："王郎君，黄粱未熟，且再睡片刻。"

想起平康坊，王玄策内心火热热的难熬，却不敢造次。他如今差事未曾交卸，还算是使节，只好先到西市上吃了顿地地道道的长安美食，然后到礼部交卸差事，交付了出使时所持的半片鱼符。礼部的官员诧异道："王长史，去吐蕃的送亲使团已经回来快一年了，您为何如今才到？"

说得王玄策两眼潸然，但他去天竺寻找玄奘乃是李世民亲自交付的使命，与礼部无关，也不好细说。作为不良人的贼帅，他和皇帝的沟通不用通过各部，另有渠道，当即通过秘书监上书，向皇帝述职。李世民当即宣王玄策到太极宫甘露殿觐见。

李世民上下打量他，道："嗯，一年多的磨砺，性子倒沉稳了。王卿，你是否找到了玄奘法师？"

"臣去了天竺国，不但找到了玄奘法师，还拜他为师，追随他游历天竺。"王玄策道，"臣向法师说明了陛下牵挂之意，法师向东北而拜，感念陛下深情厚谊。"

王玄策将玄奘挑战五天竺高僧，辩难曲女城，最后被上尊号大乘天的事迹说了一番，听得李世民击掌赞叹："好和尚！朕果真没有看错，到底是佛门千里驹，扬名异域，宣我大唐国威！"

王玄策是负担使命而来，将犍陀罗的局势和伊嗣侯三世所面临的困境讲述了一番。这下子直接打开李世民的视野，他命人抬上舆图，让王玄策给自己讲述各国状况，听得神往不已。

"王卿，你对当代列国的帝王如何看待？"李世民问。

王玄策吓了一跳，却不敢不答："要说这世上最强大的帝王，当然是陛下您了。自陛下登基以来，横扫四方，东突厥、吐谷浑、高昌、焉耆、西突厥、薛延陀，无不屈服，我中原王朝从未有武功如此强盛之时。"

李世民听得哈哈大笑："那么其次呢？"

"其次嘛……"王玄策犹豫片刻，"其次就是大食的哈里发吧！大食人崛起于沙漠，短短数年间灭萨珊波斯，北击拜占庭，西征埃及，向东快打到吐火罗了,恐怕迟早要进入突厥大草原,跟西突厥对战。"

"不错,大食人新兴于沙漠之中,兵锋正盛,恐怕数十年不衰。"李世民感慨道,"那么第三位呢?"

"第三位,算得上戒日王了吧?"王玄策道。

李世民摇头:"在朕看来,戒日王还算不上。朕以为应该是松赞干布,他年纪轻轻就统合吐蕃,征服象雄、苏毗国,击破党项、吐谷浑、白兰羌。朕听说松赞干布最大的心愿就是征服勃律之后,进入突厥大草原,和西突厥、大食人一争雌雄!"

"可戒日王为何算不得呢?"王玄策问道。

"戒日王?"李世民指着舆图,"早年间的戒日王还是一代枭雄,可如今嘛,岁月老去的不只是他的筋骨,更有他的精气。前些年攻打南天竺失败,他还真就偃旗息鼓了。如今又想什么跨过印度河,收复犍陀罗。嘿,若是他行动果断,朕还佩服他一二,可你看看他,瞻前顾后,迟疑不决,算是一代帝王所为吗?"

"不过戒日王也确实有为难之处。"王玄策道,"伊嗣侯三世盘踞犍陀罗,势力不弱。戒日王一旦渡河西进,必定双方要拼一场,哪怕打赢了,北面的突厥人、西面的大食人也会趁机咬他一口。"

"不会!"李世民断然道,"西突厥的薄布和欲谷设没有分出胜负之前,谁也不会顾得上犍陀罗。至于大食人,现在兵力陷在呼罗珊,他们可能有兴趣突袭犍陀罗,但目的只会是袭杀伊嗣侯三世。在没有平定波斯全境之前,他们绝不肯大规模越境和戒日王一战。所以,戒日王如果果决,犍陀罗拿下也就拿下了,自己占个先手,进可攻退可守。至于日后的事,管他呢,先拿下再说。到了嘴里的肉难道还能吐出来?"

"可惜,戒日王没有这个勇气。"王玄策叹道,"那么您看,伊嗣侯三世可有生机?"

"伊嗣侯三世嘛,此人性格太弱,在这强敌环伺的世界,不过是砧板上的鱼肉,是诸王眼中的一场饕餮盛宴。"李世民遗憾地道,"若是他肯北上吐火罗,还能起到点作用,如今嘛,这些波斯人只怕要白白消耗在印度河争夺战之中了。"

王玄策对李世民的眼光钦佩不已,当即跪拜道:"臣自作主张,已经说动伊嗣侯三世北上，进入吐火罗。"

李世民愣了，怪异地盯着他，好半晌才道："好胆识，朕真没看错你！"他走到舆图前，细细地看着，"你是意在西突厥吗？"

"臣的想法怎么瞒得过陛下？"王玄策苦笑。

李世民没有注意到他的奉承，对着舆图自言自语："伊嗣侯三世要北上吐火罗，最紧张的人是谁？是欲谷设！伊嗣侯三世只有两种可能，一是和吐火罗一起，投靠薄布；二是甩开薄布，投靠我大唐。无论哪一种，波斯人的刀锋最终都要砍向欲谷设。欲谷设会怎么做？"

"抢先占领吐火罗！"王玄策笑道。

"对！"李世民道，"如此一来，我们提前知道欲谷设要分兵，就能趁着欲谷设兵力薄弱之际，闪电突袭，彻底击溃他。只要击溃了欲谷设，薄布还能像如今这样三心二意吗？只能彻底臣服大唐！"

王玄策由衷赞叹："陛下真是好谋划，大手笔啊！"

"这明明是你的谋划！"李世民哼了一声，"这样的确可以击破欲谷设。可王卿你想过没有，倘若欲谷设亲自率军攻取吐火罗，咱们击破他留在于阗一带的人马，又有何意义？"李世民道，"朕要的不是打败欲谷设，而是彻底瓦解他的力量，让西突厥再无胆敢反抗我大唐之人！"

王玄策诧异地望着李世民，不知他如何打算。

"传中书舍人。"李世民下令。

中书舍人在中书省负责起草诏令，算是皇帝的侍从。片刻之后，值班的中书舍人马周觐见，李世民道："马卿，拟朕的旨意，传给安西都护府郭孝恪。告诉他，欲谷设将分兵南征吐火罗。若他留在于阗，可择机发兵袭破，务必擒杀之。若其亲自南征，卿可借机分化收买其部属，以待时机到来，彻底围歼。"

马周拟旨拿到尚书省用印，然后安排人加急发出。

王玄策深深叹服："陛下不看一时一地之得失，高瞻远瞩，臣实在不如。"

李世民大笑："西突厥其实没什么好担心的，无论欲谷设也好，薄布也罢，无非是两头狼而已，自从统叶护可汗死后，西突厥再无猛虎，朕迟早要将其纳入囊中。"

王玄策来了兴致："陛下，您觉得这世上到底谁是对手？"

"举世并无一人。"李世民笑道,"东方的高句丽,蕞尔小国,癣疥之患,朕迟早要拿下它!至于西域,将来所要忧虑者,一是吐蕃的松赞干布,二是新崛起于沙漠的大食。不过只要朕拿下西突厥,控扼吐火罗,无论吐蕃还是大食,朕要攻便攻,要守便守。这娑婆世界,大唐将再无敌手!"

李世民意气风发,豪情满怀。

正在这时,马周拿着一封文书走进来,神情紧张忧虑:"陛下,陛下!"

李世民怔住了,马周素来以沉稳机辩著称,怎么会如此慌乱?

"什么事?"李世民道。

马周深吸一口气,奉上文书,道:"齐州传来消息。皇五子,齐王李祐,举兵谋反!"

两人都惊呆了。李世民似乎没有听明白:"谁……谁造反啦?"

"皇五子,齐王李祐。"马周低声道。

李世民神情呆滞,突然暴怒,将几案和陈设等物掀翻在地,愤怒地大吼:"朕的儿子要举兵造反?夏桀,商纣,暴秦,隋炀,昏庸残暴至此,也没有儿子造反,朕……朕的儿子居然要造反?要造朕的反?"

"陛下,"王玄策劝慰,"齐王李祐向来性情乖张,喜结奸邪,他天性如此,不关陛下的事。"

"嘿!"李世民仿佛刹那间苍老十余岁,喃喃道,"父子相残,盛世操戈,将来的史书上,会如何写朕?"

他颤抖着站起来,一阵晕眩,当场摔倒在地。

醒来后,李世民亲写诏书,命兵部尚书、英国公李世勣率领府兵讨伐齐王李祐。

> 吾常诫汝勿近小人,正为此也。汝素乖诚德,重惑邪言,自延伊祸,以取覆灭。痛哉,何愚之甚也!遂乃为枭为镜,忘孝忘忠,扰乱齐郊,诛夷无罪。去维城之固,就积薪之危;坏磐石之亲,为寻戈之衅。且夫背礼违义,天地所不容;弃父逃君,人神所共怒。往是吾子,今为国雠。万纪存为忠烈,死不妨义;汝生为贼臣,死为逆鬼。彼则嘉声不殒,尔则恶迹无穷。吾闻郑叔、汉戾,

并为猖獗，岂期生子，乃自为之。吾所以上惭皇天，下愧后土，叹惋之甚，知复何云。

李世民写完诏书，禁不住掩面大哭。

他特意召来王玄策，咬牙切齿地嘱咐道："你且随李世勣前去齐州平叛，这个逆子的叛乱必然一战可定。但是，朕要知道，到底是谁蛊惑他谋反！此事你悄悄地查，不必通过朝廷有司。"

王玄策心中凛然，低声答应："是！陛下，臣听说齐王极为宠信燕弘信，对他言听计从。而这个燕弘信，乃是阴弘智的妻兄。要不要臣把燕弘信严加拷问？"

这个问题，连李世民也沉吟了。

齐王李祐，是李世民和阴妃的儿子。御史中丞阴弘智，是李祐的舅父。

阴妃和阴弘智的父亲乃是前隋西京留守、名将阴世师。当年李渊起兵反隋，围攻西京。阴世师大怒之下，派人捕杀了李渊的第五子李智云，并捣毁了李渊的祖坟家庙。李渊对他恨之入骨，攻破西京后，诛杀阴世师的三族。他的幼子阴弘智和幼女因为年龄还小，被李渊网开一面。之后，李世民纳阴氏女为侧妃，生下齐王李祐。而阴弘智也很受李世民信任，先后任吏部侍郎、御史中丞。

王玄策的意思很明白，一旦拷问燕弘信，很可能牵涉到阴弘智，甚至牵涉到阴妃，恐怕又是一场皇室内部的大动荡。

"查！"李世民犹豫片刻，咬牙切齿地道，"无论是谁，一查到底！没有人挑唆，朕的儿子会反叛朕吗？嘿，三王门外杀，唐室见轮回？朕不相信！"

王玄策不敢再说，领命而去。

李世勣的大军直扑齐州时，王玄策却率领不良人先一步赶到了齐州，见状顿时就有些愕然：这像是反叛的样子吗？城防松弛，兵士们惶遽不安，据说李祐下达的檄文到了周边的几个州，根本就没人听从。

王玄策找到齐州兵曹杜行敏，打听李祐的动向，一问，更是惊诧。这李祐扯起造反的大旗之后，把手下的宠臣乱封一气，什么上柱国、拓西王、拓东王等等。而这时整个齐州都知道李世勣率兵来平叛，李祐呢，他一如往常，和手下终日宴饮，通宵达旦。

嬉闹之间，李祐偶尔也提起朝廷大军。燕弘信的兄弟燕弘亮醉意醺然地大笑："等李世勣兵到，臣等右手执酒，左手执刀，为大王斩尽李世勣大军！"

李祐居然十分高兴。

王玄策顿时胆大起来，和杜行敏商议，干脆直接攻入齐王府，擒拿李祐！

杜行敏也是个胆大包天的家伙，和王玄策一拍即合。双方纠集了忠于朝廷的百十号人，深夜来到齐王府外，凿开围墙，杀入王府。齐王府的人马一触即溃，根本不堪一击。

李祐和燕弘亮等人正在宴饮，两个人也很烦恼，正在商量要不要到城外的豆子冈当盗匪。李祐有些恋恋不舍，迟疑不决。正在这时，王玄策突袭王府，二人还以为李世勣大军破城了，吓得穿上铠甲，拿着弓箭躲到室内，命贴身卫士抵抗。

王玄策将整栋楼团团包围，喝令围攻，但这栋楼造得极为坚固，王玄策又不敢伤害李祐，双方从黎明对峙到午时，李祐拒不投降。

王玄策急了，大喝道："李祐，你过去是皇帝的儿子，如今是国家的叛贼。若是再不投降，我要放火了！"

李祐也急了，隔着窗户喊："你若是不伤害燕弘亮等人的性命，本王愿降！"

"好，我绝不杀他！"王玄策承诺。

李祐也豪爽，立刻抛掉武器投降。兵士们将他们一个个五花大绑，李祐还恼怒不已地呵斥："做做样子就行了，绳索绑轻些，所谓负荆请罪，不就是个形式嘛。对了，给本王找几根荆条插上去！算了，这儿离长安还远，扎得疼，等本王到了长安再插。"

王玄策和杜行敏二人面面相觑。

"杜兵曹，你且看好了李祐。我要单独提审一人。"王玄策交代完，命人将燕弘亮带入旁边的一个房间，"是何人挑唆齐王谋反？"

燕弘亮垂头丧气："其实也没挑唆，陛下委派的齐王长史权万纪和我等素有矛盾。他对齐王管教严苛，认为我们都是小人，屡次要赶走我们。后来，我和齐王密谋，要杀掉权万纪，没想到这厮竟然提前察觉，将我的两名心腹拿获下狱，并上报给朝廷。上个月，陛下要派刑部尚书刘德威来齐州彻查此事，一旦查实了，我脑袋就得搬家啊！我和齐王对权万纪恨之入骨，趁他外出时将他射杀。可杀完了，我俩才想起来，不顶事啊，刘德威还是要来查的……所以，左思右想，干脆就反了吧！"

王玄策目瞪口呆："就是这样？"

"就是这样。"燕弘亮笃定地道。

"呆子！"王玄策恨恨地骂道。他这时已经确定，李祐谋反跟阴妃和阴弘智毫无关系了，因为这家伙是个十足的呆人。

"我不是呆子！"燕弘亮倒急了，"纥干承基说，这些臣僚对皇子们欺压太甚，让我们奋起反抗，太子到时必定为我们张目！"

王玄策大惊失色："你说谁？"

"纥干承基！"燕弘亮道，"太子左卫率府的校尉，太子的贴身侍从。刘德威要来查我们的事，就是太子让他来通风报信告诉我们的。"

王玄策额头冷汗顿时就渗了出来，神色阴晴不定。他默默走了出去，朝左右使了个眼色，兵士们一起冲入房中，举刀砍杀。

"王玄策，你言而无信！"燕弘亮大喊。王玄策头也不回，径直走了出去，兵士们刹那间将燕弘亮砍成了肉酱。

齐王叛乱，就这么阴差阳错地平定了。李世勣大军抵达之后，这个百战军神也苦笑不已。朝廷花了那么大的力气，调动九个州的府兵，数万大军，结果被一百多人平定了叛乱。

李世勣和王玄策商量了一下，先献上捷报，然后押送李祐等人返回长安。

第十二章
贞观年间的玄武门兵变

李世民收到捷报，并没有半分喜色。根据李世勣和王玄策等人的奏报，他已经证实这个儿子要起兵造反，李世民愤怒之余又倍感羞辱。自己励精图治，创下堂堂贞观盛世，辉煌大唐，结果被这个儿子劈面给了一耳光。

然而在如何处置李祐的问题上，朝廷产生了极大的争议。房玄龄等人认为可贬为庶民，放逐岭南。长孙无忌一方则要求严厉惩戒。

房玄龄奏曰："陛下，齐王乃陛下亲生。虽然怙恶不悛，却也有父子之义。齐王死固不足惜，可陛下若是处死李祐，只怕于名声有碍。"

长孙无忌反驳："做父亲的要讲父子之义，他做儿子的讲了吗？谋逆大罪，十恶不赦。李祐身为齐王，不忠不孝不仁不义，若不严厉惩治，置朝廷法度、君臣大义于何处？难道让天下人知道，只要是皇帝的亲儿子谋反，就可以不死吗？"

房玄龄还要再说，李世民悲伤地摆了摆手，脚步蹒跚地离开了甘露殿。那背影苍老憔悴，年仅四十三岁，看起来却仿佛半百老人。

李世民离开甘露殿，来到内侍省。齐王李祐就囚禁在此处。

李世民走进宫室，内侍监伺候他落座，然后将李祐提了上来跪在他脚下。李世民平静地望着这个儿子："为何要谋反？"

李祐垂头丧气："做您的皇子太累。"

"太累?"李世民勃然大怒,一脚将李祐踹翻,大吼道,"朕从隋末的尸山血海中厮杀出来,给你们挣下了大唐天下,让你们成为天潢贵胄,赐给你一州之地。做朕的儿子,你居然太累!你怎的不去做那猪狗!"

李祐脸上流着血,却笑道:"父皇,您英明天纵,神武之姿,儿子自然是极为佩服的。可是您却为何要我们每一个儿子,都成为您那样的人?亲近儒士,学富五车,谦恭好学,善于纳谏。从小您就给我派了十几位师父来教导,要把我培养成大哥和四哥那样的人,可我偏不想学他们!"

"学他们有什么不好的?"李世民气得吁吁直喘。

"学他们有什么好的?"李祐撇嘴,"说到底,大哥和四哥那样子,不都是装给您看的吗?大哥十三岁的时候就能写治国策略,他会写个屁,不都是一帮大臣帮着哄您开心。四哥呢?说是十八岁的时候就开始主编《括地志》,我呸,还不是找一帮文人来给他攒文稿吗?为什么?因为您喜欢啊!您希望您的儿子们都是道德完人。可我偏不想那样做,我就喜欢骑马射猎,聚众赌博,跟朋友们在一起喝酒聊天。"

"那是因为你自甘堕落!"李世民愤怒。

"那是因为他们有野心!"李祐毫不留情地道,"父皇,他们想讨您的欢心,坐上皇帝宝座,儿子我不想,我只想自由自在地过完此生。我不想戴什么假面,什么道德文章,什么仁王之名,这些,儿子统统不稀罕!"

李世民气得够呛:"朕怎么就生出你这么个儿子?"

李祐翻着眼睛:"您打算生出什么样的儿子?像大哥和四哥那样?算了吧父皇,您在装,他们在装,大家都在装,只是我不想装而已。"

"朕怎么装了?"李世民问。

李祐笑了,说:"父皇,您这么急于求成,想把儿子们打造成道德完人,还不是因为您道德有损吗?玄武门兵变,您杀了大伯和四叔,逼迫爷爷退位,还把我那十位堂兄弟斩尽杀绝,有了这些罪,您扮演贤明仁君谁还信呐!"

"大胆!"李世民气得几乎发疯,冲上去对着李祐又是打又是踹,李祐被打得满身是血地躺在地上。

李祐咯咯直笑:"父皇,事情就是这样了。您道德有瑕,所以努力想把我们打造成道德完人,儿子觉得没意思,不想装,想干什么就干什么。这回好了,花天酒地的日子一去不复返了,齐王也做不成了。您还是把我废为庶人吧,儿子就在民间自由自在过一辈子算了。"

"你想自由自在过一辈子?"李世民狞笑。

李祐感慨:"是啊!可惜从小没学会赚钱,到时候变卖些家当,或许吃喝不愁。"

李世民气极反笑,疯狂地大笑着朝殿外走去:"朕居然生了个呆子!来人,拟诏!赐死李祐,降其母阴妃为嫔!"

李祐愣了,随即哭喊着爬过来:"父皇,您要杀我吗?我是您儿子啊!"

"你曾经是我儿子,如今是国家的罪人!"李世民冷冷地道。

"那您也不能杀我啊!这是父子相残啊!"李祐喊道。

李世民头也不回,走出内侍省。

李祐绝望,惨笑着大吼:"父皇,您开了大唐兄弟相杀之先河,我开了大唐父子相杀之先河。我大唐皇室,难道要犯尽天下间的罪孽吗?"

李世民脚步顿了一顿,最终头也不回地走了。

王玄策和杜行敏伏在通善坊的一户民居内,盯着对面一条暗巷。

"来了!"杜行敏低声道。王玄策一招手,身后的不良人高手纷纷散开。

杜行敏是齐州兵曹,抓捕李祐之后得到王玄策欣赏,认为此人胆大包天,和自己投契,于是将他调进了不良人,做自己副手。他得知李祐谋反的背后有太子的影子,但并无凭证,也不敢告诉李世民,于是撒出大批人手,寻找纥干承基的下落。

这位纥干承基是太子党的关键人物,专门替太子做些阴私之事,去年刺杀于志宁就是他亲自出手。王玄策本以为他逃之夭夭了,没想到竟然还在替太子卖命。

对面的巷子里那道小门后是一户暗娼,长安的青楼大都聚集在平康坊,不过纥干承基不敢抛头露面,只好寻这种长安城南部贫民聚居地的暗娼。王玄策手下的不良人遍布长安,盯了他一个多月,终于把他堵着了。

这时角门一开,一个头戴胡人浑脱帽的男子走了出来,腰中挎着刀。这种浑脱帽上面是尖顶,下面有帽檐,还有上翻的帽耳,正好把他面目给遮住。

"是不是他?"王玄策询问盯梢的不良人。

那不良人点头确认："就是他！"

"抓！"王玄策一声令下，不良人纷纷从高墙上跃下，向纥干承基杀了过去。

纥干承基知道不好，抽出长刀和不良人厮杀在一处。王玄策亲眼见过此人的武功，知道极为了得，只有那个陌刀客在手持陌刀的情况下才把他杀得大败亏输。因此这次调集过来的都是高手，四五个人围绕着纥干承基走马灯般厮杀，刀剑交击之声密如爆豆。

纥干承基抵挡不住，连连中刀，急忙挥刀荡开两人，夺路而逃。刚钻进巷子，忽然一张绳网从天而降，四名不良人各自擎着绳网的一角从墙上跃下，当头将他罩了进去。纥干承基愤怒地大吼，但越挣扎越紧，被网成了粽子一般。

王玄策松了口气，和杜行敏从墙上跳下来，掀开浑脱帽，正是纥干承基。王玄策笑了笑："带走！"

纥干承基看见王玄策，当即面目灰败，一言不发。不良人将他扛起，奔出巷子，塞进停在巷外的马车里扬长而去。整个抓捕兔起鹘落，不过半盏茶的时间，整个巷子里已经恢复原貌。

此人过于敏感，王玄策不敢将他带回衙门，找到城南一处秘密的院落，将他关押起来审讯。

"纥干兄，你我同在太子率府，也算是同僚一场。"王玄策叹息着，"我不良人的手段你是知道的，我不希望用在你的身上，不如咱们就开诚布公吧！"

纥干承基沉默很久："王长史，你可知道我只要开口，会在朝廷掀起多大的波澜？"

王玄策点点头："当然知道。"

"嘿，我倒忘了，以你王长史的胆大包天，这场风波未必不是你晋升的机会。"纥干承基苦笑，"想让我交代，却有一个条件。"

"你说。"王玄策道。

"在皇帝面前，算我自首告发。"纥干承基道，"如此我还能逃得一命，要不然我必死无疑，为何要将这种天大功劳送给你？"

"可以。"王玄策立刻点头，他见纥干承基有些不信，当即解释道，"你也不必怀疑，这是功劳，也是泥淖，这场功劳太大，风险也太大，我一个人吞不掉，也不敢吞。"

纥干承基苦笑："你说得没错，我也是死中求活，放手一搏吧！好了，你问，我说。"

"是谁指使你去齐州蛊惑李祐谋反的？"王玄策问。

"太子。"纥干承基道，"蛊惑李祐，前后已经进行了一年多，日常都是我来回奔波。"

王玄策命书记将两人对答的话记录，然后问："太子为何要蛊惑李祐谋反？"

纥干承基露出嘲讽之色："因为太子自己要谋反！"

此言一出，王玄策就是一哆嗦，虽然早有心理准备，但还是被震得头脑发蒙。旁边做记录的书记也是骇得面无人色，连执笔的手都颤抖了。所幸这屋子里没有他人，要不然这句话一旦传出，就是掀动大唐朝廷的无边飓风。

"从贞观十五年开始，太子就筹备谋反，然而陛下英明神武，想效仿陛下来一场玄武门兵变，极为艰难。"纥干承基道，"所以谋士韦灵符出谋划策，鼓动齐王李祐谋反，届时朝廷必然将全部的注意力都放在齐州上。且皇帝派遣大军平叛时，必定要调派长安的将军和府兵，如此一来，长安军方的职位出现空缺，太子趁机用自己人补上，悄无声息地就能控制皇城。只可惜，齐王李祐是扶不上墙的烂泥，我们原本预计他能抵抗三个月，没想到平叛大军还没到齐州，他自己就被擒获了。"

王玄策嗓子干涩，勉强控制着身体的颤抖："那如今太子的计划呢？"

纥干承基道："李祐被抓后，太子下令切断和齐州的一切联系，静观事态变化。"

"太子一党，都有何人参与？"王玄策问。

"核心之人是汉王李元昌、驸马都尉杜荷、吏部尚书侯君集、左屯卫中郎将李安俨。"纥干承基道。

王玄策只觉脑子"嗡"的一声，他原本以为太子只是凭借卫率府的力量，没想到竟然有如此多的朝廷大员参与。杜荷是已故名相杜如晦的儿子，汉王李元昌是李世民的异母兄弟，这两人倒罢了，侯君集是朝廷名将，统兵战绩仅次于李靖和李世勣，李安俨更要命，他掌握着皇宫的宿卫。可以说，太子实行兵变的条件已经完全具备。

"他们打算如何发动兵变？"王玄策问。

纥干承基道："按照之前的计划，首先太子假装突发疾病，皇帝一定会到东宫探视，汉王和杜荷因为是皇亲，会随侍在侧，届时于太子卧室中突然控制皇帝，或杀死，或致其昏迷。随后太子和汉王假借皇帝被李祐派来的刺客刺伤，要送入宫中诊治，诈开宫城的门，再以李安俨的力量控制住宫城。之后矫诏让侯君集调动南衙十六卫控制长安。大事可定。"

王玄策听得汗流浃背，太子的政变环环相扣，每个环节都有得力的人来执行，毫无防备之下，恐怕真有可能成功。而且有唐一代，太子是有兵权的，太子统领东宫十率府，下辖三十个折冲府，拥有三万左右的兵力。其中左右监门率府、左右内率府为太子直属的亲兵，有三千人，都驻扎在皇城。理论上要搞一场政变，这些兵力绝对够用，何况还有李安俨这个内应，侯君集这个外援。

"只不过李祐灭得太快，"纥干承基补充道，"如今是没办法假借李祐的名义了，可能中间会有调整。"

"可有具体日期？"王玄策问。

"随时都可能发动。"纥干承基想了想，忽然脸色大变，"糟糕！我今日未时一刻要去和韦灵符见面，领取任务！此人精于谋算，见我未到，恐怕会起疑心！"

王玄策急忙问："现在什么时辰了？"

"申时一刻。"书记答道。

"糟糕！"王玄策急了，恼怒地喝道，"你怎的不早说？"

"被你一抓，脑子这会儿还是乱的。谁会想起这事儿？"纥干承基也冤枉。

王玄策心中焦急，抓起写好的供状，让纥干承基按了手印，命人看好他，急匆匆跑了出去，带着杜行敏等不良人前往皇城。

赶到朱雀大街之上，已经听见连绵不停的闭门鼓之声，长安实行宵禁，日落之后，城门郎开始在承天门击第一波鼓，宫殿门闭，第二波鼓声停止，宫城门闭，第三波鼓声停止，皇城及京城、坊市门闭。晨鼓响三百声，暮鼓响八百声。

　　暮鼓响过之后，城内各条主街之上人烟断绝，金吾卫和武候开始巡逻，一旦查到街上有行人触犯夜禁，捆起来先鞭挞二十。这种街鼓做信号还是马周的主意，一开始朝廷是派人沿街喊话，后来马周觉得这法子不行，于是奏请李世民沿街置鼓，只要到点，从宫城到皇城再到外城，在通往十二个城门的大街上一通敲击，极为便利。

　　王玄策带着人马在大街上策马疾驰。鼓声隆隆，王玄策心急如焚，他急着要把太子谋反的消息告诉皇帝，一旦进不去宫城，那可就麻烦了。申时三刻，皇城关闭，他紧赶慢赶进了皇城，但宫城却已经关了。

　　杜行敏建议第二日再禀报皇帝，王玄策却不敢耽误，李世民住在宫城，太子的东宫在宫城的东侧，就隔着一道墙，中间有通训门可以出入。万一太子连夜发动政变，外面的人压根就无所察觉。

　　但此时城门已经关闭，没有皇帝的命令，任何人不得开城门。王玄策带着人来到中书外省，不用值夜班的中书舍人夜晚大都在此居住。王玄策一进来，恰好看见马周走了出来。

　　王玄策急忙问："马舍人，我有急事要求见陛下，不知道您可有办法传达？"

　　"宫城关闭，谁都没办法了。"马周道。

　　"你们中书省夜晚传递奏章，不是可以通过吊篮吗？"王玄策道，"我可以写封奏章您帮我递进去。"

　　"倒是可以，可陛下这会儿不在宫中。"马周道。

　　"哦？陛下去哪儿了？"王玄策问。

　　"我交卸差事的时候，东宫派人说，太子殿下突患重病，陛下着急去探望了。"马周道。

　　王玄策一时愕然。

　　李世民得到太子病重的消息时，没有丝毫怀疑。这些年太子的身体的确不好，屡屡生病，再加上和魏王李泰争锋，心理压力极大，突然患病也在常理之中。去年刺杀于志宁事件发生，李世民惩治太子之后，自己也加以反思，发现的确是自己对太子要求过于严苛了，而且自己对魏王李泰的过分宠爱，也的确会给太子很大的压力。正如魏徵所言："寻常人家，父母偏心幼子，还会让长子觉得嫉妒，何况是帝王之家？"

李世民对太子承乾还是极有感情的，这毕竟是他和长孙皇后的第一个孩子。长孙皇后已死，李世民单单是感念亡妻的情感，也下决心要保护好承乾。一听承乾病重，他立刻下令摆驾东宫。

这时闭门鼓已经敲响，但在皇命之下，玄武门随即又洞开，李世民带着侍从出了门，向东走到东宫的北门元德门。东宫的属官都来门口迎接圣驾。汉王李元昌和驸马都尉杜荷也在迎接的人群中。

李元昌排行老七，李世民道："七弟今夜不曾回府吗？"

李元昌强忍着极度的焦虑，笑着回应："皇兄啊，今夜原本正在与太子对弈，结果太子突然患病，东宫一片忙乱，臣弟就留下来守候太子。"

"七弟有心啊！"李世民感慨地拍拍李元昌的手，"太子如何了？"

"还在昏迷着。"李元昌黯然道，"御医正在诊治。"

李世民心急如焚，在众人的簇拥下赶往太子的寝宫长生殿。

长生殿里静悄悄的，李世民有些奇怪，李元昌急忙解释："怕惊扰太子，臣弟把不相干的人等都撵走了。"

李世民刚走到殿外，忽然就听见南面的皇城处传来无数人的呐喊之声，似乎还有铁骑奔驰，甲叶碰撞。李世民久经战场，对这种声音极为敏感，这分明就是大军调动之声！他大吃一惊："什么声音？"

就在此时，一名东宫的属官面无人色地跑来："大事不好了！王玄策鼓动太子卫率府的人造反啦，正在攻打皇宫！"

李世民和李元昌同时惊呆了。李世民惊的是，王玄策怎么会造反？李元昌惊的是，自己还没发信号，太子卫率府怎么会出兵？而且……王玄策是干吗的？这事儿跟他有关系吗？

左右内率府的府率们也有这种疑问。

王玄策知道皇帝进了东宫，立刻判断出太子今夜谋反在即，皇帝性命只怕在旦夕之间。他当即将事情告诉马周，马周一听也吓呆了，第一反应就是去南衙十六卫搬兵，王玄策问他："十六卫的人马你能调动吗？"

"我就说太子要谋反！"马周道。

"证据呢？"王玄策问，"没有皇帝和尚书省的调动命令，十六卫敢凭你一面之词就出兵吗？"

"那……那我去叫开城门。"马周道。

"好啊！你能让承天门的守卫打开门，你是第一大功！"王玄策道。

马周想了想，顿时垂头丧气，要让皇宫打开城门，需要的手续比去十六卫调兵还要复杂："那你说怎么办？"

王玄策一咬牙："让太子提前发动！"

他当即带着马周和不良人策马赶往太子左右内率府。太子左右内率府在皇城的东北角，正对着东宫的南门。王玄策策马狂奔，轰隆隆地冲进了右内率府的衙门。此时右内率府内灯火通明，府率、副率、长史以及属下的千牛备身等将佐正焦虑地等待着。大家沉默地坐在衙门里，三千军队已经弓上弦刀出鞘，眼巴巴地等着东宫里的信号，枕戈以待。

正这时，王玄策策马狂奔进来，大吼道："事情有变，太子下令，马上攻打承天门！"

众人吓得一哆嗦，府率一看是王玄策，不禁愕然："王长史？你们右卫率府也加入进来了吗？"

"右卫率不曾加入，但王某一直都是太子的私党！"

王玄策在庭院里兜马要走，府率急忙奔出来，道："王长史，到底怎么回事？"

"计划有变，太子无法发出信号，立刻攻打承天门！"王玄策一兜马，"马上出兵！我去通知其他人！"

王玄策也不多说，立刻纵马朝右监门率府疾驰过去，到了衙门里一冲而入。值守的士兵立刻围拢过来，府率也急匆匆跑出来："王长史，这是何故？"

王玄策大吼道："事情有变，太子下令，马上攻打承天门！"

"啊？"右监门的府率顿时愣了，"什么意思？太子干吗要下令攻打承天门？"

王玄策松了口气，知道右监门率府没有加入叛党，也不说话，兜马疾驰而去。留下右监门的府率迷茫地站在风中。

他就这样纵马疾驰，在太子十卫率府中挨个通知，竟然有三家加入了太子的叛党。这三家虽然不知道具体发生了什么事，却都知道干这种谋反的勾当那就是把脑袋掖裤腰带，任何变数都有可能发生。虽然比原定计划提前了半个时辰，但提前就提前吧，反正要谋反，那就干吧！

三率府当即集合兵力，接近五千的大军云集承天门，人喊马嘶，铁甲铮鸣。

守卫承天门的北衙禁卫也不知道卫率府发哪门子疯，竟然攻打自己，当即有中郎将大吼："你们要造反吗？"

府率大喊："魏王谋反，刺杀了陛下！奉太子谕，调卫率府入宫平叛，快快开城！"

那中郎将吓得魂飞魄散，但此时事态未明，不敢开城门："可有太子谕令？"

府率拿出事先准备好的太子谕令，高擎在手中："且看！"

那中郎将却不敢出来看，硬着头皮道："抱歉了，事态不明，若有叛乱，我北衙六军自当保护陛下的安全。"

府率大怒，却不敢耽误时间，下令攻城。中郎将知道出了大事，他也搞不清到底是太子谋反还是魏王谋反，皇帝生死如何，但职责所在，下令奋起抵抗。顷刻之间城上城下喊杀成一片，箭镞破空，刀枪耀眼。

三率府早有准备，当即架上云梯命人攀缘而上，底下的人则推动攻城锤，顶着箭雨冲向承天门，轰隆隆地撞击。一时间血肉横飞，死尸枕藉，内外皇城全部乱成一团，无论是谋反的一方，还是抵抗的一方，谁都搞不清状况，但大家都知道一件事：王玄策鼓动卫率府的人，谋反了！

东宫长生殿。

汉王李元昌首先反应过来，大吼一声："拿下皇帝！"

长生殿内外的隐蔽处呼啦啦地涌出来上千名甲兵，将李世民等人团团包围。而宿卫李世民的百骑禁卫乃是精锐中的精锐。是李世民从官户和胡籍少年中挑选出的骁勇善战之人，骑着豹纹鞍的骏马，穿着兽纹衫，组建成贴身骑射部队，规模只有百人，故此称为百骑。

百骑之骁勇在大唐军中可谓首屈一指，一看皇帝危险，立刻做出最佳反应，一起下马，把战马推到外围形成工事，将李世民层层叠叠地保护起来。

李世民这才明白怎么回事：太子反了！

他心中一片迷茫，但多年的戎马生涯还是让他冷静了下来，凝望着李元昌，冷冷地道："叫承乾出来见朕！"

这时，太子承乾从长生殿内走了出来，站在门口的台阶上。父子俩隔着重重军阵互相凝望。

"承乾，"李世民第一感觉竟然不是愤怒，而是悲伤，"你也造朕的反了吗？"

"父皇，儿臣不孝。"李承乾道。

"为何？"李世民愤怒地大吼。

"因为儿子太累了。"李承乾伤感地道。

李世民愕然，他忽然想起，仅仅一个月前，自己也是这样问李祐，李祐也是同样的回答。

李世民不禁迷茫了："为何会太累？"

"做您的儿子累，做太子累。"李承乾道，"做您的儿子，我说话、做事、用膳、寝居、读书、听政，所有的事都必须符合您制定的标准，只要有一丝一毫的行差踏错，就会有七八个老师严厉斥责。我哪怕吃饭掉下一粒米，也会有詹事对我叱骂，认为我不体恤百姓，浪费民脂民膏。我读书累了想休息片刻，就有老师写出来七八千字的劝谏书，把我批得体无完肤。然后您还会对他们的行为大加赞扬。至于做您的太子，更累，更难。我是您的太子啊，我是您这个帝国未来的继承人啊！可是您对四弟的宠爱，让文武百官、宫内宫外都觉得我这个太子就是个笑话！他们都觉得，我受宠不及四弟，才华不及四弟，人望不及四弟，老师们的劝谏叱骂更让人觉得我一无是处，就因为是长子，才觍着脸坐上了太子之位。父皇，这些年我跟四弟明争暗斗，没一次赢的。我越来越失宠，眼看就要被废掉了。父皇，前隋废太子杨勇在前，一个废太子将来是什么下场，人人都知道。我为何不殊死一搏？"

李世民悲哀得难以自抑："朕从来没想过要废你！你是朕的第一个孩子，你母后临终前，再三叮嘱过朕要好好保护你。朕怎么舍得废掉你？"

李承乾哈哈惨笑："可是父皇，所有人都认为我要被废掉了，这又是为何？这难道不是臣僚揣摩您的意思吗？这难道不是您平素宠爱四弟所造成的恶果吗？当满朝的人心跟随您的喜好，都转向四弟的时候，我这个太子还如何自保？"

李世民如同遭受了重重一击，脸色苍白如纸。

"太子，不能拖延时间！"李元昌喝道，"拿下皇帝，封万户侯！"

这些甲士都是李元昌和杜荷的私兵，一声号令持着长矛围杀过来，百骑殊死抵抗。双方略一碰撞便是血花四溅，庭院狭窄，一千多人拥挤在其中，几乎水泄不通。在这种情势下，所有的手段尽皆无用，双方几乎贴肉相搏，闭着眼睛长矛戳去，便能戳中人体，挥刀胡乱砍去，就能砍到人身上。百骑将自己变成一面巨大的人肉盾牌，层层叠叠地倒下，但更多的人护持着李世民且战且走，退向元德门。所幸此时元德门还掌握在百骑手中，双方就在狭窄的门道内血腥地厮杀。

而李承乾和李世民就在这刀光剑影之中如影相随，一个走，一个退，隔着千百人，两人互相凝视着对方，彼此的心中都有一股大悲凉。

汉王李元昌却没有太子这种情绪，见迟迟拿不下李世民，心中越发焦虑。他这时几乎忍不住破口大骂，城外的卫率府为何会提前发动？按照原本的计划，只要皇帝进了长生殿，势必不可能带那么多的百骑，届时殿内的伏兵很容易就能将李世民拿下，挥刀一杀，嫁祸给魏王李泰，大事定矣！可就在这个节骨眼上，卫率府好死不死地发动兵变了！

比李元昌更郁闷的人是李安俨。

他身为左屯卫中郎将，深得李世民信任，负责皇宫宿卫。承天门外战争一爆发，他以为卫率府的人得到了太子信号，这表示太子已经拿下皇帝。李安俨极为兴奋，当即带领自己的亲兵冲到太极殿外的宿卫营地，一起大喊："魏王谋反，陛下遇害，快随太子平叛！"

北衙禁卫全都惊醒了，纷纷询问到底发生了什么事。李安俨早已经安排人传递谣言，说魏王派刺客暗杀了皇帝，太子率领卫率府的人正平定叛乱，要大家跟随李将军，控制宫城，严防魏王党！

信息不明的情况下，北衙禁卫像没头苍蝇一样，不少人竟然跟着李安俨开始控制各处城门。李安俨大喜，各城门最重要的就是玄武门，因为这里是太子进入宫城的必经之地。李安俨当即带着北衙禁卫企图控制玄武门，和玄武门守将爆发激烈的交锋。

眼看玄武门守将不支,李安俨当即命人打开玄武门,迎接太子入宫。他自己当先冲出玄武门,朝着东宫方向眺望,果然看见一群人豕突狼奔,朝着玄武门跑来。李安俨兴奋得心脏几乎要跳出来,谁说太子腿瘸?这不跑得飞快嘛!

但是……不对,怎么后面还有人追杀?

李安俨也纳闷了,当即催促众人迎上去,吼道:"快快快,陛下已经驾崩,迎接太子入城,就是从龙之功——"

话还没喊完,他当即就惊呆了——跑在最前面的,赫然是皇帝李世民!

这时准备追随太子平叛的北衙禁军也吃惊,皇帝还好好的啊!众人诧异地望着李安俨,李世民顿时明白了,冷冷道:"拿下他!"

北衙禁卫毫不犹豫,挥刀斩杀了负隅顽抗的李安俨部属,将李安俨擒拿。这时太子和李元昌率人追了过来,李世民不逃了,在北衙禁卫的拱卫中,下令擒拿太子一党。

太子一党如今只剩七八百人,如何是北衙禁卫的对手,不到一盏茶时分,就被斩杀殆尽。太子眼见事败,惨笑一声,横刀要自刎,却被驸马都尉杜荷拦腰抱住,将刀夺了下来,反持着双手推了出来。

"陛下!"杜荷哭得涕泪横流,"臣是受了他们的胁迫,不得不为啊!"

李世民厌恶地看了他一眼,北衙禁卫将太子、杜荷、李元昌等人五花大绑。

此时,承天门争夺战愈加惨烈。三率府的士兵悍不畏死,蚂蚁般顺着云梯往上爬。而在攻城锤的连续重击下,承天门的城门也不堪重击,轰隆隆倒塌。在三位府率的率领下,数千大军呐喊一声冲进承天门。

王玄策和马周在远处默默地看着,顿时面如死灰。

"太子……终究还是成功了。"马周苦涩地道。

"尽人事,听天命吧!"王玄策也苦笑不已,"只希望大唐不会迎来一场乱世。"

"王长史,你如何打算?"马周问,"我还好,好歹能回家当个平民百姓,你这次可被太子党的人恨透了。"

"我啊?"王玄策勉强笑了一笑,"当然是跑了!难不成还待在这儿让太子砍了脑袋不成？"

"跑？"马周却不看好，"天下之大，莫非王土，你还能跑到哪儿？"

"大不了老子跑到天竺，继续跟着师父当和尚去！"王玄策咬牙切齿，他兜转马头，"好了，马舍人，我先走一步。长安城门开放之前，我得找地方藏起来。天一亮，太子党只怕会全城搜捕。"

王玄策正策马要走，承天门内突然间就静了下来，仿佛成千上万人突然被掐住了脖子，方才还厮杀连天的战场，一瞬间就变得针落可闻。王玄策诧异地转回头，只见原本已经冲入承天门的叛军，又慢慢地退了出来，他看不到这些人的脸，却见他们身体僵硬，一步步倒退，很快退出承天门，退到了门外的广场上。

承天门内，一条人影慢慢地走了出来。头戴黑幞头、身穿赤黄色的衮龙袍，神态沉凝自若地走出承天门。正是李世民！

"万岁，万岁——"承天门上的守军狂喜地欢呼起来。

而承天门外的叛军则一个个脸色灰白，身体颤抖，纵有千军万马，纵有刀剑在手，但望着面前赤手空拳的一个人，竟然没有一个能生出反抗的勇气！

叮当——也不知谁的兵器首先落地。顿时数千叛军全抛掉了武器，跪伏一地。主导反叛的三名府率呆若木鸡地站在人群里，凝望着李世民走近，体似筛糠，三人对视一眼，一咬牙，同时横刀自刎。尸体栽倒在人群中。

一场叛乱，李世民连一句话也没说，刹那平息。

第十三章
妖人，妖术，妖言

这一夜，大索长安。

太子党羽尽皆被抓，但平素和太子交好的朝臣实在太多，李世民特意下旨，只抓参与谋反者，其中最关键的人物就是侯君集。一夜下来，上千人被捕，侯君集也束手就擒。只是搜捕东宫的时候，却没有找到那术士韦灵符，让李世民深恨不已。

整个善后事宜数日之后才得以完成。李世民拿着太子党羽的名单，痛心得无以复加。李元昌是自己的亲弟弟，杜荷是自己的女婿，开化公赵节是自己姐姐的儿子，李安俨是自己贴身宿卫将军，侯君集是自己最宠信的大唐名将，凌烟阁二十四功臣之一。太子这场谋反就像拿刀子在挖李世民的肉，彻心彻肺地痛。因为他首先要面对的，就是如何处置这些人！

这几日在朝廷上对于如何处置太子也意见纷纭，有人主张效法齐王李祐的处理结果，赐死之。有人则不赞同，认为损伤骨肉亲情，违背人伦。赐死派则反唇相讥：太子以臣叛君，以子叛父，若不严惩，人伦纲常何在？国家律法何在？

这时通事舍人来济打破僵局，道："陛下不失为慈父，太子得以尽晚年。则善矣。"

李世民被触动内心悲凉之处，喉头哽咽："诸位公卿，朕想恳求一事。"

见皇帝说得如此郑重，房玄龄和长孙无忌急忙道："陛下请讲。"

"玄武门和承天门之战便抹去如何？"李世民道。

众人有些发愣，没听懂李世民的意思，连一向跋扈的长孙无忌也不敢随意猜测，大殿里一时沉默。李世民见状，不得不把意思表达清楚："太子的谋反，便让它消失在史书中吧！玄武门之战、承天门之战都没有发生过，太子正在密谋阶段便被纥干承基告发，其党羽悉数被抓。"

众人面面相觑，没想到皇帝居然会提出这样的要求。这是明目张胆地要求所有人跟他作弊，篡改史书啊！众人一齐望着房玄龄、令狐德棻、许敬宗等人，贞观年间大修历代史书，便是以这些人为主。

"诸位公卿，"李世民没有看房玄龄，而是扫视着众人哀求，"朕只是想减轻太子的劣行，给他一个活着的理由。数月前，朕赐死了祐儿，难道如今又要赐死太子吗？朕如今已年近半百，寻常之家白发人送黑发人已经是人间至悲，何况是朕亲手诛杀朕的儿子？你们哪怕不能体会一个皇帝的称孤道寡之意，难道不能体会一个为人父母的悲伤吗？"

李世民说得两眼潸然，但众人仍旧沉默着。其实大家很明白李世民的意思，他一方面固然是为了给太子减轻罪责，能留太子一命，成全父子之义；另一方面只怕也是考虑到千秋万世之名。毕竟，李世民一辈子打造仁君形象，可接连两个儿子起兵造反，后世历史，谁还相信他的仁善？

可……可篡改史书，那是要骂名千古的啊！尤其是房玄龄、令狐德棻等史学大家，这简直是比剐了他们还难受。李世民也很清楚众人的抵触，所以才在大殿上拖着众人一起下水，要篡改是大家一起做的决定，谁都别当圣人。

众人不说话，李世民也不说话，跟他们以沉默对峙，看样子众人不答应，李世民是绝不肯放弃的。最终长孙无忌忍不住了："陛下，父子之义乃是天地人伦，陛下想成全父子之义，我等自然不能说什么。对吧，房相公？"

房玄龄苦涩地叹气。

长孙无忌又盯着令狐德棻和许敬宗，两人也默默叹息。

"好了，"长孙无忌道，"既然大家都同意，此事就这么定了。"

李世民感激地点点头，没有再说什么，沉默地退朝。

内侍省中，李承乾孤独地坐在黑暗的宫殿内，宫殿大门紧闭，四周传来北衙禁卫的脚步声和甲叶碰撞声。宫殿内空空荡荡，李承乾沉默地跪在地上，迷茫地望着窗外的明月，似乎一瞬间，这月光流过了自己的一生。可是等月光流尽之后，这片大地上又何尝会有一丝痕迹？

承乾忽然孤独地笑了起来。正在这时，门外响起脚步声，两名禁卫打开门，杨妃提着食盒走了进来。杨妃是曹王李明的生母，封为贵妃，颇为受宠，但自己一向与她不熟，此时却为何来此？

承乾心头正在诧异，杨妃将食盒放在他面前："太子，想必是饿了吧？先用些膳吧！"

"您为何来此？"承乾问。

杨妃叹了口气："文德皇后是我的恩人，你也是我看着长大的，你们父子间的事我虽然无法干预，却不忍心看着你受苦。这都是我命尚膳监做的你爱吃的东西，快吃些吧。"

承乾眼圈慢慢红了："我从来不知您还如此关切我。"

"人心自有向背，青雀（魏王李泰小名）虽然也是文德皇后所生，可这些年他对你用的手段大家都看在眼里，"杨妃也流泪，"好好一个太子，生生被逼成这样，知道真相的人谁不心疼？"

"父皇宠爱四弟，我也无话可说。"承乾黯然，"这些天我自己反思，也是我性子乖张了一些。"

"你自从得了足疾，性子是有些偏激，可若不是青雀用那些卑鄙的手段使人诱惑你，我还真不信了，当日温文纯孝的太子，竟然会杀师、刺弟、弑父谋反！"杨妃性情淑婉，即便生气，也是端庄无比。

"四弟使人诱惑我？"承乾愣了，"何人诱惑我？"

"你还不知吗？"杨妃愣了，"自从你事败，宫里都传遍了，说那韦灵符是青雀派到你身边的内奸！"

"啊？"承乾彻底惊呆了，"这——这从何说起？"

杨妃跺脚："太子啊，你真是、真是到了这般时候还蒙在鼓里，怎么能不败呢？我且问你，去年你刺杀于志宁，是不是那韦灵符蛊惑你的？"

承乾想了想，点头："这还真是。"

"那么从去年，你开始劝诱齐王造反，是不是也是这韦灵符在鼓动？"

杨妃问。

承乾重重点头:"对,是他!"

"再说今日,你策划谋反,是不是也是这韦灵符劝说?"杨妃问。

承乾这回毫不犹豫地点头:"对,他不但帮我制定策略,而且说服了侯君集投靠我……他果真是四弟的人?"

杨妃看着这样糊涂的太子,当真有些无话可说。承乾的脸色慢慢变得苍白。

"何至于此啊!何至于此啊!"承乾失声哭道,"我和他一母同胞,从小感情深笃,他为何会如此处心积虑,活生生要把我推向这万劫不复的境地?"

"皇权之下,哪一朝有过兄弟亲情?"杨妃黯然叹道。

"父皇已经废掉我的太子之位了,"承乾擦拭眼泪,问道,"是不是要册立他做太子?"

"有这个想法。"杨妃道,"昨日青雀入宫,哀求陛下册封他为太子,并承诺自己百年之后,定然会杀掉子嗣,把皇位传给李治。"

"悖逆人伦,胡说八道。"承乾骂道。

"是啊!"杨妃道,"这话谁都不会信,可偏偏陛下就信。"

承乾愤怒至极:"我今时今日落得这种田地,全因为这李泰!他竟然如此歹毒,哪怕我死,也要拖着他一起下地狱!"

"究竟如何处置你,陛下还没有决断,你倒未必会死,"杨妃道,"可要想拖着青雀一起败掉,也并不难。"

承乾愣了,急忙施礼:"如何才能做到?请贵妃教我!"

杨妃道:"你只需要问陛下一句,太子之位是可以凭借阴谋诡计而夺取的吗?必定能绝了青雀夺嫡的指望!"

承乾一时间还没想明白,忽然门外响起禁卫施礼的声音:"参见陛下!"

"谁在殿中?"李世民的声音响起。

"是贵妃娘娘。"禁卫回答。

"唔。"李世民不置可否,鼻子里发出声音。

这时殿门一开,李世民走了进来,杨妃急忙起身拜见。

李世民神情复杂地看了太子一眼,又问杨妃:"爱妃为何在这里?"

杨妃温婉地道:"都是自家的孩子,虽然犯了国法,可想起长孙姐姐当年的好,我这心里也怪不忍。就让尚膳监做了些吃食,不让孩子遭罪吧。"

一提起长孙皇后,李世民倍觉伤感,看了一眼地上的食盒,温和地道:"还是爱妃有心了。你且回宫去吧,朕和承乾叙叙话。"

杨妃默默地福身,退了出去。空旷的宫殿内,剩下父子二人沉默地对视片刻,又双双错开了视线。

"一个月之前,朕在这内侍省中送走了祐儿,没想到今日又来送别你。"李世民嗓音干涩,透着一股凄凉老迈之气。

"儿臣只恐怕父皇会在此送走更多的儿子。"承乾道。

"你在诅咒朕吗?"李世民这次倒没有愤怒,神情中是浓浓的无奈。

承乾摇摇头:"儿臣是感慨自己的宿命。父皇您以宫廷政变夺得帝位,四弟才上行下效,将儿臣硬生生推到叛逆的境地,所以恐怕无论哪个皇子当了太子,都会有觊觎之人。"

李世民最听不得人提起玄武门旧事,当即恼怒道:"你自己不争气,还怪青雀?"

承乾诧异:"难道父皇还不知道,儿臣的谋士韦灵符,是四弟派来的内奸吗?"

"什么?"李世民怔住了。

承乾脸上露出嘲讽,将韦灵符受李泰派遣,蛊惑自己刺杀于志宁,煽动李祐造反,制订宫变计划的事情讲述了一番。李世民禁不住呆若木鸡。

"儿臣是败了,技不如人,在这无情的皇家也没什么好抱怨的。"承乾讥讽地道,"听说父皇有意立四弟为太子,那就替我恭喜四弟了。他果真是最像父皇的那个儿子。"

李世民脸上火辣辣的,解释道:"朕还没有决定立青雀为太子。"

"那就还是会立他了?"承乾咯咯笑道,"父皇这是要告诉子子孙孙,我大唐的太子之位原来可以凭借阴谋手段来夺取的吗?"

李世民脑中忽然犹如电闪雷鸣一般。承乾一直没能理解这句话真正的含义,但李世民刹那间就明白了,因为这是他最恐惧的事情。

从武德元年起,大唐立国二十五年,虽然初步开创了盛世,可大唐君臣最焦虑的事情,是这个王朝到底能走多远!隋朝全盛时,比如今的大唐更要强大，可仍然是历经二世而亡。况且在大唐之前，从魏晋到周、隋，此前四百多年中，无数的王朝，其寿命多者不过五六十年，少者二三十年，李世民和臣僚终日探讨的，就是如何打破这种怪圈，让大唐长治久安。

李世民其实并没有太大的信心。因为他自己背负的原罪，玄武门杀兄逼父，和那些短命王朝的同室操戈、阴谋残杀实在太相似了。承乾的话给了他当头一击，让他突然间明白，决不能允许皇子们以阴谋夺嫡的手段登上帝位，否则日后的大唐将永无宁日。

"这件事朕已经有计较，你就安心地走吧！"李世民叹道。

"是啊，与我何干呢？"承乾黯然一笑，"父皇今日来，既然是送别儿臣，从此人间事与我再无关系。真是好后悔来这人世走一遭。"

"你还是不了解朕啊！"李世民神情复杂地望着他，"朕怎么舍得杀你？一个李祐已经让朕痛断肝肠，难道你还要让朕背负杀子的罪名吗？今日早朝，朕已经决定废你为庶人，流放黔州。只盼你能够在黔州平淡一生，只盼你我来生不再做父子。"

李世民脚步蹒跚，转身离开宫殿。殿门在身后轰然锁闭，这是他今生最后一眼看到自己爱恨难舍的儿子。

次日，李世民下诏，在贬承乾为庶人、流放黔州的同时，幽禁李泰于将作监。此举招来了李泰一党的大肆非议，李世民亲自拟定诏书："魏王泰，朕之爱子，实在喜爱之。朕给他恩遇尊崇诸王，给他爵位超出常例，却导致他骄奢僭越，认为承乾虽然是嫡长子，却可以取而代之。二人争相交结朝臣，招揽凶徒，使得文武百官，各有依附，亲戚之内，分为朋党。朕讲求公道，不偏不倚，都予以废黜。不仅要给这天下做榜样，也是给后代做警示。从今之后，太子无道，有藩王觊觎其位者，双双弃之。传之子孙，以为永制。"

之后降封李泰为东莱郡王，迁出京城，责令就藩。

处置完承乾和李泰，李世民快刀斩乱麻，将驸马杜荷、开化公赵节、李安俨等人斩首，至于汉王李元昌，李世民原本不想杀他，但群臣反对，只好赐死于宅中。最后剩下侯君集，李世民也犹豫了，他实在舍不得杀这个心爱的悍将。这时更是传来消息，侯君集在狱中拒不承认谋反。

李世民想起侯君集，又是阵阵感伤，于是命人摆驾刑部天牢，亲自去见侯君集。他特意下令：召王玄策与朕同去。

这几日王玄策成了长安的风云人物，先是靠一己之力擒拿李祐，随后更是以奇智鼓动叛军提前造反，让李世民避免了杀身之祸，哪一桩都是赫赫功勋，就看陛下怎么封赏了。

王玄策急忙赶了过来，李世民已经上了辇车，特诏王玄策同车。王玄策受宠若惊，上了辇车，才发现皇帝更憔悴了，几日之间似乎老了十多岁，连鬓边的头发都白了一片。

"陛下。"王玄策小心翼翼地跪坐。

李世民却没有说话，车辇驶过承天门，碾着青石路面，朝着刑部而去。一路上李世民沉默地望着车外，王玄策更不敢说话，心中打鼓。到了天牢，李世民带着王玄策进入囚室，侯君集被铁链锁于墙上，蓬头垢面，李世民命人将他解了下来，侯君集没想到皇帝会亲自来探望自己，泪流不止，跪地磕头。

李世民感慨地望着他："听说你拒不认罪，朕不想让那刀笔吏来羞辱朕的有功之臣，因此亲自前来。有什么话你可以向朕说。"

侯君集哭道："罪臣无话可说，本想为陛下驱策，征战四方，只可惜到中途辜负了陛下的信任，臣死有余辜。"

"你有四大功劳。自从军起，就跟随朕南征北战，屡立战功。"李世民也无限伤感，"武德九年，是你与敬德劝谏朕发动玄武门之变，这场功勋朕永世不忘；贞观四年，你奔袭两千里，攻灭吐谷浑，是灭国之功；贞观十四年，你攻灭高昌国，又一场灭国之功。这四场功劳朕永世感念，因此将你的画像置于凌烟阁，期待朕的子孙也记住你为大唐的付出，荫庇你的子孙长久富贵。朕，还有这大唐，无论谁做皇帝也给不了你更多的荣耀，你却为何要谋反呢？"

侯君集哭道："是臣自己不争气，当初攻灭高昌时，搜刮了高昌王宫的宝物，又掳了些高昌女子，回国后被那帮御史攻讦，锁拿下狱。虽然陛下您仁慈，几日之后就将臣释放，可心中总是郁郁难平。然后又受到那术士韦灵符的蛊惑，说我今生有封王之相，也就信了他的鬼话。"

李世民叹道："当年秦叔宝跟随朕冲锋陷阵，经大小二百多战，流血数斗，导致日后常年卧床。朕时常惋惜。可是君集，朕此时倒宁愿你也如同叔宝一般，能够安度晚年，让你我君臣相守一辈子！"

侯君集只是呜呜地哭，再也说不出话来。

李世民也眼圈发红："今日朕在朝堂上说，从前家国未安，君集浴血为国，朕实在不忍处置他。朕想乞求诸位留他一命，诸位公卿答应朕吗？群臣说，君集之罪，天地所不容，请诛之以明法度。"

侯君集哭道："罪臣不敢求陛下法外施恩，但求一死。"

"君集呀，朕与你长诀矣。"李世民失声哭泣，"从今而后，若是思念你，也只能到凌烟阁上，看一看你的遗像了。"

侯君集哭声不止："臣死不足惜，若陛下能记得臣的些许功劳，恳求陛下能给臣留下一个儿子，不要令我后嗣断绝。"

"准了。"李世民不再说话，慢慢地转身离去。

王玄策由始至终不曾说话，默默地跟了出去。

回去的车辇上，李世民依旧眼眶通红，却不再沉默，斜卧软榻之上，凝望着王玄策："玄策，这场变乱，多亏了有你的急智，朕才没有踏进长生殿，侥幸逃了一命。逆党朕会惩处，功臣朕会赏赐。但朕很好奇，当日你鼓动卫率府攻打承天门，在所有人眼中，你都是逆党，万一无人替你证明，你如何自处？"

"这不是有马周嘛，"王玄策笑道，"臣不怕被冤枉。"

"若是马周死于兵乱之中呢？"李世民仍然追问。

"怎么会！"王玄策摇头，"臣的不良人团团保护着他。"

"那时你就存了让马周替你做证的心思吗？"李世民问。

王玄策心中一突："呃——臣那时倒没这样想，马舍人是文人，臣怕他有损伤罢了。当时时局纷乱，臣也不晓得能不能帮陛下平定这场叛乱。一旦被太子逆党得手，臣必定死无葬身之地，哪里能想那么多。"

"世人都说你胆大包天，朕却知道，你每一次冒险都是谋定而后动。"李世民目光幽幽地凝望着他，"咱们假设，这次太子得手，朕被这逆子弑杀，你当真会被太子诛杀吗？"

王玄策大骇，跪倒在地："臣不解陛下话中之意！"

"马周在你的控制中，太子赢了之后，你只要把马周一杀，转眼之间你就是太子一党的第一功臣！"李世民眸子凝视着他，"朝廷内外数千人做证，是你王玄策东奔西走，鼓动卫率府攻打承天门。这份功劳，太子会不认？"

王玄策汗流浃背："可是臣之前与太子并无瓜葛，太子自然知道臣是假冒的。"

"太子篡位，急于拉拢人心，他会否认？"李世民冷冷地道，"事实上，这场政变无论谁输谁赢，你王玄策都是大赢家！"

"陛下错怪微臣了，臣绝无此心。"王玄策连连磕头。

"你起来。"李世民将他扶了起来，上下打量着他，"朕今天带你来天牢，也是让你看一看朕对待功臣宿将的态度。叛逆之臣朕都能赦免，何况一念之差？"

"可是臣真的没有首鼠两端，政治投机。"王玄策委屈道。

"若是有，朕原谅你。若是没有，算是朕敲打你。"李世民脸上有了一丝微笑，"朕一向欣赏你的胆大包天，但你一定要切记，这个天，是大唐国境外寥廓苍茫的天，而不是长安头上的这一片天！"

"臣记住了。"王玄策道。

"你有擒李祐之功，平太子叛党之功，这两场功劳朕都记着。"李世民道，"你目前是从五品下，可超转数阶，不过魏徵当日定下规矩，不良人的贼帅品秩不得超过五品。你可愿卸掉不良人的差事？"

王玄策想了想，他经过此番敲打之后，心中悚惕，当即道："臣还是做这不良人的贼帅来得畅快。"

"也好。"李世民道，"你就卸了这个长史，去鸿胪寺做个少卿吧，专门负责诸国往来之事，正好将不良人分布于各国。"

鸿胪寺少卿乃是正五品上，这一下王玄策官升三级。王玄策磕头谢恩，但心中却知道，皇帝对自己警惕之意甚是深重。

"替朕擒获那韦灵符！"最后，李世民咬牙切齿地说道，"嘿，三王门外杀，大唐见轮回！就是此人，断送了朕的三个儿子，朕要亲自审他，看一看他到底是何来历！"

王玄策不敢怠慢，当即安排不良人查访韦灵符。韦灵符能够以术士之身干谒魏王、太子,在长安也是名人。要说访查起来并不困难,可事情就奇怪了,无论不良人如何查访,查到的仅仅是一年前这韦灵符进入长安之后的事情,仿佛一年前,世上从未有过此人!

王玄策顿时忧虑起来,这件事越发严重。唐初时代,户籍是相当森严的,普通居民只要离开所在地,都会由官府发放"过所",每到一城都会勘验。更不用说道士了,道籍和僧籍一样,管理更加严格。但是如此著名的一个人,不良人费尽心思竟然查不出他的来历,这不得不让王玄策悚惕。

是谁替他抹掉了身份?

王玄策将目光盯上了勋戚公侯,讯问了数十位和魏王李泰有深交的勋贵,终于得知,此人是工部尚书杜楚客引荐给魏王的。杜楚客是杜如晦的弟弟,驸马杜荷的叔父,历来和魏王交好。魏王党的朝臣大多数都是杜楚客拉拢的。数日前魏王被贬,杜楚客也被捕。后查明他未参与谋反,看在杜如晦的面子上,李世民免他一死,罢免在家。

杜楚客的宅邸和于志宁的一样,也在高官云集的崇仁坊。王玄策带着不良人在宵禁之前就潜伏到崇仁坊,确认杜楚客在府中。到了戌时,仍旧是老办法,搭人梯翻墙而入,直奔杜楚客的卧房。

众人匿迹潜踪,避开家丁和恶犬,小心翼翼地接近后宅,却愕然发现,杜楚客的房中竟灯火通明,连房门都洞开着。王玄策站在廊下,有些不知所措。这时杜楚客的声音从房内传来:"来的可是王少卿?请进来吧!"

王玄策朝手下示意,不良人立刻明白,分散而去,把守住各个要道,连房顶都有人值守。王玄策这才手扶剑柄,在门廊处脱掉靴子,走入室内。

杜楚客今年已经五十六岁,须发有些斑白,被贬之后更是形容憔悴,面带死气。室内也极其简陋,只是在屏风前铺着几张坐榻。杜楚客趺坐在坐榻上发呆,王玄策正襟危坐,手扶剑柄。

"杜公,为何此时还未就寝?"王玄策问道。

"就寝了,岂不是还要被你吵醒?"杜楚客淡淡地道。到底是做过高官之人,虽然遭贬,但气度不减。

"抱歉,"王玄策低头,"只是有一桩事,不得不上门询问。白日里人多口杂,这才黉夜前来。"

"是来问韦灵符的下落吧?"杜楚客道。

西游八十一案:大唐梵天记　195

王玄策心中涌出浓烈的不安："你知道我的来意？"

杜楚客点点头："今夜，韦灵符刚刚来过。"

王玄策霍然而起："他在何处？"

杜楚客指了指他身下的坐榻，王玄策低头看了看，并无异常，不禁诧异起来。杜楚客解释："方才，他就在这个榻上坐着，在你来之前，化作烟雾消散。"

"胡说八道！"王玄策大怒，"杜公，我敬您杜家乃是大唐勋贵，您却视我如三岁孺子吗？"

杜楚客摇摇头："老夫到了这步田地，还有什么可故弄玄虚的？你且看。"他伸手一指屏风，"那韦灵符刚刚在这屏风上写了一首诗。"

王玄策扭头看去，那山水屏风上果然龙飞凤舞地写着一首诗：

隋珠以弹雀，舐秦以属车。旦为称孤客，夕为狐鸟馀。
三王门外杀，唐室见轮回。若得灵符现，明日玄武门。

王玄策文才并不高，却也能看出这首诗拙劣不堪，用韵、格律、平仄几乎全都乱掉。但这首诗的第三句仍然把他震撼得无以复加。"三王门外杀，唐室见轮回。"这句话明明是李世民梦中所见，怎么会被一个术士写在屏风上？

"这……这是什么意思？"王玄策额头渗出了冷汗，他跳起来摸了摸，墨迹未干。

"前四句，引用的是《抱朴子》。"杜楚客道，"那意思是说，拿着隋侯珠去射鸟雀，舔舐秦王的痔疮以获取车马。早上还称孤道寡，黄昏却沦为野狐和鸟雀吃剩的食物。其后这句嘛，想想也真是如此，三王相杀，岂不就是玄武门之变重演吗？"

"那么最后两句呢？"王玄策问。

杜楚客深吸一口气，似乎带着点恐惧："若要见到韦灵符，明日就在玄武门等他。"

"胡说八道！"王玄策冷笑，"玄武门深处禁宫，何等紧要场所，他明日如何能出现在玄武门？"

"这就是今夜韦灵符来找我的原因。"杜楚客苦笑,"他告诉我说,半个时辰之后,你会来找我。并让我转达,明日他要去玄武门自首,随后便化作烟雾消失了。"

卯时,甘露殿。

窗外仍然是一团暗夜,开门鼓的鼓声正远远回荡在朱雀长街,长安轰鸣。李世民的内心也剧烈地轰鸣着。王玄策将整个屏风搬到了甘露殿,李世民盯着上面的诗句,脸色煞白。

他比王玄策感受得更为深刻。"三王门外杀,唐室见轮回。"明明是梦中所闻,为何会被一个术士知晓?

"朕只告诉过你一人!"李世民冷冷地道。

王玄策坦然抬头,道:"若臣心中有鬼,绝不敢将此屏风搬到宫中!"

李世民沉默了很久,缓缓点头,算是认可了他的解释:"此事又该如何解释?"

"等那韦灵符出现,一切迎刃而解。"王玄策道。

"传朕旨意,命北衙禁卫埋伏玄武门、重元门、安礼门、夹城巷子。"这是要将玄武门重重围困了,李世民想了想,"若是那韦灵符从宫外进来,不加阻拦!朕倒要看看,他敢不敢来自首!"

内侍监急忙去传达旨意,李世民又叫住他,说:"对了,去鄂国公府上,召尉迟敬德进宫。"

王玄策有些奇怪,尉迟敬德已经五十七岁,两个月前曾经请求致仕养老,李世民舍不得,驳了回去,但允许他五日一上朝。不知为何,李世民又想起了这位老伙计。

不多时,尉迟敬德披挂整齐,手持钢鞭,两名禁卫扛着他的长槊,来甘露殿觐见。

李世民握着他的手,动情地道:"敬德,尚能一战否?"

尉迟敬德慨然笑道:"臣尚未老去,只恨世间再无窦建德与刘黑闼!"

李世民哈哈大笑:"好,随朕登上玄武门。当日你我在此处奠定了皇权霸业,今日朕倒要看看,到底是哪个小丑敢在这门下跳梁!"

李世民、尉迟敬德和王玄策在百骑的簇拥下,登上玄武门。这时北衙禁卫已经埋伏停当，四周隐约可见刀光映日，李世民站在玄武门的城墙上，不禁感慨万千。十六年前，自己就是在这里孤注一掷，发动兵变，登上皇图霸业的同时，也被推进了终生的噩梦。

"朕从未后悔！"李世民喃喃道，"如果时光重来，朕还会做出同样的选择！"

这时太阳慢慢升起，皇宫中璀璨辉煌。李世民命人在旁边树上日晷，沉默地等待着。他不知道韦灵符何时会出现，但他很有信心，对方不会让自己久等的。如果此人是冲着十六年前的玄武门之变而来，无论对他还是对自己都是个煎熬。

果然，到了巳时三刻，东宫北门元德门外，突然出现一个布衣长袍的术士。此人面相清癯，三绺长髯，头顶束发，插着根木簪，宽袍长袖，仪态从容。北衙禁卫早已把周围困得风雨不透，却谁也不知此人究竟是如何出现的。上千名甲士紧急调动，顺着宫城外的夹道，将此人团团包围，长矛如林，巨盾如墙，两侧的城墙上，更有弓弩手张弓搭箭，只消一声令下，万箭齐发。

李世民站在城楼上远远地眺望着，下令："随他过来。"

两侧军阵散开，韦灵符面带微笑，从容地走在万军之中，仿佛闲庭信步。顺着夹道往西，经过安礼门，慢慢走向玄武门。两者距离不到二里，韦灵符走到玄武门城下时，北衙禁卫已经密密匝匝地围拢过来。

韦灵符抬起头，与城楼上的李世民对视："那日，这城楼上是右卫中郎将常何吧？"

李世民不答，沉默地看着他。

韦灵符笑了笑，走进玄武门的门洞，声音从门洞中飘出："我走的这条路，便是当年建成和元吉所走之路，他们从东宫来到玄武门前，看见常何守门，一定会觉得很放心。陛下，他们有没有跟常何打招呼？你一定知道，因为你当日就埋伏在南海池和临湖殿之间，或许听到了他们二人的对话！"

韦灵符走出玄武门，过重元门后往西走，竟然丝毫不理会城楼上的李世民。李世民和尉迟敬德对视一眼，两人同时想到一件可怕的事情，尉迟敬德低声道："今日决不能让此人活着！"

王玄策诧异，心想："玄武门兵变已经是世人皆知之事，还有必要灭口吗？"

李世民和尉迟敬德急匆匆下了玄武门，王玄策和周围的北衙禁卫也跟随上去。远远的，就见那韦灵符在万军环伺中走向临湖殿。从临湖殿向西望去，南海池波涛隐约，中间是连绵的树林和楼阁。

"陛下，"韦灵符回头望着李世民大笑，"当日你和敬德就埋伏在那树林楼阁之中吧？建成和元吉去南海池见太上皇，走到此处发现有伏兵，建成拨马往回撤，你知道被发现，当即出来向建成呼喊。陛下，你当时喊了些什么？"

李世民这时已经知道他要做什么，脸色铁青，沉默不言。

韦灵符摇摇头："你既不说，那也无妨。我们所知道的是，你当即一箭射向建成。你的箭法一向极好，这一箭更是你的巅峰水准，一箭穿喉，建成死于马下。之后双方的亲卫展开混战，元吉也中箭落马。你随即策马冲向元吉，却不料马匹被树枝挂住，你也落马。随后元吉挣扎着爬起来，夺了你的弓，要以弓弦勒死你。此时敬德赶来，元吉放掉你，夺路逃走，敬德一路追杀。敬德，这是你救驾之功，我的叙述并无错漏吧？"

尉迟敬德"哼"了一声，傲然不答。

"元吉向东逃走，到了武德殿外的树林中，被敬德一箭射杀。之后敬德抽刀斩掉元吉的头颅。"韦灵符面孔朝着武德殿的方向，闭目凝思，似乎能看见当日的血腥一幕，"当时薛万彻正率领东宫和齐王府的人马猛攻玄武门，眼看支撑不住，敬德提着建成和元吉的头颅，出示给薛万彻等人观看。东宫人马知道再战已毫无意义，随即溃散。"

尉迟敬德大喝："你这个妖人，此事人尽皆知，你装神弄鬼，到底是何企图？"

"我这个妖人只是想问陛下几句话！"韦灵符大笑，"按照你所修的国史上讲述，太上皇当时在南海池泛舟。临湖殿与南海池近在咫尺，你与建成侍卫厮杀如此激烈，太上皇竟然不曾派人查看？太上皇出行，三卫五仗共一百八十人，千牛备身四十八人，你率领七十余人伏击建成、元吉，太上皇竟然无动于衷？你杀死建成、元吉之后，敬德披甲持矛，提着两颗鲜血淋漓的人头，闯到太上皇面前逼宫，那两百多的禁卫竟然任由他出入？陛下，我这个妖人想问你一句，当日，太上皇真的是在南海池泛舟吗？他

西游八十一案：大唐梵天记　199

分明是被你提前拿下，囚禁在这船上！"

这一句话，说中了李世民心中最为惊惧之事。若仅仅是和建成争夺太子之位，杀死建成、元吉，他还可以粉饰，可如今一旦证明他在玄武门政变之前，曾经控制并囚禁李渊，事情可就大了。他一直宣扬玄武门兵变是因为遭到建成、元吉的戕害被迫自卫，如此一来，这份说辞就会支离破碎。况且还会背负囚禁父亲这样的罪名，让他苦心经营的仁孝形象被摧毁殆尽。

"胡说八道！"李世民愤怒地道，"当日太上皇明明在泛舟，只是丝乐之声嘈杂，无法听见。你一个宫外之人，又知道什么？"

韦灵符冷笑："我既然是宫外之人，那就拿你刊行天下的国史让你心服口服。"他从袖中拿出两卷书册，正是《武德实录》和《贞观实录》中的两卷，擎在手中高高举起，"这些年你篡改《武德实录》《贞观实录》，也是煞费苦心，先将你确立为太上皇早已属意的太子人选。比如太原起兵前，说太上皇曾对你承诺说，'若事成，则天下皆汝所致，当以汝为太子。'你还固辞了。我呸，当年还未起兵，天下怎么就是你打下来的？这算是试图从源头确定你的合法性吧？另外，你诋毁建成、元吉。这国史中说，'建成，性宽简，喜酒色游畋，齐王元吉，多过失，皆无宠于上。世民功名日盛，上常有意以代建成，建成内不自安，乃与元吉协谋，共倾世民。'嘿嘿，好一个受害者！"

李世民脸色铁青，韦灵符继续道："非但如此，你还悖逆人伦，抹杀太上皇的功劳，将太上皇形容得优柔寡断、懦弱无能。上面说大业十三年，你游说太上皇起兵，太上皇居然吓得魂飞魄散，说，'汝安得为此言，吾今执汝以告县官。'哈哈，真是笑煞人也，太上皇居然要绑了你去见官！最后，你多方编造建成和元吉用阴谋手段毒害你，使玄武门之变成为自卫之举。你看上面写的：建成夜召世民，饮酒而鸩之，世民暴心痛，吐血数升。嘿嘿，当真是真龙天子啊，用鸩酒都毒不死你。再看这一条，元吉秘密奏请太上皇诛杀你，说你平定洛阳之后，不肯回京，散钱帛以树私恩，定是有意造反，请尽快杀之！陛下啊，元吉请求太上皇杀你，这理由你自己不觉得可笑吗？"

"你到底是何人？"李世民吼道。他脑中眩晕，看着满目的日光，竟然有一种赤裸裸站在天地间的感觉。

"我乃是这世间善恶的审判使！"韦灵符轻蔑地道，将书卷抛掷于地上。

"审判使？"李世民冷笑，"审判善恶，却为何蛊惑朕的三个儿子自相残杀？"

"那只是让你明白一点，"韦灵符森然道，"这天地间是有报应的，你自身不正，杀兄囚父，你的儿子也会干出同样的事！"

"到底是谁指使你的？"李世民缓缓举起了手，四周响起咯吱之声，上千根弓弦慢慢拉紧。

"还不肯相信吗？"韦灵符笑了笑，身体忽然冒出一股白烟。那白烟丝丝缕缕，似乎是从身体内部冒出，转眼就弥漫全身。

众人顿时愕然，一个个头皮发麻。李世民也骇然地看着，王玄策更是心神悸动。

"三王门外杀，唐室见轮回。"韦灵符慢慢地念着。此时他的七窍之中都冒出了烟雾，连皮肤毛孔中都丝丝缕缕散逸出来，似乎整个人在烟雾中解体。

"快！"王玄策大吼，"用渔网！"

这时李世民也醒过神来，命令禁卫去找渔网。此处距离南海池不远，当即有人拎着一张渔网跑了过来，然而还没到韦灵符近前，一股风吹来，烟雾散尽。万军围困之中，韦灵符化作烟雾，消失不见。

李世民脸色铁青，奔过去仔细查看，却没有丝毫痕迹。他禁不住有些慌了，仰头望着天上的白云，似乎韦灵符化作白云而去。

"这……到底是怎么回事？"李世民喃喃道，"他果真是仙人，来惩罚朕不成？"

王玄策走上来，低声道："陛下，此事有人可解。"

"何人？"李世民问。

"我师父，玄奘法师。"王玄策道，"当日在犍陀罗王宫，那个莲华夜，也是这般浑身冒出白色烟雾，于众目睽睽之下消失无踪。此情此景，一模一样！"

第十四章
长生大药，灵山秘社

玄奘让那顺和莲华夜住在伐弹那王寺中休息几日，莲华夜的身子慢慢康复。

那顺向玄奘辞行："师兄，多亏了您，如今我和莲华夜的宿命之缘已经清晰，莲华夜也不再有生命危险。我和莲华夜要去过自己的生活了，这就向您告辞。"

莲华夜也向玄奘拜倒在地，感谢他的恩德。

玄奘将二人扶起："那顺，前世如何，不要再提，好好过今生。"

那顺喜悦无比："师兄，有了莲华夜，我对今生充满感激。"

二人依依离别，玄奘站在曲女城的城门处，凝望着二人一马慢慢远去，沉默地叹息着，然后从马背上的包袱里取出一顶宽大的斗篷，连头带身体一并裹住，翻身上马，不远不近地跟了下去。

玄奘很清楚，那顺和莲华夜这诡异而悲伤的命运，远远未到终结之时。她在白烟中消失在犍陀罗王宫，又在白烟中出现在曲女城宰相府，这分明就是被一只手掌控着，以他们为棋子精心布下了一个大局。

作为棋子，那只手又怎么可能让他们从此隐居世外，过平静幸福的日子呢？

可是玄奘却不忍心再干扰他们，他宁愿让他们这样无知无觉地离开，哪怕多一天的幸福也是好的。至于幕后的那只手,就由自己来解决吧。

玄奘骑在马上,行走在古老荒凉的大地。他抬头远望,在地平线外,似乎又看见了犍陀罗,看见了那座城池,和城池中上演的前世今生,痴男怨女。不知为何,他又想起初见戒日王时,菩提树下的那一窝蚂蚁。当自己在看着那窝蚂蚁时,蚂蚁是否也在思考,到底是谁的一双手,在拨弄这世间的宿命?

那顺并不知道玄奘在暗中保护他们。他牵着马,马背上坐着他的挚爱,就在这夕阳送别中走出曲女城,走向寥廓古老的大地,走向无拘无束的幸福。夕阳如火,烘透穹庐。路边的林木如同醉了酒,红了腮,在南来的风中醉态可掬,窸窣聒噪。

玄奘的跟踪十分艰难。那顺可能出于什么顾虑,并不走大道,顺着小道一路西行,或许是打算渡过印度河,回到撒马尔罕。因此这路上并无住宿的人家,那顺经常采购好几日的饮食,甚至买了帐篷,然后避开城邑。玄奘饿了几次肚子,才熟悉了那顺的习性。

这一日黄昏,天色将晚,那顺在一座亮晶晶的湖边住下,湖边有菩提树,伞盖巨大,那顺在树下扎下帐篷,铺上崭新的地毯,取来最好的葡萄酒、瓜果和各式吃食,然后在湖中钓鱼,烤熟。玄奘在距离他们一里外停住,找了一块掩映在树影中的山石,他没法生火做饭,就啃了几块干硬的面饼,喝了些水,盘膝打坐。

那顺和莲华夜都有些醉了,如同那风中摇曳的林木。

"莲华夜,这里可还好吗?"那顺执着酒杯,畅快无比。

"很好。"莲华夜道,"很安静,很祥和,是活着的气息。"

"我们在这里住些时日好不好?"那顺眉飞色舞,"如果你在这里住腻了,我可以带你走遍这个世界。整个丝路上,到处都有我们粟特人的足迹。我们去大唐看宫廷的乐舞,去大漠看黄沙和日出,去西突厥看冰山下的热海,去看大草原上的野马群,去波斯,去拜占庭,去任何你想去的地方。"

"这是我梦寐以求的生活。"莲华夜目光迷乱,悠然向往,"若是可以逃脱这轮回和天地,我愿自由自在,看尽沧海桑田。"

"会的。"那顺笃定,"不是说了,我们要光阴在侧,呼吸相随吗?"

莲华夜沉默很久,抬起头望着他:"那顺,我愿意看尽这世间,可是,

西游八十一案:大唐梵天记

我的路上不会有你。"

那顺呆住了，酒杯当啷落地："为什么？"

"因为，"莲华夜哀伤地道，"有你在，我就还在轮回中。那顺，你不知道，从一千两百年前起，我转世轮回三十三世，在我的每一世，都会有一个少年，拿着五百金来找我，其实我很清楚，他就是我要等待的痴情挚爱之人。这无数世以来，我拒绝过他，躲避过他，顺从过他，跟随他一起私奔，彻底伤透他的心，让他绝望自杀，假装与他陌路，我尝试过无数的方法，可没有一次能改变命运。那顺，无论你和我怎样去改变，都不可能改变既定的命运轨迹。到最终，我还是会成为王后，我还是会被一个具备大德行的人击破头颅，死于宫墙之下。"

"不，不不！"那顺握着她的手，急切道，"你相信我，我们能够改变的。"

莲华夜抽回了手，凄凉一笑："那顺，你知道我多么憎恨我的命运吗？这是一个命运之环，轮回之狱。无数世以来，同样的命运叠加在我的记忆中，我对它恐惧到了极致，为了毁灭这场轮回，我愿意付出一切。"

"你要做什么？"那顺骇然道。

"我想去大草原。"莲华夜嫣然一笑，"不知道草原上可有湖水，可有青莲花盛开。我将坐在青莲花之上，用利刃割开我的咽喉，割开我的手腕，让我的血流进湖水，希望这朵青莲花再次盛开的时候，会有不一样的颜色。"

"你要自杀？"那顺震惊了。

"除此以外，没有任何办法能破掉这场轮回之狱！"莲华夜凝望着幽深的夜色中那个看不见的神祇，冷冷一笑，"它安排了我死于宫墙之下，我偏要死于青草之间，蓝天之下；它安排我被人击破头颅，我偏要自己割断咽喉。我主宰不了别人，但我能主宰自己！"

"不！"那顺连滚带爬地扑过来，紧紧地搂住她，"我不让你死！我们要一起活着，我们共同迎接这场轮回……我们……我们可以通过别的办法破掉它。"

"破不掉的。"莲华夜慢慢淌出泪水，"这场轮回，我已经破解了几十世。如果说我是这场狱中的囚犯，我已经越狱几十次，却没有一次能够成功。有时候会做一个很美很长的美梦，一觉醒来，发现自己还在狱中。那顺，只要我一死，这场狱就会烟消云散，若有来世，我希望洗掉我所有的记忆，再遇见你,我会陪你一生一世。"

"不!我不要来世,我只要今生!"那顺搂着她呜呜痛哭,"来世我怕找不到你……"

莲华夜拿出割肉的匕首,割断自己一绺秀发,将它系在了那顺的发辫上。她抚摸着那顺的面孔,温柔道:"断发,如同断情、断缘、断生死。我们今生不能结发,来世,拿着它来找我吧!"

莲华夜站了起来,转身离去。那顺痛苦得几乎癫狂,疯狂地吼叫道:"不,我不让你走!"

那顺扑过去,一把扯住莲华夜,两人搂抱着摔倒在地。那顺两眼通红,面目狰狞,大声吼叫:"你是我的!"

他骑在莲华夜身上,疯狂地撕扯她的衣服。莲华夜吓呆了,半晌才醒悟过来,拼命挣扎。那顺却不给她挣扎的机会,用衣服将她双手捆了起来,片刻之间,莲华夜的外罩和亵衣就被撕掉,几乎全身赤裸。

"那顺!"莲华夜哀求,"不要这样,你会伤害我的!"

那顺不答,几乎疯癫了一般。月光下,莲华夜完美的胴体闪耀着象牙般的光泽,纤秾适度,完美无瑕。那种无力的挣扎和扭动更是刺激得那顺发狂,他虎吼一声,彻底丧失了理智,趴在了莲华夜的身上。

"那顺!"莲华夜急了,尖叫,"咱们会永远堕入轮回的!"

那顺抬起头,疯狂中有些迷茫,似乎没有听懂。莲华夜突然就看见了他脸上的泪水,她幽幽一声叹息,不再挣扎,抬头望着天空,泪水滚滚而落。

玄奘是在半夜被惊醒的,他没敢骑马,疾奔过去,看着这对绝望中的痴男怨女,并没有阻止,只是默默地合十叹息。在他看来,两人之间发生再大的事也不是事,只要不被外界的那只手所阻挠,那他就不必出现,干扰他们的生活。

湖边刮起了风,飘起了雨,古老的大地笼罩在风雨声中,玄奘瑟瑟地在雨中静默,湖边帐篷内的灯烛燃尽、晦暗不明时,突然响起那顺撕心裂肺的号哭。他赤裸着身体冲出帐篷,疯狂地捶打着自己的头,仿佛一头绝望的野兽。

帐篷内,莲华夜挣扎着坐起来,从地上捡起凌乱的衣衫披在身上,怔然片刻,走出来搂住那顺。那顺搂着她,哭道:"对不起,对不起!我不想这样得到你的！可我真的不想失去你……"

"我知道。"莲华夜苦涩地摇摇头，"我不曾怨恨什么。这一幕，本就是刻在轮回中的，躲也躲不过。如果你喜欢，那就这样吧！"

那顺把头埋在她胸口："莲华夜，我们一起面对吧！砸碎它，逃离它！我们一定可以的！"

莲华夜就这样静静地和他拥抱着，这个比她小了七岁的大男孩，此时忽然让她有了一种温暖和依靠的感觉。一千两百年来，她在这宿命安排中苦苦挣扎，孤身一人，孑然一身，就像被天上一只手掌摆弄的蚂蚁，哪怕身处蚁巢深处，亿万人中，也没有丝毫的安全感和依赖感。可这时，她有了一个并肩作战的肩膀，可以靠一靠了。

"没用的。被你强暴之后，那个最终会杀死我的提婆达多，就要来了。"莲华夜最终叹息，温柔地望着他，"下一场戏，不知道我会成为谁的王后。"

"下一场戏，由老和尚来为你们安排吧！"

突然间，湖面上竟然传来幽幽的声音。

两人一愣，只见洁净的湖面上，不知何时居然漂来了一叶小舟。两名净人持桨，娑婆寐笑吟吟地站在船头。此时风雨已停，月光升起，朗照大地，湖光月影缠绕在他的身上，仿佛月光菩萨。

小舟悄然划过水面，在岸边停下。娑婆寐下船，轻轻合掌："二位，许久未见。"

"你怎么知道我们在这里？"那顺沉着脸问。

"老和尚有天眼通，无所不知，无所不晓。"娑婆寐道。

"你来做什么？"那顺问。

"带你们去那命运深处。"娑婆寐道。

"不去！"那顺断然道。

娑婆寐摇头叹息："这是你们今生的使命，由不得你不去。"

那顺冷笑一声，从树下的马背上抽出长刀："尊者，我要去哪里，恐怕你还留不住我。"

"拿下他。"娑婆寐淡淡地道。

两名净人一言不发，抽出身上的弯刀扑了过来。那顺将莲华夜护在身后，挥刀而上，与净人搏杀在一处。那顺虽然年少，但这一生行走百国，一路厮杀，凶悍无比。凌厉的刀光肆意纵横，每一招都是以刀换刀，以命换命，两名净人不敢伤他性命，急切间竟然被他杀得连连后退，狼狈不堪。

婆婆寐摇摇头："退下吧。"

净人们纷纷后退，那顺长刀一指婆婆寐，冷笑道："若非看在你是高僧的分上，今日我就斩了你。"

"是吗？"婆婆寐深深地凝望着他的眼睛，喃喃念出一道古老的咒语，那顺听在耳中，就仿佛轰雷炸裂，峰峦崩溃，脑袋猛然震动，眼神也呆滞了下来。

"扔了刀。"婆婆寐道。

那顺呆呆地把刀扔掉。

"走过来。"婆婆寐道。

那顺面无表情地走到他面前。

"跪下。"婆婆寐平淡地道。

那顺双膝跪地。莲华夜见那顺仿佛人偶一般，任由婆婆寐控制，禁不住浑身发抖，冲过来搂住他："那顺，那顺，你到底怎么啦？婆婆寐，你对他做了什么？"

婆婆寐不言，伸出食指在那顺的额头轻轻一点："睡吧，待我叫你时再醒来。"

那顺双眼一闭，身子软倒，竟然在莲华夜的怀中呼呼睡着了！

莲华夜尖叫："你到底做了什么？"

婆婆寐诡异地望着她，也在她额头轻轻一点："你也睡吧。等醒来时，你们已到命运深处，得见轮回。"

"不——"睡意袭来，莲华夜拼命抗拒，搂着那顺不愿松手，"我不能睡……我不能丢开他……找不到我……他会伤心的……"

但最终无法抗拒无边无际的睡意，莲华夜慢慢闭上眼睛，倒在了地上，她的手还紧紧握着那顺的手。直到脑中的光明轰然消失，沉入无边无际的黑暗时，她仿佛听到一句话："这一炉人间大药，吾养炼数十年，到了收割之时，岂容你们走掉？"

玄奘在树后沉默地看着，几次想走出来，却没有轻举妄动。他一直都在怀疑婆婆寐就是幕后掌控命运的那只手，可是对他的目的，却丝毫也猜

西游八十一案：大唐梵天记　207

测不出来，对他的手段，也远远未到尽数破解之时。

玄奘返回牵来自己的马匹，这时娑婆寐已经将莲华夜和那顺带上小船，两名净人划着船，直向湖水深处而去。玄奘先解开那顺的马匹，将它放生在山野间，然后顺着湖岸追踪。

直到天明时，玄奘才在湖水的对岸，发现了娑婆寐弃掉的小舟。旁边有车辙痕迹，看来他将二人装入了大车。昨晚下过雨，车辙很深，一路向东而去。玄奘骑马追踪了半日，到正午时分，才远远地看见了那辆车。娑婆寐应该是坐在车里，四周有四名净人策马拱卫，一路东行，经过几个城邑之后，竟然又回到了曲女城。

玄奘跟随他们进城，结果娑婆寐只是在城中住了一日，就继续东行，这一次径直走了七八日，竟然来到了王舍城！

王舍城是摩揭陀国的王城，曾经是佛教圣地，佛陀长期居住在此城讲经说法。佛陀长居的竹林精舍就在城北一里处，而城西北五里处，就是佛经第一次结集的圣地七叶窟，城东北十五里处，就是举世闻名的灵鹫山，后世传作灵山。

而在王舍城以北三十里处，则是玄奘居住了十年的那烂陀寺！

王舍城事实上有两座，一座旧城，一座新城。一千两百年前的佛陀时代，旧王舍城曾经焚毁于大火，摩揭陀的阿阇世王就在旧城以北八里处，又建了一座新城。到如今这两座城邑都已荒芜，城中居民寡少，城垣破败。

而娑婆寐这次的终点，就是旧王舍城西北处的毗布罗山。这座山在佛陀时代便是修行的圣地，山中有五百温泉，传闻这温泉发源自北方的雪山，分作五百支流，流经五百热铁地狱，地狱火蒸腾，造成泉水温热。当年佛陀经常在此处沐浴，不过如今，只剩下数十口温泉，但天竺各地的人，仍然笃信这温泉能治疗百病，不远千百里来此沐浴。

娑婆寐到了毗布罗山的山口，驱车直入，玄奘想悄悄地跟进去，却发现这片温泉地带早已被军队封锁。这支军队足有数千人，将整片温泉区域封锁得严密无比，所有士卒都是身配重甲长弓，手持长矛，腰挎反曲弯刀，竟然是天竺最精锐的刹帝利禁卫！

玄奘一打听才知道，戒日王竟从曲女城来到了王舍城的山中！

玄奘心中一沉，娑婆寐半路掳走那顺和莲华夜，来见戒日王，到底有何目的？

他已经越来越接近真相，可这个真相却让他越来越恐惧。饶是玄奘禅修数十年，心如磐石，枯井无波，这时也禁不住心神摇动。

他生怕惊动娑婆寐，不敢亮明身份去见戒日王，急忙离开毗布罗山，前往那烂陀寺打听内幕。

"朕无畏无惧！"

毗布罗山的温泉行宫之中，夜色笼罩，万籁俱寂。戒日王却一声大吼，猛然从床上跃起。他抽出挂在床头的弯刀，在缀满明珠和美玉的寝宫中疯狂砍杀。内侍们匆匆跑进来，顿时吓得魂不附体，因为戒日王在寝宫中奔跑砍杀，却闭着双眼。

内侍们喊来禁卫，这些禁卫也被吓傻了，皇帝拿刀来砍，又不敢反抗。禁卫统领想了个法子，大家用藤牌把戒日王围困起来，别让他胡乱闯，弄伤了自己，更重要的是别让皇帝把他们砍死，那就太冤了。

于是上百名禁卫围成一圈，举着盾牌任由戒日王乱砍。忙乱中，婆尼来了，下令缴了戒日王的弯刀，也不敢用绳子捆，最后用几张毛皮把他卷了起来，戒日王才停止挣扎，沉沉睡去。

婆尼守在床边，直到天色大亮，戒日王才疲惫地醒来。看见婆尼，戒日王顿时愣了。婆尼将他夜晚梦游、挥刀砍杀的经过讲述一番，戒日王的脸色阴晴不定。

好半晌，戒日王才沉沉叹息："朕又梦见王增了。"

婆尼黯然点头："臣知道。不过陛下，当日除掉王增，是老臣亲自动的手，您大可将此事推在臣的身上，不用太过负疚。"

戒日王苦笑一番，没有说话，望着窗外的日光，呆呆发怔。

"都是这个玄奘！"婆尼大恨，"不如老臣下令除掉他，此事就不会再有人知道！"

"你想让佛门的大乘天死在朕的手中？"戒日王问。

"当然不是，臣可以找适当的时间与地点，保证他死得顺理成章，无人察觉。"婆尼恶狠狠地道。

"玄奘法师说过一句话，拔掉心中的这根刺，就不会再疼了吗？"戒日王喃喃道，"伤口就不曾存在过吗？当朕百年之后，见到王增，就能坦然面对了吗？"

"陛下，您何必在意死后之事。"婆尼劝慰，"您春秋鼎盛，何必自己折磨自己？"

"朕已经五十一岁了，早已经不是鼎盛之年。"戒日王有些悲伤地打量着自己，"这些年，朕的身体每况愈下，甚至有时候能闻到从皮囊里散发出的腐臭味儿。想必，见到王增的日子不远啦！"

"陛下切不要如此悲观！"婆尼老泪纵横。

"娑婆寐回来了吗？"戒日王深深吸了口气，问道。

"昨日深夜回来了。"婆尼道，"他到得太晚，臣就没有惊扰您休息。"

"去请他来吧！"戒日王精神一振，"他答应为朕去取药，如今回来，想必这人间大药已经找到了。"

婆尼暗叹着，去请娑婆寐。

戒日王命人收拾寝宫，在一口温泉边的凉台上接见娑婆寐。这处凉台以棕榈叶搭建，晨风吹来，倍觉凉爽。戒日王命人摆上坐毡，娑婆寐这些日子奔走数百里，神情略有些疲惫，但精神却很旺盛，含笑施礼之后，三人席地而坐。

"尊者当日曾答应朕，要为朕求得人间大药。"戒日王开门见山道，"如今这药在何处？"

"就在陛下宫中。"娑婆寐道。

"哦？"戒日王惊喜不已，"这药可能治愈朕心中的痼疾？"

"不知陛下心中有何痼疾？"娑婆寐问。

戒日王沉吟许久，叹道："自朕登基以来，杀戮众多，更做下诸多违背天道良知之事。如今朕年事已高，每日每夜回首往事，都难以安心。这算是朕做下的恶业吧！那么，朕求的这人间大药，能否消掉这些恶业？"

娑婆寐想了想，道："每个人自身都有业障，即便菩萨，也是消除自身业障，才成了菩萨。业障来自于自身，无法靠他人帮您消掉。陛下求之于药物，恐怕世上并无此药。"

戒日王颇有些失望，默然不语。

"消不掉，那该如何解脱？"婆尼问。

"消不掉，那便不消。"娑婆寐道。

戒日王很不高兴，说道："你当日答应朕，求到人间大药，便能帮朕解脱，如今却给了朕这种答案！"

"陛下，消不掉，不等于无法解脱。"娑婆寐笑眯眯的，"陛下所忧惧者，无非是等他日宾天之后，如何面对死于自己手上的冤魂，如何应付这泥犁狱中的审判。此事说来倒也简单。"

"啊？"戒日王真的激动了，他最怕的便是此事，急切道，"请尊者教朕！"

"老和尚求来的这人间大药，不能消除业障，却能让您长生不死！"娑婆寐笑吟吟地盯着他，目光中透出蛊惑，"这是一株长生药！"

戒日王和婆尼同时目瞪口呆，直接被震住了。这和尚莫非得了失心疯？

"这……这如何能够？"戒日王怀疑道。

"陛下且看看老和尚，我如今两百岁了，能再活多久，自己也不晓得。"娑婆寐道，"既然我能长生，陛下您为何不能？"

"这人间大药在哪里？"戒日王拍案而起，"朕若能不死，还有何畏惧？"

娑婆寐笑着拍了拍手，门外早有净人等候着，当即将那顺和莲华夜带了进来。两人昏迷了一路，直到王舍城才醒过来，又稀里糊涂地休息了一夜，便被带到戒日王面前。

戒日王看见竟然是他俩，禁不住瞠目结舌："这……这不是那顺和莲华夜吗？药在何处？"

"他们二人，便是能够长生的人间大药。"

朝霞满天之时，玄奘赶回了三十里外的那烂陀寺。

那烂陀寺作为天竺佛教圣地，不是一座寺庙，而是一片辉煌宏大的寺庙建筑群。最初的佛陀时代，曾有五百商人将这里的一座园林买下来布施给佛陀，佛陀便在此地说法三个月。佛陀涅槃后，帝日王在园林上建那烂陀寺，其子觉护王又在南面建寺，如来王在东面建寺，幼日王在东北建寺，金刚王在西面建寺，其后一位中印度王在北面建寺。寺庙连接成片之后，又修建了一座城墙，将六座寺庙圈了起来，形成一座四方的城池，城墙高达三四丈，六座寺庙共用一座山门，统称那烂陀寺。

玄奘行走在那烂陀寺之中，纵然在这里居住了十年，熟悉了一人一物，一草一木，但仍为之而震撼。那烂陀寺有三层，四丈之高，台上有楼，楼上有塔，层层堆叠，恢宏无比。

房舍和高塔都是用砖砌成，屋顶、房檐、地面的建筑材料却有些特殊，是用碎砖混合黏土、石灰、麻筋之类，干透之前还要用滑石抛光，表面涂抹油漆，整个寺庙光滑如镜面，在朝阳下闪耀着辉煌之光。

那烂陀寺常住各派僧侣一万余人，玄奘回寺乃是一件大事，当即有僧人报告给戒贤法师。戒贤法师当即命玄奘到自己的禅院，看着玄奘风尘仆仆的样子，他十分欣慰："提婆奴，我听说你打算在曲女城多住些时日，为何此时回来？"

玄奘对师尊发自内心地崇敬，把自己为了救那顺和莲华夜，跟踪娑婆寐来到王舍城的事情讲述了一番。

"师父，这娑婆寐出身自那烂陀寺，他到底有何来历？为何要这么做？"玄奘问。

戒贤法师沉默不语，长长地叹息了一声："提婆奴，你还是不要去找寻娑婆寐的秘密了。就让这件事过去吧！"

"师父，"玄奘却摇头，"倘若只是因为好奇，弟子当然听您的吩咐，可是娑婆寐的所作所为是在给弟子设局，弟子就不得不追查到底了。"

"哦？"戒贤法师愣了片刻，"为何这么说？"

玄奘深吸一口气："因为弟子中了他的圈套。当日莲华夜在犍陀罗王宫，化作白烟消失，虽然弟子还没有查明是通过什么手段，却已经确定是娑婆寐所为。这个局他算计的不是别人，是弟子。"

"他算计你？"戒贤法师不解，"他为何要算计你？"

"因为他知道弟子肯定会追查莲华夜的下落，如此就不可避免地要调查莲华夜的前世今生之谜。追根溯源下来，弟子无论如何做，最终揭破的都是戒日王弑兄之罪！"玄奘将自己推导出戒日王弑兄之事讲述了一番，听得戒贤法师骇然不已。

"所以，师父，这就是娑婆寐的目的。他要借助弟子的手，揭穿戒日王弑兄之事！"玄奘道，"所幸弟子并没有引起戒日王的杀机，侥幸活到了现在。"

戒贤法师当然知道掌握戒日王的秘密意味着什么，好半晌才道："他为何要揭穿这件事？"

"弟子还没有调查出来。"玄奘摇头，"但他大费周章布下这个局，断然有更深的目的，所以弟子才跟踪那顺和莲华夜，想要挖出他真正的意图。如今莲华夜、戒日王，共同出现在王舍城，只怕娑婆寐也到了图穷匕见之时，所以还请师父明示，这娑婆寐身上到底有什么隐秘？"

戒贤法师好半晌没有说话，玄奘静静地等着，他能看出来师父内心的焦虑和挣扎，却没有催问。足足沉默了一炷香时间，戒贤法师蹒跚着起身，向内室走去。

"师父——"玄奘叫道。

"中夜时分，你且到庵摩罗林中等着，自然会得见真相。"

庵摩罗林在那烂陀寺的山门外，林中有个水池，据说池中有龙，龙的名字叫"那烂陀"。这便是那烂陀寺名称的由来之一。

刚刚入夜，玄奘便赶到庵摩罗林中，在幽深的密林中等待。月上中天，林中万籁俱寂，只有那烂陀寺里佛塔的铃声在夜风中悠然回荡。玄奘盘膝坐在一棵庵摩罗树下，静静地等待着。这些年他孤独一人行走，最不缺乏的就是耐心。

夜色渐深，果然，到了中夜时分，不远的龙池旁一条人影走了过来。那人影全身都罩在黑色的宽大袍服之中，戴着斗篷，连头带脸一起罩住。行走在午夜的林中，就仿佛一个幽灵。

玄奘没有作声，静静地看着。那人影来到龙池边，静默不动。过了不多久，林外又走来两人，同样都是袍服罩头，寂静无声地走到那人身边，三人并不说话，就那么静静地站着，仿佛在等待什么人。

玄奘皱眉，随着时间流逝，竟然先后有三四十人来到龙池边，清一色的黑色袍服罩住头脸，沉默无声。似乎是人到齐了，大家谁也没有说话，排成长长一列，朝着东南方向走去。

玄奘心中震惊，这些到底是什么人？谁都不愿意以真面目示人，却半夜在这林中聚集，到底要做什么？他起身悄悄跟了上去。

这些人一路不停，朝东南行走，径直走进了山里，山路崎岖，众人似乎对路径极为熟悉，也不说话，就那么沉默地彼此追随，行走在苍茫的山间。十几里之后，玄奘越走越心惊，这些人竟然登上了灵鹫山！

灵鹫山，又称耆阇崛山，也有人称为灵山，位于那烂陀寺东南十余里处，山顶孤峰耸立，形似灵鹫，故名灵鹫山。耆阇，梵语秃鹫的意思。山上空翠相映，浓淡分明。佛陀长期于此山中说法，频婆娑罗王曾派遣众多工匠，从山麓到山顶，跨谷凌岩，编石为阶，整个石阶宽十余步，长五六里，并且在山顶西侧悬崖处建有一座精舍，供佛陀居住。玄奘去过很多次，朝拜佛迹，对此山很是熟悉。可灵鹫山如今早已荒废，这些人半夜时分来这里作甚？

这些神秘人默不作声地走上石阶，登上山顶。今夜有月光，这条一千两百年前开凿的石阶虽然有些磨损，可还算好走。玄奘悄悄在后面尾随，一直登上山顶的平台。

山顶的平台东西狭长，南北较窄，西侧濒临悬崖，有一座砖石砌成的房舍，门户开向东，屋宇高大，形制奇特。这便是一千两百年前，频婆娑罗王为佛陀所修建的精舍，佛陀长期在此处居住。精舍周围有几间石室，旁边还有一口水井。当时佛陀的弟子阿难、舍利子都曾追随佛陀长期生活在这些石室中。只是一千两百年后，不但佛教衰微，连这佛陀精舍也都荒废沧桑，水井干涸，映照在灵鹫山的古老月光下。

精舍东面有一块巨石，高有一丈四五，方圆三十多步，有人说当年提婆达多就是站在这里抛掷巨石，刺杀佛陀。当然更多的说法是在对面的山峰，用投石机抛掷。玄奘隐藏在精舍东边的巨石后，仔细观看。

黑衣人鱼贯而入，进入精舍之中。精舍中供有如来说法等身像，他们站在佛像前，一起合十躬身，口中诵经。梵唱声响彻灵鹫山。

玄奘顿时悚然一惊，难道这些人都是那烂陀寺的僧侣？想必是如此，否则戒贤法师不可能对他们的行踪如此了解。可是，这些人来这里参拜佛像，又为何搞得如此神秘？

这时，一名黑衣人走出人群，站在佛像前，慢慢摘掉自己的斗篷，一张苍老而有神的面容露了出来，玄奘险些惊叫出声。此人他无比熟悉，竟然是戒贤法师的弟子，波颇！

第十五章
天竺为舞台，众生为观众

玄奘和波颇的因缘可以说牢不可破，他之所以有了此生的成就，完全是因为波颇。武德八年，波颇从天竺来到大唐，受到高祖的礼遇，讲述那烂陀寺的经典。当时二十六岁的玄奘专门从赵州来到长安，听波颇讲经，从此对那烂陀寺和戒贤法师产生了无比的憧憬，这才偷渡出关，西游天竺。

可以说，遇见波颇，是玄奘生命中最璀璨的转折。

只是玄奘来到那烂陀寺后，却并没有见到波颇，听说他留在大唐译经，不知何时竟然又回来了。

"娑婆寐尊者为何没有到？"波颇问道。

"法师，"人群中有一人合十道，"尊者所养炼的人间大药已经取到了，如今正在毗布罗山，和戒日王在一起。"

"终于要开始了吗？"波颇喟叹着，心情似乎有些激动，"我滞留大唐十七年，便是为了此事回来。若能亲眼见证，哪怕不得涅槃，也无憾了。"

众人也纷纷激动起来，场面一时嘈杂。波颇抬起手臂轻轻一按，高声喊道："为何这二百年来，我佛教日益衰败？五大天竺，以那烂陀寺佛教最为繁盛，可便是这那烂陀寺，一万二千徒众，只有四千僧徒，其他全是外道！曲女城佛寺一百座，看似繁华，可外道祠庙却有两百座！婆罗尼斯国，僧徒有三千人，可外道却有一万余人！吠舍离国，有佛寺三百座，可只有三五座完好无损，其他两百多座坍塌毁败，无人居住。舍卫国，几百座佛寺更是空无人烟，荒废败落，只有寥寥几个僧徒。犍陀罗国，几百座佛寺，更是没有一个僧众！为何这二百年来，佛教的影响在整个天竺越来越弱，除了几大主城，大片地区再也不见僧徒踪影？为何这二百年来，信徒众生弃我而去，崇迷外道？为何？为何？为何！"

波颇一连声地大吼，神情激动。旁边的三十多名黑衣人也举臂高呼："为何？为何？为何！"

"我的师尊，戒贤法师，难辞其咎！"

波颇一声喊出，石破天惊。所有人都沉默了。远处的玄奘更是身子一颤，脸色顿时严峻起来，他忽然想起今日上午师父流露出的那种苦涩焦虑之意，原来他早已经知道，在那烂陀寺中，在自己的弟子中，已经存在着一股反对自己的力量。

"戒贤法师最大的罪责，就是将我佛家经院化，他把佛家的教法全部限制在经院之内。诸位且看那烂陀寺，在戒贤法师担任首座的七十年里，除了在因明方面有些发展，每日里僧众只是对经典作一些琐碎的注释，每日里只是与外道做些无关宏旨的论辩。我们可能赢了论辩，可我们丢了什么？是广袤的天竺大陆，是数以亿万的娑婆众生！我们看到的是什么？是佛教从无数的乡村、城邑大面积溃败，将百姓和信众拱手让于外道，而我们，只是龟缩于几大主城里，整日沉醉在注释经卷之中！"

波颇慷慨激昂地讲述着，这些话不但在场的黑衣人有同感，连远处的玄奘都有些叹息。因为波颇说的确是事实。玄奘游历天竺数万里，行走数十国，亲眼见证了佛教的溃缩和败落，平时也不胜感慨。只是他并不认为责任在戒贤法师身上。

"师兄，我们该怎么办？"其中一名黑衣人问道。

"离开经院，回到人间，重新回到娑婆众生之间。"波颇道，"解决众生的苦难，拯救他们于今生今世。以咒术、秘法、星占、卜算、火祀、曼荼罗、印契、书符来为他们解决日常烦恼，获得他们的崇信。只有让他们敬畏我们，崇信我们，他们才有可能皈依佛法。我们从此将独立于经院之外，称为秘社。师子音师弟，这些年你研究秘法咒术，可施展出来，让大家看看。"

黑衣人中走出一人，摘掉斗篷，赫然便是玄奘的师兄，师子音。

师子音站在人群前面，口中忽然念出一段古老晦涩的咒语，忽然间，他身前三尺之内的空气中凝结无数雨滴，哗啦啦坠落在地。那雨滴仿佛是凭空而出，顷刻间青石地面上便湿了一片。人群中响起惊叹声。

"这是从忉利天截来的天雨，以此沐浴，百病全消。"师子音淡淡说完，退回人群中。

"还有哪位师弟要施展一二？"波颇问道。

这时又从人群中走出一人，他没有摘掉斗篷，默默地站在人群外，平伸手掌，忽然手掌上大放光明，一尊佛陀的虚影凭空而出。人群顿时哗然。那人念动咒语，佛陀虚影于光明中升起，越来越大，足有数丈高下，立于虚空之中。片刻之后，化作点点光雨，消散在天地间。

"还有哪位要施展？"

这时人群中走出一人，平静地说道："我并没有修出什么秘法咒术，只是经过这些年的研究，破解了坛师的秘法。"

众人顿时大感兴趣。天竺习俗，要盖房屋，需先除掉地中秽物，所以圈定宅基之后，主人家要请来坛师。坛师四处绕行查看之后，择一个地点挖出七尺深坑，在坑中埋下一口空坛瓮，密封好，然后填土。之后在坛师的指点下，在埋坛地的上方垒七尺法坛。坛师念咒作法，除掉宅基地底下的污秽之物。

七日后开坛，让人挖出坛瓮，打开盖子，里面就会有一坛子的黑水，往往还漂浮着蟒蛇、虫豸等物。这便是将地底的污秽吸入坛中，这座宅基从此洁净。这个秘法流传上千年，无数外道靠这一个秘法便能获得整个村庄的供奉。

"如何破解？"波颇也大感兴趣。

那人从袍服中取出一个小坛子，打开盖子让众人看，里面是空的。随即他盖上盖子，说："此地都是山石，无法埋入土中，但道理一样。麻烦一个师兄将它放入旁边阴凉的石室内。"

师子音走过来，拿过坛子放到旁边的石室中。过了半个时辰，那人让他取了出来，打开盖子，果然里面是半坛黑水，黑水中还漂着一些死掉的虫豸之物。

波颇大感兴趣："的确是坛师所做的坛术，这是如何做到的？"

"师兄且看。"那人道，"坛子本来是空的，但我事先在坛子的内壁上涂抹一种药液。这种药液干透之后遇冷，便会凝成水滴。同时，将干燥压扁的蜈蚣、蝎子、小蛇等物粘贴于内壁上，待坛子里有水之后，经过液体的浸泡，这些干扁的蜈蚣等物便会被泡得肿胀起来，仿佛活物刚死一般。这便是坛术的秘密。"

"原来如此。"众人恍然大悟。

"波颇师兄，您游历大唐十余载，不知道又有什么新的秘术？"有人问道。

波颇笑了笑："既然如此，我就为诸位施展一样三年前学到的秘术。这件秘术是我用神仙索的秘法，向大唐的一位道士换来的，无比诡异。"

说完，他静静地站着，半响不动。众人看得诧异，正要询问，忽然波颇的身上冒出一股白色的烟雾，那烟雾并不是从衣服上冒出，倒像是从皮肤的毛孔内冒出，瞬间蔓延波颇全身，将整个人围裹在其中。

众人看得倒吸一口冷气，玄奘更是惊心动魄，这才明白了莲华夜消失的秘密。原来这个秘法是波颇从大唐的一位道士手中得到，又传给了娑婆寐！

这时，整个地面上全是黏稠浓密的白雾，波颇消失在了雾中。

好半响之后仍然没有丝毫动静，大家都觉得奇怪，师子音走过去："师兄，可以出来了。"

他伸手一拽，白雾慢慢消散，波颇却凭空消失！

人群顿时大哗，这个秘法简直神乎其神。

玄奘忍不住从巨石后走出，仔细观看，这是破解这道秘术的最佳时机。但就在这时，玄奘的身后忽然响起一声轻轻的叹息："师弟，可看够了吗？"

玄奘骇然回头，只见波颇一脸平静地站在他身后。这时那群黑衣人也听到声音，纷纷围拢过来，玄奘转眼间便被包围。

"师弟！"

"大乘天！"

神秘人中看来有不少玄奘的熟人，纷纷吃惊道。

玄奘凝望着这个改变了自己一生的僧人，陷入沉默，两人默默地对视，目光中充满无可奈何的伤感。

"我们秘社决不能暴露！"有人喊道，"若是玄奘答应加入我们，万事皆休，如若不然，今夜让他回不得那烂陀寺！"

"师弟，可是师父让你来这里探听我们的隐秘？"师子音问。

玄奘没有回答，只是凝望着波颇，叹道："师兄，转眼间，你我十七年未见了。"

"是啊！"波颇也感慨，"当年大唐的佛门千里驹，今日果然一鸣惊人。师弟，你打算怎么解决此事？"

"是与非，我不多言，道不同不相为谋罢了。"玄奘道，"我转身便走，是生是死，留给师兄抉择。"

他默默地合十鞠躬，然后转身离开。波颇凝望着他的背影，神情挣扎。

"就这么让他走了？"有人问。

有人爬上巨石，捡起一块石头："当年提婆达多在这里抛石刺杀佛陀，为了秘社的未来，我为何不能做那提婆达多！"

"住手！"波颇喝道，"玄奘是我佛门的未来，你要断灭佛门的希望吗？"

"他如何担得起？"有人不服，认为波颇对玄奘的评价实在太高。

"你们……不懂！"波颇叹息了一声。

玄奘走下灵鹫山的高台，神情从容，不曾回头，但汗水已经湿透了衣背。直到走到山脚下，这才长长地松了口气，知道自己脱离了险境。今夜凶险诡异的一幕，让他忽然明白了很多事。

"生命奇妙至斯，朕对轮回笃信不疑。"

毗罗布山间，温泉行宫。戒日王凝视着旁边的那顺和莲华夜，口中赞叹不已。婆婆寐将二人带来之后，让他们详细讲述了自己的前世今生，除了衍罗娜王妃是戒日王的逆鳞，命二人略过之外，其他三十三世的命运，详细备至。

戒日王听得惊心动魄，却有些奇怪："尊者，你说为朕带来了人间大药，到头来却是两个人。你说这两人便是人间大药，到头来朕却听了一整天的故事。那么，他们如何能让朕长生？"

"陛下，"婆婆寐笑吟吟的，"我想问一问，您觉得，莲华夜算是长生吗？"

"她？"戒日王诧异，"她如何能算长生？朕也听了，她每一世都活不过二三十岁。"

"可是她记得一千二百年中，三十三世轮回。"娑婆寐表情严肃地道，"何谓长生？肉体不死算是长生，记忆不灭，难道不算长生？"

戒日王一怔，正在思考，忽然听见一人高声道："虚妄之言！"

众人扭头一看，只见玄奘在婆尼的陪同下，大步走了进来。那顺高兴地跑了过去："师兄！"

玄奘欣慰地拍了拍他。

戒日王起身相迎："朕听说法师回了那烂陀寺，特意派人相请，法师为何刚到？"

"做了些准备，才敢来见陛下。"玄奘随即凝视着娑婆寐，"你那些把戏只是障眼法罢了，切莫将陛下引入歧途！"

"老和尚的法术，怎么就是障眼法了？"娑婆寐冷冷道，"在犍陀罗城，大乘天也曾亲眼见过！"

"的确见过。"玄奘淡淡地道，"不如当着陛下的面，贫僧一一破之。"

"好！"娑婆寐不笑了，面色铁青，霍然起身走到凉台之外，口中念咒，手中捏印，忽然双手间出现一团火焰，颜色由赤红变成灿白。他手一挥，火焰射出，射到一棵粗大的树木上，那树木瞬间燃烧。

戒日王和婆尼早知道这老和尚法术神通极为厉害，今日得见，果然不虚。娑婆寐双手画环，一团火焰又将自己包围，在他身上剧烈燃烧。周围众人惊得目瞪口呆，娑婆寐却毫发无伤，身体外笼罩着火焰，仿佛神佛下凡。

"大乘天，这把火在犍陀罗曾烧死了苏罕哒。"娑婆寐挑衅道，"不如大乘天进来试试？"

玄奘站了起来，径直向火焰缭绕的娑婆寐走过去，还未到近前，已经感受到了火焰的热度。众人身在凉台，也觉得周围热度陡增，火焰逼人。

戒日王急了："法师不可！"

玄奘却走到一个盛水的陶罐旁，提起来泼了过去。哗的一下，当头浇在了娑婆寐身上，娑婆寐顿时给淋了个落汤鸡，火焰也熄灭了。他呆呆地站在泥地里，不知如何是好。

玄奘走到娑婆寐身边，拿起他的胳膊，只见胳膊上并无一点水痕，似乎皮肤上涂抹了一层油，水迹沾染不上。

"还需要贫僧再说吗？"玄奘问。

戒日王和婆尼对视一眼，虽然不知道内情，却也知道玄奘赢了。

婆婆寐愤怒地拽回胳膊："拿这雕虫小技来考验法师，是我的过错。那么，请问法师，当日波斯大麻葛的灵魂之火如何解释？老和尚用法器鼓槌，破掉他召唤的行尸，如何解释？"

"对对对。"戒日王急忙道，"二位法师和那波斯大麻葛斗法时，朕派有细作，将当日的情形原原本本地讲过。那种手段当真神秘可畏，难不成也是假的？"

"这一场斗法，当日贫僧也百思不得其解。"玄奘回到地毯上坐下，解释道，"因为其中有三个关窍。第一，行尸如何复活？第二，行尸如何不怕长矛攒刺？第三，为何鼓槌敲击之后，行尸身上起火燃烧？"

"对呀！"戒日王倍感兴趣，"法师后来探究出来了吗？"

婆婆寐湿淋淋地站在凉台外，抱着胳膊冷笑。

"后来贫僧特意去那片埋尸地看了一下。发现共有三十个坟坑，后来不知为何又进行了回填。但贫僧让人重新挖开，发现一个疑问。"玄奘望着婆婆寐，"这三十个坑，都比正常的坟茔要浅！"

婆婆寐笑不出来了。

"这是为何？"戒日王追问。

"因为，若是深了，那些所谓的行尸会被黄土压死，根本跑不出来！"玄奘道。

戒日王吃惊："你说那些行尸是假的？那为何波斯的不死军团刺不死他们？"

"因为这本来就是大麻葛在演戏。"玄奘从怀中拿出一物，放在食床上。这是一个狼爪模样的东西，上好的乌兹铁打造，前端有指套可以套进去。

"当时那些行尸都烧坏了，后来波斯人将他们堆积起来烧成了灰烬。不过贫僧却在现场找到了这东西，想来是场面混乱，来不及收拾吧。"玄奘拿起来，将它套在自己手指上，果然便成了弯曲的僵尸利爪，"至于为何攒刺不死，是因为那些所谓的长矛，根本就没有真正刺中人体。波斯有一种滑稽戏，一个瘦弱之人，可以装上大肚囊，装上第三只胳膊，变成昂藏大汉，装扮成小丑，以博观众一笑。"玄奘的神情中有了一些悲伤，"贫

西游八十一案：大唐梵天记　221

僧曾经收过一个大徒弟，叫阿术。他是个侏儒，他平生的志向，就是演小丑，让观众充满快乐。因此贫僧对这种把戏略有了解。在大肚囊里、假肢上，装上血囊，长矛刺破血囊，便会血流如注。这时的长矛距离真正的人体还远着呢！"

戒日王和婆尼听得目瞪口呆，戒日王拿起那只精铁狼爪套在手指上，用力在食床上一划，食床便被撕破了。戒日王看了娑婆寐一眼。

"那么，娑婆寐击鼓之后，那些行尸身上着火，死于非命又如何解释？"戒日王问。

"身上着火甚是简单，刚才娑婆寐已经表演过了。"玄奘道，"死于非命嘛，倒不是他们被火烧死，而是不死军团得到号令，以长矛直接将他们刺杀！可怜这些人还以为是来做一场表演，却不料结局注定是一场死亡。"

听着玄奘剥茧抽丝的推理，娑婆寐整个人都呆住了。

戒日王深吸了一口气："那么朕最后一个问题，既然是赌斗，波斯人为何要帮助娑婆寐法师赢了这一场？"

"这正是贫僧当初百思不得其解的一点，但现在已经解决了。"玄奘看了娑婆寐一眼，"因为，波斯人和娑婆寐本来就是一伙的。"

戒日王和婆尼顿时惊呆了，一起望着娑婆寐。娑婆寐也急了，这是个严厉的指控，这种行为无异于叛国。

"你胡说八道！"娑婆寐大吼，"老和尚怎么可能跟波斯人勾结？这样做，老和尚又有什么好处？目的何在？"

"对不起。"玄奘老老实实地道，"这是贫僧推论出来的，证据肯定能找到，但现在贫僧可拿不出来。"

正在激动的娑婆寐顿时在当场，仿佛用尽全力的一拳正要打出去，目标消失了。连戒日王和婆尼也没想到玄奘会这样回答，两人对视一眼，一起摇头。

"法师，您这个指控如果没有证据，对您会十分不利。"婆尼提醒。

"贫僧知道。"玄奘也无奈，"可惜，这个时候又不得不提前讲出来。日后找证据只怕更难了。"他诚恳地望着娑婆寐，"还请多给贫僧一些时间。"

娑婆寐刚松了口气，又被他给气着了。

"法师好口才。"娑婆寐走了过来，冷笑，"污蔑老和尚的事，且不与你计较。可这些只是你的猜测和推理，就凭一只铁爪，就推翻了整个事件，是不是过于轻率？何况这只铁爪的来历也值得怀疑，谁知道从哪儿来的？"

"虽然事件真相仍然扑朔迷离，朕却相信法师不会故意造一只铁爪来骗朕。"戒日王沉吟道，"当然，朕也相信，尊者您绝不会跟波斯人勾结。"

"多谢陛下。"娑婆寐鞠躬致谢，身上的水哗啦啦地流了下来，"陛下，您必须知道，同一个事件，从不同的角度来解释，都能让人信服。尤其是这种涉及神迹的事件，真正施展出来的人，反而无法解释。因为这本来就是神迹。"

"这倒也是。"戒日王其实也糊涂了。

"看来玄奘法师怀疑一切神迹了。"娑婆寐挑衅地盯着玄奘，"难道那顺和莲华夜二人的三十三世轮回也是假的吗？请法师破之！"

"树下的那窝蚂蚁，真真幻幻，当然也是假的。"玄奘从容道，"尊者，贫僧并不是要与你作对，唯一的目的，只是想让那顺和莲华夜去过自己的生活。你若是愿意把他二人交给我，再不干涉，贫僧抽身即走。若不然，便为你破了这个真相。"

娑婆寐眸子一闪，脸色顿时凝重起来，却冷冷地道："他二人是我养炼二十多年的人间大药，怎么可能给你？若有能耐，你便来破了这轮回！"

玄奘和娑婆寐彼此凝视，几尺的距离，空气仿佛凝滞，时间仿佛停止，中间有刀剑铮鸣，血海澎湃。这是一场生与死的较量，一场智慧与谋略的角逐。两人都知道，只要一言出口，两个人就只能活下来一个。另一个将身败名裂，遗臭万年！

那顺和莲华夜二人迷茫地望着对方，那顺喃喃道："我二人的人生，如何便是假的了？"

玄奘悲悯地望着他们，下定决心，正要开口，突然间有内侍奔了过来："陛下，那烂陀寺传来消息，戒贤法师病重！"

众人震惊不已，戒贤法师是天竺佛教的一座丰碑，这数十年来，几乎以一己之力撑住了佛教在天竺的颓势，纵然是娑婆寐这种师叔级别的老怪物，也对他多有崇敬。

"快！备马，备车！"戒日王当即喊道，"立刻赶往那烂陀寺。"

在刹帝利禁卫的拱卫下，戒日王乘坐王辇，带着婆尼、玄奘、娑婆寐、还有那顺和莲华夜等人赶往那烂陀寺。

相隔不过三十里，没多久就到了那烂陀寺。知客僧出来迎接，众人进了山门，感觉到寺中气氛凝重，一万多人，几乎没有人高声说话，日常的讲堂、论赛也都停止了。众人脸上都带着忧虑之意。

这时，戒贤法师的侄儿觉贤法师亲自出来迎接戒日王。戒日王询问情况，觉贤法师告诉他，师父年龄大了，患有痛风，昨天夜里突然摔了一跤，如今还在昏迷中。戒日王想去探望，却被觉贤阻止，让他等待片刻，医士正在救治，等法师苏醒过来再请他入内。戒日王点点头，这是应当之理，自己一旦进去，必定影响医士的治疗。于是就在觉贤的陪同下等待。

玄奘心急如焚，正要找人询问师父的病情，忽然一名僧人走了过来，低声道："师兄，请到后堂。"

玄奘愣了下，这时那僧人也低声跟娑婆寐说了句什么，娑婆寐一怔，看了玄奘一眼，随即默默点头。两人都跟着那僧人走到后堂，绕过重重院落，到了一处精舍。

僧人做出邀请的姿势，玄奘和娑婆寐对视一眼，怀着满腹的诧异，一起走了进去。顿时，玄奘愣住了，只见戒贤法师好端端地坐在胡床上，旁边居然是波颇！

"师父！"玄奘张口结舌，"这……您原来不曾生病！"

"不得不病。"戒贤法师看着这个心爱的弟子，叹息道，"若是我不病，你和娑婆寐就要在戒日王面前决出生死了。"

"戒贤，"娑婆寐却不领情，他辈分和年龄都比戒贤法师高，当即道，"我并无输的可能，你是为了保护你的弟子吧？"

"是吗？"戒贤法师淡淡地道，"尊者，不妨让我这弟子破掉你的局？"

娑婆寐望了波颇一眼，波颇面无表情，娑婆寐放下了心，当即道："轮回乃是天道，何人可破？我倒是要听听了。"

戒贤法师向玄奘示意，玄奘点点头，凝望着娑婆寐："这件事的源头，要从十七年前说起。武德八年，波颇师兄从海路来到大唐，我特意从赵州前往长安，听师兄说法。路上，我遇见了一个僧人，名叫圆观。半年前在犍陀罗，你向众人讲述过我和圆观的故事，当时我很惊讶，你是从何处知道。数日前我回到那烂陀寺，前去经院查阅卷宗才知道，十七年前，波颇师兄去长安的时候，还有一人随行，那就是你，娑婆寐尊者。"

娑婆寐冷冷一笑，却并没有否认。

"没错。"波颇道，"当年我的确和尊者一起去的长安。我留在长安译经，他则游历大唐，不过短短三年便返回天竺。"

"所以，我和圆观的故事，从十七年前你便知道。当时我曾经在长安的僧侣间讲述过这个故事，其中涉及僧人、占卜、轮回，诡异幽秘，想必你一定记忆深刻。"玄奘从容讲述着，"等你回到天竺，开始布下莲华夜之局，那时候贫僧也来到了天竺，有了些区区的名声，所以你灵机一动，将那顺的前世安在了圆观的身上。"

"这么说，我布下这个局，是冲着你了？"娑婆寐哂笑。

"所谓灵机一动，只是临时起意罢了。贫僧焉能当得起你这个庞大缜密、横跨数十年的棋局？"玄奘淡淡道，"贫僧只是适逢其会，你要借我的眼，借我的口，借我的声名，亲眼见证这场三十三世的轮回罢了。若是贫僧判断得不错，你这个局所针对的人，便是戒日王陛下！"

"你这妖言惑众之徒！"娑婆寐勃然大怒，"今日，你当着戒日王的面，污蔑我与波斯人勾结；今时，你又污蔑我布局谋害戒日王。我到底与你有何冤仇？"

看着娑婆寐被激怒，一旁的戒贤法师和波颇却没有丝毫表情，沉默地观望着。

"你我无冤无仇。"玄奘从容地道，"与波斯人勾结之事，贫僧确实没有证据，但是轮回之局针对的是戒日王，却毫无疑问。"

"哦？"娑婆寐嘲讽道，"说说看，证据在何处？"

"你当日以雾中术，让莲华夜在犍陀罗王宫消失——"玄奘道。

"打住！"娑婆寐恼怒，"你凭什么说那场白雾是我施展的秘术？"

玄奘看了波颇一眼，低声道："很惭愧，昨夜贫僧在灵鹫山偷窥到了波颇师兄施展了同样的秘术，这秘术是他在大唐从一个道士手中换来的。回到天竺后，他传给了你。"

"呃——"娑婆寐看了一眼波颇，见波颇满脸苦笑，当即噎住了，好半晌才道，"哼，就算是我施展的秘术，那又如何？"

"莲华夜消失，这个局针对的是贫僧。你很清楚贫僧对那顺的爱护之情，也知道贫僧必然会帮助那顺来找寻莲华夜的下落，那么就不可避免地要探寻莲华夜上一世的秘密。一切如你所料，贫僧去了东女国，打听出来莲华夜的上一世是衍罗娜王妃。那么，衍罗娜王妃之死形成的悖论，很容易便让贫僧怀疑她是不是死于凶杀。随着贫僧剥茧抽丝，查找凶手，引发了婆尼的杀机，顺理成章查出了衍罗娜王妃之死的幕后真凶——戒日王！那么，也自然而然推断出了王增之死的真相。"玄奘叹息了一声，"贫僧由始至终，变成了你手中的一个工具，而你最终的目的，就是让贫僧揭穿戒日王弑兄的秘密！"

"他为什么要让你揭穿这个秘密？"戒贤法师忽然询问道。

玄奘恭敬施礼："师父，他是为了震慑、击破戒日王的王者尊严和内心防线，让他的意志彻底崩溃，让他陷入罪孽中惶惶不可终日，恐惧于未来地狱的审判而无法解脱。戒日王雄才大略，灭国无数，杀戮半生，像这样的一个铁血人物，如果是一个小人物来揭穿他的秘密，随手就会被他灭口，所以必须有一个强势的人物来见证他的罪孽，才能让他深深地反思并恐惧。很不幸，贫僧被尊者看中了。而且弟子怀疑，当日戒日王邀请贫僧去帮他收复犍陀罗，也是婆婆寐或者波颇师兄的主意。"

众人沉默了很久，戒贤法师才叹道："是师子音向我推荐的你。"

玄奘苦笑："我倒忘了师子音师兄。"

"让戒日王陷入恐惧之后，这个局才彻底展开。我当日已经预见到那顺和莲华夜会有危险，便暗中护送他们离开天竺。可惜，中途还是被婆婆寐劫走，因为他们二人是婆婆寐养炼数十年的人间大药，为的就是在戒日王面前演练一场轮回，让幽秘的轮回真相，逼真地展现在戒日王面前。师父，"玄奘道，"这就是这场棋局的最终目的，让戒日王，还有这天竺大陆的亿万众生，看一眼天地轮回。婆婆寐和波颇师兄的心愿，是要靠着轮回来震慑戒日王和天竺众生，让他们重新信仰、尊崇佛教，将其他外道彻底打垮，挽回佛教的崩颓大势。"

婆婆寐和波颇对视了一眼。波颇没有言语，似乎已经无话可说，只是朝着婆婆寐摇了摇头。

婆婆寐却忍不住讽刺："都说大乘天辩才无碍，舌灿莲花，老和尚领教过多次了，说得头头是道，严丝合缝，可惜，莲华夜三十三世轮回，却做不得假！"

"做不得假吗？"玄奘露出悲伤之意，"你在人间养炼大药，到底如何养炼，你心知肚明！莲华夜和那顺，只不过是两个演员，用他们的一生，来演一场戏！他们当真经历过三十三世的轮回，当真经历过那一场场悲欢离合、恩爱情仇吗？都是假的！全都是假的！"玄奘的神情激动起来，"他们只不过是从小被你培养起来的演员。当年戒日王排演《龙喜记》，饰演云乘太子和摩罗耶婆地公主的演员，一生只能饰演这一个角色，十年之后，他们完全代入了太子和公主的角色，比太子更像太子，比公主更像公主。他们早已经忘了，自己只是个演员。那顺，莲华夜，他们也忘掉了自己只是演员。他们在你的指导下饰演着那顺的一生，饰演着莲华夜的一生，所不同的是，他们不是在狭窄的舞台上，而是以整个生命为舞台，以整个天竺大陆为舞台，观众也不是台下寥寥上百人，而是天竺、犍陀罗、波斯等无数个大国的帝王，是这整个大陆数以亿万的百姓！"

听着玄奘的话，戒贤法师和波颇都沉默了，娑婆寐张张嘴想说什么，却没有说出口。

玄奘神情激动："尊者，你是不是还要问我，是如何让一个演员完全代入自己的角色，甚至忘掉了自己？你精通秘术、咒术、幻术、拜占庭的修普诺斯催眠术，从小就选定这两个孩子，以沉香、朱砂、檀香、曼陀罗花粉调配成粉末，让他陷入沉睡，将三十三世的记忆灌输给他，在他的生命中，进行成千上万次重复，将他彻底改造，摧毁他自身的记忆。让他认为自己就是那顺，从前世到今生痴爱着一个姑娘；让她以为自己就是莲华夜，经历了三十三世轮回，要从这个牢笼中逃脱。娑婆寐，你就这样玩弄着他们的人生，你就这样改变着他们的命运，我不知道在这个过程中他们遭受了多大的折磨，多大的痛苦，他们是否有过抗争与反抗，可是我知道他们最终屈服了。他们忘掉了自己是谁，他们完全认同了你为他们设计的身份，从一个悲惨的命运，进入另一个更悲惨的命运。娑婆寐，你怎么忍心？你怎么忍心啊！"

玄奘罕见地控制不住情绪，他愤怒地吼叫着，两只眼睛泪水奔流，湿透衣襟。

精舍中死一般地寂静，只有玄奘哽咽的声音。众人都沉默了，连娑婆寐也没有再驳斥。

第十六章
灵山脚下取经人

"事情果真如此吗？"戒贤法师沉默了很久，"波颇。"

波颇沉吟片刻，笑了笑："何谓真？何谓假？万物真幻生灭，何必执着于一真，何必执着于一假？师父，弟子这些年想做的事情，想必您并非一无所知。既然知道，又何必非要逼迫弟子说出来呢？"

"是啊！"戒贤法师喃喃地叹息着，显然内心也经历着极大的煎熬，"提婆奴，如何处置，你来决定吧！"

玄奘躬身施礼："师父，世上之事虽然真幻生灭，然而有一种东西恒久不变，那便是人心中的善念。弟子决不允许无辜者的人生被如此践踏，也决不允许有人顶着我佛的名目行此愚弄众生之事。他们的目的，无非是要轮回彰显在世人面前，然而轮回幽秘难测，若是众生都能看见，那便不是轮回了。人类的内心自有敬畏，不需要外物来震慑。所以，弟子会把此事原原本本告诉戒日王。"

波颇和婆婆寐的脸色都变了，两人想说什么，却没有作声，只是淡漠地盯着戒贤法师。戒贤法师长长地叹息了一声："提婆奴，我跟你说一件事，听完之后你再作决定。"

玄奘合十躬身，表示倾听。

"昨夜你去了灵鹫山，想必也知道了秘社的存在，但你可知道秘社的规模有多大吗？它不是你那日所见的三十多人，那些人只是核心。整个秘社，仅仅那烂陀寺四千僧众之中，便有一千余人！"戒贤法师道。

玄奘顿时瞪大了眼睛："这怎么可能？"

戒贤法师苦涩不已："我知道秘社这个组织，并不是因为他们反对我，自从我进入那烂陀寺，便已经有了秘社的存在。事实上，从佛陀时代，佛教内部便有了这种思潮，因为佛陀的正法，求的是解脱与涅槃，然而在僧众弘法的过程中，却不能解决普通民众的现实苦难，反而那些杂咒、巫术、占星和卜算，能解除他们的现实煎熬。所以这千百年来，秘社一直在我们内部隐秘地存在着。在佛法昌盛的年代里，秘社还能一直被我们压制着，遵循如来正法，可一旦佛法衰微，就再也压制不住了。就像波颇所主张的，他要离开经院，夺回信众。他是我心爱的弟子，正是为了保护他，十七年前我才派他去了大唐，只希望他能弘法于东土，创下传经大业。没想到他执念如此之深，又回来了！"

波颇这才明白，原来当年自己不是被师父贬谪，而是保护。他有些动容，却不知道该说些什么。

"我并不怕弟子反对我，却怕弟子沉沦于执念中。"戒贤法师说得很缓慢，似乎在字斟句酌，"我要做经院，他们要改革。或许眼前我们无法判定谁对谁错，那么就且放眼看下去，看它个十年，二十年，一百年，总有对错分明的那一天。可是波颇、尊者，我必须告诉你们，在道德上，你们错了。任何时候，牺牲无辜者去达到自己目的的人，都不会是最终的获胜者。因为你们输掉了正义。"

"弟子愿烈火焚身，万劫不复，也要矢志不渝。"波颇道。

戒贤法师悲伤地摇头："提婆奴，这就是秘社。你若是要把秘社的筹谋告诉戒日王，我不反对。但是秘社和佛教本是同根而生，拆也拆不开，戒日王雄才大略，受不得愚弄，一旦得悉，势必会对佛教产生敌意。如今天竺大陆已经满目颓废的塔寺，那烂陀会不会成为其中的那一座，我难以判断。"

玄奘沉默了很久，满眼迷茫，喃喃道："弟子该如何做？"

"听你内心的呼唤吧。"戒贤法师道，"天竺大陆佛教衰微，已经是难以避免的事实，无论波颇还是我，都是在负隅抗争。佛教的未来，在你的肩上。"

玄奘大吃一惊："师父，弟子当不得！"

波颇温和地望着他："师弟，你是我们从十七年前就选定的取经人，你若是当不得，还有谁能当得？"

"取经人？"玄奘茫然。

"是啊！"波颇解释道，"这十多年你游历天竺也看到了，佛法衰微，寺院溃缩，这种大势已经很难挽回。相反，佛教在东土却蒸蒸日上，日益兴旺。所以从五十年前，师父便在筹划，将佛教经律论三藏传入东土，十七年前派我去大唐，明面上是弘法，事实上是为了选一个取经人。"

"师兄携带三藏前往大唐译经，本身就是传经之举，为何要选一个取经人呢？"玄奘不解。

"我到底是外来之人，大唐皇帝再怎样尊崇我，也渗透不进根深蒂固的大唐文化之中，所以必须要有一个本土的译经人。"波颇有些苦涩，"再说，如那鸠摩罗什，在帝王的支持下译经，终其一生才翻译了不足百卷，可是以我那烂陀寺如今庞大的三藏规模，想要传到东土并且翻译出来，又要有几个百年才能完成？所以，师父派我前去大唐，就是要选一个取经人，要让他历尽千辛万苦，来到我天竺那烂陀寺，在整个大唐的瞩目下，将经律论三藏带回长安。当年除了你，我还选择了另外三人，贞观三年，你们曾经一起上表给皇帝，要求西游，被皇帝拒绝后，其他三人退缩了，最终只有你走上了西游之路。"

玄奘被巨大的冲击震撼了。原来自己从西游的第一日起，就是被选定的取经人！整个计划持续了十七年！

"大乘天，"婆婆寐忽然道，"当日在长安，我便见过你，当时就认定你是最合适的取经人。因为你志向如铁，绝不退缩，更因为你与大唐皇帝交情非凡，取经计划完成之时，会事半功倍。老和尚在实行轮回计划之时，你多方阻挠，但我从未对你动过粗吧？便是因为你承载了佛门最终的希望。所以，你我手段不同，但最终的目的却是一致的。"

玄奘不知道心中是何滋味，神情复杂地凝视着面前的三人，他以为自己的人生从来都是自己在决定，从当初偷渡出川，周游天下，到日后偷渡出关，西游列国，他遵循的都是内心的召唤和此生的理想。可事实上，他同那顺和莲华夜一样，都是一个被控制了人生的人，都要完成一个庞大的计划，都是耗费了数十年光阴布下的一个局中的一枚棋子。唯一不同的是，他依然是他，而莲华夜却不再是莲华夜。

玄奘忽然间有些迷茫，如今所得到的，是自己当年的理想吗？别人安排他取走的，是当年他要取的真经吗？背在肩上的使命，是他曾经追求的那种吗？

巨大的幻灭感席卷而来，仿佛海潮般淹没了他，难于呼吸。

"弟子……弟子想家了。"玄奘喃喃道。

戒贤法师正要说话，玄奘深深地施礼："师父，或许天竺对于弟子而言，只是生命中的驿站。我的归宿在大唐，这桩使命无论是您安排的也好，是弟子曾经追求的也好，都是值得我为之付出终生的，弟子便做这个取经人、译经人吧！请师父恩准弟子回国。秘社之事，与弟子再无关系。"

"师弟。"波颇有些不忍。

玄奘笑了笑："道不同，所以路不同。我回大唐传这如来大道，您在天竺做那杂咒巫卜。只是师兄，要想让我置身事外，却有一个要求。"

"师弟请说。"波颇道。

"我要带那顺和莲华夜走，把他们的人生还给他们！"玄奘神情严肃。

波颇和娑婆寐面面相觑，好半晌，娑婆寐才道："大乘天，其实方才您的推测有一点是错误的。那顺和莲华夜，并非我以咒术和幻术所控制，更没有改造他们的记忆，灌输他们三十三世的人生。"

"哦？"玄奘惊讶，"那真相是什么？"

"真相——"娑婆寐犹豫很久，才道，"他们是我雇佣的演员，从幼年起，便以自己的人生在上演这样一出戏！整个事情他们一清二楚，自愿走进这命运之环，轮回之狱！"

玄奘真正惊呆了。这件事太过不可思议，因为无论那顺还是莲华夜，在他们身上完全看不出丝毫表演的痕迹，他们的痴恋，他们的痛苦，他们一世又一世的人生，他们击碎这轮回之狱的疯狂与绝望，怎么可能是假的？

"那顺是七年前我选定的一个粟特孩子，当时他才十岁。他的家族毁灭于一场战争，自己也被贩卖为奴隶。我买下了他，问他愿不愿意用自己的一生去扮演一个人，我可以给他自由，给他任何想要的东西，他同意了。"

婆婆寐道，"至于莲华夜，她的确是个妓女，也的确是从苏毗女国贩卖过来的，我问她，这一生是否悲惨，愿不愿完全忘掉自己，去扮演另外一个人，她同意了。"

玄奘仍然难以置信："那么……他们两人练习过吗？那种情感如此真挚，你是不是曾经让他们互相习惯，彼此配合？"

"他们此前并未见过对方。"婆婆寐道，"他们只是知道，自己的角色里，将会有一个人在等待着自己，他（她）会爱上那个人，痴缠入骨。那个人将会陪她（他）度过此生，度过来世。他们知道自己的人生是虚假的，却不知道对方的人生也是虚假的。大乘天，您说的有一点没错，他们是在用自己的一生来演一场戏。他们愿意投入这个角色，愿意为了这个角色耗费自己的一生，倾注所有的情感，所有的生命。从入戏的一刹那，他们就为了这个角色而活。所以大乘天，您带他们走，他们答应吗？"

玄奘失魂落魄，他迷茫地抬起头，看了一眼婆婆寐，看了一眼波颇，又看了一眼戒贤法师，脚步蹒跚，转身离开了精舍。

戒日王还在候着，见玄奘出来，急忙问："戒贤法师如何了？"

玄奘失魂落魄，似乎没有听见，沉默地走了出去。戒日王和婆尼对视一眼，以为他担忧戒贤法师的病情，叹了口气，没有再说什么。

那顺和莲华夜在一处客舍中等着，寺中纷乱，也没人关注他们。两人倒也不觉得寂寞，互相依偎着，诉说着情话。玄奘推门走了进来，愣愣地看着二人，心中五味杂陈。

"师兄，"那顺担忧地迎过来，"你不用太担心，戒贤法师自有菩萨护佑。"

"还叫我师兄吗？"玄奘苦涩地叹息着，"当一个人用自己的生命来演戏，哪怕知道是被骗，我依然对你是曾经的情感。"

"师兄，你在说什么？"那顺迷茫。

"当初刚见到你的时候，我不知道你是否真是圆观转世，可我仍然愿意带着你，拨开这层层迷雾，让你去看清这人生的真相。因为你们坚信这场爱情，那么它就是这世上最美好的情感，不容亵渎，不容伤害，我愿意在这生老病死的世间，看到一个美好的结局。"玄奘悲伤地望着他，"可是到头来，原来这世上美好的东西都要被摧毁，真相丑陋不堪。"

"师兄……师兄……"那顺慌了，结结巴巴地道，"你说的我真不明白啊！"

"还要骗我！"玄奘恼怒了，"你真的是那顺吗？"

"我就是那顺啊！"那顺委屈地道。

"你真的是圆观转世吗？"玄奘追问。

"我——"那顺分辩，"我的确记得你我上一世的交情啊！"

"你真的从幼年就爱上莲华夜吗？"玄奘问。

"当然了！"那顺急了，"师兄，这点我不曾骗你啊！"

"好，那么我问你，"玄奘吸了一口气，"你是否还记得十岁那年，被外族的军队攻破了家园？自己被绳子拴着，仿佛猪羊般牵走。你回头望去，家园和城池在燃烧，冒着烽火狼烟，遍地残垣，你父母兄弟的尸体躺在烈烈的火焰中。你有没有拼命回头号哭？你有没有抗拒挣扎？你有没有对前方的道路充满恐惧？"

那顺愣住了，他静静地望着玄奘，但焦点却不在对方脸上。视线仿佛穿透了人世沧桑，穿透了山脉大地，凝望着七年前康居海畔的粟特人村邑，那里正有烽火燃起。

"我看见了。师兄，"那顺喃喃道，"突厥人的马蹄踩在了我母亲的头上，她满脸是血，头颅破碎。我的父亲握着长刀，被无数长矛刺穿，我的哥哥正在奔逃，一支箭插在他后背。然后我的哥哥回过头喊：帝那伏，快逃！"那顺泪水流淌，看着玄奘，"帝那伏，那是我的名字。"

"那么，你为什么叫那顺？"玄奘问。

"是啊！我为什么叫那顺？"那顺神情迷惑。

玄奘凝视着他，心渐渐沉了下去。他自然看得出来，那顺并非伪装，而是真正忘掉了自己原本的身份！不知道婆婆寐到底动了什么手脚，他真正是以生命来演这样的一个角色，演一个转世之人，从小就爱上了一个素未谋面的女孩，他或许不曾真的行走百国去寻找她，可是在他逼真的表演中，他的心灵早已经行走了无数的国家，历尽了无数的沧桑，只为了能找到这个女孩。

或许一开始只是在演戏，但如今，这个角色已经深入到那顺的内心和骨髓，他忘掉了自己！

"法师，您不要再问了。"莲华夜袅袅婷婷地走了过来，"我们的确是在演戏，他或者我，都是在演一个别人安排给我们的角色。"

"你还没有忘掉自己吗？"玄奘问。

莲华夜摇摇头："我和他不一样，我被安排的角色，要牢牢记住三十三世的轮回，每一世都要清清楚楚，然后才能让我痛入骨髓，才能让我演得逼真动人。至于真正的自己，无非是另外的一世轮回而已，想记住或者想忘掉，并没有那么难。"

"为什么要答应娑婆寐，去做这么悲惨的事情？"玄奘问。

"不答应又能如何？"莲华夜凄然一笑，"难道原本的生活就幸福吗？只不过是从一个炼狱，进入另一个炼狱而已。而在这个炼狱里，我还能告诉自己，这只不过是我要演出的角色，都是假的。既然是假的，那便不疼了。"

玄奘的心中充满了大悲凉，他历尽艰辛，九死一生，为的便是成全他们，不让这种真挚的感情遭到恶浊世界的亵渎，可难道连这种感情也是假的吗？

"在你们之间，还有真挚的东西存在吗？"玄奘问。

"为什么没有？"莲华夜走到那顺身边，轻轻地搂住他的胳膊，嫣然道，"法师，您不觉得当我们为莲华夜和那顺的人生倾注了一生的情感之后，他们的人生，便是我们的人生吗？在三十三世的轮回中躲闪飘零，在末法乱世中挣扎寻找，在阴谋与掌控中痴情挚爱，哪怕起初是演戏，可这场戏耗尽你一生的情感之后，你叫我如何不爱上他？"

"莲华夜，你们在说什么啊？"那顺诧异地询问，"我为什么听不懂？"

"法师在问，你想带着我去哪里？"莲华夜温柔地道，"那顺，不管你去哪里，我都会跟随你。"

"好啊！"那顺眉开眼笑，"莲华夜，这一世找到你，我们就再也不会分开了。师兄，你祝福我们吗？"

玄奘没有再追问下去，他眼中流着泪，凝望着那顺微笑："我当然祝福你们。那顺，有什么心愿，你告诉我，我帮你完成。"

那顺想了想："师兄，还真有个心愿。我要做国王！"

玄奘愣住了，连莲华夜也不可思议地望着他。

那顺解释："师兄，你想想莲华夜的命运轨迹，当遇上提婆达多之后，她就会成为王后。如今提婆达多已经出现了，我确认，他就是娑婆寐。那么下一步,莲华夜就要成为王后了。所以,我要做国王!我要成为她的国王,她要成为我的王后!"

玄奘目瞪口呆,刚要说什么,莲华夜凄然笑道:"法师,能为挚爱的人奋斗一生,难道不幸福吗?让他知道真相,这一切都是假的,他会幸福吗?"

"好。"玄奘擦干眼泪,微笑着,"贫僧会让你做一个国王!"

"什么?你要那顺成为国王?"波颇愣在当场。

净室中,戒贤法师、波颇和娑婆寐三人听玄奘说出要求,都惊呆了。

玄奘点点头:"贫僧此生从未要挟过别人,也从未与人交换过什么,但是今日,我就拿这轮回计划的真相,交换一个国王。贫僧的条件就是这样,你们让那顺成为国王,我对此事守口如瓶,启程回国。"

波颇和娑婆寐面面相觑,都有些犹疑。

"成为国王,也并非什么难事。"戒贤法师忽然道,"大大小小的萨蒙塔,都可以称为国王,无非是国土的大小而已。娑婆寐,解铃还须系铃人,此事就由你来解决吧!"

娑婆寐咧嘴苦笑,却没有拒绝。他很清楚玄奘的性格,此人为了那顺,与自己展开连绵争斗,最终几乎破掉了自己的一切术法。他对玄奘可以说是忌惮到了极处,能用这种方式换玄奘的妥协,往日里可是想都不敢想。这和尚对谁做过妥协?

娑婆寐无奈,只好答应了下来。

私下里,波颇悄悄问娑婆寐:"尊者,让一个普通人成为国王,这也太儿戏了吧?你为何答应下来?"

娑婆寐笑了笑:"法师,你对这玄奘是否忌惮?"

波颇默默地点头,他与玄奘接触不多,但这僧人让他极为悚惧。

"那就是了。"娑婆寐道,"玄奘当着戒贤法师的面,破解的只不过是咱们的第一层计划,若是让他在天竺多留些年,只怕最终极的计划,也会被他彻底破掉。到那时,你我数十年的谋划,岂非毁于一旦?"

波颇脸色变了:"他真能看破这个计划的最终目标?"

"此人虽然谈不上具备天眼通,然而世间万物在他面前纤毫毕现,无所遁形。"娑婆寐叹道,"此前我和他数次交锋,虽然说不上以失败告终,却也极为狼狈。他之所以没有彻底看穿咱们的计划，并非他看不破，而是这个计划贯穿数十年，无数个国家，早已成为一套庞大复杂的体系。他如今已经揭破第一层，若是给他时间，谁能担保他不会直击本质？"

波颇脸色凝重起来，点点头："既然如此，不管付出多大的代价，也要让他回国。他提的要求虽然说难，却也并非无法完成。你我合力，总能让戒日王封他一个萨蒙塔。"

"若是萨蒙塔，那就好办了！"娑婆寐双手一击，喜悦道，"萨蒙塔也算是国王啊！那顺和莲华夜是戒日王的长生药，哼，想长生，册封一个萨蒙塔算得了什么？我这便去见戒日王！"

娑婆寐为了让玄奘离开，心里颇为焦急，当即求见戒日王，舌灿莲花，进行游说，请求封那顺为国王，成为一个小萨蒙塔。戒日王起初惊异，询问之后当即大笑不已。戒日王拥有四海，为了长生又吝啬什么补偿，当即答允。告诉娑婆寐："曲女城外有一村邑，名曰梵帝陀，有数百户人家。朕就将此邑封给那顺，让他去做个国王。"

消息传来，那顺喜不自胜。天竺大大小小的萨蒙塔，大的拥有数千里方圆，小的无非几座城邑。自己的领地虽然小，但到底是名正言顺的国王，这数百户人家就是自己的食邑，租税全部都是自己的。

那顺怕戒日王反悔，当即请他下了明旨，拿着册封文书，赶往曲女城接收村邑。玄奘看着他兴奋激动的样子，心中酸楚，送别他到了那烂陀寺之外。

"师兄，您为何悲伤？"那顺道，"从此后，我就是国王了！我第一件事就是迎娶莲华夜做我的王后。您看，虽然一切都按照命运发展，可这次的国王是我啊，莲华夜是我的王后啊！我会永远保护她，绝不会让人在宫墙之下，打破她的头颅！"

莲华夜温柔地望着他："那顺，你真的很勇敢。这世上才有几人能成为国王，可是你办到了。那顺，我会做好你的王后，为你生儿育女，这一生一世，再也不分开。"

"错了。"那顺严肃道，"生生世世，再也不分开。莲华夜，我找你找得太苦了。今生找到了你，我便永远不会放手。"

玄奘心情沉重，他有些迷茫，若是那顺此生永远活在这个角色里，或许会很幸福吧？

朝阳下，玄奘送别二人。遥望着马车消失在山峦起伏中，似乎从这烂浊的世间剥离出了干净的血肉。

玄奘还在那烂陀寺山门前站立的时候，忽然无数的刹帝利禁卫从寺中策马冲出，中间是戒日王的辇车，一行人神情焦急，行色匆匆。玄奘急忙避在一边施礼。

戒日王从车上探身："法师，朕要尽快赶回曲女城，就不与法师告别了。"

"陛下，出了什么事？"玄奘问道。

旁边的婆尼答道："波斯人强渡印度河，伊嗣侯三世开战了！"

玄奘大吃一惊，说话之间，刹帝利禁卫簇拥着辇车仿佛狂风暴雨般走远。酝酿两年之久的这场战争，最终还是突如其来地来临了。

事情的起因，却是半年前王玄策所谋划的灭国之局。当日，王玄策在曲女城中劝说伊嗣侯三世北上吐火罗，与大唐联合夹击欲谷设。伊嗣侯三世并没有按照计划举族北上，只是派出哨探勾画关隘舆图，并关注着欲谷设和薄布的战事进展。不过王玄策也没有将计划的成败完全放在伊嗣侯三世身上，他回到长安后，立刻通过商贾在丝路上散布消息，说大唐和波斯达成协议，支持伊嗣侯三世北上吐火罗，歼灭欲谷设。

欲谷设很快就听到消息，大吃一惊，他如今在大草原上和薄布僵持不下，若是波斯人从背后偷袭，他势必会全盘崩溃。

欲谷设没有轻举妄动，他乃是一代枭雄，丝毫不拖泥带水。他先做出种种举动麻痹薄布，然后悄悄分兵，亲率大军绕道两千里，奔袭吐火罗。吐火罗王阿史那·乌湿波根本没料到欲谷设竟然如此胆大包天，敢突袭自己。他虽然有铁门关天险，但一则毫无防备，二则国内的劲旅大多调去帮助薄布了，毫无防备，被欲谷设攻破阿缓城，自己也做了俘虏。

欲谷设占领阿缓城之后，先是大掠三日，随即攻占了阿缓城东南的各个隘口，防备波斯人北上。阿缓城一带的富商和贵族纷纷逃亡，大多数都逃到那竭国，以观战局进展。

这一事件，《旧唐书》中记载道：咄陆（欲谷设称号乙毗咄陆可汗）复率兵击吐火罗，破之。自恃其强，专擅西域。

欲谷设攻占吐火罗，引起了轩然大波。首当其冲的就是伊嗣侯三世。

从理论上而言，王玄策的建议当真算是奇计，虽然实现起来颇为困难，却能够让波斯人跳出樊笼，从此海阔天空。事实上，三年以后，走投无路的伊嗣侯三世最终还是走了这条路，和吐火罗王联兵，以吐火罗为据点抵抗大食人，在大唐的支援下垂死挣扎二十年。

然而此时，因为伊嗣侯三世那犹豫不决的投机心态，这条路已经被欲谷设掐死，波斯人的局势更加险恶。西面有大食人虎视眈眈，东面有戒日王枕兵印度河，北面有欲谷设随时南下，而南面呢？顺着印度河往南走几百里，就是浩瀚大海……

伊嗣侯三世和戒日王谈判破裂，刚刚回到犍陀罗国的城堡，就听到了这个噩耗。他顿时呆若木鸡，后悔得五内俱焚，摘掉冠冕，以头触地，哭道："为什么朕的每一个决定都是错的？当初朕为了保存圣火，却丢掉了国家；如今朕疼惜子民的性命，没有北上吐火罗，却导致所有人的性命岌岌可危。朕难道真的不适合做这个君王吗？可为何上天要把这个责任放在朕的身上？"

这时，大麻葛和菲鲁赞悄然走了进来。大麻葛劝慰道："陛下，您心地善良，所以大家才愿意跟随您。大国局势瞬息万变，您责怪自己又有什么用？"

伊嗣侯三世起身，却一个趔趄，跌坐在地，背靠着祭坛，呆呆不语。

"陛下，北上之路被掐死，如今咱们只有东渡印度河这一条路了。"大麻葛叹道。

"哈哈……哈哈！"伊嗣侯三世笑着，却满脸绝望，咬牙切齿，"这上天啊，待朕还真是不薄！无论朕抱有多微渺的希望，总要活活给掐死！"他愤怒地站起来，跑到神殿中央，愤怒大吼，"朕是被这上天弃绝之人吗？"

菲鲁赞和大麻葛也有些绝望，沉默地站在神殿中。

"菲鲁赞，命勇士们准备牺牲吧！"好半晌，伊嗣侯三世低声道。

菲鲁赞愣了："陛下？"

"没有希望了，只有强渡印度河。"伊嗣侯三世喃喃道，"朕要开战。"

"陛下三思，如今戒日王早有防备，不是开战的好时机啊！"菲鲁赞劝道。

"好时机？"伊嗣侯三世惨笑，"这上天给过朕好时机，可朕却眼睁睁丢掉了它。此时，不管是大食还是突厥、天竺，这些王都在笑朕吧？笑朕懦弱无能，优柔寡断，朕却偏要他们看看，我波斯人，究竟有没有血勇！朕意已决，强渡印度河！"

伊嗣侯三世传下诏令，分布在犍陀罗各地的波斯人闻讯而动，开始集结。整个犍陀罗国噤若寒蝉，都知道一场血战即将爆发，谁都不敢阻挠。犍陀罗王命令关闭城门，日夜值守。所幸波斯人并没有骚扰他们，只是在富楼沙城东集结，修筑起庞大的营寨，营寨中聚集了五六万的波斯军队，扼守住各个隘口。

萨珊波斯时期，兵种主要分为车兵、步兵、骑兵，再有就是舰队。车兵耗资巨大，帝国最强盛时也不过二百辆的规模，如今早已无法维持。至于舰队，主要由腓尼基等地中海沿岸的属国提供，波斯丧国之后，舰队也彻底毁灭，如今剩下的只有步兵和骑兵。

然而强渡印度河，必须靠舰队。统帅菲鲁赞早就征集了大批的渔船，改造成战舰，反正戒日帝国的舰队也不行，波斯人打的还是登陆战，双方比拼到最后，靠的还是步兵和骑兵。

菲鲁赞征集的渔船大约三百艘，载上武器和战马，一次性大约能运载八千人渡河。这第一批渡河的八千人，最大的任务就是占领一片滩头阵地，顶住戒日王的攻势，接应大军渡河。

伊嗣侯三世站在渡口搭建的指挥台上，凝望着三百艘战舰扬帆待发，驶向对岸，他脸色发白，紧张地握着黄金权杖，连五指都是白森森的。由不得他不紧张，据说对岸的天竺军团也早就开始集结，印度河上，帆樯林立，无数的战船在河面上游弋。而对岸的码头也是战船就绪，铁骑奔驰，开辟成了巨大的水军营寨。无数工匠修建寨墙和营盘，辅兵和仆役运输着一车车的物资，乱糟糟一团。

生或者死，挣扎犹豫了那么久，到头来还是要做这样一个选择。

就是在这种战事笼罩中，玄奘离开那烂陀寺，踏上了漫漫的回国之路。自从贞观三年开始西游，到如今已经十二年，他在天竺漫游十年，仿佛只是弹指刹那。

十七年前戒贤法师策划的取经人计划，为的便是今日。戒贤法师下令打开经院，选出五百二十六夹，共六百五十七部佛典，一百五十粒佛舍利，让玄奘带回大唐。佛典堆积如山，装了整整五六辆大车，那烂陀寺派遣净人护送，组建成一支庞大的车队，伴随玄奘踏上了回国之路。

那烂陀寺有些僧众对如此厚待玄奘表示不满，认为这些经书都是寺中瑰宝，不能带往大唐。戒贤法师当即升狮子座，宣布玄奘乃是旃檀佛像转世，如今恰好是佛陀灭度一千二百年，应了佛陀的嘱咐，前往震旦，广利人天。

一时间那烂陀寺众人皆惊，这旃檀佛像实在有天大的来历。

据《增一阿含经》记载，佛陀在世时，有一次前往三十三天的忉利天为生母摩耶夫人说法，三月不还人间。优填王思念佛陀，派工匠以旃檀木造了一尊佛陀像。佛陀从忉利天返回人间，优填王、佛陀的十大弟子等人纷纷前去迎接，而这尊旃檀佛像也腾空而起，去迎接佛陀。佛陀见到旃檀佛像之后，为之摩顶授记说："我灭度千年后，汝往震旦，广利人天。"

震旦便是东土中原。这尊旃檀佛起初供奉在天竺，三百年前从天竺传入龟兹，两百年前，高僧鸠摩罗什将它带到了甘肃凉州，之后流入长安。这是佛陀安排给它的使命。佛陀入灭到如今，恰好一千二百年。[①]

戒贤法师如此说，乃是宣布玄奘便是这尊旃檀佛像转世，今生受了佛陀的授命，前往中原大唐，完成佛陀遗愿。

"吾之弟子提婆奴，汉名玄奘，十世修行，今生当得成佛。号曰旃檀功德佛。"戒贤法师宣布。

玄奘明白，这是一种造势，目的是要让他携着巨大的声望回归大唐，完成传经大业。这种声望威力无穷，前世乃是旃檀佛像之事一旦确定，五天竺整个佛界，便是以他为尊。回到大唐，大唐的佛教界也是以他为尊，只要他在一日，佛教便可昌盛一日。

可是就他而言，他知道自己是个普通人，并无什么特殊的来历。佛陀说过，万物众生皆有佛性。他就靠着这均匀分布于众生间的一点佛性，去

[①] 关于旃檀佛像一事，可参阅元代程钜夫所著《旃檀佛像记》。旃檀佛像从天竺流传入中国，从十六国时期的后凉一直到清朝，均有完整流转记录，先后在凉州、长安、江南、汴京、上京、北京等各处享受奉祀。直到清光绪年间，八国联军攻陷北京，旃檀像被俄国人劫走，运往俄罗斯，从此下落不明。

追寻今生的大道。在这个过程中，会受到无穷无尽的诱惑，他告诫自己谨记一点：点上心头一盏灯。有了这盏灯的照耀指引，才不会行差踏错。在他的生命中，修行的是自身圆满，倘若为了佛门兴衰，王朝兴亡，就熄灭了心头的这盏灯，那么修到最后，只会修入泥犁狱中，化作抛弃佛性的夜叉猛鬼。

于落日夕阳中，玄奘回头，合十鞠躬，作别戒贤法师，作别那烂陀寺，走上回国之路。

回国之路，必经曲女城，那顺和莲华夜便随同玄奘一道。一行人浩浩荡荡，走了半个月，方才抵达曲女城。在战争阴云的笼罩下，曲女城也是一片忙乱，戒日王招募的军队已经纷纷抵达，前锋部队数日前就已经开拔。

戒日王亲自率领中军，正准备出发，听到玄奘回国，还是百忙中抽出时间来见他。他的铁杆盟友鸠摩罗王也率领军队抵达，便一同为玄奘践行。戒日王欲送玄奘巨象一头、金钱三千、银钱一万，以及沿途所需物资。玄奘谢绝，只取了一条粗毛披肩，作为防雨所用。

戒日王无奈，只好随他，略作寒暄之后，便与鸠摩罗王、婆尼等人率领三万中军，次第而发。后续的部队源源不断，绵延数十里。

戒日王并未忘了册封那顺为萨蒙塔之事，亲自交代下去，曲女城外的那座梵帝陀村，交割给那顺。那顺喜不自胜，带着莲华夜和玄奘去查看，这村子大约有四五百户人家，根据天竺萨蒙塔的制度，就是那顺的食邑。这几百户人家从此就算是那顺的臣民，缴纳贡赋。

算上耕地，村邑方圆有三十里，背靠恒河，土地肥沃。恒河边一座山丘上，还有一座行宫，据说戒日王当年曾短暂居住过。虽然规模不大，却也是帝王格局。那顺很高兴，跟莲华夜商量着："咱们把这座行宫修缮一二，从此就住在这里，可好？"

莲华夜温柔地望着他，说道："以后你就是国王了，不必事事与我商量。"

那顺大笑："我们这个国家，唯一的大事就是你是否快乐。"

那顺站在行宫宏伟的门前，眺望着山下数百户的人家，志得意满地道："法师，从此以后，我就是国王了！"

"这个国家，可有名字吗？"玄奘笑着问。

那顺挠挠头："对了，还得有名字。嗯，就叫帝那伏国！"

"帝那伏国？"玄奘吃惊，忽然想起了他真正的名字，难道他记忆起真正的自己了，"为何要叫这个名字？"

那顺想了想，摇头道："不知道……不知道为何，这个名字突然就从心头蹦了出来。我不知道它跟我有什么关系，但很想让这个名字在世间流传。"

玄奘和莲华夜对视了一眼，莲华夜轻轻摇头，脸上有哀求之色。玄奘默然。

那顺逸兴遄飞，指着四周："我要让人在这行宫周围筑起三弓高的宫墙，把整个山岭包围起来。城墙的四角，要筑起瞭望塔——"

玄奘瞠目结舌。弓，天竺长度，一弓为大唐的六尺，三弓高即这座城墙的高度达到了五米四，比曲女城的城墙还要高！

"为何要建如此高墙？"玄奘询问道。

那顺沉默片刻，慢慢地道："我永远也忘不掉每一世的轮回里，莲华夜都是死于宫墙之下。如今我成了国王，我要建起高不可越的宫墙，飞鸟不能过，妖邪不能攀，我要日日守在宫墙门外，不会让任何人伤害莲华夜！"

莲华夜也不知是感动还是伤感，慢慢把脸庞贴上他的胸口："如果能够厮守一生，哪怕我今生不再踏出这宫墙一步，也足够了。"

看着那顺满脸快乐的样子，玄奘只觉得内心充满了悲哀。这一场轮回，明明只是一场戏，却让两个男女生死不渝。虽然一个仍然沉溺于角色之中，一个早已清醒过来，可是那又如何呢？只要他们把自己的爱情当作真实，对他们而言，这世上又有什么是虚幻的呢？

那顺说干就干，第二日，就招募了整个村庄的人力，开始修筑这道宫墙。

玄奘不忍心再看，只住了一夜便告辞而去。那顺依依送别："师兄，等我战胜了命运，便到长安看你。当年你把我的遗体葬在了白鹿原上，我说过，或许有一日，你也会葬在白鹿原，到时候我们还会重聚。"

他认真地说着，毫不晓得这只是别人教给他的一句台词。他还眷顾着上一世和玄奘的情谊，或许还能想起他们当年在河洛山中相逢，他弹奏古琴，惊动了岁月沧桑。

玄奘慢慢流出了泪水，脸上却微笑着，挥挥衣袖，转身离去。

曲女城到印度河的官道，全都是连绵不断的大军开往咀叉始罗。这座印度河边的小城如今成了戒日王大军的屯驻地，天竺各处应召而来的军队、器械、粮草都往这里集结。

天竺的道路崎岖难行，哪怕平原地带，也不曾压实夯平，加上气候潮湿多雨，一有大车碾压而过，便留下深深的沟壑。如今官道都已经被军队挤占，商旅百姓统统避在道路两侧，军队通行之后才允许上路。所幸玄奘回国乃是天竺的大事件，无论军队还是商旅，一见玄奘的车队路过，都毕恭毕敬。一路上，玄奘几乎和远征的军队同行同住。

几日之后，忽然身边的军队加快速度，扔掉辎重，急速行军。玄奘让人一打听才知道：开战了！

第十七章
印度河：围城战场

印度河对岸，一座高冈上。

高冈上搭建了高台，戒日王站在上面，眺望着印度河上密密麻麻的船帆，他身后站着帝国军队的十余名将军，等候他的命令。

"朕的营寨正好扼守在渡口，波斯人看来是打算从下游渡河。"戒日王笑道，"他们不打算跟朕水上决战，而是想打一场登陆战。那么，朕偏不让他们如意。"戒日王转身下令，"传朕的命令，帝国舰队火速迎击，此战以摧毁敌方舰船为主！"

舰队的将军领命而去，水寨之中升起旗帜，一艘艘战舰驶出水寨，挂起船帆，向着下游而去，截击波斯战舰。

双方舰队在印度河中流遭遇，惨烈的血战刹那爆发。

八十丈开外，波斯人的舰队率先发起攻击。波斯盛产火油，这四百年与拜占庭的战争中大量使用火油，他们将火油装在陶罐中，塞上白布，装进小型的抛物袋，射程足有百丈之远。眼看天竺人的舰队进入射程，统领舰队的军团长一声令下，战士们纷纷点燃白布，将陶罐弹射出去。顿时密密麻麻的陶罐卷着烈火，飞向天竺舰队。

一次齐射三百只陶罐，空中仿佛飞翔着无数的火焰流星，纷纷落入天竺舰队的阵列中，起码有三分之一射中对方舰船，轰然一声，陶罐与舰船碰撞，烈火熊熊燃烧。天竺人从未见识过这种战法，顿时手忙脚乱，有些人急忙灭火，更有些人被火油溅射在身上，顿时惨叫四起，纷纷跳进河中。有些舰船成功将火势熄灭，但有些却无法控制火势，在熊熊的烈焰中沉没。

天竺舰队的统领知道己方在远距离作战上相对逊色，急忙下令飞速前进，冒着无穷无尽的火油陶罐，将双方的距离拉近五十丈。五十丈的水面上，天竺舰队起码损失掉五六十艘战舰，上千人葬进印度河。

"长弓手，齐射！"天竺舰队统领下达命令。

天竺人的长弓威力强大，弓的高度按照使用者的身高制作，以棕榈、竹和各种韧性强的木材制作，弓弦为鹿筋、丝麻等材料，拉力极大。这些战士将弓的一端撑在船板的卡槽里，左脚蹬着弓身，双手拉弦，箭有三肘长，数十丈之外能穿透盾牌和人体。

长弓手双手拉弓，上千人同时齐射。长箭穿越河流上空，密密麻麻地射向波斯战舰。顿时波斯人仿佛遭受了狂风暴雨的击打，无论盾牌还是甲胄，均被射穿，甚至有些利箭穿透人体之后力量不竭，又穿一人！几轮齐射之后，波斯人战舰上仿佛被血雨洗过一般，尸横遍地，到处都是死尸和惨叫的伤者。

双方再度靠近，到了三十丈的距离，波斯人的弓箭也派上了用场，双方隔着水面对射。战况空前激烈，不时有中箭之人栽到河里。方圆数里的河面上，尸体漂浮，鲜血染红了河水，时常有战舰从尸体上碾压而过，水波动荡，死尸载沉载浮。

几轮互射之后，双方的舰队骤然逼近，轰隆隆地撞进了对方的船队。波斯人的战舰都是渔船改造，顿时吃了大亏，不少船只直接被撞沉。搭上百艘战舰沉没的代价，总算把天竺人的船速阻挡了下来。双方爆发了接舷战。

印度河上厮杀连天，双方一方是捍卫家国，一方是无家可归，战斗意志空前强大，一旦船只被对方攻破，往往战至最后一人也不肯弃船。哪怕是胜利的一方，也要付出同样惨重的代价。

印度河西岸，波斯人的麻葛们围绕着圣火祭坛，一起祝祷，唱着古老的祭词。伊嗣侯三世站在高台上，看得浑身颤抖，热泪盈眶。

"战士流血，罪责在朕。若是能让我波斯子民在五河地谋得栖身之地，朕宁愿死后不享圣火祭祀。"伊嗣侯三世喃喃地念祷着，"只恳求万能的马兹达神能护佑朕的战士平安归来。"

菲鲁赞急匆匆走上高台:"尊敬的万王之王,战况已经胶着。必须执行下一步计划了。"

"你是统帅,下令即可。"伊嗣侯三世道。

"遵命。"菲鲁赞拿起军旗,挥舞几下,传令兵将他的意志一层层地传递。

"陛下,战况空前胶着,恐怕无论谁胜都是惨胜。"印度河东岸,宰相婆尼也忧虑重重。

戒日王不以为然:"何谓惨胜?波斯人的目的是渡河,只要他舰队毁灭,战略目的就彻底失败。整个战局咱们就会占据主动,进可以渡河攻击,退可以凭河据守。说到底,哪怕两支舰队同归于尽,也是咱们赢了。"

便在此时,南面的营地突然爆发出一声惊天动地的呼喊,众人大吃一惊,朝南方望去,只见营地南面尘土飞扬,传来阵阵闷雷之声。在场的都久经战阵,同时脸上色变——这分明是大队铁骑奔突之势。看情况,竟然不下万骑!

"怎么回事?"戒日王大喊。

立刻有斥候快马回报:"启禀陛下,波斯骑兵突然出现在南方三十里外,向我军营寨杀来,如今距离不到五里。鞠陀那多将军已经率军迎击!"

"波斯骑兵有多少人?"婆尼急忙问。

"应有万骑左右!"斥候道。

戒日王脸色铁青:"这上万骑兵,到底是怎么渡过印度河的?"

"这个……"斥候为难,"尚未探明。"

婆尼苦笑道:"陛下,他们出现在南方,那必定是波斯人收买了伐剌拿国,从伐剌拿秘密渡河,穿过滩涂戈壁,绕道而来。"

正在这时,又一股斥候来报:"陛下,鞠陀那多将军全军覆没,波斯骑兵已经攻入南大营!"

"废物!都是一帮废物!"戒日王愤怒不已,"命令中军支援,务必守住南大营!"

话音未落,只见印度河下游方向,突然桅杆林立,一支舰队逆流而上,冲向正在胶着的战场!那支舰队规模不大,约有百艘战舰,但这是一支完全的生力军,一加入战场,立刻朝天竺舰队发动了猛烈的攻击,天竺舰队顿时支撑不住，呈现溃败之势。

"原来他们在伐剌拿造船！"戒日王呻吟一声，"朕轻视了这帮波斯人啊！"

这便是伊嗣侯三世和菲鲁赞耗费两年时间所策划的渡河之策。他们先是收买了犍陀罗南方的伐剌拿国，在伐剌拿国的港口造船，提前三日，输送了上万的骑兵。随后正面渡河，牵扯住戒日王的注意力。等到两军交战时，骑兵发动突袭，搅乱戒日王的部署，随后秘密舰队加入战团，消灭天竺舰队。

战况果然如同伊嗣侯三世所期待的那样，两支舰队合力击溃了天竺舰队之后，即将护送士兵登陆，而这一万铁骑悍不畏死地对南大营发动进攻，将天竺军队牢牢地挡住。很快，船队抵达河岸，剩余的三千步兵跳下战船，加入攻击南大营的行列。

看样子，他们竟然是要夺下南大营，以南大营为根基！

戒日王被气得两眼发晕，下令不惜代价一定要守住南大营。霎时间，天竺军队如同潮水般增援南大营。但南大营此时已经有大半落入敌手，双方就在南大营的栅栏处进行争夺战。

"陛下，伊嗣侯三世图谋印度河两年，早已经想尽办法，咱们前期吃些亏是正常的。"婆尼劝道，"只要顶住他前期的攻势，他缺乏纵深，最终必败无疑。"

"波斯人的船队往来一趟要一个时辰，必须在这一个时辰内击溃南大营的波斯人！"戒日王也想明白了，立刻下达命令。

波斯的步兵死死堵住南大营入口，而骑兵除了围剿南大营内的残军，剩余的则是侧重打击两翼。双方将近三万人马，就在这狭窄的地段内厮杀得血流成河。

步兵是波斯的基本兵种，分为弓箭手、盾牌手、长枪兵、投石手，四大兵种配合作战已经成了波斯帝国几百年的传承，哪怕是靠船队运输过来，兵种也是健全的。他们三千人扼守在南大营入口处，投石手和弓箭手率先发动远程打击，待到对方骑兵冲到近前，立刻退回，盾牌手掩护着长枪兵上前，将巨盾砸在地下，盾与盾的交叉位置则伸出一杆杆长枪，密密麻麻，有如棘刺丛林。

天竺的骑兵率先撞上这道棘刺丛林，冲锋在前的骑兵人仰马翻，有些更是连人带马被串在了长枪之上。但更多的战马踏碎巨盾，跌入军阵中。波斯战士立刻刀矛齐下，将他们刺死。

然而，随着一波波的天竺铁骑悍不畏死地发动冲击，最前面的几重战阵纷纷被摧毁，重装步兵在马蹄践踏和弯刀劈砍下，死伤惨重。营寨门口，人尸马尸堆积如山，垒起几尺高！

更远的外围，波斯的骑兵仿佛一把利剑冲向天竺人的侧翼。戒日王亲自指挥迎战，令旗挥舞中，以骑兵对骑兵，双方最精锐的铁骑展开一场血与火的碰撞。

双方骑兵每人都带有两支短矛、一支长矛，随身武器波斯人是短剑，天竺人是弯刀。双方骑兵冲刺，眼看接近，同时投掷短矛，上万支短矛漫天呼啸，密密麻麻地飞向敌人。短矛密度太大，有些甚至在半空碰撞掉落，但更多的则命中目标，无论人马，俱是一穿而过。双方冲刺在前的人马仿佛骤然间遭受了狂风暴雨的打击，扫倒一片。战士们痛苦地大喊着摔倒，战马嘶叫着栽倒，就在一片杂乱中，双方各自挺着长矛迎战，就仿佛两股狂飙轰然碰撞，掀起无穷的巨浪。这巨浪中，翻滚的是人和战马的躯体。

最前沿的骑兵撞击之后，滚滚而来的后续骑兵穿透了彼此的军阵交错而过。这时长矛之类统统都已经丢掉，能派得上用场的只有弯刀和利剑。天竺人的弯刀朝着对方身体一拖而过，根本不需要费力，高速划过的弯刀如同切割一块黄油般撕裂了对方的甲胄，在身体上拖出一尺多长的口子，皮肉翻卷，鲜血喷涌。绝大多数波斯人中刀之后都会丧失战斗力，惨叫着坠下战马。而有些则悍不畏死，嘶吼着刺出手中的利剑，锋利的剑加上高速的战马，天竺人粗陋的战甲更是抵抗不住，中剑之后哪怕不死，也丧失了战斗力。

骑兵决斗的战场范围要大得多，整个南大营周围彻底成了修罗地狱，血海杀场。

戒日王站在高台上，沉默地凝望着战局，他知道，这次麻烦了。

"这群失去家园的波斯人，竟然有如此血勇！"戒日王喃喃道。

"他们真正的精锐，不死军团，还没有出现。"婆尼道。

"朕等着！"戒日王冷冷地道。

"这一战已经变成血肉磨坊了。"婆尼叹道，"不知道伊嗣侯三世究竟敢不敢把身家性命押在这个赌局上？"

"朕赌他不敢！"戒日王嘿嘿冷笑，"在世界诸王之中，他不是个赌徒，而是个懦夫！"

印度河上，血色残阳。

双方从凌晨杀到日落，整个印度河东岸的土地，已经被鲜血浸透，地面松软得有如下过一场雨。奔驰的马蹄陷入湿土，再拔出，便是淋漓的血色。

戒日王到底没能在一个时辰内夺回南大营，眼睁睁看着波斯人的船队又运来一批战士，里外配合下，彻底歼灭了固守南大营的天竺战士。但是在天竺人的阻挠下，波斯人也极难登陆，战事进行了整整一日，也只不过调来了两拨军队。然而加上正在战场上厮杀的人马，波斯人达到两万五千人，已经给戒日王造成了极大的压力。

不过战场的整个局势依然牢牢控制在戒日王手中，他手中仍然有接近五万的大军，基本保持了对波斯人的全线压制。

印度河西岸，码头高台上。

伊嗣侯三世已经站了整整一日，一日之间，整个人都消瘦了，双颊有两团不健康的晕红。大麻葛和菲鲁赞站在他身边，高台下，三千铁骑整齐列队，是连人带马都包裹在钢铁外壳中的波斯精锐，不死军团。

渡口处，上百艘战舰正等待出发。

"陛下，"菲鲁赞正在劝说，"如今战局呈胶着之势，天竺人占据地利和人数优势，一旦短时间内无法击破天竺军队，咱们最终必败无疑。该把不死军团押上去了。"

"大麻葛，您怎么看？"伊嗣侯三世犹豫不决。

大麻葛鞠躬："陛下，臣不懂军事，还是您和菲鲁赞将军来决定吧！"

伊嗣侯三世不舍地看着脚下的不死军团："菲鲁赞，不死军团渡河之后，保证可以击败天竺人吗？"

菲鲁赞愣了一下："这个……臣无法保证。从天竺人的骑兵水准来看，他们的战斗力与不死军团相差甚远，这三千人马，能击溃他万人军团。按正常情况，不死军团一旦登陆，必定能给天竺人致命一击，可战场情势瞬息万变，臣……确实不敢保证。"

西游八十一案：大唐梵天记 249

"那么你想过没有，菲鲁赞。"伊嗣侯三世内心焦灼，"这场战争中，朕已经赌上了三万勇士，这是在敌国境内作战，又隔着印度河天险。倘若此战咱们失败，这三万人，可能匹马不得生还。若是朕把不死军团也搭进去，这五六十万的波斯妇孺，谁来守护？"

"陛下，"菲鲁赞焦急不已，"渡河作战，本就是生死豪赌。赌赢了，咱们在河对岸站住脚跟，赌输了，有多少人死多少人。到如今咱们已经押进去三万战士，只能豪赌一把，将一切的生命和赌注全押上去。我波斯人，要么一战成功，要么一战灭族！"

"一战成功，一战灭族！"伊嗣侯三世忽然暴怒起来，"这就是你给朕的答案？你要让朕一句话，来决定波斯全族的生与死吗？"他从怀中掏出一枚金币，递给菲鲁赞，"你来掷！朕的祖父朝上，朕亲率不死军团渡河！来啊，掷啊！"

菲鲁赞拿过金币，手顿时颤抖起来。这金币一面是圣火祭坛，一面是伊嗣侯三世的祖父，库斯鲁二世。他手中握着金币，竟然没有勇气掷出去。

"你看看，"伊嗣侯三世讥讽，"这金币上，只不过加上了朕的性命，你就瞻前顾后，犹豫难决。可朕手中的金币，却是整个波斯！"

"陛下，"菲鲁赞长叹一声，把金币还给皇帝，"臣不应该将这个决定强加在您身上。战场之事，是臣这个将军和统帅的决定，所有后果臣来承担。"

"菲鲁赞，"大麻葛问，"你决定如何做？"

"不死军团，留给陛下吧！"菲鲁赞笑了笑，神情中有一股决然，"臣不带一兵一卒，孤身渡河，亲自指挥。哪怕战到一兵一卒，也要为陛下破开印度河！"

"菲鲁赞——"伊嗣侯三世愣住了。

菲鲁赞没有再说什么，深深鞠躬施礼，转身走下高台。到了码头处，登上一艘战舰，扬帆起航，驶往对岸。

日落苍茫，印度河上波光粼粼，那一艘战舰在波光日影中慷慨远去，菲鲁赞再不回头。

"啊——"伊嗣侯三世忽然疯狂地捶打着高台护栏，泪流满面。

菲鲁赞乘坐战舰抵达对岸，立刻有波斯骑兵护送他进入南大营。波斯军队的编制按照四级，分为十人队、百人队、千人队、万人队，万人队亦称军团。波斯这次先后投入三个军团，三名军团长已经战死一名，剩下的两名军团长赫伦和纽多曼前来拜见。

"大统帅为何孤身前来？"赫伦吃惊道。

"陛下派我来指挥全局。"菲鲁赞道，"目前局势如何？靠咱们这些人能否击破戒日王？"

两名军团长对视一眼，摇摇头："所有的战线都在僵持中。咱们已经鏖战一整日，士兵们疲惫不堪，恐怕难以支撑下去。"

菲鲁赞登上望楼，眺望着周围的战场，整个战场乱糟糟的一团，波斯人和天竺人已经纠缠到了一起。这种情况下，除非一方死绝或者彻底溃败，谁都无法撤出战场。

在战场的北面，可以看见一面高大的大纛旗，那是戒日王的王旗。菲鲁赞一问才知道，中午时分，戒日王已经移驾到了最前线，亲自督战。

"伤亡如何？"菲鲁赞问。

"粗略计算，我军伤亡一万三千人，如今只有一万两千人左右。"赫伦道，"杀伤敌军大约两万人。但天竺人多，应该还有三万人。"

"竟然如此惨烈！"菲鲁赞也不禁心惊，"后备军有多少？"

"只剩下一千人了。"纽多曼道。

"交给我！"菲鲁赞道，"我亲自率领他们，从步兵和骑兵交战的那条缝隙中穿插过去，斩将夺旗，击杀戒日王！"

两人大吃一惊，纷纷阻止。但菲鲁赞心意已决，他很清楚，波斯军团如果不能在短时间内击败天竺人，只可能有一个结局：全军覆没。

菲鲁赞丝毫没有拖泥带水，率领一千骑兵席卷而出，从南大营的东南角绕了出来，斜斜地插入战场。一路上碰上大队的天竺人就绕开，碰上小股的人马则直接踏过。一千骑兵宛如战场上的一股狂飙，或者说幽灵，狂暴野性，而又悄无声息地扑向戒日王的中军。

这支骑兵的规模不算小，但也不算大，在双方加起来四五万人的战场，并不引人瞩目。直到距离戒日王中军一里的位置，天竺人才发现不对，当即召集人马过来围堵。

菲鲁赞大喝一声："加速！"

一千骑兵同时催动战马，爆发出冲刺之力，仿佛一支利箭般扑向戒日王的中军。到了简单的栅墙前，根本不减速，前方的战士连人带马径直撞过去，竟然撞破栅墙，席卷而入！

这下子天竺人全着了慌，怒喝着前来勤王。但菲鲁赞根本不与他们绞杀，一沾即走，在中军里左右奔突，寻找突破的口子。

中军王帐里，戒日王正在倾听着前线战况汇报。斥候们一直关注着波斯人的码头，注意到有一艘战舰驶入东岸，但上面只下来一人，旋即被骑兵接走。戒日王惊讶不已，仔细询问那人的样貌打扮，却不明其意。

"陛下，"婆尼想了想，皱眉道，"瞧那人样貌，似乎是波斯人的大统帅，菲鲁赞。"

"菲鲁赞？"戒日王吃惊，"他怎么会孤身一人渡河而来？"

两人正在诧异，突然间王帐之外发出天崩地裂的呐喊声，随即就听见厮杀声、惨叫声、铁蹄奔驰声，似乎近在咫尺。

帐外有禁卫军冲进来禀告："陛下，波斯骑兵突袭中军！距离王帐不足一百弓！"

戒日王沉着脸，抽出宝刀走出王帐，身边的禁卫军急忙持起大盾，将他团团护卫。戒日王走出去一看，只见不远处一支波斯骑兵纵横捭阖，仿佛一条长龙般在自己的中军里肆虐，一点一点地杀透，朝着王帐逼迫而来。为首的一名将军，须发皆有些白了，看样貌，正是刚才谈论的菲鲁赞。

婆尼神情凝重："陛下，这菲鲁赞看来是冲着您来的。还是暂避一时吧！"

"朕为何要躲避？"戒日王愤怒了，"朕有数万大军，却让一千人吓得落荒而逃？"

但是情势已经由不得戒日王了，菲鲁赞突然袭击，戒日王的军队都在外围，中军里只有两三千人能围堵过来，然而这一千人骑兵个个抱着必死的决心，极为凶悍，哪怕身上中刀，也要抱着对手摔下马来。半炷香时间，一千人死伤七八百，可见战事的惨烈。

付出七八百人的生命之后，菲鲁赞终于杀透中军，冲向戒日王的王帐。婆尼不管戒日王有多恼怒，命人将他扶上战马，迅速后退。戒日王一退，四周的天竺人急忙围拢过去保护，菲鲁赞的压力骤然一减，眼看手下的勇士要继续追击，菲鲁赞却知道，杀死戒日王的机会已经丢掉了。

"斩断王旗！"菲鲁赞大吼。

二百余人兜转马蹄，奔到王旗所在地，刀砍剑劈，将王旗斩断。数十丈高的王旗轰然倒塌。

这可是个大事件，混乱的战场中，王旗几乎就是个象征，同时具备指挥的作用。王旗一断，对战场而言，与国王被杀并无二致。一时间战场上的天竺军团人心惶惶，立时就有溃退的趋势。

"会梵语吗？"菲鲁赞问。

"会一些。"手下几名骑兵答道。

"给我喊，戒日王死了！"菲鲁赞道。

二百骑兵不再作战，而是席卷战场各处，每到一处就大声呼喊："戒日王死了！"

这对于天竺人的军心，是个崩溃式的打击。数万人分为十几个战场，立时就有一些战场呈现一边倒的架势。波斯军团趁机反攻，一时间从战场的边角开始，天竺人像潮水般溃退，眼看就要席卷战场，形成大崩溃之势。

在数千骑兵的保护下，戒日王站在后军处，直气得两眼发黑。

"菲鲁赞！"戒日王大吼，"不杀你，朕誓不为人！"

婆尼也急了："陛下，必须阻止啊！一旦溃败之势形成，五万人就跟五万头猪没什么两样，迟早会被波斯人斩杀殆尽。"

"嘿！"戒日王窝火道，"看来朕没有看错伊嗣侯三世，他果真就是个赌不起的窝囊废，舍不得派不死军团。传令吧，也该彻底歼灭波斯人了。"

"早该下令了，陛下。"婆尼松了口气。

戒日王摇摇头："若非被菲鲁赞杀得如此狼狈，朕还是想等等不死军团的。付出这么大的牺牲，不歼灭不死军团，朕实在是心有不甘。"

"嘿。"婆尼苦笑，"能诛杀菲鲁赞，也算值得了。"

戒日王遗憾地叹息一声，下达了命令。

这时，暮色已经落在了印度河之上，甲光曜日，刀矛辉映。而就在这惨烈的战场上，忽然间地面开始颤动，随即响起震耳欲聋的闷雷之声。厮杀一日，地面早已积起了不少血泊，此时地面像是擂鼓一般，血泊中血珠飞溅。

西游八十一案：大唐梵天记　　253

无论是波斯人还是天竺人，都诧异地转头望去，只见战场上突然多了一堵墙！

那是阵列密集的战象！足足有五百多头，每一头都有小山丘般大小，象牙上绑着利刃，象头上披着甲罩，甚至身上也披着铁衣。战象排成一列，宽达二里地，从战场的北面、东面、南面合围，仿佛一道巨大的城墙横推而来，要把波斯人推下印度河！

天竺人的军团有了战象加入，立时有了底气，溃败之势当即减缓。在各级统领的指挥下，天竺军团退入战象的后面重整编制。有些更是直接跟随战象发起反攻。每一头战象的背上，都有一座木堡，上面有五名士兵——一名驯象师，两名长矛手，两名弓箭手。这些战士随着战象杀入战场之后，近则矛刺，远则箭射，仿佛一座移动的战争堡垒。

波斯人已经厮杀了一整日，眼看胜利在望，却突然遇上象兵，顿时心生惶恐。在这种庞然大物面前，无论人或者马都不堪一击，象牙挥舞间，人马触之即飞，有些更是被象足一踏，变作肉泥。有些波斯人武勇奋起，挥剑斩断象鼻，更有些投掷长矛，插入象皮，然而这种举动更是激起了大象的狂性，无数头发狂的战象在战场上肆意奔突。

尤其是大部分波斯人还和天竺军团纠缠在一起，一旦战象赶到，天竺人立刻依托战象，而波斯人一旦追来，则遭到战象和象兵们的狙杀。很快，每一头战象周围都围拢了大批的天竺士兵，尾随着战象，轰隆隆地朝波斯人碾压过去。

菲鲁赞看到战象军团出现，立刻知道此战的失败已是不可避免。波斯人也豢养过战象，他纵然有解决战象的办法，但此时波斯军团被分割成一块一块，根本无法组织大规模的反击。

战场局势瞬间出现逆转，原本追击在前的波斯人在战象的压迫下不断溃退。整个战场就仿佛被巨象卷起的一张大饼，把波斯军团彻底围裹，一时间波斯军团死伤惨重。

"纽多曼，"菲鲁赞脸色严峻，找到正在浴血厮杀的纽多曼，"你去找赫伦吧，势不可违了，你们带着战士们上船，撤退。"

"大统帅，不能撤退。"纽多曼大吼，"一旦撤退，咱们就会全局皆崩。最终没有一个人能走！"

"我留下。"菲鲁赞道,"把波斯的战旗树在我的脚下。我不再后退一步!"

"大统领!"纽多曼愣了,眼中忽然有热泪涌出,"让别人去传令吧,我陪着大统领!"

纽多曼一声令下,将波斯战旗树在了菲鲁赞的脚下,向士兵们说明情况之后,竟然有三千人愿意为了掩护同胞而死战。这时,波斯人在整个战场已经彻底被打败,形成崩溃之势后,再勇猛的战士也会血勇顿消,仓皇如丧家之犬。菲鲁赞带着三千步兵重新堵在了南大营门口,掩护溃兵进入南大营上船。

而对面,天竺人和战象如同钢铁长城,汹涌而来。菲鲁赞率领这三千人殊死抵抗。他们燃烧了营寨逼退巨象,用身体抵挡天竺人的长矛和弓箭。他们已经被团团包围,却没有一人撤退,他们就仿佛一块礁石,遭受着海浪扑打,一层层地削薄,却不曾动弹半分。三千人,硬生生抵挡了两个时辰,只剩下三百余人,也不曾后退,菲鲁赞面前的尸体已经堆积了三四尺高,杀得天竺人尽皆胆寒。

这时戒日王骑着骏马,在禁卫军的保护下走上前线。他皱眉看着菲鲁赞等人,叹息道:"菲鲁赞,一代波斯名将却要死在这里。"

"要活捉他吗?"婆尼问。

戒日王摇摇头:"给他以最有尊严的死法。"

婆尼一声令下,长弓营调动了上来,一人高的大弓插入地下,双手拉动弓弦,"嗡"的一声,五百支利箭射了过去。

"保护大统帅!"波斯战士呐喊着挡在菲鲁赞的身前,任凭利箭射穿身躯,倒了下去。随即又是一群战士拿血肉之躯挡在了菲鲁赞面前,迎接利箭,"噗噗噗",沉闷的箭镞入肉之声响起,波斯战士纷纷栽倒。几轮箭雨之后,能站立的只剩下四五人。

菲鲁赞身上已经中了数箭,其中一箭竟穿透了他的身体,但他在几名战士的扶持下,用手中剑撑着地面,昂然而立。

"菲鲁赞!"戒日王走上前,"朕敬你是个英雄,且问你一句,愿降否?"

菲鲁赞大笑:"戒日王,你这是在侮辱自己吗?"

戒日王沉默片刻,点点头,道:"朕向你道歉。若想自裁,且请自便。"

菲鲁赞摇摇头："好男儿战死沙场，死得其所。"

戒日王叹息一声，一挥手："送别菲鲁赞大统帅！"

菲鲁赞哈哈大笑，和残存的几个战士唱起拜火教古老的祭词：

"我们赞美正教徒纯洁、善良而强大的众灵体，他们是最矫健的骑手，最机智的首领，最坚定的支持者，最锐不可当的武器。我们赞美正教徒纯洁、善良而强大的众灵体。他们组成披坚执锐的无数军队，高擎着闪光的旌旗——"

弓箭营同时弯弓而射，歌声戛然而止，无数的箭镞将菲鲁赞射穿，他的身体竟然被长长的利箭撑住，死而不倒。

"绕过尸体，不得践踏。"戒日王吩咐。

天竺人很快就从营寨的各个方位破寨而入，一直追逐到河边，对正在溃退登船的波斯人展开屠杀。在菲鲁赞抵挡的两个时辰内，已经有一波士兵登船离开，但岸上还有四五千人，船只刚返回岸边，天竺人就到了。

被逼压到河岸之后，波斯人抵抗的意志彻底丧失，哭爹喊娘，抢着登上船只逃命。一百多艘战舰，最多只能容纳不到三千人上船，可大家你推我挤，结果有些船只还没有启航，被风浪一掀，直接沉入河中，更有些相互碰撞，双双沉没。

水面上，到处是漂浮的木板和士兵。有些士兵会水，尚能挣扎，有些则直接沉入水底，变成浮尸。数万天竺人杀至河边，对剩下的波斯人展开血腥的屠杀。波斯人哭喊着，被一步步驱赶到水边，成为俘虏，更多的人则被逼进了水中，随着河流被冲向远方。

月出苍茫之时，战事彻底结束。

此战，天竺人死伤三万，而波斯人登陆的三万，除了六千多人逃回对岸，有两万多人战死，三千人被俘。从字数上看，双方似乎均等，但谁都知道，波斯人才是彻底的失败者。

戒日王下令，在印度河边将被俘的三千人尽皆斩首。尸体扔入河中，首级则扔到船上，运往对岸。

婆尼大吃一惊，劝阻道："陛下，杀俘不祥，有干天和啊！"

戒日王冷笑："朕既然能长生，不必经受那泥犁狱中的审判，又何必在意那天和？斩了，朕要以波斯人的鲜血，来震慑天下！"

月上中天，伊嗣侯三世仍然在岸边苦苦地等候着。他等来了战败的消息，等来了第一船的溃兵，等来了第二船的溃兵，等来了他的军团长赫伦，但是却等不来他的统帅菲鲁赞。

伊嗣侯三世免冠披发，跪倒在河岸上放声痛哭。

正在这时，波光月色中，河面上荡悠悠地漂来一艘船。那船身吃重，船上载的东西垒得如小山一般。伊嗣侯三世满怀希望，让人把船拖过来。船只拖到近前，一阵刺鼻的血腥味扑面而来，随即，所有人都惊呆了。伊嗣侯三世一屁股坐在了地上。

船上，整整三千颗头颅垒成了一座塔。船头处，躺着菲鲁赞完整的尸身，身上足足插了三十多支利箭！

伊嗣侯三世摇摇晃晃地站起来，随即一口鲜血喷出，摔倒在地。

就是在这一日的黄昏，玄奘来到印度河边，从战场的下游渡河。两艘船只，载着满满的两船经论、佛像、大象和马匹。船到河中，只见无数的尸骸从上游漂了下来，密密麻麻，交错枕藉，在河水中载沉载浮。在夕阳的映照下，河水几乎被染作赤红，整个印度河，仿佛是被砍掉了头颅的巨人，腔子里喷涌着一河的鲜血。

船只行走在尸体和血水中，腥气扑鼻，玄奘站在船头呆呆地看着，看看满河的尸体，再回头看看堆在船舱里的经论，"扑通"一声跪倒在甲板上。西游十七年，取回这一船的真经，到底能化解几番人世惨剧？一路手捧着真经，一路行走着残杀，玄奘忽然觉得这世上之事竟然如此讽刺。

印度河浪大，忽然风暴袭来，浪头血红，巨浪更卷起满河的尸体和战舰残骸扑打而来。无数的残肢、尸体和船木砸上座船，不少人径直被砸入河中。所幸在净人的护卫下，玄奘安然无恙，却有五十夹经卷被打落。

正在危险之时，一直驻守在河上的波斯战舰破浪而来，以绳索将玄奘的座船固定，拖到了对岸。一听说是玄奘法师，波斯人急忙告知了伊嗣侯三世。

伊嗣侯三世急忙赶来见玄奘。半年多不见，年轻的伊嗣侯三世看上去仿佛苍老了十多岁，金黄色的头发有了些斑白之色，神情憔悴疲惫，脸上皱纹横生。

伊嗣侯三世被人搀扶着,深深一揖,满脸苦涩:"当日未听王玄策之言,如今追悔莫及,不知法师可有什么要教朕的?"

玄奘想了想,道:"陛下可知,为何贫僧渡河时会遭遇风浪,经卷落水?"

伊嗣侯三世诧异地摇头。

"天竺国故老相传,印度河中有神灵,他们守卫着天竺广袤的大地,守护着天竺的珍宝。一旦有人要从天竺带走它的珍宝,河神就会打翻他的座船,让这些珍宝沉入河中。"玄奘道,"贫僧求取的真经,你要夺取的土地,这都是天竺真正的宝物!"

伊嗣侯三世沉默地叹息了一声,不再说什么。

玄奘合十离去。西游之路,无论是去还是回,归根到底是玄奘一个人的路,他重新踏上漫漫归程。

第十八章
齐王妃

长安，西市。

长安城是这个时代最繁华的都市，西市则是长安城最繁华之地。市内呈九宫格布局，开有四座坊门，街道纵横贯通，店铺鳞次栉比，达八万多家，人口多达三十万。不同于长安城主街两侧都是坊墙，西市内的店铺都是沿街开设，四面立邸，数十万人口汇聚，熙熙攘攘，摩肩接踵。东方的高句丽人、百济人、新罗人、扶桑人，西方的突厥人、粟特人、波斯人、大食人、拜占庭人、天竺人，纷纷来此贸易，天下之财货辐辏于此。

这一日，在市内运河边，正有一个说书人站在台上说着变文。此时的变文，往往以佛经故事为主，大多是僧人以大众语言讲述佛经故事，劝人向善。而这个说书人，说的却是当朝时政，而且是本朝皇帝李世民的玄武门之变！

大唐的百姓深知这里头的危险，说不定什么时候就被官府给缉拿了，因此大多都距离甚远，躲躲闪闪地听几耳朵。倒是一些胡人初来乍到，不知深浅，围在说书人周围津津有味地听着。或许对他们而言，这是获得本朝内幕的绝佳机会吧！

"话说皇帝让太子和秦王到甘露殿评一评是是非非。六月初四一早，那太子和齐王带着护卫前往甘露殿。按官方的说法，此时皇帝在南海池泛舟，诸位想想，太子和秦王交恶，朝政不稳，今日皇帝就要做出决断，心中该何等焦虑，还召集了裴寂、萧瑀、陈叔达等一干重臣，如何有心情一大早去泛舟？"

那说书人一边说一边评述："太子和齐王就来到临湖殿，准备前往南海池见驾，突然间秦王伏兵四处，杀了过来。诸位要知道，太子要见皇帝评理，当然是越早见到皇帝越好了，所以他一定会赶在秦王之前进宫，可为何他赶得如此之早，秦王依旧埋伏在此呢？且容在下卖个关子，咱们稍后再讲。且说这太子遭到秦王的伏杀，双方杀声四起，秦王亲自弯弓射向太子，只一箭，便射穿了太子的喉咙。齐王一看不好，夺路而逃。那么客官问了，临湖殿距离南海池只有三五百步，数百人马的厮杀，连太子都毙了命，为何湖上的皇帝竟然不派人来阻拦呢？各位，今日我就揭穿这谜底，所谓皇帝在南海池泛舟云云，一概都是谎言。真实情况是，从前一夜起，秦王便率领甲士潜入宫中，发动政变，控制了皇帝——"

距离说书人不远的一处食肆中，两名男子坐在桌子旁一边喝着饮子，一边盯着那说书人。其中一名年龄稍大的红袍男子脸色铁青，却强自按捺。另一名青衣男子偷眼看着他的神色，不敢怠慢，急忙轻轻挥手。人群中有几名汉子悄无声息地混入围观的胡人之中。青衣男子缓步走了出来，冷冷地望着说书人，大喝道："拿下他！"

那几名汉子发出一声喊，同时抛出六七根索套，朝那说书人套了过去。这索套都是草原上牧人套马所用，一旦套上，一拉绳索便会越拉越紧，牢牢将人捆缚。套索在半空张开绳圈，呼啸着套了过来，那说书人笑吟吟地抬头看了一眼，伸出一指，喝了一声："定！"

顿时所有人都目瞪口呆，七根套索，竟就那么悬浮在半空，上下不得！几条汉子惊骇之中，拼力一拽，才将套索拽了回来。青衣男子走到人群外，咬牙道："又是这鬼把戏！"

"贼帅！"说书人站在台上向那青衣男子拱手道，"你我相斗快一年了。棋逢对手，甚好。"

那青衣男子正是王玄策，这说书人却是那妖人韦灵符。从去年起，韦灵符从玄武门万军之中消失，李世民就严令王玄策缉拿。

韦灵符一直在京畿附近出没，将李世民玄武门兵变的真相写成一篇变文，到处讲述。这事儿也怪李世民，他美化玄武门兵变，却考虑不周，中间充满破绽：什么喝了建成的鸩酒，只是吐了一口血，第二日就龙精虎猛地发动兵变；什么双方在玄武门喊杀连天，李渊近在咫尺却毫不知晓。有些谎言不仔细思考没问题，否则便是一戳即破，韦灵符变成说书人之后，口才滔滔，听者极广，传播更广。李世民丢尽了颜面，这些年打造的圣君面孔，几乎被彻底撕掉。

李世民恨透了韦灵符，让王玄策不惜代价也要抓捕此人，问题是每每王玄策闻讯抵达，韦灵符就会在众目睽睽之下化作白色烟雾消失。反倒令民众更加相信此人具备大神通，也更相信他的蛊惑。

李世民气得暴跳如雷，却拿这个术士无可奈何，严厉责罚王玄策。王玄策压力极大，亏得他掌握着不良人，才能对韦灵符的行踪略略掌握一些。这一日，果然在西市将他堵住。

王玄策凝望着韦灵符，满脸严峻，虽然对方已被自己手下的不良人包围，王玄策却丝毫没有觉得胜券在握。果然，有人喊道："他身上又开始冒烟了！"

众人愕然望去，韦灵符身上开始冒出白色的烟雾，王玄策大喝："绳网！"

众汉子拿出准备好的绳网，几人各执一根绳子，一声呐喊，将绳网当头罩去。那韦灵符身上此时已经被白色烟雾笼罩，浓密的烟雾弥漫高台，但眼见得巨大的绳网将整个高台罩住，绳网和烟雾中，似乎有人影在挣扎，王玄策这才松了口气，命人收绳网。众人看见果然有个东西罩在绳网中，随着烟雾渐渐消失，才发现竟然是一张桌子。韦灵符，早已经消失得无影无踪！

围观的众人发出声声惊叹。王玄策却盯着那桌子不动，忽然大喝："拿下他！"

突然间，围观的人群中，杜行敏等几名不良人暴起，恶狠狠地将其中一人扑倒在地，五花大绑。围观的人群顿时傻了眼，惊恐地散开。这时王玄策才转回身，走到那人的面前，将他的脸掰正。竟然是刚刚消失的韦灵符！只不过此时韦灵符的胡子已经消失不见，脸上的肌肤也松弛了许多，眼角下垂，肤色略白，不仔细看，与刚才仙风道骨的韦灵符判若两人。

韦灵符脸色苍白，喃喃道："不可能！你怎么会破掉我的雾中术？"

"带走！"王玄策不说话，吩咐了一声。杜行敏等人架着韦灵符来到那间食肆，将其丢在那名红袍男子面前。不良人驱散围观的众人，将食肆的门插上门板，关闭了店铺。

红袍男子仔细盯着韦灵符，恨恨地道："妖人，终于让你落在了朕的手里！"

韦灵符挣扎着抬起头，这才发现面前的红袍男子竟然是皇帝李世民！

"哈哈，我操了说书贱业，时常自怨自艾，没想到能蒙陛下来听，当真三生有幸！"韦灵符哈哈大笑，"陛下听得可还开心否？"

"贼泼才！"李世民勃然大怒，一脚将韦灵符踢翻。

韦灵符躺在地上咯咯直笑，王玄策将他拽了起来，重新跪在李世民面前。韦灵符打量着他："贼帅，你我斗了一年多了。今日落到你手里，老夫并无怨恨，只是我却有些好奇，你究竟是如何破掉了我的雾中术？"

王玄策看了李世民一眼，皇帝冷冷道："让他死个心服口服！"

"其实你这雾中术不是我破的，而是我师父破的。"王玄策道。

"你师父？"韦灵符讶然，想了想，"难道是玄奘法师？"

"你这厮耳目倒也灵敏。"王玄策吃惊地道。

要知道他去天竺乃是奉李世民的密令，连很多朝廷重臣都不知，一个终日东躲西藏的术士倒知道。王玄策和李世民对视了一眼，两人都有些忧心忡忡。

"可玄奘法师远在天竺，如何能破掉我的雾中术？"韦灵符不解地问。

"因为当日师父在犍陀罗的王宫，也遇到过一场神秘失踪的雾中术。"王玄策道，"当时是在一座王宫大殿内，在座的除了师父，还有波斯皇帝、波斯大祭司、天竺奇人、犍陀罗国王，无一不是睿智之士，可那个女子却身裹白雾在众人面前消失，然后师父二话不说，带着那顺离开了犍陀罗。后来我曾问过师父为何不追查，师父说为了保命，不能查，只能绕过犍陀罗，另辟蹊径。"

王玄策感慨道："我当时不解，但师父不肯解释，这一年多与你斗智斗勇，忽然便醒悟了师父的话。那便是，当时师父虽未能破解雾中术，却看出了在座的这些王侯，合力在他面前演了一出戏！波斯皇帝、犍陀罗王，包括娑婆寐，他们都是一伙的，所以师父才不能追查！"

"可这并不能破解我的雾中术！"韦灵符不服地道。

"没错。那么我们先来推断一下当日犍陀罗王宫内，莲华夜是如何消失的。"王玄策道，"当时大殿内便如同一个密室，在座的除波斯皇帝、犍陀罗王、娑婆寐、大麻葛等人之外，便是一些内侍和宫女。莲华夜身上冒出烟雾时的感觉，我和陛下都曾感受过，当时因为烟雾腾起，口鼻吸入一些，脑中会有片刻的晕眩。这时烟雾将人密密裹住，等烟雾散去，人便消失不见。我倒要问了，密室之中，人既不能上天，又不能入地，更不可能真化作烟雾消散。那么这个人在哪里？答案便是，她还在这里！"

韦灵符怔怔地叹了口气，没有说话。

"为何呢？"王玄策冷笑，"因为你们身上冒出的烟雾，根本就有致幻的效果，会让人的头脑和视觉有短暂的麻痹，眼睛里看到的都是白色烟雾。无论是在犍陀罗的密室内，还是在玄武门的空旷处，烟雾随风飘散，能覆盖多大范围，便能让多少人出现短暂的麻痹。而这时，你们便会飞快地翻转袍服——"王玄策大步走过去，掀开韦灵符的衣袍，他是灰色衣服，但衣服的内衬却是乳白色，"用白色的衣袍裹住身体，贴着地面移动，混入人群之中。就像你今日所做的一样。当然，你今日表演的雾中术相对简单，当日莲华夜表演的要复杂一些，因为当时在大殿内围观的是内侍和宫女，她必须得到人的配合，在人群的遮挡下换一身宫女服饰。所以，我师父才看出了危机，这些人都在他面前演戏！他才专门要去东女国调查莲华夜的真实身份。"

"至于你去年在玄武门的表演，所采用的也是相同的方法，趁着烟雾麻痹众人视觉的片刻，混入北衙禁卫身后，在场数千禁卫，谁也不会觉察到自己身后多了一个人。只是，你表演的难度那就更加复杂了。"王玄策道，"它的难度在于，当日包围你的全部都是北衙禁卫，全副甲胄，手持长矛。你必须得到人的配合，提前为你藏好一副盔甲和武器。"

"所以，"李世民慢慢道，"告诉朕，你在宫中的内应到底是谁？"

"你觉得我会告诉你吗？"韦灵符嘲讽地道。他忽然要咬牙，王玄策手疾眼快，一掌击打在他后颈，韦灵符当即昏迷过去。

李世民皱眉："王卿，有办法让他开口吗？"

"甚难，臣可以试一试。"王玄策有些为难地道，"不过此人死意已决，而且浑身秘法层出不穷，恐怕很难防止他自杀。"

李世民盯着韦灵符的脸，也颇为踌躇。忽然间李世民愣了一下，一跃而起："来人，脱掉他的裈裤！"

不良人愣了一下，却不敢迟疑，当即脱掉了韦灵符的裈裤，露出光溜溜的下身，众人倒吸了一口冷气，李世民更是面色惊惧——这个韦灵符，竟然是去势已久的太监！

李世民和王玄策押送着韦灵符赶回皇宫。从西市入宫，最近的路是走掖庭宫，从掖庭宫的西门，穿过掖庭，进入嘉猷门，就进入宫城内的南海池。

掖庭宫是宫女宦官所居住，人多眼杂，加上李世民并没有避人耳目，因此刚进掖庭宫，消息便已经传开了：皇帝擒获了那个妖人韦灵符，正带着他进宫指认。皇帝既然没有阻止，便有不少宦官宫女前来看新鲜，都想见见这个传说中的妖人。要知道，这一年来，宫内谈论最多的便是韦灵符，毕竟他去年在万军包围中消失，是很多人亲眼见到的。何况一年多的时间里，皇帝恨这个韦灵符到了睡不安寝、食不甘味的地步，让人如何不好奇？

有皇帝在，这些内侍们也不敢靠近，只是遥遥地围观，进入嘉猷门，有北衙禁卫奉命赶来，接管了人犯，按李世民的吩咐，将他关进了南海池边的咸池殿。王玄策担心他的秘术，亲自将他用铁索捆在合抱粗细的柱子上。然后君臣二人也不说话，李世民沉默地坐在一张胡床上，王玄策在一旁侍立。

韦灵符路上便已经苏醒，见这君臣二人诡异的样子，不禁有些奇怪，冷笑道："陛下，想如何审讯我？听说不良人拥有花样百出的刑罚，不如都搬过来试试？"

李世民摇摇头："朕并非喜好酷刑之君，不良人只有侦缉权，并无刑讯权。外界以讹传讹便罢了，像你这种宫廷中有内应的人，如何不知道？"

韦灵符冷笑不语。

"朕并无审讯你的兴趣。"李世民道，"之所以在这里等待，只不过是要等你宫中内应自愿上钩而已。"

韦灵符愣了："你什么意思？"

"朕故意带着你招摇入宫，很多宫人都来观看，想必关心你的人也会派人来查看真伪。朕已经提前安排好了人手，监控住了每一个围观的宫人，只要哪个宫人回去通风报信，就会暴露他主子的身份。"

韦灵符脸色变了，好半晌才道："宫中关系错综复杂，人人回去都要给相熟的人讲，你又能找出谁来！"

"不妨。有能力将一副甲胄提前藏好的人，应该不多。"李世民淡淡地道，"而且你是个太监，朕虽然不认得你，宫中总有认识你的人，慢慢查就是了。"

"你……你怎么知道我是太监？"韦灵符的神情终于乱了。

"对不住。"王玄策笑呵呵道，"你昏迷的时候，我脱掉你裈裤检查过。看你去势的痕迹，只怕有二十年了吧？"

韦灵符愤怒无比，对着王玄策破口大骂。但王玄策和李世民显然没心思跟他对骂，有些心不在焉，焦虑无比地等待着消息。这时，内侍监跑进来禀报，他想附在李世民耳边低声说，李世民"哼"了一声："大声说，让韦道长好好听听。"

"遵旨。"内侍监大声道，"奴婢奉陛下的旨意安排人跟踪，共有三十多名宫人回去汇报给他们的主子，有各宫的娘娘，各宫的管事内监，东宫的太子。"

"有没有跟外臣和武将通报的？"李世民沉吟着问。

"这个奴婢没有发现。"内侍监小心翼翼地道，"这是宫中第一等的规矩，若是有，奴婢一定不敢掉以轻心。"

李世民点点头："看来，朕的后宫还没有腐烂到无可救药。可这盔甲从何而来？"

王玄策不敢说话，气氛又诡异地宁静下来。内侍监也不敢走，三人默默地等待着。

过了片刻，有小内侍过来禀报："郑贤妃收到消息，念了声阿弥陀佛。"

李世民点点头，让他退下。

第二拨内侍来禀报："太子收到消息，叹了口气。"

第三拨内侍来禀报："尚宫局刘掌记听到后，下令尚宫局的宫人们不可议论，不可打听。"

李世民面无表情，情报源源不断地汇总，各人的反应巨细靡遗地汇报过来。这时一名内侍过来禀报："杨贵妃听到消息，失手跌落了茶碗。"

李世民脸色一变，盯了韦灵符一眼。韦灵符干脆闭上眼睛。

"去，把贵妃的一切举动都给朕打探过来。"李世民冷冷地下令。

西游八十一案：大唐梵天记

内侍监知道事关重大，亲自前去，片刻之后消息汇总，李世民的脸色越来越难看。

"贵妃随即遣退了宫人，入内休息。"

"贵妃似乎在念佛经。经文是地藏菩萨本愿经。"

"贵妃整理妆容，似乎刚哭过，眼睛发红。"

"贵妃起驾离开宫中。"

李世民咬牙："她要去哪儿？查！"

这时一名内侍急匆匆跑进来："贵妃朝此处而来！"

李世民愣住了，这时，咸池殿外响起杂沓的脚步声。杨妃孤身一人，身穿盛装，袅袅婷婷地出现在了大殿门口。李世民从胡床上站了起来，杨妃走进大殿，两人默默地凝视。

"拜见陛下。"杨妃拜倒。

"平身。"李世民淡淡地道，"爱妃，你来这里作甚？"

"不得不来。"杨妃温婉地道，"妾身听到您抓了韦灵符的消息，失了体统，惹得陛下遣人打探，妾身便是不来，陛下只怕也要差人召我。"

李世民凝望着她："你为何会失手打碎茶碗？"

"关心则乱。"杨妃微笑地道。

"王妃慎言！"韦灵符大吼。

杨妃凝望着他，眼睛里渐渐渗出了泪水："你能为我而死，我难道连关心你的生死也做不到吗？"

李世民彻底惊呆了，喃喃道："他叫你王妃？他叫你王妃？"

"是的，陛下。他本是齐王府中的内侍，自然叫我王妃。"杨妃仍然雍容温婉，情绪没有丝毫剧烈波动，仿佛这个女人永远都如同娴静的溪水，正是这种性格曾让李世民痴爱贪恋，可如今却无比憎恨她的平静。

"齐王……李祐？"李世民仍然不愿置信。

"齐王，李元吉。"杨妃道。

"十六年了，你仍然不肯忘了他？"李世民愤怒地大吼。

"哪怕六十年，只要这一世不曾终了，结发之情又如何能忘？"杨妃微笑道，看似柔弱的性子，却充满着一往无前的决然。

王玄策在一旁听得呆了。原来这杨妃竟然是齐王李元吉的妻子！他忽然想起多年前的一个流言，说当年玄武门兵变之后，李世民诛杀李元吉满门，将他的五个儿子斩杀，却唯独留下齐王妃和幼女淑绚。后李世民借口抚养李淑绚，将王妃纳入宫中，册封为妃，去年更封李淑绚为归仁县主，嫁给了长道郡公的次子。①

李世民对杨妃极为宠爱，两人还生下了十四子李明。长孙皇后病逝后，李世民甚至打算立杨妃为后，还是长孙无忌等人觉得杨妃毕竟做过齐王妃，实在是不妥当，一起反对。李世民被迫收回诏命，但还是将其封为贵妃，位居淑妃、德妃、贤妃之上，四妃中的首位。因为未曾立后，实质上杨妃已经是后宫第一人。

李世民双眼泛红，跌坐在胡床上。他指了指韦灵符："这人，也是你安排来诋毁朕的名声？"

"是的，陛下。"杨妃道。

"挑动朕的三个儿子互相残杀，造朕的反，也是你的主意？"李世民问。

"是的，陛下。"杨妃道。

"不要再说这几个字！"李世民愤怒地大吼，"为什么？为什么要这样做？"

"并无别的原因，"杨妃从容淡定地说道，"只是想让一个人看到，在皇权面前，当父子情、兄弟情、君臣情这所有情感都荡然无存的时候，还有一种情感不曾被磨灭。"

"谁？"李世民咬牙。

"元吉。"杨妃道，"我想让元吉看到，他被兄弟背叛，被父亲抛弃，被臣属背弃之后，夫妻之情仍在。我想让他在地下欣慰，不要怀疑这世上的一切。"

"你与他有夫妻之情，难道与朕就没有吗？"李世民流着泪，"你知道，在你没嫁给元吉的时候，朕就喜欢你。你和我在一起十六年，和元吉在一起才几年？何况我们还生下了明儿，朕还封你为贵妃，让你成为大唐一人之下，万万人之上。把你的女儿养大，让她幸福出嫁。难道朕把这一切补

---

① 参看全唐文补编卷一五。王勃《归仁县主墓志》：夫人讳某，字某，陇西成纪人也。皇唐高祖之孙，前齐大王之女……杨妃以亡姚之重，抚幼中闱。

偿给你，都不够吗？"

"陛下，"杨妃凄然望着他，"我们是生了一个儿子，可是你杀了我三个儿子。难道你觉得，杀了我的丈夫，杀了我三个儿子，强行占了我的身子，这是可以补偿的吗？陛下，你我在一起十六年了，难道在这十六年里，你从来就没有考虑过你对这个女人的伤害吗？难道你觉得封她为贵妃，对她恩宠有加，她就应该感恩戴德吗？难道你觉得，地位、权势、财富，可以改变人内心的一切情感吗？"

"这些年，你心里一直恨着朕？"李世民心中如被锤击，喃喃道。

"并没有。"杨妃也流着泪，"否则妾身也不会陪了您十六年，我的性子容易忘掉仇恨，只求平淡。心中虽然对元吉有愧，可是能把他的女儿抚养长大，也算是聊以自慰。可这些年，你为了洗清玄武门的血，篡改史书也就罢了，你凭什么辱没元吉？说他生来丑陋，不得太穆皇后喜欢，生下来就命人将他抛弃。你还说元吉性情凶暴喜女色，到处闯入民宅，肆意凌辱民妇。你还说，元吉喜欢在府中让裸女互相扑击取乐。陛下，你知道吗？你编撰的史书上写着建成残忍，岂主鬯之才；元吉凶狂，有覆巢之迹。实为二凶。元吉狼戾，人神不容。你知道我看到是什么感觉吗？那是和我自幼结发的夫君啊！那是我了解他，就像了解自己一样的丈夫啊！皇权，可以颠倒黑白吗？可以颠倒是非吗？可以涂改一切吗？可以将一个好人构陷成魔鬼吗？"

"元吉是一个好人吗？"李世民愤怒地大吼，"他数次想置朕于死地，联合建成，与我明争暗斗，这些你都看不到吗？"

"陛下，你用政治立场来判定一个人的好坏，可是我不能。为了这个皇位，你们尔虞我诈，争权夺利，彼此都恨不得置对方于死地。谁会是无辜的？若这样说，太子门下的魏徵是好人吗？刘武周手下的尉迟敬德是好人吗？我仅仅知道，元吉对我，对我们的家，真的很好，很好。"杨妃言辞虽然激动，神情却依然淡淡的，宛如一朵雏菊。

"所以，你报复朕，挑动朕的儿子自相残杀，用这个阉人到处败坏朕的名誉，是为了给元吉复仇？"李世民咬牙切齿地问道。

"陛下，说了这么多，你依然不懂。"杨妃轻轻地摇头，"如果是为了给元吉报仇，你我夫妻十六年，我只消在某一天夜里，用一把剪刀就可以办到了，何必十六年后才报仇？"

"那是为了什么？"李世民打了个寒战，问。

"因为，你越来越藐视这人间的一切了。毫无底线，毫无忌惮，你要践踏这人间我所看重的一切。"杨妃道，"你因禁父亲，杀死兄弟，可以说成是为了自保。你诛杀了建成和元吉的十个儿子，可以说是为了免除后患。天家无情，古往今来，又不是你一个人做这样的事。可是，你杀了兄弟之后，把他的结发妻子霸占入宫，却毫无自责，反而要立她为后。陛下，你难道从不惧这世人的悠悠之口吗？你为了美化玄武门之变，篡改史书，非但将建成和元吉写成凶残暴虐的奸邪之徒，连太上皇也写成了优柔寡断、口是心非之人。陛下，我挑动三王造反，便是要告诉你，不是没有轮回，不是没有报应，你们兄弟残杀，你的儿子也会兄弟残杀，你毁掉别人的名誉，别人也会毁掉你的名誉。我这样做，从大了说，是为了让你懂得什么叫底线，人世间的什么东西永不得践踏；从小了说，是为了让元吉相信，这个世上有一个人不曾忘记他，有一种情感不曾辜负他。我想让他在冰冷的地下，能笑上一笑。"

李世民瞬间仿佛被抽走了全身的力气，面色惨白如雪，瘫坐在胡床上。他嘴唇颤抖着，怔怔地凝望着杨妃，有悲伤，有愤怒，有委屈，却什么也说不出来。这时内侍监已经偷偷通知了北衙禁卫，值守的中郎将率领大批甲士将咸池殿包围了起来，更带着一队甲士涌入大殿，护侍在李世民身侧。

李世民愤怒地抓起胡床上的一只香炉狠狠砸在了地上，疯狂地大吼："滚！谁让你们进来的？给朕滚！"

中郎将吓得魂飞魄散，急忙带着甲士撤出大殿，却也不敢离去，只好让禁卫们离开皇帝的视线，屏息凝神。

李世民挣扎着站了起来，慢慢走到杨妃面前，抚摸着她的脸，喃喃道："说到底，还是朕从未得到你的心。还记得朕十六岁那年，与父亲路经弘农，见到了你。那时候你才十二岁，可朕一见之下便惊为天人，从此忘不掉你。可惜，当时朕已经与长孙氏成婚。你和元吉同岁，父亲便替元吉与你父亲订下了婚约。隋末大崩，诸侯大争，唐兴代隋，兄弟阋墙，夺门之变，一桩桩、一件件，朕一路走向这个帝位，回首往事，除了你十二岁的明眸和笑容依然鲜亮，无数的事情竟然不堪回首。朕留你在怀中，便如同留了那

西游八十一案：大唐梵天记　　269

青春年少的记忆在怀中。你不曾离开，朕的青春便不曾离开。这样，在这污浊的世间，当我手上沾染漆黑与血红，还能依稀记得，十六岁那年，我有过一场心动与战栗。那时候，我还干干净净。"

"结伴戏方塘，携手上雕航。船移分细浪，风散动浮香。"杨妃眼中也淌出了泪水，温婉地握着李世民的手，喃喃地念着。这是当年李世民为她写下的诗句，那是什么年月，她有些模糊了，可隐约记得，两人携手登上画舫，船只漂行在北苑的太液池中，池中水莲花盛开，遮蔽了水面。

李世民也回忆着，脸上笑着，流着泪，吟道："游莺无定曲，惊凫有乱行。莲稀钏声断，水广棹歌长。栖乌还密树，泛流归建章。"

两人就这样笑着，望着，流着泪，杨妃的嘴角慢慢淌出一缕鲜血，凄凉妖艳。李世民愣愣地用手指沾染了一滴，似乎没搞明白这到底是什么，随即他脸色变了："爱妃！爱妃！你怎么了？"

"栖乌还密树，泛流归建章。"杨妃轻轻地笑着，"陛下，你的诗句中，总有一抹化不开的悲伤。或许人生终归如此吧，从哪里来，回哪里去。再动人的欢乐，也总会有笑声渐歇的时候。"

杨妃身子一软，要栽倒。李世民手忙脚乱地扶住她，大吼："太医！传太医——"

一旁的韦灵符也惊呆了，拼命挣扎着："王妃！王妃——"

大殿里一时手忙脚乱。

杨妃又咳出一口血，染红了李世民的前胸。

"陛下，来不及了。我服的是鹤顶红。"杨妃勉强笑着，巨大的痛苦让她颤抖着，肤色惨白。

"为什么？为什么要这样做？"李世民哭着，"你怕朕怪罪你吗？朕不会杀你的！"

"不是怕你杀我，这……这只是妾身计划中的最终一环而已。"杨妃剧烈地喘息着，"我死了，这计划才能最终完成。"

"为什么？"李世民流着泪疯狂地大叫，"你到底要完成什么计划？为什么宁愿死也要报复朕？"

"我不是在报复你。"杨妃的神情更加萎靡，却坚持着说下去，"你做下那么多有悖人伦和道德良知的事，你皇权在手无所敬畏，更不在乎物议,可你知道和你生活在一起的人有多痛苦吗?哪怕我和你生活了十六年,依旧无法面对自己,无法面对过去,无法面对众生,更无法面对死后的轮回。我不是在报复你,我的计划是要让陛下懂得敬畏,敬畏天,敬畏地,敬畏生灵,敬畏命运,敬畏心中的道德,敬畏历史的尊严,所以我才要让陛下的生命中出现与玄武门一样的轮回。你是胜利者,你从来不知道玄武门带给别人的有多痛;如今角色调换,你的三个儿子门外相杀,你才会知道。李祐死了,李泰贬了,阴妃姐姐也贬了,去年承乾也死在了黔州。三王一妃,妻离子散,可这还不够,我这个贵妃还能为这场惨剧增加一些重量。所以,我必须以我的死,为这惨剧画下一个句读,大唐皇室空掉了一半,陛下您才能好好想一想。"

李世民搂着杨妃,感受着她的身体渐渐失去温度,肝胆崩摧,心肠欲裂,他号哭着,泪水奔流。杨妃挣扎着抬起手,抚摩着他的脸,他的泪:"结伴戏方塘,携手上雕航。陛下,我真的很喜欢你为我写的这首诗……"

杨妃的手猛然垂落,呼吸断绝。

李世民抱着她的尸体,疯狂地吼叫着。

"贵妃薨——"内侍监拖着长长的嗓音,对外宣布,门外禁卫齐刷刷单膝跪拜。整个皇城笼罩在愁云惨雾之中。

捆在柱子上的韦灵符脸上流着泪:"王妃慢走,奴婢为您点上轮回之灯,照亮往生之路。"

王玄策大吃一惊,知道不好,正要扑过去,韦灵符的脚底轰然冒出一缕火焰,那火焰苍白,仿佛从体内而燃,然而温度极高,转眼间就把韦灵符整个吞没,熊熊地燃烧起来。

"太上台星,应变无停。驱邪缚魅,保命护身。智慧明净,心神安宁。三魂永久,魄无丧倾。急急如律令。"韦灵符念完神咒,怪声大笑,"王妃起驾,随奴婢升天去也——"

整个人扑簌簌化作劫灰,撒落一地,铁链也当啷落下。坚硬的楠木明柱上,只留下一个烤成漆黑的人形。

第十九章
帝国盛世，帝王黄昏

贞观十九年，正月。玄奘入长安。

去年李世民移驾洛阳，布置征伐高句丽事宜，这种灭国之战耗资巨大，所以提前一年多就开始筹备，整个大唐的资源开始运转。李世民对此极为关心，他一定要灭掉高句丽，一举拔掉这东北边境的最大隐患。朝野中不是没有反对的声音，褚遂良等重臣都不赞同，但李世民力排众议，所以很多事情都得他亲力亲为。

听到玄奘回国，李世民特意从洛阳下诏，命房玄龄等人安排迎接事宜。进入长安近郊，玄奘就无法再前行，西游十七年，历尽生死，一人行走五万里，历经一百一十国，名震五天竺，取回经论六百五十七部。这一传奇经历在这些年中断断续续传入了大唐，早已引起民众的疯狂仰慕，长安百姓闻讯，全城轰动。上百万人口的长安城，足有数十万人出动迎接，道路两侧的人群绵延数十里，一路上焚香膜拜，抛撒鲜花，连迎接的官员都难以通行。房玄龄急忙派右武候大将军等人护送玄奘入城。

从近郊一直到弘福寺，数十里的道路上，长安民众密密麻麻地排布两侧，手捧鲜花和香烛迎候。当初戒日王赠送的大象早已掉入河中淹死，如今玄奘坐在一匹白马上，后面跟随二十多辆马车，载着经书和佛像，队伍浩浩荡荡。面对这数十万民众的欢呼膜拜，玄奘不禁有些恍惚。当初孑然一身出关西游,如今万众欢呼归来,这似乎是一个坚韧求佛者的胜利,而不能算是佛法的胜利吧?

玄奘在弘福寺休息了一晚,第二日,王玄策风尘仆仆从洛阳赶来,拜见玄奘。

王玄策双膝下跪,行参拜大礼:"弟子王玄策,拜见师父!"

玄奘急忙把他搀扶起来,细细地打量着。自从王玄策离开曲女城之后,两人至今三年未见。

"玄策,听说你随陛下东征,为何又回到长安?"玄奘知道他贼帅的身份,虽然高兴,也不禁有些诧异。

"师父,"王玄策解释,"陛下不日即将离开洛阳东征,希望您能尽快赶往洛阳相见,特地命弟子前来迎接。"

玄奘合十向东拜谢,然后问道:"玄策,这三年你在大唐过得如何?"

王玄策苦笑不已:"师父,弟子这两年啊,一言难尽。先是经历了齐王叛乱,随后又经历了太子叛乱,险些死在乱军中。"

王玄策当即将三王之乱的经过讲述了一番,听得玄奘惊心不已。

因为李世民出征在即,玄奘安顿好了佛经,便冒着风雪赶往洛阳。这次到洛阳,玄奘极为低调,在王玄策的陪同下轻装简行,直入皇城,没有惊起丝毫波澜。

李世民在朝廷举行大典的乾元殿接见玄奘,可见礼遇之隆重。玄奘进入乾元殿,李世民亲自起身迎接并赐座。两人互相凝望着,自从贞观三年霍邑一别后,十七年未见,如今彼此相望,玄奘发茬间业已斑白,皮肤黧黑,而李世民更是不复当年的意气风发,苍老憔悴,竟然有了老态龙钟之意。

"你和朕相差只是一岁吧?"这是李世民问的第一句话。

"是。"玄奘感慨,"陛下大我一岁。"

"法师如今仍是盛年,精神奕奕,而朕却老了。"李世民感慨不已。

"这大唐的锦绣江山,贞观盛世,究竟耗掉了多少心血年华,世人只消看一眼陛下的容颜,自然知晓。"玄奘道。

李世民哑然失笑,心中却不胜沧桑,是啊,这大唐真是耗尽了自己的心血。如今贞观盛世已现,人又如何能不老去?

"法师当年要西行求法,为何不事先告诉朕?"李世民问。

玄奘起身鞠躬谢罪："当初贫僧曾经再三表奏，只是诚微愿浅，并没有得到允许，只好不顾国法，擅自出关。专擅之罪，还请陛下宽恕。"

李世民笑着请他起身："当年大唐初立，确实曾有禁边令。不过你是出家人，自然与俗人不同，更何况此去冒着生死危险，意在普度众生，朕也非常钦佩，以后这件事就不必放在心上了。"

李世民早就志在西域，对西域的各国国事、风土民情、政教法令非常有兴趣，一一询问。玄奘行走一百一十国，哪怕不曾去过的，也都熟稔于心，当即一一作答，详细勾勒，在场的重臣们这才打开眼界，仿佛看到了整个世界的样子。

"法师行走过这么多国家，可国史中却记载阙如，法师能否修一传记，让我中华之人也了解下异域风物呢？"李世民道，"名字就叫《大唐西域记》吧！"

玄奘自然一口答应。

李世民越看玄奘越是欢喜，道："法师，当年你我于霍邑相识，那时朕就觉得，你的器度才识乃是参政治事的高才。不如法师你还俗，参与政事如何？"

玄奘一愣，急忙道："贫僧只是懂得佛经而已，从未学过儒术，就像那乘流之舟弃水登陆一般，不但无功，还会腐朽损坏。贫僧希望能通过修行佛法，以报国家和陛下的恩泽。"

李世民默默点头，似乎思考着什么："既然法师坚持，那便罢了。这些年朕遇到很多事情，希望能和法师时常谈论。不过朕出征在即，不得闲暇。不知道法师能否跟随朕的大军出征，路上可以多一些求教的时间？"

玄奘犹豫片刻："贫僧从天竺赶回大唐，路途艰辛，身体略微有些小恙，恐怕难以陪驾。"

李世民笑了，指着他道："法师啊，你孤身西游绝域，跟随朕到辽东这小地方，只不过是动动脚趾的工夫而已。这可不是推辞的理由。"

玄奘苦笑："陛下恕罪，实在是佛教的戒律，僧人不得观看兵戎战斗。"

李世民叹了口气："既然是佛家戒律，朕就不为难你了。"

玄奘又道："陛下，贫僧有一事相求。贫僧从天竺带回六百多部经论，想要前去嵩山少林寺，把这些经论翻译成汉典。"

李世民想了想："译经当然是大事，法师却不必去嵩山了。长安的弘福寺，禅院幽静，很适合译经。法师便住到弘福寺吧！"

玄奘默默地看了李世民一眼，道："既然如此，贫僧自当遵命。不过京城繁华，京师百姓知道我从西域回来，都有些好奇之心，想来见贫僧。如此一来，恐怕影响安宁，妨碍译经。还请陛下派些兵丁守住门户，防止闲杂人等进出。"

李世民大笑："当然没问题。朕准了。"

时间还早，李世民的国事一桩接着一桩，接见完玄奘之后，李世民意犹未尽，让王玄策陪同玄奘且到东都苑中等候。

东都苑在宫城西侧，穿过上阳宫，便是规模宏大的东都苑，谷水和洛水在苑中合流，汇入洛水后东西横贯洛阳城。

"师父，您在奏对的时候，为何让陛下派人看守弘福寺的门户呢？"两人在洛水岸边漫步，旁侧无人，王玄策这才问道。

玄奘长长地叹息了一声："你看陛下此人性子如何？"

王玄策想起当初太子叛乱时，李世民敲打自己的那番话，打了个寒战，低声道："师父，咱师徒俩没有外人，弟子就实话实说了。陛下此人，看似宽宏超迈，实则猜忌之心颇重。只是他颇能隐忍，目光又长远，故此掩饰得颇好。"

玄奘点点头："当日在霍邑，我便发觉了。那你想想，陛下为何不许我到嵩山译经？"

"这？"王玄策想了想，"难道对您有什么戒备之心吗？"

玄奘沉默了好半天，才说道："当日我入长安，数十万民众夹道相迎，街市为之一空。一个僧人拥有此等声望，换了任何帝王，都不会放他到偏远之地的。既然猜忌之心已起，哪怕我留在长安，怕是陛下也不会安心，所以才请陛下派人看守门户，自囚于寺庙之中，以安陛下之心。"

王玄策仔细想想，当时听玄奘请求派人看守门户时，李世民似乎是大松一口气，那种畅快之意掩饰不住。他顿时渗出了冷汗。

"师父，这可如何是好？"王玄策急道。

玄奘瞥了他一眼："贫僧又不打算造反，有什么好不好的？军兵看门，和小沙弥看门，又有多大的区别？陛下心不安，我心也不安。如此，他能安稳睡觉,我能安稳译经。有何不好?"

王玄策苦笑:"只有师父这种襟怀坦荡的人才能这般豁达吧!"

玄奘没说什么,只是笑笑。

快到酉时,李世民才忙碌完,在禁卫和内侍的簇拥下来到东都苑。他遣退侍从,孤身和玄奘、王玄策在堤岸上漫步。此时,日色沉于洛水,红霞漫天,前几日的冰雪依旧覆盖着树梢和河岸。

两人闲聊了片刻,李世民询问了玄奘在天竺的经历,然后说道:"法师,朕有一事想请教,希望法师能教朕。"

玄奘急忙合十:"陛下言重,贫僧知无不言。"

"半年前,天竺的戒日王派遣使团出使大唐,并问候法师,当时法师还没有回国。朕也对天竺颇为好奇,于是就询问了一些事情。"李世民神情严肃起来,"言谈中,那使者谈起来,戒日王似乎在求长生药。"

"长生药?"玄奘一惊。

李世民紧紧地盯着他:"法师与戒日王交好,可对他的长生药有所了解?"

玄奘吃惊:"陛下从何得知?"

李世民道:"听那天竺使者所说,戒日王比朕年纪还大,如今身体也不好,好像是他已经求到了长生药。说是一个叫娑婆寐的术士所炼制,法师可知道具体情况?"

玄奘心中顿时涌起滔天波澜,踟蹰了很久:"略有所知。"

"哦?"李世民激动起来,"法师请说!"

"陛下!"玄奘看着李世民认真的模样,也严肃起来,决定如实说出,"此事贫僧略知一二,戒日王确实在求药。他请了个天竺术士,此人叫娑婆寐,寿数应该在两百岁。前些年娑婆寐一直帮他炼制此药,这药是种在一男一女身上,具体细节贫僧也不太了解,娑婆寐称之为人间大药。但贫僧以为,这世上并无长生药,那娑婆寐与贫僧打过一些交道,此人虚妄不实,并不可信。"

"法师的为人朕知道,你是佛门中人,修的是堂堂大道,一向不语怪力乱神。可这世上的确有些人力难以解释之事。"李世民道,"不知道那娑婆寐寿数两百年,是真是假?"

玄奘叹息了一声,并无隐瞒:"这娑婆寐早年出身于那烂陀寺,是护法菩萨同一时代之人，贫僧对他的年龄曾经有所怀疑，却并未找到疑点。"

"那就是了。"李世民击掌道，"法师何等人物，大千世界，明察秋毫，既然连你都没有发现疑点，想必这娑婆寐活过两百岁也是有可能的！"

玄奘和王玄策对视了一眼，无法反驳，只好沉默不言。

"那人间大药是如何炼制？"李世民追问。

玄奘这回真是有些为难了，正色道："这所谓人间大药，贫僧断定是假的。二十年前，娑婆寐便开始炼制，他选了一男一女，在他们身上灌输了三十三世轮回的故事，让他们上演。其实这二人只是演戏，只不过演了二十多年后，他们逐渐被自己的角色所侵吞，真以为自己是经过了三十三世轮回。后来由于贫僧逼迫，娑婆寐才不得不放弃。此事过于虚妄，陛下切不可信。"

"娑婆寐放弃了吗？"李世民讶然，"可是那天竺使团说，这人间大药即将炼成了呀！"

玄奘脸色变了。他路上走了三年，难道娑婆寐毁掉承诺，又控制了那顺和莲华夜不成？

李世民皱眉深思："让人表演三十三世轮回，直到这轮回侵入两人的内心，听起来蛮有道理的。这是否就是说，娑婆寐是在人体内养成轮回呢？再经过三十三世的熬炼，最终形成某种可以破掉轮回，让人长生不死的大药呢？"

玄奘惊悚不已，吃惊道："陛下，您为何会这样想？"

"这倒不是朕能想出来的。"李世民有些不好意思，"听那使团说了只言片语之后，朕曾经召集了大唐的一些术士，仔细论证过这人间大药的可行性。这些术士最后也没有否定，只是说所谓长生术，肯定是玄之又玄，方才是众妙之门。天竺既然有奇人想出了这种办法，就一定有他的道理。"

"陛下，贫僧却以为这是荒谬之论。"玄奘知道，在这个问题上决不能把李世民引入歧途，当即严肃道，"这世间哪有长生不死之事？哪里有长生不死之人？便是佛陀也有坏空之劫，众生若是吃一粒丹药就能长生，这世上的生死平衡早已乱掉了。还请陛下深思！"

"法师，"李世民叹息道，"朕还年少时，读遍史书，看到秦皇、汉武、明帝、哀帝，为了长生药劳民伤财，为人所骗，最终贻笑史书，朕当时何尝不是笑之？然而等当上帝王之后才发现，长生之事才是这世间最大的诱惑。这些年，大唐进入了盛世，可朕还有多少功业没有完成，就已经老迈多病，朕实在是不甘心啊！想要实现朕心中的宏图伟业，唯一的障碍就是时间，唯一的方法就是长生！"玄奘正要插嘴，他摆摆手，止住，"法师放心，朕做事有节制，绝不会像秦皇汉武那样为人所欺。朕想派一个人到天竺去，以回访戒日王的名义，暗中为朕查一查这长生药的真假。"

玄奘张着嘴，却不知如何劝阻。

李世民凝望着长河落日，雪原高坡，此生的一幕幕在他眼前掠过，建成、元吉、十个侄儿们，临终前的太上皇、承乾、李祐、杨妃……若是还有相聚之地，他们都在等着自己啊！

"法师，朕不甘心！"李世民喃喃道，"朕富有四海，掌控天下，可是等有朝一日崩殂之后，会孤身一人进入轮回。没有军队，没有权力，什么都没有，连一个小鬼都敢将朕欺负！朕绝不甘心，朕要长生！"李世民猛然间下定决心，咬牙道，"王卿，你既然去过一次天竺，那这次便还是你去吧！"

"臣……"王玄策只好躬身，"遵旨。"

"过几日，朕就要亲征高句丽了。"李世民向北遥望，脸上渐渐涌出潮红，一股亢奋之情点燃着他的梦想，"迥戍危烽火，层峦引高节。悠悠卷旆旌，饮马出长城……朕要率领大唐铁骑征服四方，让大唐的后世子孙再不见烽火。朕要超越秦皇汉武，哪怕后世有无数个朝代，他们都要传颂朕的名字！朕要告诉百代青史，哪怕朕犯尽了天下间的罪孽，也是这世上最伟大的皇帝！"他霍然转身凝望着玄奘和王玄策，"所以，朕不想老去。等朕东征归来，要得见长生！"

离开洛阳之后，玄奘和王玄策返回长安。王玄策筹备出使天竺事宜，玄奘面临的问题则是译经。

自古译经都是个庞大的工程，何况玄奘带回来的经论达到六百多部。玄奘在天竺时，所担心的是人寿有限，时日无多，取来的经书虽众，却不知自己能翻译多少。也正因为如此，以玄奘这种性格，才会与朝廷牵涉如此之深，归根到底，都是为了使朝廷支持自己的译经大业。

李世民早先答应过支持玄奘译经，这需要庞大的人力物力，当年释道安翻译佛经，译场中常常有上千人，而玄奘所需求的只怕更多。李世民离开洛阳东征之后，对玄奘的译经仍然关注，让房玄龄下诏，几乎调集了大唐所有的高僧大德加入玄奘的译场。

对玄奘而言，译经，才是他今生真正的使命。众人眼里孤身万里，十七年西游，传奇则传奇，但事实上只是为了今日所做的准备。译场一开，玄奘生命中最璀璨的时代才来临。

译场组织完之后，玄奘行走在经阁之中，看着堆积如山的经论，不由回想起当年在天竺的一幕一幕。戒贤法师、娑婆寐、戒日王、那顺、莲华夜……突然间，他愣怔了一下，急忙冲出门去，额头上汗水涔涔，竟然惶恐无比。

新收的弟子辩机一直随侍在旁边，见师父慌乱成这样，急忙迎了过来："师父，发生什么事了？"

"快——"玄奘此生还从未有如此惊慌的时刻，连手指都有些颤抖，指着皇城的方向，"去……去找玄策，让他立刻来见我！他今日就要出使天竺，若是走了，你便快马追上他！"

辩机不敢怠慢，当即让人备马，赶往皇城的鸿胪寺。赶到之时，王玄策和副使蒋师仁正准备出发，听辩机说完，王玄策也吃惊不小，急忙策马赶到弘福寺。

玄奘一看见他，急急忙忙地道："为师犯了大错！玄策，你务必尽快赶到天竺，营救戒日王！"

"营救戒日王？"王玄策不解，"戒日王有危险吗？"

"只怕离死之日不远矣。"玄策闭上眼睛，眼眶有些发红，自责道，"我曾经向你讲述过娑婆寐的阴谋，他在那顺和莲华夜身上种植人间大药，后来被我识破，逼得他放弃这个计划。"

"是啊，"王玄策诧异，"您说过，娑婆寐种植这人间大药的目的，是想让戒日王看一眼轮回，借此来震慑天竺诸王。"

"错，大错特错！"玄奘捶胸顿足，懊恼不已，"这根本不是娑婆寐的最终计划。最终的计划不是震慑，而是诱惑！"

王玄策茫然不解，辩机正在跟随玄奘撰写《大唐西域记》，对天竺的事情也颇为了解，忍不住道："师父，可当时您说过，娑婆寐想让戒日王看到的是轮回。"

"实际上，贫僧弄反了。"玄奘苦涩，"这人间大药，种的不是轮回，是长生！这个计划的核心，也不是轮回，而是长生！"

见二人还是不解，玄奘解释道："原本贫僧也不解，以为娑婆寐的计划是选定那顺和莲华夜，给他们灌输三十三世轮回，借此震慑帝王和众生，挽回佛教颓势。这一层计划，贫僧当年破掉了，迫使娑婆寐释放了二人，终止了计划。可是前几日去洛阳见了皇帝以后，才知道对皇帝来说，轮回也好，审判也罢，全都是虚的，真正对他们有致命诱惑的，是长生！无论戒日王也好，我大唐皇帝也罢，只要是人间帝王，就逃不过长生诱惑。娑婆寐活了两百年，对此当然心知肚明，他知道戒日王想要的是什么，所以，贫僧破掉的只是他第一层计划而已，这个计划的最终目的，是要诱惑戒日王长生，而这个药，便是那顺和莲华夜，所以，这才是人间大药的真正含义！"

"那戒日王为何有生命危险？"王玄策问。

"若想长生，就入轮回，入了轮回，焉能不死？"玄奘闭目长叹，"虽然我也不知道具体的细节，却知道戒日王危矣。玄策，现在咱们能做的，就是你尽快赶到天竺，早一日，戒日王便会多一日的生机，若是晚了，不堪设想！"

"是，师父。弟子一定尽早赶到天竺。"王玄策道，"可是娑婆寐此人如此厉害，弟子若是遇上，如何破之？"

玄奘沉默片刻，道："娑婆寐此人狂妄自大，自负自尊。利用这八个字，必可破之。"

王玄策心里默念这八个字，向玄奘长长一揖："弟子记住了。"

玄奘送他走出寺门，此时副使蒋师仁带着使团已经在门外等候，玄奘叮嘱道："我这个师弟那顺一生凄凉，你去的时候多加看顾。若是他有什么危险，一定要保护好他。"

王玄策应允，翻身上马，率领使团离去。

玄奘凝望着众人远去的身影，目光仿佛穿透大千世界，恒河微尘，望见梵天国度中的痴男怨女、帝王之殇。

玄奘合十向西天揖拜，喃喃道："须菩提，如来说有我者，即非有我，而凡夫之人，以为有我。须菩提，凡夫者，如来说即非凡夫，是名凡夫。"

正在这时，忽然弘福寺中一阵喧哗之声，山门前围着几个僧人，正在叫嚷。只听一个小沙弥道:"怪哉,怪哉!今夜未曾刮风,如何这树头都扭过来了?"

玄奘远远望去,只见弘福寺山门前的几株松树一棵棵枝头向东。

这时听到辩机呵呵笑道:"那是因为我师父回来了。"

众僧问道:"为何这么说?"

辩机道:"当年师父西去取经时,曾经对一人言道:我去之后,或三五年,或六七年,但看那松树枝头向东,我即回来。不然,断不回矣。"

玄奘一怔,凝眸望去,分明看见那几棵松树别处的枝头都已经被砍掉,只剩下向东的枝头。磐石枯井的内心忽然电闪雷鸣,玄奘彻底呆住,凝望着那向东的枝头,两眼泪水潸然而下,湿透襟袍。

第二十章
宫墙、暗夜与莲花

曲女城外，梵帝陀村。

如今的梵帝陀村已经成了帝那伏国，村边的山冈上，耸立起了高达十八尺的宫墙，将曾经的行宫彻底包围在里面。飞鸟不能越，猿猴不能攀。高高的宫墙上，四角都有望楼，帝那伏国每年从村庄中轮流征调三十个禁卫，在望楼和城门处值守。这些禁卫也是帝那伏国唯一的武装力量。

据说帝那伏王三令五申，要日夜值守，不得间断，严防任何人靠近宫墙，晚间还要派人围绕着宫墙巡逻。帝那伏王每日晚饭后亲自提剑巡视，绕着宫墙走一圈，然后才会回宫陪伴王后，甚至白日里，帝那伏王还亲自到城门口值守。梵帝陀村的百姓都很奇怪，帝那伏国是戒日王亲自册封，又在曲女城外，谁敢不开眼来冒犯？帝那伏王为何这么谨慎小心？大家议论纷纷，却不得真相。

这一日，碰上缴纳租税，梵帝陀村的百姓算是亲眼见到了，帝那伏王果真就在城门口看门，亲自盘问每一个入宫交税的人。

三年过去，那顺也二十岁了，更加成熟，更加稳重，甚至举手投足间还有了些威严，虽然说帝那伏国仅有四五百户人家，可好歹他也是堂堂萨蒙塔，进入了戒日王周围的国王阶层。

那顺身上穿着王袍，头上戴着王冠，腰中挎着长剑，带着几名禁卫，亲自坐在城门口查验过来交税的百姓。

"国王陛下,"一个老妇人提着一篮子鸡蛋,恳求道,"今年园子收成不好,换不了银币,欠您的租税,就用这篮子鸡蛋抵偿好不好?"

"嗯。"那顺从篮子里拿过一个鸡蛋看了看,"这鸡蛋个大,饱满,王后最近体弱,正好补补身子。准了。"

老妇人欢天喜地。

渔夫挑了一担鱼:"国王陛下,那我用这两担鱼纳税可否?"

"是鲜鱼吗?"那顺问。

"鲜鱼。"渔夫道,"今日早晨,刚刚从恒河里打的。您熬鱼汤给王妃喝,保准王妃百病不生,身体康健,长命百岁。"

"吉言,吉言!"那顺笑得眉开眼笑,"准了。快挑进去吧!"

身边的禁卫一个个咧嘴,而这些百姓们则一个个窃喜。三年多相处下来,他们发现自己的领主其实是个傻子,很好糊弄,尤其是对王妃的宠爱,简直没有底线。简单说,这个国家的内政外交方针只有一桩:王妃高兴不高兴。

这些狡诈的百姓发现了这一点之后,简直拥有了对付国王的大杀器。譬如纳税时,简单地拿几个鸡蛋,捞一网鱼,甚至去山上打一只野鸡,只要花言巧语,说这些对王妃的身子大补,或者说王妃看到以后会很快乐,国王陛下就会慷慨地收下。纳税既然如此简单,这几年梵帝陀村的百姓简直舒坦得如过神仙日子。

"国王陛下……"有个更狡诈的家伙干脆从山上揪了一把鲜花,"这花是我花了整整一年才找到的。您把它种在宫中,王妃睡觉时能安神,净心!"

"真的啊?"那顺急忙拿过翻来覆去地看。周围的百姓暗骂,这厮实在可耻,我们好歹送鸡蛋鲜鱼,他竟然从路边揪野花!

正在这时,一名壮妇从宫中跑了出来,神色惶恐:"国王陛下,王妃晕倒啦!王妃晕倒啦——"

那顺大吃一惊,丢掉手里的野花,撒腿就往宫中跑去,大喊道:"关闭宫城!全国戒严!"

门口的禁卫立刻驱散来交税的百姓,将宫城的大门关闭。只不过全国戒严根本办不到,全国部队只有三十人,顶多能扼守住几个路口。

如今的王宫是戒日王的行宫改造的,规模虽然宏大,却有些破旧,那顺盖完围墙也没有钱装修王宫，只好简单收拾了一下，不过基本格局都还在。他疯狂地跑进王后的寝宫，就看见在两三名仆妇的忙碌下，莲华夜正躺在胡床上，已经醒来，脸色有些苍白，不过精神还好。

"莲华夜！"那顺都快哭出来了，扑到莲华夜身边，"你怎么了？别吓我！"

莲华夜温柔地笑着，抚摩他的头，却被王冠硌了一下手，那顺急忙把王冠摘掉，扔到了一边。

"傻子，我没事。"莲华夜脸上洋溢着幸福的笑容，"我怀孕啦！"

"啊？"那顺蒙了，"怀……怀孕啦？"

"对呀！咱们要有自己的孩子啦！"莲华夜说。

周围的仆妇一齐恭喜，那顺傻傻地站了起来，似乎没搞明白状况："我要有孩子啦？我和莲华夜有孩子啦……哈……哈……"他嗓子里咕哝几声，随即搂着莲华夜放声大笑，笑得整个人都倒在了床上。

仆妇们面面相觑，从没见过国王陛下高兴成这个样子。

笑了片刻，那顺搂着莲华夜呜呜地哭了起来："莲华夜，咱们要有孩子啦！"

莲华夜也流出了眼泪，反手搂着他，轻叹一声，闭上了眼睛。

"现在是几个月了？"那顺小心翼翼地抚摩着莲华夜的肚子。

"说是有三个月了。"莲华夜道。

"三个月？"那顺瞪大了眼睛，"三个月了怎么才知道？"

"我又没怀过孕。"莲华夜也委屈，"呕吐啊，倦怠啊，还以为是身子有恙。"

那顺忽然愣住了："对，你没怀过孕。三十三世，你从未怀孕过，可是这一世却怀孕了。这说明什么？这说明咱们破掉轮回了！莲华夜，咱们破掉轮回了！"

莲华夜担忧地望着他，身体忽然有些冰凉。她知道，那顺仍然没有醒过来，依旧沉浸在虚假的命运中。这让她有些凄凉之意。可是再一想，那又有什么呢？清醒而活，过悲惨的日子，还不如虚假而活，珍惜这幸福的日子。

"是的，那顺。"莲华夜温柔地道，"我们破掉了轮回！"

四名仆妇对视了一眼，蹑手蹑脚地走了出去，不愿意打搅国王夫妻的幸福。

一名仆妇离开王宫后，径直来到城门口，道："开门，我要去村里给王妃抓药。"

禁卫们也知道王妃晕倒了，不敢怠慢，赶紧打开城门，仆妇急匆匆出门而去。

曲女城，皇宫。

这个冬季，戒日王喜欢上了太阳。他已经难以行走，时常让人搀扶着，或者坐在胡床上，拥着狐皮大氅，坐在皇宫中望着西方的落日。有时候，他会回想起自己的一生，那个十六岁登基，兵不释甲、象不解鞍的戒日王，在他的记忆里仍然如此鲜活。

他想活下去，这个念头随着他的老去，越来越强烈。他没有儿子，他兄长也没有儿子，随着他老去，这个帝国已经出现不稳的状况，若是他死去，这个帝国会崩裂吗？伐弹那家族数代打拼才挣下来的帝国，会在他手中完结吗？他不敢想。

他一定要活下去，一定要长生不死，永远拥有这个帝国。他要继续完成未竟的心愿，征服南天竺，跨过印度河，重现孔雀王朝最辉煌的时代！

凝望着渐薄的落日，戒日王下定了决心："去，把宰相和娑婆寐找来。"

宰相府距离皇宫很近，婆尼率先赶到，过了不久，娑婆寐骑着白象进了皇宫。这些年戒日王对娑婆寐越来越宠信，赐给他骑象入宫的特权，这是连宰相婆尼都不曾有的权力。

两人一起见过戒日王。

戒日王道："朕刚刚收到梵帝陀的情报。莲华夜，怀孕了。"

娑婆寐合十："恭喜陛下，贺喜陛下。"

婆尼脸上却有些忧虑之色，微微叹了口气，并不作声。

"听说她怀孕已经三个月了，也就是说，朕的长生药已经炼成了？"戒日王不胜悲伤，"长生药既成，朕也就是要死了。却不知道这长生药是否真能让朕长生下去。"

"陛下不用忧虑。"娑婆寐道，"这长生药已经在人间养了三十年，到如今开花结果，陛下应该高兴才是。"

婆尼终于忍不住了，斥责道："若是你这长生药并无效果，那该如何是好？岂不是坏了陛下的性命？"

"我的长生药绝不可能无效。"娑婆寐冷冷地道，"何谓长生，破轮回者得长生。莲华夜和那顺经历了三十三世的轮回，体内早已经孕育了不死之物。他们能清晰记得每一世轮回，便是击破了轮回，陛下夺了他们的造化，自然获得不死之药！"

"婆尼，且不要责怪尊者。"戒日王劝说自己的堂兄，"反正朕已经活不了多久，只是死马当活马医罢了。倘若真有一线机会能长生，那岂不是赚了？"

婆尼只好闭嘴不言。

"何谓长生？先死而生！"娑婆寐道，"陛下且放心，我早已经推演得当，绝不会有差错。"

"来人，传旨。"戒日王不再犹豫，吩咐道，"派遣宫中御医十名，接生婆十名，侍女三十名，黄金珠宝，一应事物，去送给帝那伏王。"

那顺收到戒日王的礼物，极为意外。他这个国王做得糊涂，作为小萨蒙塔，是需要向大萨蒙塔纳税进贡的，他自己都不懂得收税，更别说向戒日王进贡了。结果三年里，他竟然没有向戒日王缴纳分毫的贡赋。虽说戒日王并没有在意，但那顺也没有傻到认为戒日王需要向他送礼的地步。

那顺问了税官才知道自己要向戒日王进贡，想了想，才把鸡蛋啊鱼啊之类的作为回礼送给了戒日王，至于那枝野花，他当然没舍得送，而是种在了莲华夜的卧室里。

这些御医、接生婆和侍女来了之后，王宫显得狭窄起来。而且人一多，那顺也更加担心了，日日提着剑在城门口逡巡。时间过得很快，转眼间莲华夜怀胎七个月了，再有两个多月就要生了，戒日王终于坐不住，带着婆尼起驾来看望。

戒日王的身体更加虚弱，曾经雄狮一般的帝王，如今连上个台阶都走不动，需要靠着肩舆抬上来。那顺亲自到城外迎接，四年没见，只见戒日王的头发已经全部变得灰白，苍老憔悴，如同行将就木的老人。

"那顺，这些年在这里住得可还好？"戒日王温和地道。

"挺好。"那顺笑道,"经常有村民来送我些鸡蛋和新鲜的鱼虾。有时候还有新鲜的野味,抹上蜂蜜烤了给莲华夜吃,她总是很喜欢。"

"那就好。那就好。"戒日王道,"前几天,朕派去大唐的使团回国,带来了玄奘法师的消息,你可想听听吗?"

"真的吗?"那顺欣喜不已,"我师兄如何了?"

"朕的使团到长安时,他还没有回国,后来托人查了查,才知道他停留在于阗了。使团回国之时,大唐天子已经派人去于阗迎接他,想必这时候已经到长安了吧!"戒日王道。

"何时我才能去长安看望师兄啊!"那顺有些怀念玄奘了。

戒日王饶有深意地看着他:"或许需要很久,得十七八年后了。"

"为何?"那顺奇怪地问。

"你总得等儿子长大成人吧?"戒日王苦涩地道。

"这倒是。在儿子长大成人之前,我和莲华夜哪里也不去,就在这里陪他。"那顺快乐地道。

戒日王怔怔地望着他,心中不知道是什么滋味,呆了半晌,才摇摇头:"朕来这里是想看望你的王妃。不请朕进去吗?"

那顺这才醒悟过来,堂堂帝王来探望,他再紧张莲华夜,也没有阻止的道理。当即在前面带路,请戒日王和婆尼进了王宫寝殿。

莲华夜在接生婆和侍女的搀扶下,正在寝殿内慢慢地走着,见戒日王进来,急忙施礼。戒日王怕动了她的胎气,赶忙命侍女把她搀扶起来,那样子,简直比那顺还要紧张,惹得那顺阵阵狐疑。

"怎么样?孩子有没有动静?"戒日王让人扶着,靠近了莲华夜问道。

"有时候会踢我一下。"莲华夜丰腴了很多,原本就是绝世的姿容,更显得光彩四溢,"看样子,长大后会是个小捣蛋鬼。"

"呃——"戒日王不知该如何评价,当即干笑道,"你这儿子,将来必定是天降圣人,会成就一番从所未有的宏图霸业。所以,你可一定要好好照顾他。"

"陛下说得是——"那顺傻呵呵的,刚应了一句,莲华夜的脸色顿时变了,打了他一下。

"陛下,我夫妻二人绝无觊觎帝国的野心。"莲华夜神情惶恐地向戒日王赔罪，"当年那顺想当国王，只不过是为了我而已。"

那顺这才醒悟，也吓了一跳："对对，陛下，我这儿子哪里有这等能力？将来我把他带回粟特去，给他娶妻生子，就心满意足了。绝不会让他回天竺的。"

"决不能带回粟特！"戒日王急了，"你们一定不能把他带回粟特！朕做主，让他从小就生活在曲女城中，不，曲女城的皇宫中，哪里也不能去！"

那顺和莲华夜面面相觑，都有些纳闷。

三人谈到这里，对话几乎没办法进行下去。婆尼在他耳边低声说了几句，戒日王点点头："那顺啊，咱们且到外面说说话如何？"

那顺点点头，跟着戒日王和婆尼走了出去。王宫后面便是山丘的斜坡，可以眺望恒河。不过那顺筑的围墙太高，如今恒河是看不见了，却有几个草亭还在。三人坐在草亭里，戒日王让内侍们退下去。

"那顺啊，朕有个事情想跟你商量一下。"戒日王道。

"陛下请说。"那顺道。

戒日王温和地问道："那顺啊，你看朕还能活多久？"

那顺吓了一跳，急忙道："陛下当然长命百岁……哦，不，千岁，万岁。"

"呵呵。"戒日王苦笑，"别胡说八道了。朕告诉你，朕最多还能活三个月。"

那顺愣了："您怎么知道？"

戒日王叹息一声，没有回答："那顺，你也知道，朕没有孩子。伐弹那家族没有继承人，所以朕百年之后，这戒日帝国会是什么结局，实在是难以预料啊！朕有个想法和你商量一下。"

"嗯，陛下您请说。"那顺道。

"朕死后，你来做戒日帝国的皇帝，如何？"戒日王开门见山说道。

那顺彻底惊呆了，竟然不知如何回答。

"这件事的确骇人听闻。"戒日王笑笑，"只不过朕已经深思熟虑过，你来做皇帝，最合适！"

那顺脑子里一片混乱，当戒日帝国的皇帝？这也太荒唐了吧？

"你不要害怕。"戒日王努力劝说着，"做皇帝其实很简单，朕的计划是，等到朕驾崩之后留下遗诏，指明由你继位。你不用担心帝国的臣民反对，朕都会提前安排好，婆尼继续做宰相，他会把一切都安排妥帖，你什么都不用管，只需要坐在皇宫内的帝位上即可。如何？"

那顺喃喃道："我脑子很乱。"

戒日王看到他这反应，反倒很欣慰。这那顺分明就是个情痴，对政治诸事一窍不通，更没什么野心。戒日王告诉自己，这很好。

"好好想一想。"戒日王生怕他不干，劝道，"到时候你和莲华夜住在朕的皇宫里，不比这里要好上千倍万倍吗？"

那顺忽然想起一事，脸色严峻起来："不行！陛下，我不能答应你！"

"为何？"戒日王急了。

"因为在莲华夜的宿命中，她会死于宫墙之下。"那顺正色道，"像我这里寥寥几人，王宫又不大，我哪怕整日守在门口，也能保护好她。可是到了你的皇宫，仅仅禁卫就三千人，宫中的宦官宫女不计其数，我如何能看护得过来？不行！不行！我决不能让她住到皇宫里。"

"这——"戒日王和婆尼面面相觑，都愣住了。

这次连一向反对这计划的婆尼都有些忍不住了："那顺，你知不知道你拒绝了什么？"

"什么？"那顺愕然。

"你拒绝了一个皇位！"

那顺挠挠头："皇帝的位置嘛……我拿来干什么？"

婆尼怔住了："皇帝……这可是世上最强大的五个国家之一的皇帝！它统治三十多个国家，威慑上百国。其中最小的国家都比你这个帝那伏国大一百倍！"

"问题是，国家越大我越担心啊！"那顺指着四周，"这么小的地方我都守不过来，每天清早巡查一圈都得一个时辰，晚上巡查又得一个时辰，这样我陪着莲华夜的时间就少了两个时辰！要是大一百倍——"

婆尼忍无可忍："是比你这里大一百倍的国家的一百倍！"

"那就是了。"那顺道，"那么大，我巡查一圈得多久？一年怕也见不到莲华夜一次。不干！不干！"

"你——"婆尼几乎气疯了，"你拥有戒日帝国，还需要自己来守护莲华夜吗？你拥有亿万子民，数十万军队，你想让大河分流，大地崩裂，高山让路，只需要一声令下，有成百上千万的人来为你效劳。"

"听起来很好啊！"那顺想了想，又摇头，"不行，把莲华夜交给别人保护我不放心。哪怕成千上万人保护她，但只要我不在，我就会担心，她也会牵挂。"

婆尼和戒日王都有些迷茫，世上之人，怎么还有对皇帝之位无动于衷的？

戒日王怏怏地回到了皇宫，召来娑婆寐，把遭到那顺拒绝的事情说了一番。娑婆寐也愣住了，不过他倒不担心，笑道："陛下，那顺那里您尽管放心，此事就交给我吧！我保证一切顺利。"

戒日王于是放下心事。从曲女城到梵帝陀，每日里哨探往来不绝，一日六次，源源不断地把莲华夜的状态反馈过来。就在这种等待中，三个月倏忽而过，戒日王知道自己不行了。

戒日王如今皮肤松弛，骨瘦如柴，曾经犀利的眼神如今浑浊不堪，身上散发着将死的气息。半个月前，他就只能躺在床上，动弹不得，只能微微地转动头颅，看一看四周的风景。

婆尼每日都守在他身边，陪伴着他，有时会为他念一卷佛经。一日，婆尼念起佛陀知道涅槃将至，离开灵鹫山返回故乡时说的那句话："我已老，衰耄矣。我之旅路将尽，年寿将满，年龄已八十矣。阿难，犹如旧车辆之整修，尚依革纽相助，勉强而行。"

戒日王听着，眼眸中忽然流出了泪水，喃喃道："婆尼，事情都安排好了吗？"

"安排好了。"婆尼也哭了，"朝廷的几个重臣都尊重您的旨意，军队的几个统帅也发誓听从您的安排。陛下，戒日帝国不会丢的，我们会守好您的国家。等到长生药起效后，您死而复生。"

戒日王欣慰地点了点头，沙哑着嗓音道："去，把那顺找来。"

婆尼立刻安排人去找那顺。

莲华夜即将生产，那顺本不愿意来，只是听说戒日王将崩，他本是个善良之人，念及戒日王对自己的恩德，这才答应。临走前，那顺又向刹帝利禁卫要出入城门的通行令，交给莲华夜，千叮咛万嘱咐："你快生产了，一旦身子有不舒服，立刻派人去皇宫找我。"

莲华夜答应下来，那顺才恋恋不舍地离去。梵帝陀村距离曲女城不过二三十里，不到半个时辰便到了。

那顺进来参拜之后，看了一眼，不禁叹了口气，他知道，戒日王命不久矣。此时，帝国的重臣和将军也都来了，大家站在戒日王的床前，神情悲伤。看到那顺进来，众人纷纷鞠躬致意，虽然大多数人都不知道戒日王为何把皇位传给此人，但所有人都知道，面前的这个年轻人，在今日之后便会是戒日帝国最有权势的人。

"那顺，朕今日就要走了。"戒日王睁开浑浊的眼睛，喃喃地说着。

声音低不可闻，那顺要贴到他嘴边才能听清。

"朕已经写好了遗诏，交代了将军和重臣，这个帝国，以后就交给你了！一百五十年前，笈多帝国崩溃之后，朕的祖先从一个小城邦崛起，五代人征战，传到朕的手里。"戒日王缅怀着昔日的荣光，"朕十六岁登基，又用了十六年的时间才让天竺重新一统。这十六年里，朕象不解鞍，兵不解甲，征伐百国，片刻不敢懈怠。因为朕总是害怕将来到地下，父亲和兄长会怪朕。今日，朕就要去地下向他们赎罪了，朕带的礼物，便是这一统的天竺，辉煌的帝国，朕希望告诉他们，朕犯了无可饶恕的罪，但已经拼命补偿了，朕让伐弹那家族的荣光，照耀在这片寥廓的大地。可是——朕却没有子嗣！父兄相问，朕要如何回答？"

戒日王用尽全身的力气，挣扎着想抬起手臂，却抬不起来。婆尼急忙上前托起，戒日王的手紧紧地按在了那顺的手上。

"那顺，帮帮朕，把这个帝国延续下去！"戒日王充满期待，眼睛死死地盯住那顺，似乎那顺不答应，他就不会再眨动眼睛。

那顺犹豫着，婆尼哭了："那顺，答应陛下吧！这是一个老人临终的心愿啊！你难道想让他死不瞑目吗？"

那顺终于被触动了，他忽然想起自己父母临死的时候，在突厥人的屠刀下，便是能留下这样的心愿也是奢侈啊！

那顺无奈地点头："我答应你！"

戒日王干枯的脸上露出惊喜的神情，他长长出了一口气，这一口气出尽了他的生命，手臂重重地垂落下去。在临死前的回光返照中，戒日王凝视着虚无的上苍："朕一定要回来——"

一代雄主，溘然而崩。

梵帝陀村，王宫。

几乎就在戒日王驾崩的同时，随着莲华夜凄厉的尖叫，一个婴儿诞生了。

戒日王送的大批接生婆和侍女都在寝宫伺候，一个个忙得不可开交，等到婴儿降生之后，众人才松了口气。莲华夜虚弱地睁开眼睛，脸上、身上几乎被汗水浸透，头发都能攥出水来。

"我的孩子呢？"莲华夜喘息着问。

一名接生婆急忙抱过来孩子，放在莲华夜的怀中。

莲华夜紧张不已，看着孩子带着皱皮的小脸，甚至不敢伸手去碰："男孩还是女孩？"

"恭喜王妃，是个男孩。壮得像一头小象。"接生婆道。

"男孩啊……"莲华夜把脸贴在了婴儿的脸上，充满了幸福。

那接生婆却露出诡异神色，伸出手捏作莲花状，在莲华夜眼前轻轻一抚，莲华夜立刻眼皮一合，沉沉地睡了过去。这时，帷幕一掀，娑婆寐从容地走了进来，接生婆急忙鞠躬施礼："参见尊者。"

娑婆寐从她手中接过孩子，仔细看了看，伸出手指轻轻地捏在了孩子的耳垂上。等手指松开之后，孩子的耳垂上赫然出现了一颗红痣。

"尊者，为何要做一颗红痣？"接生婆问道。

"不必问太多。"娑婆寐淡淡地道，"方才曲女城传来消息，戒日王已经驾崩了。那顺已经答应登基称帝！"

"恭喜尊者！"接生婆大喜，"尊者筹谋三十年，终于完成了心愿！"

"好了。"娑婆寐道，"戒日王已死，我这便带孩子前往曲女城。"

娑婆寐志得意满，笑吟吟地转身去抱孩子，结果竟然没有抱起来，他一愕，这才发现有一只手臂牢牢地搂着孩子，居然是莲华夜！

莲华夜竟早已醒来！她一把将孩子抱在怀中，仇恨地望着娑婆寐："原来，控制我演这三十三世的轮回，是为了谋夺戒日帝国！"

娑婆寐和接生婆都怔住了，接生婆吃惊地道："你如何能醒过来？"

"没什么奇怪的。"娑婆寐叹了口气，"这三十年，失魂术在她身上用得太多了。莲华夜，虽然我控制了你三十年，可我对你的补偿比你失去的更多。如今你有了终生挚爱的伴侣，有了一个可爱的儿子，马上你还会是戒日帝国的王后。在这个世界上，再没有人比你更幸福。"

"哈哈哈——"莲华夜凄厉地大笑，"我幸福吗？你觉得控制我的一生，把我从一个悲惨的命运，换到另一个悲惨的命运，是幸福吗？你觉得让我在一生里尝遍三十三世的痛苦，是幸福吗？娑婆寐，你是个魔鬼！"

"无论老和尚是神佛也好，魔鬼也罢，都是控制你命运的人。"娑婆寐淡淡地道，"你这一生注定无法逃脱老和尚的掌控。莲华夜，不要再反抗了，你反抗了三十年，可有一次逃脱了我给你设定的命运？"

"那是我没有勇气！"莲华夜愤怒地道，"如果我的生命中仅仅是我自己，我没有勇气反抗你；如果仅仅有那顺，我还是没有勇气反抗你。可是，如今我们有了孩子，我绝不愿意连孩子也做你的傀儡，被你控制一生！"

"刚当了母亲，就拥有如此灿烂的母性，当真值得钦佩。"娑婆寐笑吟吟地道，"可是你如何反抗我呢？我早已经在你心中种下了咒语，只要我念动咒语，在我的面前，你只是一具行尸走肉罢了。"

莲华夜忽然举起旁边的油灯，把灯里的油洒了娑婆寐和接生婆一身，随即把油灯朝两人扔了过去。油灯落在床上，"轰"的一声燃起了大火，两人的衣衫也被火星溅上，顿时熊熊燃烧起来。两人大叫着，急忙拍打身上的火苗。

莲华夜从床上跳了下来，抱着孩子夺路而逃。

那接生婆身上沾的油多，根本扑打不灭，片刻之间变成了人形火炬，在烈火中翻滚着，惨叫着。刹那间整个宫殿冒出了熊熊火焰。莲华夜奔跑出宫殿，只觉得浑身虚弱，这时有禁卫跑过来救火，顿时吓了一跳。

"王妃！出什么事了？"禁卫问道。

"给我一匹马！"莲华夜强忍着身体上的痛苦，吩咐道。

这些禁卫大多是那顺从村里招募来的，都很老实，立刻牵了一匹马给莲华夜。莲华夜抱着孩子，翻身上马，策马冲出了城门。这时娑婆寐才灭掉身上的火，头发烧焦了，衣袍也烧掉了，浑身都是水泡和黑灰。他狠狠地跑了出来，大吼道："王妃呢？"

"王妃……"禁卫有些糊涂，"骑着马，走了。"

娑婆寐二话不说，从旁边扯过一匹马，翻身上马，策马追出。

此时已经是深夜，无垠的星空挂在天竺的虚空上，偶尔有恒河的波涛声传来，拍打着深夜的静谧。梵帝陀村到曲女城的路并不好走，只是茂密的丛林中一条幽暗蜿蜒的小路，只能在星空和弯月的映照下，透过树影的罅隙寻找着路径。

莲华夜策马奔驰在丛林中，她刚生过孩子，在马背上这么一颠簸，下身开始出血，马背上滑腻腻的，转眼被鲜血沾满。随着大量失血，莲华夜的身体越来越虚弱，几乎连坐都坐不稳，可是她拼尽了浑身的力气，一手拽着缰绳，一手搂着自己的孩子，风一般在黑夜里奔驰。

莲华夜忽然回想起她的第一世，王舍城诞生的女婴眉眼精致如画，宛如新开的莲花花瓣。她的肌肤莹白澄澈，宛如一朵池中出水的优钵罗花，她的眼睛漆黑如玛瑙星空。她的身上自然散发出奇异的香气，芬芳馥郁，如同莲花。

她是莲花的化身，无论生于再污浊之处，最终都会抽枝发芽，亭亭傲立，不沾染污泥，不沾染邪恶。莲华夜的眼前渐渐发黑，她却在夜风中笑着。她叫莲华夜，这朵莲花注定要在最漆黑的暗夜里盛开。

到了城门口，莲华夜虚弱得连话都说不出来，骑在马背上高举戒日王赐予的令牌。守城的将领用灯火照耀，验明无误之后便开城门放行。

进入曲女城，莲华夜已经直不起身了，她用尽力气搂着自己的孩子，身子贴在马背上，任凭马匹将自己带往皇宫。也不知走了多久，迷蒙的双眼依稀看到了灯火辉煌的皇宫，马蹄嘚嘚，将莲华夜载到了宫墙之下。

大量的失血让莲华夜已经无法分辨任何东西，她走到宫门外，勉强举起令牌，喃喃地道："开门……开门……"

声音低得连她自己都听不清。突然间眼前似乎飞过来一道黑色的影子，那黑影挟着巨大的力量，"轰"的一声砸在了莲华夜的头上，将她整个人从马背上砸了下来。跌落的瞬间，莲华夜唯一的反应，是紧紧把自己的孩子搂在了怀中。

莲华夜躺在地上，头颅已经破碎，鲜血浸红了宫墙外的青石地面。她两眼大睁，凝望着头上的星空宇宙。孩子在怀中哇哇地哭着，在她隐约的感觉中，知道孩子还活着，于是有一点欣慰。这时一个身影出现在她的视线中，是娑婆寐。

莲华夜凄凉地笑了，原来我从未逃离命运，到底是死在了宫墙之下。

第二十一章
帝那伏王

莲华夜静静地躺在血泊里,头颅被打碎,头上和下身流淌的鲜血几乎汇聚成河流。

娑婆寐弯下腰,小心翼翼地抱起了婴儿。但就在这时,皇宫的大门突然洞开,无数人马涌了出来,为首的却是那顺、婆尼和几名大臣、将领。原来,戒日王驾崩后,众人简单商议一下,决定暂时秘不发表,先赶到梵帝陀村接莲华夜,再宣布戒日王的崩殂。

那顺挂念莲华夜生产在即,当即带着众人出宫,没想到刚出宫门,却猛然看见娑婆寐抱着个孩子站在宫墙外,地上竟躺着莲华夜!

"莲华夜——"那顺发出凄厉的大叫,几乎是掉下马来,连滚带爬扑到莲华夜身边搂着她,手忙脚乱地抚摸着她的脸,呼唤着,"莲华夜,醒醒啊!那顺来了!你的那顺来了!"

莲华夜似乎听到了,她努力想睁开眼睛,眼皮却重如千钧,怎么也睁不开。

"我……看不见你了,那顺……"莲华夜努力发出声音。

那顺哭着:"我能看见你的。我抱着你。就在你身边。"

"那顺……"莲华夜呢喃着,"我为你生了个儿子……"

"我知道,我知道。莲华夜,我们两个人有儿子了。"那顺泪水流淌,呜咽着,"你要活过来,我们要看着儿子长大,你不能离开我们。"

"对不起……对不起……"莲华夜的声音越来越低,"我……我答应这一生……要陪你的……可惜……又错过了。又要劳烦你下一世……来找我了。"

"不——"那顺贴着她的脸,肝肠寸断,"不,我不要下一世。我找得太辛苦了,我要你活着!"

"愿于来世,得一……得一端正庄严之身,像青莲花一般……色香俱足,娇艳……娇艳动人。愿于来世,得一痴情挚爱之人,如光阴在侧,呼吸相随……至死……不弃。"死亡前的余晖中,莲华夜耗尽了所有的生命,念出三十三世前的誓言,"那顺,我等着你……来找我……一定要找到我!"

莲华夜脸上带着微笑,那微笑凝固在那顺的怀中,凝固在他的心中。怀中的身体慢慢冰冷,原本就苍白的脸色,更是褪尽了血色,变得惨白如同易碎的莲花瓣。那顺号啕痛哭,疯狂地嘶吼着。

婆尼走过来,将手指搭在莲华夜的颈部,苦涩说道:"王后,驾崩了。"

"胡说!"那顺愤怒地推开他,"这个世上谁也杀不了她。她已经经历了三十三世的轮回,将来只能死于宫墙之下,死在一个大德的手中——"

说到这里,那顺呆住了。他抬起头,看着灯火辉煌的皇宫,然后又看了看站在一旁的娑婆寐。

"是你杀了她?"那顺流着泪,似哭似笑,"杀了我的莲华夜?弑佛的提婆达多是你?"

娑婆寐面对这种局势也有些愣神,他妙算无双,甚至玄奘都没有斗过他,凭靠智谋算得了一个辉煌的戒日帝国,可杀死莲华夜根本不在他计划之内。当他在宫墙外追上莲华夜的时候,一心只是想着决不能让莲华夜见到那顺,决不能让那顺知道自己的计划,几乎是下意识的,捡起一块巨石砸碎了莲华夜的头颅。

从三十年前,他就选择了莲华夜,为她灌输三十三世的轮回,为她灌输终将遇到弑佛者提婆达多,为她灌输终将死于宫墙之下的命运。这时候,望着莲华夜的尸body,他有些迷茫地想道:难道持续三十年的命运灌输,同时也灌入了自己的心灵吗?自己为什么会变成一个虚拟命运中才会出现的人?

娑婆寐忽然觉得有些讽刺。对莲华夜年复一年的灌输中，他无数次提到的提婆达多，竟然便是自己！

娑婆寐苦涩地道："是我，是我杀了她。"他走上前，把孩子递给了那顺，"这是你的儿子。"

那顺颤抖着双手，抱住自己的孩子。孩子还不会睁眼，可他越看越像莲华夜，一样的粉雕玉琢，一样的晶莹洁白，那眉眼，那嘴唇，那容貌，像是一朵盛开的莲花。

"莲华夜，你厌恶命运了吗？你想用这样的方式活着？你想用一个儿子来替你陪我？"那顺喃喃地说着，呜咽痛哭，"莲华夜，我会带着你，带着我们的儿子永远离开这里，我们永远在一起。"

周围的人一片沉默，只有紧张不安的战马喷着鼻音，用马蹄刨着地面，只有燃烧的火把发出噼里啪啦的声音，点缀着寂静的暗夜。

婆尼低声提醒他："那顺，你答应戒日王做帝国的皇帝！"

那顺大吼："我不想做皇帝！报了仇，我要永远离开这个肮脏的地方！杀了他！"那顺转头朝刹帝利禁卫怒吼，"把他碎尸万段！"

刹帝利禁卫面面相觑，一起看婆尼。婆尼和诸位大臣对视了一眼，都有些为难。

娑婆寐漠然道："你如今还不是皇帝，有什么权力杀我？"

"我——"那顺看看怀中的孩子，看看这座高耸的皇宫，他挣扎犹豫着。

"如今你明白了吧？"娑婆寐冷冷地道，"帝那伏国和戒日帝国的差别究竟有多大，权力究竟能带给你什么东西，军队究竟能带给你多么强大的力量！没有军队，你根本没法保护你所爱的人。没有权力，我即便杀死了莲华夜，你也根本奈何不了我！为什么莲华夜会死？因为你就是个呆子！是个只会把自己藏在梵帝陀行宫，做一个假国王，骗别人、骗自己的呆子！你以为成了名义上的国王就能保护莲华夜？你看到了吧，你根本保护不了她！因为你这个国王是假的，谁都不会把你放在心上！当别人杀了你最爱的人，你连个拳头都挥舞不起来！"

"你别说了！"那顺疯狂地大吼，目眦欲裂。

"你这一世保护不了她，下一世仍然保护不了她！"娑婆寐狞笑，"莲华夜已经历经了三十三世轮回，她还会继续轮回，她仍然在这无穷的轮回里。

当有一天,她重新长大,还会历经磨难,还会在这辉煌的宫墙下被人打碎头颅!那顺,你就眼睁睁地看着吧!"

婆婆寐哈哈长笑,极尽嘲讽。那顺愣住了,他转回身,凝望着背后这座辉煌的宫墙,还有宫墙外人马肃立的刹帝利禁卫,忽然浑身颤抖。

那顺霍然凝望着婆尼,认真地道:"我要做皇帝!"

"真的?"婆尼等人惊喜交加。

那顺托起手中的孩子:"我要做皇帝,我要等候在宫墙的门前,终有一天,莲华夜重新长大,会袅袅而来,成为我的王后。我要成为这个世界上最强大的王,再也没有人能伤害她!"

婆尼看着他手里的孩子,忽然发现了孩子耳垂上的红痣,顿时惊呆了。他和几个重臣商量片刻,几个人把孩子抱过去翻来覆去地看着,都激动得老泪纵横。

婆尼等重臣一齐在那顺面前屈膝跪拜:"戒日帝国会为您而战!我的王!"

那顺并没有多大的欣喜,反倒是婆婆寐长出一口气,他真怕杀了莲华夜之后,那顺会带着孩子离开。那自己数十年的筹谋可就功亏一篑了。

"这个人呢?"婆尼指着婆婆寐,"如何处置?"

那顺冷冷一笑,脸上带着无穷无尽的恨意和阴鸷:"把他关入七重狱!"

第二日,整个曲女城响起宏大的钟声,向天竺大陆宣布了戒日王的驾崩,五天竺震动。戒日王在位四十一年,继承父兄之业,十六岁即位,以坦尼沙一城之地,先灭摩腊婆,后兼并穆克里国,再灭高达国,戎马倥偬数十年,征服三十余国,最终开创了笈多帝国崩溃以来的大一统时代。在整个戒日王统治后期,帝国之内和平安逸,国势强大,所有种姓和教派和睦相处,是天竺史上难得的统一和平时期。

这样的皇帝驾崩,对天竺而言简直是天崩地裂,然而更令人震惊的是,新即位的皇帝却是一个谁都没有听说过的人,名叫阿罗那顺。据说是戒日王临死前写下遗诏,把帝国交给他。此人即位后,自称帝那伏王,向帝国所有臣属的国王下诏,命他们前来曲女城,参加旧皇葬礼和新皇登基。

这下子整个天竺翻了天。

除了曲女城周边的几个国王不得不来之外，其他所有的国王都拒绝奉诏。以鸠摩罗王为首，提出一份质疑书，说出了所有国王的心声：第一，此人并非伐弹那家族血裔，为何有继承权？第二，此人之前声名不彰，却窃据高位，其中是否有谋夺之事？第三，除了婆尼及几名大臣之外，朝廷内部也异议纷纭，是否是婆尼等人篡改遗诏，扶持此人上位以保持权力？

鸠摩罗王还联合了十五个大国，要求婆尼等人做出说明，否则尽起大军平叛，为戒日王复仇。

这件事不得不说是戒日王的失策，他安排遗诏之时，只求朝廷内部接受那顺即位，事实上这一点非常成功，整个政权交接过程颇为平稳，然而他却忽略了外部。

戒日帝国与大唐不同，它并不是大一统的王朝，而是萨蒙塔王国制。整个帝国统辖三十多个王国，每个王国除了缴纳贡赋和名义上的臣服，都拥有完全意义上的独立权。当戒日王在位时，这些王国是绝对的臣服，偶尔有挑衅的，也立刻被镇压，帝国拥有的军事力量也处于绝对优势。所以戒日王从来不觉得自己立个那顺当皇帝有什么不妥，只要婆尼和几个顾命大臣齐心协力，帝国就翻不了天。

可是戒日王却忽略了外部，三十多个国家的关系错综复杂，突然间冒出一个二十多岁的皇帝，还谁都不认识，问题就大了。大家首先要问，这个年轻人到底是谁扶持上台的？他到底代表了谁的利益？他自己又有什么野心？他会对自己的王国造成怎样的危害？

人都有野心，立刻就有流言传播，说此人其实是婆尼扶持上位，是谋逆篡位，呼吁大家声讨。那顺等人立刻就有些狼狈，婆尼等人更是焦头烂额，不停地派出使者去向诸王解释，但立那顺为帝的原因婆尼又没法说出口，搞得诸王更相信婆尼是幕后的篡位者。

安葬完戒日王之后，事件愈演愈烈，十六国干脆成立联盟，要求惩罚篡逆，为戒日王复仇。甚至连民间也议论纷纷，认为那顺是篡位者，而婆尼躲在幕后操纵国政。整个帝国陷于分裂的边缘。

曲女城，皇宫城门。

那顺站在高耸的城墙上，眺望着皇城外匍匐在脚下的曲女城。宫墙下，一个月前的那抹鲜血似乎还没有洗净，依然刺得那顺两眼发红。

宰相婆尼和军方的元帅战陀跟随在他身后，这几日那顺几乎不怎么上朝，日日登上宫墙，抚摸着城墙上的青石，凝望着那一夜莲华夜与他诀别的地方，黯然神伤。婆尼知道，他在等待着十几年后，会有一个袅袅婷婷的女子向他走来。

这些日子，一旦找不到那顺，婆尼和战陀就得跑到宫墙上汇报。

"陛下，鸠摩罗王联合东部的五个国家，明确提出要求您退位，另外，在五河地一带，以伐腊比国为首，四个国家组成联盟，驱赶了使者，表示要和鸠摩罗王同进退。另外，臣收到确切消息，以鸠摩罗王和伐腊比王为首，一共十六国正在秘密筹备军事盟约。"婆尼道。

那顺愤怒地拍打着城垛："朕绝不退位！为什么要跟他们和谈？朕有这么多将军，这么多军队，为什么要跟他们和谈？朕即位之前，是你们向朕保证，帝国的军队可以消灭一切敌人，摧毁山河大地！"

战陀元帅苦笑："帝国的军队确实可以征服一切敌人。可是……这场仗不能打啊！咱们一旦真的跟十六国开战，帝国就分裂啦！而且这十六国分别处于曲女城的四面八方，咱们是逐一打，还是分成十六支军队去打？没法打啊！"

"不能打十六个国家，那就打一个！"那顺咬牙切齿，"都是鸠摩罗王在幕后推动，先消灭鸠摩罗王！"

两人面面相觑，婆尼硬着头皮道："鸠摩罗王实力之强，仅次于咱们，想要消灭他，必须出动三分之二的军队。可如此一来曲女城空虚，其他王国趁机进攻怎么办？"

"你要告诉朕怎么办，不是朕告诉你怎么办！"那顺恼怒了。

二人摇头叹息，面对这群起而攻的局势，都有些力不从心了。正这时，一名内侍走了进来："陛下，囚禁于七重狱的娑婆寐尊者想见陛下。"

"不见！"那顺怒道，"朕还没腾出手收拾他，他来找死吗？"

"陛下，"那内侍低声道，"他说……他说他有办法解决帝国的危机。"

那顺愣了，想了想，道："让他觐见！哼，若是胡说八道，朕烹了他！"

过不多时，娑婆寐在刹帝利禁卫的押送下，戴着镣铐被带到了宫墙上。这一个多月，他被囚禁在七重狱中，七重狱便是地牢，深入地下，隔绝一切。

但娑婆寐修行二百年，精通瑜伽术，平时在大雪山闭关，一个枯坐便是数月，丝毫不会烦腻。等到他走上城墙后，那顺顿时有些气着了，这老家伙气色居然不错。

他从容地走到那顺面前，双手合十礼："见过陛下。"

那顺阴冷地盯着他："娑婆寐，知道朕为何没有杀你吗？"

"知道。"娑婆寐笑道，"陛下最近太忙，没腾出手来。"

那顺点点头："既然知道，说明你不是想来找死。说说吧，如何解决帝国的危机。你只有两个结局，或者退了十六国联兵，或者被朕当场斩了头！"

娑婆寐从容一笑："陛下可知道，帝国的军力雄霸天竺，为何鸠摩罗王等十六国敢于挑衅？"

"那是看准了朕好欺负！朕迟早要让他们知道，冒犯朕的代价，要用鲜血和人头才能洗清！"那顺冷冷地道。他仅仅当了一个月的皇帝，帝王之气已经培养了起来，威严，独断，甚至暴虐。

娑婆寐摇摇头，说："并非陛下可欺，以帝国的军力，便是十六国合力，双方摆开阵势鏖战，也不惧怕他们。可是十六国大部分都位于曲女城的东部和西部，可以两面夹攻。还有几个国家处于曲女城的南北两个方向，如此一来，陛下便是四面作战，换了谁都赢不了的。"

"是啊！"战陀元帅频频点头，"分散作战，不但会致使兵力薄弱，更拉长了战线，只要有一点被突破，便不堪设想。"

"那你有什么主意？"那顺问。

"陛下只需要找一个奥援，拖住其中一个方向的联军，集中兵力打击另一个方向的联军，必然一击而溃。"娑婆寐淡淡地道，"甚至有可能，只要找到这个奥援，十六国联盟根本就不敢开战！"

"哦？"婆尼迟疑道，"若是能拖住一个方向的联军，帝国自然可以击溃另一方向之敌。只不过天竺大陆，除了南天竺的遮娄其人，还有哪个国家能震慑住数国联军？你难道是想向遮娄其国求援？"

遮娄其国是南天竺大国，当年戒日王南征，就是被遮娄其国击败，只能五天竺占了其三，从此双方划界，井水不犯河水。

"当然不是，遮娄其过于强大，和帝国一向有仇，岂能引狼入室？"娑婆寐道，"老和尚说的另有其人。"

"到底是谁？"这次连诸位大臣都好奇了，纷纷催问。

"波斯人。"娑婆寐道，"伊嗣侯三世。"

此言一出，众人顿时瞠目结舌，婆尼和战陀立刻群起反对。

"不可！"婆尼率先道，"伊嗣侯三世狼子野心，几年前刚刚和他打了一仗，双方结下血海深仇，怎么能向他求援？"

"没错。"战陀也反对，"一旦让波斯人渡过印度河，后果不堪设想，又是一场外族入侵之祸。"

娑婆寐笑吟吟地看着众人争论，也不说话。

那顺想了想："娑婆寐，你可能说服朕的臣子？"

"能。"娑婆寐道，"老和尚只问两个问题，十六国联盟想要什么？"

"当然是推翻朕！"那顺恼怒地道，"分了朕的帝国！"

"那么伊嗣侯三世想要什么？"娑婆寐问。

"他——"那顺毕竟跟伊嗣侯三世很熟，当即道，"想进入五河地避难。"

"那就是了。"娑婆寐道，"如今五河地的国家已经背叛了帝国，为何不把波斯人引进来钳制他们呢？波斯人进入五河地之后，势必与伐腊比国摩擦重重，如此，波斯人牵制住了西部的叛军，而波斯人为了站稳脚跟，还要向您臣服以获得您的支持。如此则西部无忧，若是鸠摩罗王不识相的话，您专心对付他，必能扫平。之后再掉头西进，征服伐腊比国。如此则十六国联盟灰飞烟灭。"

那顺心动了，婆尼却焦急地道："陛下，万万不可啊！波斯人乃是异族，一旦进入五河地，我印度河天堑就掌握在他们的手中，到时候一个不慎，就重演嚈哒入侵之祸！"

"嚈哒入侵之祸？"那顺冷冷地道，"只怕嚈哒人还没有来，朕的帝国就被人灭了！"

"陛下！"婆尼也豁出去了，"当年是戒日王西征，打败了波斯人。如今您继承戒日王的帝位，却要引波斯人进来，您如何向帝国的臣民交代？"

"朕是皇帝，不需要向任何人交代！"那顺大吼道。

"总之，此事绝对不行！"婆尼断然摇头，"我天竺种的内乱，不能引发外族入侵之祸！否则你我都是天竺的罪人！"

"宰相，"那顺没有看他，而是凝望着宫墙下，仿佛还能看见莲华夜的血，咬牙切齿道,"谁想谋夺朕的帝位,便是朕不共戴天的仇敌!朕为了守住这段宫墙,宁愿与天下为敌!"

婆尼沉默了很久,忽然抬起头,决然道:"倘若您非要引波斯人入寇,那就请宽恕臣的无礼了,臣要提请朝廷诸臣决议,废黜您的皇位!"

"你要废黜朕?"那顺霍然盯向他,"当初是你们求着朕上位,如今又要废黜朕?朕难道是任人摆布的玩偶吗?"

"仅仅是废黜您罢了,"婆尼道,"之后会拥立您的儿子即位,我们依然会对您恭敬有加。"

"拥立我的儿子即位?"那顺哈哈惨笑,猛然指着城墙下,大吼道,"朕的儿子会日日守在这宫墙上吗?朕的儿子会找遍天下,去寻找他从未谋面的母亲吗?在找到莲华夜下一世之前,朕坐定了这个位置!谁也不能把它夺走!"

那顺大声嘶吼着,忽然间抽出腰中的短剑,一剑刺进了婆尼的胸膛。城墙上所有的人都惊呆了,连婆尼都惊呆了,他似乎没有感受到胸口的疼痛,只是捂住了伤口,呆滞地凝望着那顺。他是自己扶持上位的啊,怎么会杀自己,怎么会?

战陀大声吼道:"陛下,他是宰相啊!你疯了吗?"

"朕疯了吗?谁想谋逆,便是这样的下场!"那顺疯狂地大笑着抽出了短剑,婆尼的胸口鲜血飙飞,直溅到了他的脸上。那顺一头一脸都是鲜血,他手提短剑站在城墙上,面目狰狞,仿佛是一个来自地狱的魔鬼。

婆尼身子软软地倒在了地上,战陀急忙抱住他,婆尼苦涩地凝望了那顺一眼,喃喃道:"战陀,不要和他争了。保护好这个国家,等待陛下归来。"

"我知道!我知道!"战陀泪如泉涌。

婆尼苦涩地笑着,慢慢闭上了眼睛。战陀深深地看了那顺一眼,抱起婆尼的尸体,一言不发地离开了城墙。周围的刹帝利禁卫一起合十于胸口,向这个为了帝国付出一生的老人送行。

那顺手臂平伸,将滴血的短剑抵在了娑婆寐的咽喉上,娑婆寐神情平淡,从容地望着他。

那顺咯咯笑着:"怕了吗?放心,朕不杀你!因为……因为朕还没想出怎样杀你。世间所有的刑罚都发泄不了朕内心的憎恨。"

西游八十一案:大唐梵天记 303

"那就等陛下慢慢想吧！"娑婆寐道，"若无其他事，老和尚便回七重狱了。"

说完，娑婆寐转身离去，手上的镣铐叮当作响，瞬间走远。那顺依然拿着短剑，平伸着手臂，他慢慢地笑了出来，随即脸上流出了泪水，似哭似笑。

"莲华夜，我能守到你归来吗？"

婆尼死后，帝国内群情汹涌，纷纷抵制那顺接纳波斯人的举动。那顺则大肆镇压，无论大臣、将军还是贵族，只有一个字：杀！

一时间曲女城人头滚滚，血流成河，最多的一日，三百余人被斩首，连杀十日，整个帝国内部噤若寒蝉。那顺的内心彻底扭曲，将斩杀的高官头颅悬挂在王宫的城楼上，曾经金碧辉煌充满威严的皇宫之外挂满头颅，几乎成为鬼域。

压下国内反对的声音，那顺向伊嗣侯三世发出国书：接收波斯人入五河地避难，收为藩属之国，赐呾叉始罗城为国都。

伊嗣侯三世收到国书，欣喜若狂，立刻上表自认为藩属，开始率领波斯人渡河。波斯人分散居住在犍陀罗区域，为了避免夜长梦多，伊嗣侯三世率领三万大军渡过印度河，进驻呾叉始罗城，先立稳脚跟，再慢慢让数十万的波斯人渡河。

一切如同娑婆寐所预料的那般，天竺西部的诸国，伐腊比国、僧诃补罗国、钵伐多国等国全都陷入煎熬之中，他们的联军原本正在向曲女城的西部边界进军，听到消息后急忙退回，严防波斯人从背后打劫。

这样一来，帝国在西部的压力大减。

战陀元帅将大军调到东部，与鸠摩罗王的联军对峙。鸠摩罗王等人顿时压力大增，完全处于劣势。

整个大陆风云激荡，战乱在即，却因为这种平衡而诡异地沉寂了下来，只等待一个意外因素的出现打破平衡，引发帝国崩裂般的惨烈景象。

就在这时，王玄策率领大唐使团赶到了天竺。

此时已经进入了贞观十九年的夏末，王玄策接到玄奘的示警后，一路兼程，从吐蕃经泥婆罗，短短半年时间便赶到了天竺，然而进入天竺之后，却得知戒日王已死的消息。王玄策捶胸顿足，自己到底辜负了师父的重托。他遣人打听，顿时瞠目结舌，新任的皇帝称号帝那伏王，名字叫阿罗那顺。

这不就是那顺吗？王玄策蒙了：到底什么状况？

王玄策和副使蒋师仁星夜兼程，赶往曲女城，途中经过王舍城。玄奘委托他带了礼物送给自己的师父戒贤法师，王玄策到那烂陀寺拜见戒贤法师，送上礼物，却意外遇见了鸠摩罗王。

原来鸠摩罗王和他的联军，正在恒河南岸和帝国军队对峙，大本营便驻扎在王舍城。鸠摩罗王虽然没见过他，却因为玄奘的关系，对王玄策颇为信任，邀请他到王舍城内详谈，王玄策才知道如今的戒日帝国处于内战边缘。

王玄策询问，但鸠摩罗王也不晓得那顺到底如何当上的皇帝，只知道是娑婆寐献策，引波斯人进入五河地，为此帝那伏王还杀了婆尼。王玄策深思，当年玄奘便判断娑婆寐和波斯人有勾结，但一直找不到证据，如今看来铁证如山。

"戒日王英明睿智，却为何会传位给一个外人？"鸠摩罗王深深鞠躬拜托，"您和这帝那伏王都曾追随过玄奘法师，恳求您替我们找出真相。我们十六国将永远感念您和大唐的恩德！"

王玄策默默点头，两人又详谈一日，订立了一些具体细节，王玄策便率领使团赶往曲女城，递上国书，请求觐见帝那伏王。

那顺听说王玄策来访，十分高兴，不顾皇帝之尊，亲自跑到皇宫外迎接。王玄策依照外臣之礼正要叩拜，那顺托着他的胳膊将他扶了起来，仔细看着他，眼圈慢慢红了："玄策，莲华夜死了。她又离开我了。"

那顺说着，悲从中来，失声痛哭。

王玄策进入曲女城之后，已经听说了曲女城大屠杀之事，看看曾经熟悉的那顺，再看看眼前的城楼上仍然挂着的无数头颅，禁不住心中发寒。纵然那顺面貌仍然如昨日，但他却知道，这再也不是当年追随着师父，跟自己斗嘴的小那顺了。

"陛下节哀。"王玄策道。

那顺愣了一下，擦拭眼泪，凝望着王玄策沉默片刻，重新现出帝王的威严："来，王卿，请随朕入宫。朕已经设下盛宴招待。"

一句话，两人之间过往的情感瞬间割裂。

设下国宴招待了使团之后，那顺把王玄策单独留在宫中，带着对方参观自己的皇宫。王玄策随着他行走在金碧辉煌的宫殿之内，一路遇见的宦官和侍女战战兢兢，面带惶恐，可见那顺杀戮之重。

那顺不以为然，询问："你此次来天竺，师兄可有带什么话来？"

王玄策愣了愣神，玄奘是让他来救戒日王的，李世民是让他来求长生药的，如今这两个话题都不能说了。

想了想，王玄策道："师父很挂念你，命我到梵帝陀村去看望你，到了之后才知道你竟然成了皇帝。真是世事无常。"

"朕宁愿如今还在梵帝陀村。"那顺黯然叹息，"能守在莲华夜的身边，胜过做这世间帝王。可惜，为了等待莲华夜，朕却必须守在这令人厌恶的皇宫。"

"为什么？"王玄策诧异地问。

"因为，莲华夜的下一世还会经历那轮回之狱，宿命之环，她还会死于宫墙之下。"那顺神情落寞，"所以，朕要在这宫墙内等着她，保护她，不再让任何人伤害她。"

王玄策倒吸一口冷气，玄奘早就说过那顺仍然沉浸在扮演的角色中，果然如此。他犹豫了很久，问道："陛下有没有想过，你的人生充满疑点？"

"疑点？"那顺愣了，"有什么疑点？"

"比如，你真的在岁月里轮回吗？比如，你真的和莲华夜在轮回中相爱吗？比如，为什么戒日王无论如何也要选你当皇帝？比如，为何你大肆屠杀大臣和贵族，军方依然拥护你？"王玄策静静地望着他，一字一句，"比如，你的人生和你的一举一动都在被人控制？"

那顺的脸色突然煞白，他森然望着王玄策："你否认朕和莲华夜的相爱？"

"我没有否认你们的相爱，只是怀疑你们的人生在被人控制。"王玄策道。

"被谁控制？"那顺问。

"娑婆寐。"王玄策道。

那顺脸上露出鄙夷之色："他只不过是朕的囚徒，凭什么控制朕？"

"有些控制，并不一定在身体上，而是在心灵上。"王玄策叹道，"我从长安来时,听师父说过,娑婆寐一直在为戒日王炼制长生大药。他把这两支长生大药养炼在人间数十年,想要让戒日王长生不死。"

"长生药?这你也信?"那顺冷笑,"那朕问你,戒日王已经死了这么久了,长生药又在哪里?"

王玄策古怪地望着他:"师父判断,长生药就是你和莲华夜!"

那顺嘲弄地望着他:"你师父还判断出了什么?"

王玄策道:"师父还判断,娑婆寐和波斯人有勾结。他的目的一直不明,但结合最近的局势,恐怕他最终的目的,就是要引波斯人入寇!"

"够了!"那顺脸色铁青,咬牙切齿地望着他,"王玄策,你到底收受了鸠摩罗王什么好处?"

"啊?"王玄策怔住了,"我和鸠摩罗王并无关系。"

"并无关系?"那顺森然冷笑,"你以为朕不知道,你在王舍城住了两日之久,每日都和鸠摩罗王密谈。说,你刚才诋毁朕,到底是何用意?嘿,朕的人生是被人控制,朕的一举一动是被人控制,你这分明就是和婆尼一样的目的,都是要找借口废黜朕!"

"陛下,"王玄策真的急了,"绝无此事!"

"有没有此事,一会儿便知。"那顺大喝,"来人,拿下他!"

那顺陡然变脸,一声大吼,顿时四面八方冲出无数的刹帝利禁卫,将王玄策擒拿,五花大绑。

"那顺,"王玄策大吼,"我是大唐使者,你不能这样污蔑我!"

"污蔑?"那顺冷笑,"来人,去馆舍把使团的人全抓起来。顺便搜搜他们可有什么凭据!"

一时间,刹帝利禁卫出动,整个使团自蒋师仁以下三十六人,无一走脱,全部被擒拿。五花大绑之后,有人搜查使团携带的物品,国书已经递交,却在王玄策的行李中找到玄奘亲笔写给戒日王的密函,提醒戒日王提防娑婆寐。那顺和莲华夜只不过是他手中棋子,会对戒日王构成生命危险。

"师兄,何以怀疑朕如此之深?"那顺看了密函之后,森然冷笑,"还说没有勾结!这封密信一出,朕岂不就成了谋逆篡位的奸邪了吗?来人,把王玄策押入七重狱,天黑之后,秘密处决!"

第二十二章
长生药的秘密

七重狱,又名七重室。当年阿阇世王弑父,就曾经将他父亲囚禁在七重狱,活活困死。这七重狱乃是地下囚牢,共有七重门禁,深入地下十尺,专门关押十恶不赦的重大犯人。狱内阴暗潮湿,每个囚笼只是从地层内挖出三尺见方的凹洞,洞口是硬木栅栏,外面是逼仄的过道。

王玄策被投入七重狱内的一个凹洞,洞内漆黑幽暗,只有过道墙壁上一盏微弱的油灯。由于深入地下,狱内死一般寂静,再加上逼仄的囚室和黑暗的环境,犯人往往囚禁不到一个月就会疯癫而死。

"那顺,你这个灭绝人性的东西!"王玄策刚被投进来时破口大骂,但狱内悄无声息,似乎连狱卒都没有。

"在这里,骂是没有用处的。"对面忽然有个悠闲的声音传来。居然是汉语。

王玄策吃了一惊,隐约可以看到对面的囚笼内,似乎有个人影,以奇怪的姿势盘坐。

"你是谁?"王玄策问道,"为何会说中原汉话?"

"我无所不知,无所不晓,何况区区汉话?"对面那人笑道。

"你到底是什么人?"王玄策问。

"老僧娑婆寐。"对面那人答道,"悟净法师,你一定听说过我。"

王玄策变色:"你便是娑婆寐?哦,我听说了,你被那顺抓了,原来也关在这地下囚笼之中。"

当年王玄策跟随玄奘之时,对娑婆寐的名字当然是如雷贯耳,然而两人却没有碰过面,没想到今日却在七重狱相见。

"老僧已经在此地住了一个多月了。吃得香,睡得好。"娑婆寐走到栅栏边,油灯照亮了他的面孔,他含笑望着对面的王玄策,"可是,曾经住在我对面的一个犯人,只熬了七日,就疯癫而死。"

"与我有什么关系。"王玄策冷冷地道。

"也是。"娑婆寐点头,"今晚帝那伏王就会派人处决你,你倒不必受这牢狱之苦。"

王玄策奇怪地道:"你怎么知道我今夜要被处决?"

娑婆寐大笑:"我说过,世间之事我无所不知,无所不晓,无所不能。"

王玄策不屑地道:"既然无所不能,为何不逃出七重狱?"

"非是不能,而是不愿。"娑婆寐笑道,"此时出去,我便是众矢之的,且等那顺收拾完残局,我自会出去。"

"我仍是不信。"王玄策道,"当年我跟随师父时,便听说过你的神异。可惜没有见过。但师父说过,你这人最喜欢的就是装神弄鬼。师父说你年龄超过二百岁,便是大大的疑点。"

"你要如何才信?"一提玄奘,娑婆寐顿时有些郁闷,"你师父坐井观天,不知人间神奇。老僧便让你见识见识,比如说,你是玄奘的弟子,这次来天竺,担负有两个使命,一是皇帝命你求长生药,二是玄奘命你拯救戒日王。可对吗?"

王玄策倒吸了口冷气:"你这厮被囚禁在此,居然对外面了如指掌!"

"可想饮酒吗?"娑婆寐哈哈大笑,"据说你们大唐死囚临死前都有一碗送行酒,老僧便送你一壶,为你饯行。"

就在王玄策目瞪口呆之时,娑婆寐打了三个响指,忽然通道尽头有一名狱卒僵硬地走了过来。他两眼发直,步态僵硬,竟然是被人控制了心神。

"去,送两壶酒来。"娑婆寐吩咐道。

那狱卒一言不发,转身离去,过不多时,果然拿了两壶酒,恭恭敬敬地递给了娑婆寐。娑婆寐抛给王玄策一壶,吩咐道:"你可以走了。睡一觉之后，你便会醒来，忘掉此前发生的一切。"

那狱卒步履蹒跚，木然远去。王玄策看得寒毛直竖，看着手中的酒，竟然无法下咽。

"我说过，我身在狱中，掌控天下风云。"娑婆寐愉快地喝着酒，慢慢道，"你师父是我此生最忌惮的人之一，我们斗法数次，老和尚败了数次，但无论如何，最后一场终归赢了他。"

"你赢了我师父吗？"王玄策冷笑，"我师父追求的是如来大道，并不擅长阴谋诡计，可你苦心筹谋数十年的大局，却被我师父行经之时挥手破掉。你们二人高下立判，你有什么可骄傲的？"

"你——"娑婆寐恼羞成怒，"好好，我不跟你争辩，你且说说，玄奘如何破掉我的局？"

王玄策大笑："好教尊者知道，当年莲华夜在犍陀罗王宫失踪之时，我师父便隐约猜透了这里的关键。师父后来跟我说过，莲华夜从白烟中消失，只不过是障眼法而已。那白烟有致幻的效果，会让人的头脑和视觉有短暂的麻痹，眼睛里看到的都是白色烟雾。而莲华夜穿的衣服翻转过来之后是纯白色，在人视觉麻痹的刹那，她贴着地面移动，不远处的地面已经做好了翻板机关，她贴着地面跳进翻板，人便瞬间消失。"

"玄奘果真这么说？"娑婆寐脸色有些难看。

"当然。"王玄策道，"当时师父虽然猜测出来，却不敢声张，因为能在犍陀罗王宫的地面制造机关，在场的伊嗣侯三世、犍陀罗王和你自然已经苟合，他一旦揭穿定然生死难料，所以第二日便急匆匆地带着那顺离去。"

娑婆寐呆若木鸡，半晌不言。事实上他上了王玄策的当，雾中术的原理其实是王玄策追捕韦灵符一年才慢慢破解。他一开始以为人消失的原因都是像韦灵符一样混入围观的人群，和玄奘探讨后，玄奘通过波颇在灵鹫山上消失的一幕推断，当时灵鹫山上有一口佛陀时代遗留下来的枯井。波颇其实是在井中凿有暗道，直通自己藏身的那块巨岩下。也就是说，以白烟遮蔽视线，麻痹视觉的原理都是一样的，而消失的法子，却需要因地制宜。

"既然知道莲华夜是故意消失，我师父如何还不知道她是在演戏？"王玄策笑呵呵地道。

娑婆寐半晌才道:"好和尚!你师父还推断出了什么?"

"当然是你的所有计划了。"王玄策扬扬得意,呷了口酒,"所谓的莲华夜和那顺轮回真相,只不过是你雇了两个演员在演戏而已。莲华夜由始至终一直是清醒地知道自己在演戏,而那顺演得过于投入,忘掉了自己在演戏,全身心地投入了这个虚构的人生。嗯,那顺原本叫帝那伏,这你是知道的。"

"哼。"娑婆寐不屑,"这本来就是我告诉你师父的,有何稀奇?那你说说,我是如何让戒日王传位给那顺的?若是玄奘连这个都推断出来,老和尚甘拜下风。"

"我师父当然推断出来了。"王玄策傲然道,"我师父说,那顺和莲华夜根本不是什么长生药!他们只是你谋夺戒日帝国的工具!"

"哦?"娑婆寐眉头一颤,勉强笑道,"说说看。"

"我师父说,你伪造了那顺和莲华夜三十三世的轮回,借此让戒日王相信轮回。然后告诉戒日王,那顺可以替代轮回,也就是说能替死。然后等戒日王临死之时,你让他服下假死药,让那顺坐在帝位上,世间轮回之刃便会斩在那顺身上,从而让戒日王逃过一劫。等那顺替戒日王死后,你再让戒日王复活,他就可以长生。"王玄策嘲笑道,"可惜,这一切都是假的。戒日王一死,就是死透了。你只不过要扶持那顺上位,从而控制一个皇帝罢了。"

娑婆寐起初听得目瞪口呆,随即被这里面复杂的逻辑搞得头大,然后哈哈大笑,笑得前仰后合:"玄奘……玄奘真是这么说的?"

"当然。"王玄策冷笑,"我师父是不是破掉了你的谋略?"

"破掉了……破掉了。"娑婆寐好容易才止住笑声,"恭喜你师父。"

王玄策一脸骄傲:"我师父天眼神通看尽世间迷雾,你的区区把戏,不值一提。"

娑婆寐原本觉得好笑,但看着王玄策如此笃信,对玄奘如此崇拜,又禁不住有些懊恼。他想了想,决定闭嘴。

王玄策叹息了一声,喝完酒躺在了地上,喃喃道:"师父一直引以为憾,他当日没有彻底揭穿你的阴谋,就离开了天竺。我今日必死无疑,等我死后回归大唐见到师父,会告诉他,不用师父出面,做弟子的已经破掉了娑婆寐的阴谋诡计，师父一定很欣慰。"

婆婆寐觉得这话极为刺耳，他这一生几乎毫无破绽，唯一的弱点便是好胜心有些强。他虽然知道玄奘的推理漏洞百出，谬以千里，可眼前这家伙竟然相信！他竟然相信玄奘远在万里之外都能战胜自己！这实在太荒谬了！

"喂，小子，醒醒吧。"婆婆寐终于忍不住道，"你师父简直是胡说八道。"

"切！手下败将！"王玄策躺在地上翻了个身，不理他。

婆婆寐真气着了："告诉你，你师父彻底错了！"

王玄策翻了翻眼睛："随便你，反正老子要死了，让你逞逞口舌之利吧。"

"我——"婆婆寐简直气炸了肺，就好比自己挥毫数十年写出精彩绝伦、妙至毫巅的作品，却被人解读得丑陋不堪。婆婆寐实在无法忍受，大声道："你那师父完全是信口开河。告诉你，真正的长生药不是那顺，不是莲华夜，而是那个孩子！他们俩的孩子才是真正的长生药！"

"孩子？"王玄策诧异地看了他一眼，又翻过身，"明白了。"

"你明白什么了？"婆婆寐暗暗心惊，这厮竟然如此聪明？

"你不忿我师父破解了你，故意瞎编，想辱没我师父的智慧。"王玄策道。

婆婆寐又给气着了："你师父前面说得都对，只不过计划的核心处，却完全错讹。由始至终，莲华夜和那顺表演的轮回，只不过是一个诱饵，为了让戒日王相信轮回的存在，相信人可以留下前世的记忆。而真正的长生药，却是莲华夜和那顺生下的这个婴儿。我告诉戒日王，莲华夜和那顺拥有三十三世轮回而记忆不灭，在他们体内已经养成了不受轮回抹灭的长生物。那么若是生下孩子，这个孩子便也能保存上一世的记忆，天道无法斩断，轮回无法磨灭。事实就在眼前，戒日王当然相信。"

"戒日王相信又如何？"王玄策嘲笑道，"婴儿是婴儿，戒日王是戒日王，与他有什么相干？"

婆婆寐一脸傲然："核心正在此处。倘若戒日王崩殂之日，便是这个男婴诞生之时，他是否相信这男婴便是自己的转世？"

"啊？"王玄策愣了，"这——这完全是个巧合吧？"

婆婆寐哈哈大笑："胡说，老和尚筹谋数十年，怎么可能只是巧合？自有秘法让他二人生与死的时间保持一致。若是戒日王死得慢，那便让他死得快一些，若是男婴诞生得晚，便让他早一些。如此而已，又不是什么难为的事。"

"好吧，知道你秘术多。"王玄策想了想，"可是你怎么保证莲华夜一定生下男婴？"

"更简单。"娑婆寐道，"若是生下女婴，那就抱来一个男婴换掉便是。"

"你——"王玄策简直想破口大骂，却忍住，问道，"戒日王如何肯相信自己一定能转世到这男婴身上？"

"将死之人，哪有那么多怀疑。只要有一根稻草，谁不愿意死死抓住？"娑婆寐道，"戒日王临死前，我亲自在他身边设下法坛，告诉他，我是在护持他的灵魂取代这个男婴。等男婴长大时，会记得这一世的一切，重新操持戒日帝国，与如今又有什么不同？哦，当然，唯一的不同是坐在这个皇位上的人换了一副更年轻的躯壳。"

王玄策听得惊心动魄："难道戒日王当时就没有疑问？"

"有！"娑婆寐笑道，"他当时唯一的疑问，就是往生之后，自己的记忆是否会被磨灭。我告诉他，非但不会磨灭，反而能消掉他今生的业障。你也知道，他当年杀死了王增和衍罗娜王妃。这是他心头的大恸，也是他今生的业债。但此事奇妙之处就在于，他杀死了衍罗娜，下一世却成了莲华夜的儿子，等于和衍罗娜拥有了母子之情，便是偿还了这桩业债。所以他的下一世便会业障全消，诸事无碍，纵横披靡，所向无敌。他一听之下，便笃信无疑。"

"这……还有这等荒诞之事？"王玄策听得目瞪口呆。

"你觉得荒诞，可戒日王却相信这是能够长生的唯一法门。"娑婆寐笑道，"所以他必须传位给那顺。戒日王早已经安排了婆尼和战陀等朝中重臣，把秘密告诉了他们，让他们护持那顺登基，等下一世的自己——也就是那顺的孩子长大之后，便拥戴这孩子即位。他相信，这个孩子能重新拥有自己的记忆，曾经威风赫赫的戒日王将会以一副年轻的躯体重新来过，重新雄霸天下，完成今生未竟之业。"

"原来如此……"王玄策喃喃道。他心中震撼之意有如惊涛骇浪，这是何等疯狂的计划！从三十年前就开始筹谋，从世间挑选一对男女当作演员，来上演三十三世的轮回，以天竺大陆作为舞台，以世间亿万众生作为观众，再通过佛门的大乘天一路参与，作为见证，成功地让戒日王对轮回显现世间之事笃信不疑。最终，利用帝王最大的贪念——长生作为诱饵，以帝王犯下的罪孽作为震慑，双管齐下，让戒日王乖乖地把皇位交给了一个素不相识之人！

能想出这种计划并付诸实施的，到底是怎样一个疯狂的大脑？

娑婆寐大笑："你现在相信了吧？你师父纯粹是胡说八道，我如此缜密的计谋，却被他判断得乱七八糟，实在有辱我的智慧……"

王玄策叹道："我师父并没有辱没你的智慧，因为那些话他从未说过。"

"嗯？"娑婆寐愣了，"什么意思？"

"意思便是，我方才说的都是信口开河，只不过利用师父的名头来激你说出真相而已。"王玄策笑道，"当日，我临来天竺时问师父，将来如何对付娑婆寐？我师父说，娑婆寐此人狂妄自大，自负自尊。利用这八个字，必可破之。"

娑婆寐彻底愣住了，这时，他忽然听到一阵脚步声慢慢地走近。抬头一看，那顺沉默着站在他的面前。两人隔着栅栏对视，那顺眼中满是悲伤和绝望。

王玄策站起身，从袖子里掏出钥匙打开了牢门，与那顺并肩而立，凝望着娑婆寐。娑婆寐苦涩地笑笑，此时他如何不知，自己掉进了王玄策的算计之中。原来那顺虽然是个情痴，却不是傻子，当日十六国联盟成立之时，娑婆寐从狱中提出制衡之策，他就知道这个七重狱困不住娑婆寐。那顺一直忧虑不已，却摸不清娑婆寐的底牌。这一次恰好王玄策也想对付娑婆寐，两人一拍即合，在众人面前演了一场戏，把王玄策关入七重狱，果然让娑婆寐透露出了幕后的真相。

然而，这个真相，却是那顺不能承受之重！

"朕，真的是你选定的演员？

"朕真的是被你控制一生的棋子？

"朕与莲华夜三十三世的痴爱，真的是假的？

"朕问你，莲华夜对朕的痴爱到底是真的还是假的？

"朕问你，朕的莲华夜到底还会不会回来？"

那顺疯狂地大吼，摇动着栅栏，几乎要把栅栏拆掉。他疯狂地追问着，拿着头在栅栏上不停地撞击，撞得头破血流，鲜血糊面。

"那顺，你不要这般折磨自己。"王玄策急忙扯住他劝慰。

那顺挣开他，朝着栅栏疯狂地踢打，声嘶力竭："朕的人生被你毁了！朕的希望被你毁了！娑婆寐，朕恨你——"

娑婆寐呆若木鸡，沉默地坐着，似乎失去了浑身的力气。

皇宫大殿中，那顺呆呆地坐在王座上，王玄策坐在他下首。

"这件事你早就知道，对不对？"那顺问。

王玄策知道他说的是什么，默默点头："这是师父早就判断出来的，你当日告诉师父说要做国王，师父便是拿这个秘密向娑婆寐做的交换。"

"原来，在别人的眼中朕一直是个傻子。"那顺满嘴苦涩，"其实朕也不是没有怀疑，有时候我会梦回粟特的故乡和家园，梦中总是突厥人的弯刀和铁蹄，有一个人向我呼喊：帝那伏，快逃！在梦中，我是帝那伏，醒来后，我是那顺。相比帝那伏，我更喜欢那顺。帝那伏的人生充满悲剧而没有温暖，而那顺的人生，纵然也是悲剧，却有酷寒中的温暖。因为，我有莲华夜。我不知道你们怎么看待莲华夜，可是我知道，这是我一生中唯一的情感归处。我们在这惨淡的人生中相逢，互相拥抱取暖，我沉醉于那顺的人生，便是沉醉于我在这世间唯一的幸福。我不愿醒来，因为我若醒来，连这点幸福都会失去。你懂吗？"

"我懂。"王玄策道。

"你懂了就好。"那顺叹息道。

王玄策一怔，那顺却凝望着他，没有说话。两人就这样默默地对视，当初在吐蕃相逢，追随玄奘一路南下，曲女城遇险，绝地查凶，一桩桩一件件在两人眼中流过。二人忽然发现，虽未相约兄弟，却已是生死之交。

"如今我知道了，我这个皇帝只是大家眼中的棋子。"那顺道，不知为何，他放弃了朕的称呼，"娑婆寐是为了通过我控制这个帝国，婆尼和战陀逢迎我，是把我儿子当成了戒日王的转世之身。他们看重的都不是我，可是我却不能不看重自己。因为，若我不看重自己，谁会等候莲华夜的归来？"

"陛下！"王玄策也改了称呼，似乎有一股暗流在二人间涌动，"轮回往生，只是一场骗局。"

"你见过在沙漠中即将渴死，却看见海市蜃楼的人吗？他明知道是虚假，也要耗尽力气奔跑而去。你见过在大海中即将溺死，却看见水面上漂浮一根稻草的人吗？他明知道依然会沉没，却仍要抓住。"那顺慢慢流出了眼泪，"轮回和往生也是如此。除了守在这宫殿中，除了守在这宫墙下，你让我去哪里等待莲华夜的归来？"

"你何必如此！"王玄策感叹，"明知是骗局，而甘愿去做一个棋子，去耗尽自己的一生，值得吗？"

"在这世间，值与不值，用什么来衡量？"那顺问，"莲华夜明知是骗局，却甘愿为我生下一个孩子，甘愿为了我而殒命宫墙之下。值与不值？哪怕我终生都等不到她，我也要等下去。因为我要让她知道，她的感情不曾错付，我要让她对人间仍有眷恋，我要让她知道有人在等待她归来。这样，我还有微渺的希望，很多年以后，会有一个莲花般的女子，袅袅婷婷地走来……"

那顺泪流满面，不可自抑。

"所以，你必须守住这个秘密？"王玄策问。

"是啊！"那顺泪眼蒙眬地望着他，"你我同在师兄门下，感情深笃，可惜……在这个棋局中，不是棋子，便是执棋人，容不得别人存在。娑婆寐为了他自己，必须保护这个秘密；战陀为了等待他的戒日王，必须保护这个秘密，只有你……是局外人。"

"你要杀我灭口？"王玄策叹息道。

"为了宫墙外的微茫希望，我宁愿犯下人间的一切罪行。"那顺道，"我对不住师兄。来人——"那顺大喝，"把王玄策拿下！"

殿外的刹帝利禁卫闻讯而来，毫不犹豫地将王玄策拿下。王玄策并不反抗，任他们五花大绑，只是悲伤地望着那顺。

那顺不愿看他，吩咐道："去，把大唐使团尽数押到这宫殿中来。另外，宣朝臣们也都来吧！"

"那顺，杀我一人足够，何必牵连他人！"王玄策大怒，挣扎道。

"你是大唐使臣，名不正言不顺，朕如何杀你？"那顺摆摆手，"把他的嘴堵上。"

刹帝利禁卫用一团麻布塞住了王玄策的口。

过不多时，蒋师仁等三十六名使者也被带到这大殿上，战陀等朝臣也急匆匆赶了过来。那顺在使团面前走了一遍，缓缓道："刚才王玄策已经向朕交代，他和鸠摩罗王勾结，意图颠覆帝国，你们谁知道详情便仔细招供，朕可以饶你们不死。"

王玄策愤怒无比，但口中塞着麻布喊不出来，只能发出呜呜之声。使团中，王玄策的心腹随员看到主官被抓，急忙冲了出来："陛下，我们少卿绝不曾和鸠摩罗王勾结！冤枉啊！"

"没有吗？"那顺从刹帝利禁卫身上抽出长剑，顶着他的咽喉，"朕只问你一句话，王舍城那两天里，你是否须臾不离，跟随着王玄策？"

"呃……"随员愕然摇头，"那倒没有。"

"既然没有须臾不离，你如何替他证明？"那顺大吼，手中长剑猛地刺进了他的咽喉，那随员两眼大睁，伸手捂着喉咙，鲜血如同喷泉般从他指缝中飞出，缓缓倒地身亡。

不但使团成员，便是在场的帝国官员也都惊呆了，擅杀外国使者，在天竺极为少见。天竺人极为重视信誉和荣誉，当年戒日王和伊嗣侯三世针锋相对，但伊嗣侯三世亲自访问曲女城，双方即便谈崩，戒日王也并未拿他怎么样，反而一路护送他安全离境。可如今的帝那伏王竟然毫无底线了。

"呜——"王玄策目眦欲裂，却被刹帝利禁卫死死按住。

那顺提着长剑，笑吟吟地走到另一个使者的身边，用剑抵着他的咽喉："你呢？"

那使者傲然说道："我家少卿绝未和鸠摩罗王勾结，我亦无法证明。"

"好！"那顺的长剑噗地刺入他咽喉。那使者翻身栽倒，抽搐两下便气绝身亡。

鲜血溅上那顺的脸，他狞笑着看向下一个使者，狰狞如同魔鬼。

"陛下！"战陀元帅实在看不下去了，急忙走出来劝谏，"无故诛杀大国使者，实在有伤帝国体面啊！"

"体面？"那顺疯狂地大吼，"朕才不要什么体面！所有想谋夺朕帝位的人，统统要杀！"他快步走到第三名使者前，短剑一指，"你！"

那使者同样傲然扬起脖颈："你要杀便杀。我大唐威服四方，雄兵百万，总有一日铁蹄会踏破你曲女城，为我等报仇！"

那顺一言不发，挥剑横斩，"噗"的一声，竟然斩掉了那使者的头颅。

无头尸身轰然栽倒。那顺只觉心中有一种暴戾的烦躁发泄不出去,整个人像是要发狂一般,他继续走向下一人。然而这些年大唐国势蒸蒸日上,开创盛世,威慑四方,使者们心胸之中充满着自尊自豪之气,竟无一人屈服。一个个都是铁骨铮铮,视死如归。那顺连杀六人,胸中那股暴虐之气才疏散了一些。

那顺提着滴血的长剑,站在尸体中间,恢宏的大殿映照着他的身影,宛如嗜血的魔鬼。他忽然流出了眼泪,转身走到王玄策面前,闭上眼睛,不愿看故人的面孔,喃喃道:"奈何命运如此沧桑——"

他闭着眼睛挥剑斩去,只听"当"的一声,长剑几乎脱手。他诧异地睁开眼,却见一名刹帝利禁卫挥剑挡开了他的长剑,并随手割断了王玄策身上的绳索,大喝道:"走!"

"这——"那顺惊呆了,随即愤怒地大叫,"给朕抓住他们!"

刹帝利禁卫一拥而上,但其中却又有三名禁卫倒戈相向,抵挡住同僚的同时割断了使团成员身上的绳索,顿时大殿里乱了起来。大唐使者大都是军人出身,纷纷抢来兵器和刹帝利禁卫格杀在一起。

混乱中,王玄策抢过一把长矛,大吼道:"往外冲!"

众人冲破刹帝利禁卫的包围,往大殿外冲去。

"战陀,这是怎么回事?"那顺怒吼。

战陀元帅脸色阴沉:"恐怕是十六国联盟的人。看来这些国王早就居心叵测,竟然在皇宫之中安插奸细。"

为了营救王玄策,这些禁卫早已经安排妥当,先是一人出手救出王玄策,然后其他人在同僚中制造混乱,释放使者。大殿中虽然有上百禁卫,但谁都不知道敌人是谁,彼此提防之下,竟然让王玄策等人冲了出去。

王宫之中竟然连马匹都已经备好了,但是只有三四匹。

那名禁卫道:"王少卿,请上马!"

"我的同僚呢?"王玄策见跟随自己的只有蒋师仁,急忙喊道,"你们可有办法带他们一起出去。"

"没有。"那名禁卫道,"我家主人的命令只是救您!"

"不行!"王玄策断然道,"我等同生共死!"

"少卿,"一名使者哈哈笑道,"原本要被人像杀鸡一样宰掉,如今能战死,实在是我等的荣幸之事。"

另一人也大笑:"为大唐而死,马革裹尸!"

"少卿,副使,你们走吧!为我们报仇!"

众人大吼着,将王玄策和蒋师仁抬上战马,在马屁股上狠狠一戳,那战马狂嘶一声,飞奔而去。营救他们的两名禁卫也上了另外两匹战马,追赶过去。其余大唐使者站成一排,堵住了皇宫城门,有些人手持弯刀,有些人手持长矛,更有些人赤手空拳,但所有人脸上都是战意昂然。在那顺的怒吼下,上千名刹帝利禁卫逼压而来,众人对视一眼,不知道谁唱起了《秦王破阵乐》,低沉的声音从人群中响起,逐渐有更多的声音汇进来,形成慷慨豪迈的歌声:

受律辞元首,相将讨叛臣。咸歌《破阵乐》,共赏太平人。
四海皇风被,千年德水清。戎衣更不著,今日告功成……

"杀——"使者们同时怒吼,向刹帝利禁卫冲杀而去。无论是那顺还是战陀都看得惊心动魄,这仅仅二三十人,竟然有千军辟易,锐不可当的气势。在上千名禁卫的包围下,所有人都将生死置之度外,浴血厮杀,直到战至最后一人。看着最后一名使者的尸体倒在地上,帝国的所有重臣都半晌不语:这便是极尽辉煌的大唐吗?

曲女城中,两名刹帝利禁卫带着王玄策和蒋师仁奔出了宫城,立刻就有人接应。营救王玄策的势力看起来庞大无比,那名禁卫带着他们几经转折,最后甚至跳进一眼枯井之中,通过地道直接出城,轻而易举地甩脱了追兵。

到了城外,在一处村邑更换马匹。那名禁卫也不说话,带着二人向东奔驰数十里,到了一处密林环绕的山坳之中,却见一支精锐的骑兵正紧张地等候着,为首之人竟然是鸠摩罗王。王玄策恍然大悟,也只有鸠摩罗王这位戒日王三十年的盟友,才能在曲女城经营出偌大的势力,甚至连皇宫都渗透了进去。

"王少卿!"鸠摩罗王喜悦无比,迎了上来,"自从得知您被抓,本王忧心如焚,特意从王舍城赶来,幸好您吉人天相!"

"多谢陛下!"王玄策感激不已。他这次输得极为窝囊,这些年他纵横捭阖于诸王之中，无往不利，没想到今日竟然栽到了那顺手中。尤其是把整个使团赔了进去，更是让王玄策焦虑不已。倘若使团全数被杀，自己即使回到大唐，也是丧权辱国，这辈子就走到头了。

"来，本王给您介绍一下。"鸠摩罗王引着他来到旁边几人面前，这些人都是平常装扮，看不出身份，但这么一介绍，让王玄策和蒋师仁吓了一跳。这个狭小的山坳中，竟然来了六位国王，除了鸠摩罗王之外，还有瞻波王、吠舍厘王、婆罗痆斯王、苏伐剌那王、战主王，都是东部联盟的诸王。

"玄策何德何能，敢劳动诸王大驾犯险。"王玄策鞠躬感谢。

"王少卿放心，"战主王道，"我们倒也说不上犯险，帝那伏王想抓我们，并没有那么容易。"

"王少卿，"鸠摩罗王问道，"不知道您有何打算？"

王玄策想了想，苦笑道："我乃是使臣，却把使团陷在了曲女城，若不进行报复，回到大唐便是丧权辱国。"

"不知道王少卿有何计划？"吠舍厘王询问。

王玄策黯然摇头，这乃是异域之地，大唐再强大终归鞭长莫及。他孤身逃出，又有什么办法？

"王少卿，"鸠摩罗王道，"我们迦摩缕波国往东北去，大约千里之遥，便是大唐的朗州[①]。我等也是久闻大唐强盛无双，只不过中间有高山密林，少有人行，但毕竟与大唐交界。若是我等为您开山辟路，帮助您抵达朗州，引大唐雄兵来击破逆贼，您觉得可行吗？"

王玄策迟疑，蒋师仁问："既然道路难行，如何保证大军同行？"

"这个——"鸠摩罗王苦笑，"本王也没走过这条道，只是听我国东北部的百姓说过，有山中商贩历经艰险穿越高山密林。"

王玄策连连摇头："能走得了商贾，未必能走得了大军。我在融州做过县令，听说过朗州以南的险恶，到处充满瘴气、沼泽、高山大河，哪怕大军翻山越岭抵达天竺，十停中也死个七八停。此事行不大通。"

[①] 即今日云南。隋朝置南宁总管府，贞观八年改南宁州为朗州，设朗州都督府。治所在石城，今日云南曲靖市。

听到王玄策否决，诸王露出了失望的神情。

"陛下，"王玄策奇怪地问道，"你们诸王联军和帝国军队已经对峙了这么久，为何不发起进攻？若是打败帝那伏王，所有的事情不都迎刃而解了吗？"

诸王面面相觑，鸠摩罗王苦笑道："说得容易。当年戒日王为何威权如此之大？因为我们东部联盟的军队加起来，也不过五万人，而仅仅压在东部的帝国军队就有十万人！这还是西部联军拖住了五万帝国军，要不然我们连对峙都做不到。"

"五万对十万，足可发起一战！"王玄策慨然道，"倘若诸位大王不嫌弃，我愿意参与赞画，帮你们击破帝那伏王的军队！"

"这——"诸王面面相觑，纷纷摇头，"实力差距太大啊！"

"诸位，五万和十万只是数量的差距，并不是实力的差距。"王玄策道，"在我看来，贵方有三胜，而帝那伏王有三败！"

"哦？此话怎讲？"鸠摩罗王问道。

"帝那伏王得国不正，军心背离，此为一败；帝那伏王此前寂寂无闻，毫无根基，无人为他而战，此为二败；十六国联合起兵，帝国已呈瓦解之势，统兵的将领人人思谋后路，无人愿意死战，此为三败。"王玄策侃侃而谈。

"那我们又有哪三胜呢？"战主王问道。

"诸位若不能战胜帝那伏王，迟早被他灭国杀身，必定会殊死一战，此为一胜；诸位和帝国军联盟多年，熟悉对手，此为二胜；帝国军队内部也有不满帝那伏王之人，与你们暗通款曲，此为三胜。"王玄策道，"所以，只要诸位挥兵进攻，一战之下帝国军必然溃败！"

"你怎么知道帝国军队内部和我们有暗通款曲之人？"战主王惊讶地问道。

王玄策笑了："帝那伏王对你们恨之入骨，派遣大军平叛。十万大军呈压倒性优势，却和你们隔河对峙一个多月都不曾开打。若不是你们和帝国军的将领之间有秘密协议，安能如此？"

众人面面相觑，作声不得。六个国王移步到一边进行商量，激烈争辩了半天，几个人脸色都有些难看。

最终鸠摩罗王走过来，有些尴尬地告诉王玄策："王少卿，我们商议之后,还是不能和帝国开战。帝国军战斗力极强,一旦失败,事情将不可收拾。其实对我们而言,最佳的策略就是通过军事压迫,逼迫帝国内的将军和重臣废黜阿罗那顺。"

王玄策恼了:"你们根本不知道那顺在朝廷中的支持力度有多强大。我告诉你们,这不可能!"

"为何不可能?"鸠摩罗王不服,"如今很多贵族和将领都表示了对我们的支持。就差战陀等朝中大员了。"

王玄策无言以对,有口难言,他很清楚地知道,战陀等人是不可能背叛那顺的!戒日王统一天竺,造就了三十多年的盛世,至今仍受大多数贵族和百姓的拥戴。在这种情势下,他根本不敢透露那顺的儿子是戒日王转世之身的事,这件事虽然是个骗局,但普通人难辨真假,他只要一宣扬,反而给那顺增加凝聚力。

眼前的十六国联盟虽然来势汹汹,却都被强大的帝国军队吓破了胆子,看来是依靠不上了。王玄策左思右想,忽然道:"你们能否再跟那顺对峙一个月?"

"这倒没有问题。"鸠摩罗王道,"您有一事判断得对,帝国军队内部的将领确实也不想跟我们开战。毕竟这么多年和平下来,大家的关系盘根错节,撕扯不断。能不打,自然不打。"

"可是,一个月之后呢?"战主王问,"您有何破敌良策?"

"一个月之后,我搬来大军,独自击破那顺!"王玄策慨然道。

众人面面相觑,鸠摩罗王急忙问:"哪里又有能跟戒日帝国匹敌的大军?"

"吐蕃!"王玄策道。

第二十三章
最是仓皇辞庙日

吐蕃与天竺各国来往颇为密切,蒋师仁留下来联络,吠舍厘王亲自护送王玄策北行,将他送到吠舍厘国的边境。从吠舍厘国往北,便是泥婆罗国。泥婆罗国风俗大体与天竺类似,然而此时是吐蕃的藩属国。

泥婆罗王名为那陵提婆。数年前,那陵提婆还是王子的时候,他的叔父叛乱,杀了他的父亲篡位。那陵提婆逃往吐蕃,受到松赞干布的庇护。松赞干布更出动大军帮他平叛,立那陵提婆为王。那陵提婆于是认吐蕃为自己的宗主国,并将女儿尺尊公主嫁给了松赞干布。

王玄策来往大唐和天竺多次,走的都是吐蕃、泥婆罗这条路,与那陵提婆也颇为相熟。抵达王城之后,那陵提婆亲自迎接,将他迎入王宫。吐蕃在泥婆罗驻扎有一千二百人的精锐骑兵,统兵的东本名叫赤德赞,曾随着松赞干布和王玄策西征,对王玄策颇为敬服,当下也一起到王宫中欢迎王玄策。

王玄策将在天竺的遭遇一说,那陵提婆和赤德赞勃然大怒,怒斥帝那伏王。

"王少卿,大唐国威不可堕,您既然来借兵,我泥婆罗必当全力相助。"那陵提婆慨然道,"我国小,只有七千兵,但个个是精锐战士。本王全部交给您带走,击破这伪王!"

"王少卿,"赤德赞也表态,"我吐蕃在此地还驻扎有一千二百精锐,自然尽数借给您。不过此事还需要告知我们赞普。您且稍等几日,我派快马前往逻些,六七日便可往返。"

王玄策千恩万谢,赤德赞当即派人去逻些城请示松赞干布。在等待的时间里,整个泥婆罗的军事开始动员,七千人厉兵秣马,准备粮草、马匹、器械,召集民夫、辅兵。七日之后,松赞干布的命令传来,令赤德赞统领所有人马,追随王玄策击灭帝那伏王。松赞干布有大志向,早就垂涎天竺的富庶,戒日王死后,又没了最大的对手,当即密令赤德赞,沿途画下天竺各处的关隘、国情,看看将来吐蕃是否可以往天竺用兵。

第二日,一共八千二百人列队出发,从高山雪原席卷而下,直扑曲女城。沿途各国都算是十六国联盟的成员,鸠摩罗王下令,大军所到之处,各个城池提供粮草,因此王玄策进军很是迅速,短短十五日,便抵达恒河之北,绕过双方僵持的战场,直击曲女城。

那顺起初听说王玄策率兵而来,颇为吃惊,又一听只有八千余人,当即大笑。命战陀从前线抽调五万人,渡过恒河,列阵迎击。

那顺亲率五万大军,其中三百象兵,一万骑兵,军容鼎盛。过恒河三十里,斥候来报,说王玄策在十里外驻扎,设置工事,严阵以待。那顺下令大军逼压上去,战陀对这一带地形熟悉,认为不可冒进。因为左侧是连绵的密林山丘,右侧是沼泽地带,只有中间是狭长的平原地带,五万大军根本摆布不开。王玄策把此处作为预设的战场,显然是为了抵消自己的兵力优势。

那顺不以为然,这是他登基以来的第一战。他要以堂堂正正之师击败王玄策,震慑天竺的反叛者。战陀知道自己的陛下很是执拗,同时他也坚信自己一方既然具备绝对优势,倒也不必以奇制胜。战陀下令步兵在前,骑兵居于两翼,象兵在后,然后命令一支万人军团发动进攻,破坏对方的工事,为骑兵突击打开缺口。等骑兵突入对方阵营,打乱对方的阵势后,再以象兵横推而上,彻底击溃对方。

王玄策既然是把此处作为预设战场,自然经过一番准备。为了遏制对方的攻击,他竖起三重鹿角,纯粹采取守势。因此第一波的帝国步兵首先就遭受到了狂风骤雨般的打击,联军躲在鹿角后万箭齐发,无数的士兵在冲锋中被射翻,但更多的士兵蜂拥而来。

步兵的长矛长达三四丈，双方就隔着鹿角展开激烈的搏杀，战事从一开始就惨烈无比，鹿角内外，双方丢下了上千条尸体，几乎堆得如鹿角一般高下。几经拉锯之后，帝国军仗着人多的优势，艰难夺下了第一层鹿角，王玄策下令撤回第二层鹿角据守。

　　但第二层鹿角也没能守多久，帝国军奋勇前进，艰难夺了下来。士兵们搬开鹿角，为骑兵突进扫清了障碍，齐声呐喊着，潮水般冲向最后一层鹿角。那顺看得心花怒放，若是没有意外，半个时辰内就能破开鹿角，攻入王玄策的军阵。只不过战陀元帅却有些不安，局势进展得太过顺利，王玄策明明兵力存在巨大的劣势，为何要在平原上采取守势？

　　鹿角内，王玄策手拄长剑，冷漠地站在中军处。每一层鹿角他安排了一千人守卫，此时的中军只不过剩下两千人，赤德赞和其他人马竟然不知去处。王玄策身边是泥婆罗王派来的内相，那内相从未经历过如此险恶的局势，心惊胆战道："少卿，第三层鹿角要破掉了！"

　　"破便破吧，设下鹿角不就是为了被破掉吗？"王玄策淡淡道。

　　内相苦着脸："您这般弄险，实际上是将自己置于死地。一旦时机把握不好，或者出现丝毫意外，咱们势必会被踏为齑粉。"

　　王玄策瞥了他一眼："八千人想打败五万人，若不行险，哪里会有丝毫生机？"

　　便在此时，鹿角处传来呐喊和欢呼，第三层鹿角已经摇摇欲坠。内相脸色苍白地闭上了眼睛，他知道，下一刻面临的将是对方铁蹄的雷霆打击。

　　而在对面的军阵处，那顺也兴奋地握拳："鹿角要破了！来人，骑兵突击！"

　　战陀元帅想说什么，又闭了嘴，他只是觉得奇怪，王玄策气势汹汹而来，难道自己只用一万前锋就将他彻底击溃了？怎么可能？但骑兵突击是既定策略，他也就没有反对。

　　一万骑兵从两翼离开，缓缓加速，几十步之后开始发力，形成两道轰雷掣电般的狂飙，轰隆隆朝着敌人的军阵冲击而去。然而，就在骑兵刚刚发力，跑出一半距离的时候，突然从左侧的丘陵密林方向传来沉闷的马蹄声，转眼就见一支黑色的洪流从丘陵地带冲了出来，正是消失已久的吐蕃精锐和一部分泥婆罗骑兵，为首的是赤德赞和蒋师仁！

原来赤德赞率领的骑兵早就在丘陵密林中埋伏多时，王玄策付出如此大的牺牲，为的就是调开那顺两翼的骑兵，令两翼空虚之后，让赤德赞骑兵突击，来一个大侧击。为此，王玄策不惜以自身为诱饵，将自己置于死地，图的就是这刹那的战机。

那顺和战陀完全没有想到对方的骑兵竟然在这个节骨眼击打自己的侧翼，一片混乱中，赤德赞和蒋师仁率领铁骑仿佛一柄利刃般捅进了军阵之中。骑兵以巨大的速度和破坏力在步兵军阵中肆意奔腾是什么结果？连刀都不用挥舞就会引发军阵的混乱。

"稳住！"战陀大声传令，"长枪兵密集列阵！阻遏对方的速度！"

战陀绝对算一个将才，如此混乱的情势下，依然强力控制住了军队，长枪兵火速密集列阵，形成密密麻麻的长枪丛林，要阻遏赤德赞的速度。然而战陀刚刚调集完毕，脸色顿时就白了，原来赤德赞和蒋师仁的意图根本不是击溃步兵。三千骑兵，一个个在马上弯弓搭箭，射出一支支火箭，射向自己的战象！

赤德赞的骑兵射出火箭之后，情势突然变化。战象如此巨大，这些吐蕃精锐哪怕闭着眼睛射也断无射不中的道理，按说大象皮糙肉厚，即使射上几箭也没什么，问题是这些火箭上竟然沾有大量的火油，一旦粘在大象的身上就熊熊燃烧，根本灭不掉。这些骑兵的马背上还有大量陶罐，里面装满火油，点燃之后，在奔驰中直接扔在大象的身上，顿时战象整个着起火来。木堡上的士兵浑身起火，惨叫着跳下象背，大象更是被烧得仰天长叫，四处奔突。

三百头战象顿时就炸了锅，到处狂奔，直接把整肃的军阵冲击得七零八落，无数士兵惨死在象蹄之下。

这一来那顺的军阵彻底乱了套，赤德赞抓住机会，和蒋师仁分别率领骑兵纵横奔突，直击那顺的中军，沿途的步兵防御一击即溃，根本抵挡不了三千铁骑的冲击。

那顺早已惊得脸色惨白，他无论如何也想不到，方才还是大好局势，怎么一转眼间就成了这副模样？眼见得三千骑兵突击而来，自己的四万大军已经陷入崩溃，战陀元帅知道局势已经难以挽回，当即道："陛下，撤吧！"

"朕绝不会撤！"那顺疯狂地大吼，"难道就这样败了吗？"

"并不算败。"战陀道，"只要对方的主力被咱们前锋牵制住，就不算完败。这三千骑兵能起到的作用毕竟有限。眼下是要保证您的安全。"

就在争执间，蒋师仁已经杀入中军，那顺的亲卫纷纷被击溃，眼看对方席卷而来，那顺悲愤之中不得不退。蒋师仁命人砍翻王旗，大叫："帝那伏王死了！"

三千人齐声吼叫，声震四野。原本就苦苦支撑的帝国军一看王旗翻倒，顿时意志崩溃，整个军阵彻底瓦解。

对面陷入困境的王玄策一直盯着那顺的中军，一看王旗翻倒，顿时大喜，传令所有人一起呐喊："帝那伏王死了！"

正在攻击王玄策的步兵和骑兵一听帝那伏王死了，都有些惊恐，有些人转头望去，这才看见不但己方的王旗倒掉了，连中军都崩溃了，顿时人心惶惶。王玄策喝令："所有人上马，往前冲！只要一息尚存，就往前冲！不要看两侧，不要看后面，只要前方有路，只要前方有敌人，就死命往前冲！"

王玄策这时只剩下三千来人，一齐上马呐喊着冲了出去。此刻帝国军的骑兵正冲击而来，双方轰然碰撞，就仿佛两道巨浪迎面而击，无数人翻身落马。但王玄策手下的所有人都遵照命令：往前冲！

他们和帝国的骑兵穿插而过，他们冲过了后面的帝国步兵，他们穿过了战场中间的空白地带，带着一往无前之势，直冲入那顺的大军之中。那顺的步兵军团被发狂的战象和赤德赞的打击搞得乱成一团，这时又遭到王玄策迎面而来的冲击，顿时彻底崩溃。帝国步兵像四万只没头的苍蝇一般到处乱撞，无数的人被驱赶进了沼泽之中，更有无数人被践踏而死，更多的人则是随着那顺向后溃败。

整个战局无比诡异，那顺带着溃兵在前面逃，王玄策和赤德赞率领骑兵在后面驱赶，那顺那支建制完整的骑兵则追在最后。那顺和战陀看得很清楚，此时只要自己能够掉回头来堵上片刻，王玄策就是被前后夹击的命运，战局就能彻底扭转。

可是哪里有这么容易，军队一旦崩溃，那就是无数的散沙一泻而下。三四万人溃散奔逃，谁敢停留就是被万人踩踏的命运。那顺和战陀再有不甘，也只好被败兵裹挟着狼狈而走。王玄策和赤德赞深通骑兵运用之道，尤其是击溃战之中，骑兵所起的最佳作用不是追杀，而是驱赶。大部队不紧不慢地尾随败兵而进，不让他们休息，不让他们停留，一旦有人停留下来立即斩杀，而小部分骑兵则深入到败兵之中刀砍箭射，制造恐惧，让他们一直保持溃败的势态。如果说三四万溃军是一张席子，王玄策就是卷席之人。他要做的就是掀起这张席子的一角，把整个席子卷起，横扫千军。

后面紧追的帝国骑兵一看这状况，知道大势已去，无心再追赶，纷纷溃散而去。王玄策没有了后顾之忧，加紧追杀。

四万大军崩溃的场面如同天崩地裂，被敌人杀死的，互相踩踏而死的，更有些没头没脑地直接跑进了沼泽，没顶而死。三十里路跑到一半，四万大军已经溃散了一半，不少人竟然是在逃命之中活活累死，连战陀都死在了乱军之中。

等三十里路跑完，溃军们更是心头冰凉，前面是茫茫恒河。恒河上原本有船，然而数万人拥挤在恒河边，一时间又能渡过几人？溃兵疯狂地往船上拥挤，王玄策的骑兵逼压而来，把溃兵们朝河中驱赶，一时间恒河之中浮尸成片。

那顺的亲兵护卫着他想登船，但此时的溃兵可不管你是不是皇帝，只管拥挤，无数的溃兵蜂拥而上，登上船只。那顺还没有登船，就见船身倾倒，轰然间侧翻，倒扣进了水中，无数的溃兵落水，齐声惨叫，一时间河水中满是被大水卷走的落水者，惨不忍睹。

那顺呆滞地望着河面，后有追兵，前无渡船。他忽然疯狂地大笑起来，笑得前仰后合，涕泪横流，然后他跪倒在河岸上，失声痛哭。

身后忽然一静，那顺擦拭眼泪，扭回头去，只见身后没有自己的禁卫，无数异国骑兵围拢上来，沿着河岸围成一个半圆，将自己团团包围。铁骑中，王玄策策马而出，默然凝望着他。

那顺抽出长剑抛了出去，插在二人中间。

"若想杀朕报仇，便送你头颅。"那顺平淡地道，"不能在人间等她，朕便到轮回中寻找。对这个人间，朕已厌恶透顶！"

贞观二十年，王玄策借吐蕃和泥婆罗八千二百兵大破帝那伏王五万大军，并擒之，天竺震惊。

王玄策擒获那顺之后，渡过恒河，直抵曲女城外。曲女城的守卫力量早已一战尽灭，听闻皇帝被擒，举城投降。王玄策进驻曲女城，瞬息之间全天竺震动，原本和鸠摩罗王等人对峙的帝国军队，悉数向鸠摩罗王投降。十六国联军在鸠摩罗王的率领下进入曲女城，接管政务。

诸王对王玄策感激不已，同时又有些畏惧，这吐蕃和泥婆罗的兵马驻扎在曲女城之中，令他们芒刺在背。于是找王玄策商量，愿意馈赠牛马三万，以及弓刀璎珞犒劳。此战吐蕃损失五百人，泥婆罗损失两千余人，可谓牺牲巨大，王玄策毫不客气，收下牛马宝物，分了一半给赤德赞和泥婆罗内相。二人都是大喜。他们往日在苦寒的高原上打仗，便是牺牲万人也得不到这么优厚的回报，感觉这天竺果真富庶。赤德赞高兴地告诉王玄策："王少卿，我回去后要好好劝说赞普，发兵天竺。"

王玄策愣了一下，询问之后才知道松赞干布居然有南下意图。

"东本，你告诉我，这次作战你们战死几人？"王玄策沉吟片刻，问道。

赤德赞想了想："我带来的一千二百人，如今还剩下七百人。战死沙场的有两百余人。"

"那么其他战士是如何死亡的？"王玄策问。

赤德赞懊恼："这天竺气候太过酷热，刚从雪山上下来，便有上百人中暑。后来喝了天竺的河水，又有上百人得了疫病。到如今竟然有二百多人死于水土不服。所幸咱们不会长久居留，否则我们这些战无不胜的雪山雄鹰，恐怕没有几人能活着回去。"

"倘若赞普率领大军，从雪山下来征战，无论战争胜负，你觉得有几人能回？"王玄策问。

赤德赞瞠目结舌，但细细一想，禁不住打了个寒战。这天竺与吐蕃的气候完全是两个极端，自己这些高原战士一旦来到这雨季漫长、酷暑湿热的天竺大陆，恐怕当真要丧尽精锐，埋骨异国了。赤德赞刚才被财货冲昏了头脑，此时经王玄策一提醒，才清醒了过来。他暗暗侥幸，要不然自己回去跟赞普一说，赞普发大军进入天竺，只怕自己就成了吐蕃的罪人！

赤德赞回去之后，果真如实汇报。松赞干布顿时如冷水浇头，当时就熄了南下争雄之心。终其一生，吐蕃人再无南下之举，而是北上西进，与大唐、突厥争霸西域。

安抚完两国士兵之后，王玄策向鸠摩罗王等人提出一个条件，那顺擅杀大唐使者，罪不容赦，自己既然灭其国，就要押解皇室成员返回大唐，献俘阙下。鸠摩罗王等人既然想重组帝国格局，自然巴不得王玄策把原本帝国的皇室、贵族带走，当即答应。诸王也都有私心，在曲女城中大肆抓捕，把当日的政敌、反对十六国联盟的官员、贵族一股脑儿地抓了起来，作为王玄策的俘虏，让他带回大唐。

最终还是王玄策听说抓人太多，来到看押俘虏的军营一看，顿时惊呆了，男女老幼，黑压压一片，粗略一数，竟然达到一万两千人！

"这——"王玄策不可思议，"这都是那顺的余孽？怎么会这么多？"

鸠摩罗王嘿嘿笑道："并不多，这些只是那顺余孽的首脑而已。"他生怕王玄策不要，附到他耳边低声道，"少卿一战灭国，献俘阙下，何等辉煌盛大之事！若是只带去三五百人，岂不堕了大唐的威名？哈哈，少卿懂的。"

王玄策心中一颤，是啊，这是灭国之功啊！而且和李靖、李世勣、侯君集等人不同，自己是孤身异域，以他国之兵灭当世顶级大国。从体量上而言，这戒日帝国比之东西突厥也不遑多让，而消灭个东突厥，大唐父子两代积聚，耗费十数年之功，自己却借了八千多人一战灭国！虽然说这其中颇有机缘际会，帝国的军队有一多半被十六国联盟拖住，那顺即位之后毫无根基，不得人心，但这毕竟是实实在在的灭国大功。一念及此，王玄策心里顿时如着了火一般，当即便默认了这一万两千人的巨型俘虏团。

三日后，王玄策率领吐蕃、泥婆罗的军队，押送着庞大的俘虏团开始启程回国。那顺被俘后单独囚禁在皇宫，俘虏团在皇宫门外聚集后，王玄策前往皇宫提那顺出宫。

那顺完全是一副亡国之君的打扮，他披发赤脚，身穿麻衣，怀中抱着自己的孩子，孤单地从皇宫中走了出来。狭窄高耸的宫门，映照着孤单的身影，无限沧桑。

走出宫门后，那顺默然凝望着宫墙外，那里似乎仍旧有一摊血，映照着那顺的眼帘。他默默地流出了眼泪，低下头呢喃道："孩子，这是你母亲的殒命之处，咱们却要走啦！去国万里，今生也不知道能不能与她重逢。"

说罢，那顺将孩子交给一旁的宫人，走到莲华夜的殒命处，跪在了地上，然后趴了下去，全身摊平，两臂张开，整个人贴在了地面上。众人默默地看着，这是天竺最高的礼节，五体投地。他在向莲华夜忏悔。

那顺呜咽地哭着，泪水流淌在地面，漫延成沟壑。那一夜，莲华夜的血就是这样流出来，流淌在大地上，斑驳一片。如今那顺将自己的眼泪洒在了这里。

王玄策走过去，把他拉了起来："人死不能复生，走吧！"

那顺站起来，擦干眼泪，喃喃道："大唐也有宫墙和轮回吗？"

王玄策不知该如何回答，那顺哀求地望着他，王玄策只好长叹一声："大唐也是娑婆世界之一，怎会没有轮回？那顺，大唐的宫城辉煌高大，远胜曲女城百倍。大唐的长安人口百万，摩肩接踵，或许很多年以后在长安的西市里，你偶然回头，会有一个莲花般的女子袅袅婷婷，向你走来。"

那顺失声痛哭。

大军和俘虏离开皇宫，行走在曲女城狭窄的街市上，刚到城门处，忽然前面一阵喧哗，还响起不少士兵的惊叫声。王玄策和鸠摩罗王等人急忙走出去，只见一名长须短发的老者，缓步而行，迎面走来。周围的士兵上前阻拦，那老者却毫不在意，手中拈花一弹，袍袖一拂，周围的士兵有如中了魔咒一般，纷纷跌倒，昏迷不醒。一旁的吐蕃战士勃然大怒，十几人张弓搭箭，纷纷射去，那老者张开大手，虚空一抓，十几支箭镞竟然悬浮在了半空，静止不动！

周围的人看得一片哗然。那老者张口吐出一个字："咄——"

悬浮在半空的利箭忽然炸裂，化作黑色的青烟消失。周围的士兵张口结舌，傻傻地看着这个老者，再不敢阻拦。老者双手合十，默默地低着头，从容而行。

这时，王玄策等人迎了出来，一看就是一惊，竟然是娑婆寐！这几日他忙晕了，竟然忘了这个困于七重狱中的重要人犯！

"娑婆寐！"王玄策大喝，"我倒忘了去七重狱找你，你竟然自投罗网！"

娑婆寐神情悲伤，面目灰败，仿佛一日之间苍老数十岁。他凝望着黑压压的俘虏，喃喃道："辉煌帝国，竟至于此！难道是老和尚错了吗？"

王玄策抽出长剑，搁在他脖颈，冷冷道："说，你筹谋数十年，暗中控制了戒日帝国，到底想干什么？"

"如今说出来还有意义吗？"娑婆寐忽然流泪，似哭似笑，"三十年苦心孤诣，拥有了人间帝国，却以如此荒诞的方式破灭。老和尚罪在千古，虽百劫炼狱而不得赎罪。"

王玄策皱眉："娑婆寐，你来到底要做什么？"

娑婆寐神色严肃，合十鞠躬："老和尚特来投案自首。"

"投案自首？"王玄策愣了。

"从缘法上而言，老和尚才是真正的罪魁祸首。"娑婆寐淡淡地道，"你既然要去大唐献俘，这俘房之中怎可少得了老和尚？所以，老和尚自请就缚，做这亡国之俘。"

王玄策凝望着他，点点头："哪怕你不说，这阙下之俘里，也少不得你！来人，捆了！"

吐蕃士兵如狼似虎地冲上去，将娑婆寐五花大绑。娑婆寐神情平静，默默地跟随着吐蕃士兵走向俘房丛中，也不知走了多远，他忽然回头，凝望着远处的王玄策，低声轻笑："大唐皇帝，老和尚会炼长生药，必能让您万寿无疆！"

尾声一

帝国灭亡后,掌控曲女城的十六国联盟下达命令:东部帝国军和联盟军解除对峙状态,将波斯人驱逐出五河地。自从帝那伏王把呾叉始罗城赐给波斯人之后,伐腊比等国寝食难安,在接收了帝国军的军权之后,立即向波斯人发动进攻。

伊嗣侯三世最近一直在安置波斯残族。在五河地获得栖身之地后,他欣喜若狂,自己终于带领波斯人找到了栖居的家园。最近帝国军队和周边几个国家开战,谁也管不到他,伊嗣侯三世亲自奔走,在呾叉始罗城周边建筑村寨,安置族人。拥有了希望的波斯人爆发出巨大的热情,短短一个多月,修建十余座村寨。逃亡十年之后,重新获得了安宁的家园,波斯人脸上洋溢着幸福的喜悦。

然而笑容犹未散去,噩耗传来,曲女城一战,帝那伏王战败被俘。帝国军队和周边几个国家的军队结束对峙,合兵一处进攻呾叉始罗。刚刚修建好的村寨被焚毁,无数的铁骑驰骋在梦中的家园,村寨燃烧,百姓奔逃。

伊嗣侯三世愤怒无比,出动不死军团和天竺军队开战。双方数次大战,伊嗣侯三世虽然仗着不死军团的精锐赢了几场,但兵力严重处于劣势,失去了政治庇护之后,呾叉始罗城四面受敌,他不得不退回印度河西岸。

看着一个月前刚刚渡河而来的族人,如今拖家带口栖栖惶惶地渡河而回，伊嗣侯三世放声痛哭。自己筹谋五河地十年，牺牲了无数人的性命，到头来竟然是一场春梦！

大麻葛陪着他站在河岸上，望着正在渡河返回的波斯人，不胜叹息："陛下，有些事情，非人力所能挽回。或许，我们当初图谋五河地，本就是错的。"

"朕不甘心！"伊嗣侯三世喃喃道。

"无所不能的马兹达神，将指引我们新的方向。"大麻葛说。

"朕不甘心！"伊嗣侯三世重复着，"朕哪怕要走，也要带一罐天竺的泥土！"

伊嗣侯三世命人挖了一罐泥土带上船，即使要走，也要带走天竺的土地，这是他的执念。

当所有波斯人都离开之后，伊嗣侯三世最后上船，渡河西去。他抱着那罐泥土站在船头，望着越来越远的五河地，知道自己终生都没有机会再踏上这块土地了。

印度河风浪颇大，船只破浪而进，到达河中心时巨浪滔滔，船只摇晃中，桅杆轰然折断，再也稳定不住船身。伊嗣侯三世站立不稳，翻身栽倒，在周围侍从的救护下才不曾掉进河中，然而手里的陶罐却失手打碎，泥土撒在了甲板上。又一股巨浪扑来，把甲板冲洗得干干净净。带来的泥土溶入河中，他连一粒都不曾带走。

"印度河中有河神，一旦有人要从天竺带走它的珍宝，河神就会打翻他的座船，让这些珍宝沉入河中。"

伊嗣侯三世突然想起玄奘说过的话，他疯狂地大笑着，觉得自己就是一个与命运抗争的小丑。

尾声二

贞观二十年，长安。

玄奘提着一篮瓜果，登上白鹿原，站在塬头眺望长安，云雾遮眼。他在塬上独自行走，默默地回忆着二十一年前，自己将挚友圆观葬在白鹿原上，为他建起了坟茔。黄土青石，岁月易改，大坟可还在吗？

他循着岁月的痕迹，去寻找那座大坟。台塬地貌容易改观，在河流雨水的冲刷下，时常会形成沟壑，改变了面目。行走多时，玄奘终于确定了一处土塬，风景依稀便是当年自己埋葬圆观的地方，甚至有一棵老榆树还在风中摇曳。从这里向西南望去，烟霞之外，便是辉煌长安。

可是，这里却没有青石坟茔。

玄奘诧异不已，找到一个山间牧羊的老者询问。

老者摇头："法师，我在这一带牧羊数十年，从未见过有坟茔。"

玄奘愣了："老丈可还记得武德八年的时候，这里曾经埋葬过一个僧人吗？当时贫僧曾经到山下村里聘了人手抬棺。"

"我便住在山下村中。"老者道，"莫说是武德八年，从前隋到如今，我们村中也没有人为一个僧人抬棺，把他葬在此处。"

玄奘张口结舌，想了半晌方才哈哈苦笑："原来如此！"

他站在那棵老榆树下，将篮子里的瓜果梨桃摆放在地上，点燃了携带的香烛，趺坐在树下沉默地望着长安。无边的思绪中，二十一年前的圆观仍然清晰可见，他似乎乘着香烟烛火而来，朝着玄奘微笑："师兄，等我死后，你把我埋在白鹿原上。或许数十年后，你也会葬在那里，那时，我再以瓜果琴声来迎接师兄。"

附 录

阿罗那顺

阿罗那顺此人并非虚构,只不过正史中所言寥寥,资料极少。主要是在新旧唐书介绍天竺国时以关联事件出现。

《旧唐书·西戎·天竺》:

> 贞观十年,沙门玄奘至其国,将梵本经论六百余部而归。先是遣右率府长史王玄策使天竺,其四天竺国王咸遣使朝贡。会中天竺王尸罗逸多死,国中大乱,其臣那伏帝阿罗那顺篡立,乃尽发胡兵以拒玄策。玄策从骑三十人与胡御战,不敌,矢尽,悉被擒。胡并掠诸国贡献之物。玄策乃挺身宵遁,走至吐蕃,发精锐一千二百人,并泥婆罗国七千余骑,以从玄策。玄策与副使蒋师仁率二国兵进至中天竺国城,连战三日,大破之,斩首三千余级,赴水溺死者且万人,阿罗那顺弃城而遁,师仁进擒获之。虏男女万二千人,牛马三万余头匹。
>
> 于是天竺震惧,俘阿罗那顺以归。
>
> 二十二年至京师,太宗大悦,命有司告宗庙,而谓群臣曰:"夫

人耳目玩于声色，口鼻耽于臭味，此乃败德之源。若婆罗门不劫掠我使人，岂为俘虏耶？昔中山以贪宝取弊，蜀侯以金牛致灭，莫不由之。"

《新唐书》记载大体与《旧唐书》类似，只是过程更加曲折详细。但关于阿罗那顺的记载，史料阙如，有人说他是戒日帝国的宰相，有人说他是权臣，西方的一些史料干脆宣称，此人根本不知是何来历。印度的历史隐藏在宗教经典中，一旦此人和宗教没有关系，就很难流传下来。但阿罗那顺是通过篡位登基毫无疑问，从王玄策借兵攻打曲女城之时，几乎没有国王帮助阿罗那顺一事，就知道他是如何不得人心了。

根据戒日帝国的萨蒙塔制度，阿罗那顺只不过控制了曲女城周边地区，甚至王玄策俘虏一万多人、赶着三万头牛羊返回大唐，周边国王也没有加以阻拦，恐怕是各国也乐见其灭亡。之后鸠摩罗王与大唐交好，王玄策再次出使天竺，说明鸠摩罗王等诸王与王玄策之间存在着不少合作。当然，这些历史肯定没有记载，王玄策所著的《中天竺行记》也早已散佚，笔者也只好在小说中予以最大限度的还原了。

至于本书中的阿罗那顺，来自《大唐大慈恩寺三藏法师传》中，玄奘记录的一个很有意思的故事。

一日，戒贤法师亲自向玄奘开讲《瑜伽师地论》，听讲的有数千人。正讲述时，一位旁听的婆罗门忽而悲哭，忽而大笑。戒贤法师询问，原来此人是东天竺人，在观世音菩萨面前发下一个很古怪的愿望，希望成为一个国王。这愿望连观世音菩萨都受不了了，当即现身呵斥他，不应该有这种想法。菩萨说，今天戒贤法师要开讲《瑜伽师地论》，你去听讲。听了佛法，就能见佛，何必为王？

其后的故事更有意思，不知为何，戒贤法师把这个婆罗门送到了戒日王处，具体的原因玄奘没讲，有可能是戒贤法师认为这是观世音菩萨点化之人，要成全他一场富贵？估计戒日王比我们这些读者更要茫然，但以戒贤法师在天竺的地位，戒日王也不能不有所表示，于是赏赐给他三个村庄。根据天竺的萨蒙塔制度，这三个村庄就是封地，这个婆罗门也算愿望成真，做了国王。

因此，阿罗那顺，就算是二者合一吧！

另外，唐史中关于阿罗那顺还有一项记载：李世民驾崩后，将一生所灭国家的国王雕像立于昭陵。站在昭陵神道上的国王雕像中，其中一位便是阿罗那顺。

伊嗣侯三世

伊嗣侯三世（？—公元651年）又称耶兹底格德三世，中国史料中有称之为伊嗣侯，是《新唐书》记录错误导致的错别字。

伊嗣侯三世是波斯萨珊帝国的末代皇帝，库斯鲁二世的孙子。库斯鲁二世时代是萨珊波斯最强盛的时代，公元628年，库斯鲁二世被长子希鲁耶弑杀之后，萨珊波斯的政治彻底崩乱，一直到公元634年。短短六年时间，九位皇帝轮番上台，轮番被人弑杀。最终大家杀疲惫了，把潜逃民间的伊嗣侯三世给找了出来，拥立登基，政局算是稳定了下来。是年，伊嗣侯三世二十一岁。

伊嗣侯三世像极了明末的崇祯，帝国濒于崩溃，政局不稳，外族压境；国库空虚，赋税透支；豪强并起，军阀割据。更重要的是，阿拉伯人的崛起。

扩张时代的阿拉伯，兵锋锐不可当，同时开三条战线，东打波斯，北伐拜占庭，西征埃及。波斯连战连败，虽然偶有胜利，最终无法改变大势，在决定性战役卡迪西亚之战中，连帝国宰相、国之柱石鲁斯塔姆也被擒斩首。

这中间发生过一起事件，公元637年，卡迪西亚之战的前夕，阿拉伯人派出使者到泰西封劝降。伊嗣侯三世被激怒，认为他们是讨饭吃的蛮荒之人，就说："你们若是想讨些吃穿，我可以赏赐你们一些，然后就滚回沙漠吧。"阿拉伯使者请求赏赐给他们一块泥土。伊嗣侯三世果然命人弄来一块土，让阿拉伯使者背走了。

当时大臣认为赏赐泥土意味不祥。果然，几个月之后阿拉伯人攻进了泰西封，伊嗣侯三世放弃都城，仓皇逃亡。这也成为伊嗣侯三世心中永远的痛，所以在小说的结尾，他才执着地要从天竺带走一抔泥土，可惜，不是他的无论如何也带不走。

伊嗣侯三世一路抵抗，一路逃亡到帝国最东部的呼罗珊行省的山区，屡次派遣使者向大唐求助，但大唐当时并未打通西域通道，对此也爱莫能助。

贞观十二年，伊嗣侯三世遣使者求助，送给李世民一只活褥蛇，形状像鼠，长九寸，能捕穴鼠。

贞观十三年，伊嗣侯三世又一次派遣使者求助，但依然没有结果。

贞观十八年，伊嗣侯三世退到吐火罗，雇佣吐火罗的军队抵抗阿拉伯人，再次遣使恳求大唐帮助。

贞观二十二年，伊嗣侯三世和吐火罗联合派遣使者，向大唐求援。也就是在这一年，唐军重创西突厥，征服大部分地区，控制区域基本与吐火罗接壤，但仍然没有能力直接派遣军队。

到唐高宗永徽二年，在一次与大食的战争中，伊嗣侯三世雇佣吐火罗军队作战，但战后他赏赐寡少，态度倨傲，引发吐火罗人兵变。伊嗣侯三世逃到木鹿城的一个磨坊中，被磨坊主所杀。

伊嗣侯三世向大唐求援的心愿最后在他儿子卑路斯身上完成了。公元658年，唐高宗最终灭掉西突厥，与吐火罗接壤，于公元661年设置波斯都督府，封卑路斯为波斯王，正式支持波斯人抵抗大食。

戒日王

戒日王（约公元590—公元647年），本名曷利沙·伐弹那，意译喜增，戒日王是其德称。父亲光增王，兄长王增，妹妹罗伽室利。

戒日王喜好戏剧文学，至今流传有他创作的戏剧《龙喜记》《璎珞记》《钟情记》等多部著作，是古印度文学史上的重要作品。

在公元600年前后，笈多王朝崩溃之后的北印度逐渐形成以四大王国为主的军事对峙，分别是西部的坦尼沙国，光增王在位，定都坦尼沙城；中部的穆克里国，摄铠王在位，定都曲女城；偏西南部的摩腊婆国，其王不可考，都城位置目前在史学界仍有争议；东部高达国（高达为西方译名，唐人意译为金耳国），设赏迦王在位，都城奔那伐弹那。

四个大国互相结盟，彼此对抗。高达国和摩腊婆国结盟之后，光增王也将女儿罗伽室利嫁给穆克里国的摄铠王，两国正式结盟。

坦尼沙国靠近西部，当时嚈哒人被驱逐出印度后，盘踞在吐火罗一带，时常入侵。在一次入侵中，光增王派王增和喜增讨伐嚈哒人，自己身患重病。喜增离开前线返回国内伺候父亲，光增王临死前要剥夺王增的继承权，让喜增即位。但喜增只同意暂摄国政，父亲死后，又将王位还给了王增。玄奘和宫廷诗人波那虽然记载了大量兄弟辞让的感人故事，但光增王剥夺长子继承权的真相仍然扑朔迷离。

王增即位一年后，四国大战爆发。摩腊婆进攻穆克里国，杀死摄铠王，俘虏了罗伽室利。王增和婆尼率领骑兵复仇，喜增随后带领象兵增援。激战之后，摩腊婆国覆灭，国王战死。

设赏迦王宣布调停，其后便是王增之死的历史疑案。戒日王在位时，王增死亡的地点便存在两种说法，又语焉不详，如今能够流传下来的只有玄奘的记载和波那所著的《戒日王传》以及出土的戒日王铭文。

《戒日王传》记载：

> 戒日王得知，兄弟（王增）虽然轻而易举战胜摩腊婆军队，却中了高达国王设赏迦王的诡计。王增对设赏迦王深信不疑，抛弃武器，独自一人在自己的住所遭遇了不幸。

戒日王铭文则记载：

> 战争中，吉祥天护等国王，仿佛难驯的战马，在他（王增）的鞭打下低眉顺眼，统统被收监。
>
> 他铲除了敌人，赢得大地和人民的爱戴，却在敌军营帐，由于高尚的誓愿，抛弃了生命。

另外王增遇害的时间、遇害的过程语焉不详。

因此印度历史学家马宗达（R.:.Majumdar）提出：虽然设赏迦王直接杀死王增，但戒日王很可能参与了杀害兄长的阴谋。另外王增遭遇危险的主要原因是大臣婆尼的失职，而从婆尼和戒日王的关系看，也很难脱罪。

关于这场疑案，最重要的一点还是波那的《戒日王传》。这是波那奉戒日王命令所写，记述了戒日王王位的正当合法性，比如：天神预言幼子成为转轮王；父亲光增王希望幼子即位；长子王增愚钝且不愿即位。

仔细看看，这三条合法性理由李世民曾经原封不动地用过。

但是在《戒日王传》里面，波那用了大量的双关和隐喻，有一处是致命的：像天神之主帝释天一样，喜增仿佛忙着抹去杀死 Agraja 的污点。

Agraja，在梵语里具有双关含义，既为婆罗门，又为兄长。因为帝释天（原文翻译为因陀罗）曾经杀死他的兄长众色，砍掉了众色的三个头颅。

王增死后，喜增在婆尼的拥戴下继承了王位。玄奘记载了大量戒日王推辞不受的感人事迹，甚至最后连菩萨都亲自现身，出来劝说他即位，戒日王才勉为其难登基。

戒日王登基后，找到妹妹罗伽室利，但罗伽室利已经出家为比丘尼。于是戒日王代理了穆克里国的政权。几年之后将两国合并，成立戒日帝国。随后经过十多年的攻打，终于在公元619年战胜设赏迦王，统一整个印度北部。

之后戒日王继续扩张，南征南印度的遮娄其国，结果在耐秣陀河战败。戒日王在位四十一年，整个天竺获得了三十年的和平，各种姓和教派之间和平共处，经济发达。然而他无子，驾崩后，被阿罗那顺篡位。戒日帝国灭。

莲华夜

莲华夜形象来自于佛经故事中的莲华色比丘尼。其在佛弟子比丘尼中被誉为神足第一，又译作优钵罗华色。因她的故事涉及一些普通读者难以接受的伦理观，加以小说演绎需要，故此将她的名字和身世加以修改。

莲华色的故事在佛经中有诸多版本，流传最广的版本是，莲华色前世是一个可怜女子，因年老色衰而被丈夫抛弃。她供养独觉圣者，许下愿望：愿于来世，得一端正庄严之身，像青莲花一般色香俱足，娇艳动人，随念所求，男子不缺；像独觉圣者一样得大神通，并能遭遇大善知识，大师佛陀，亲自承事供养。

等她转世为莲华色之后，这些愿望一一应验。

莲华色一生下来便美貌绝伦，姿容无双，却先后遭遇了丈夫与自己母亲乱伦，自己又与亲生女儿共侍一夫。

莲华色在绝望之下沦为妓女，成了王舍城中的名妓，一夜五百金币。

之后莲华色勾引了一位卖香少年，两人生下了一对龙凤胎后将婴儿双双遗弃。这对龙凤胎长大之后却订下婚约，更离奇的是，龙凤胎中的男婴长大，又娶了莲华色为妻，她等于又和自己的女儿一起嫁给了自己的儿子。纵观莲华色的人生，可以说是史上最令人惊诧的乱伦史。

之后莲华色受到目犍连的点化，出家为比丘尼。可是当年她身为妓女之时，有个贫穷少年爱上了她，莲华色告诉他凑够五百金币再来找他。那少年为了一亲芳泽，卖苦力赚到五百金币，来找她时，莲华色已经做了比丘尼，拒绝了他。那少年却趁着她熟睡之时强暴了她。莲华色惊醒后施展神通，少年被吓死。

但莲华色最终修成了阿罗汉果，待到提婆达多叛佛后，遭到莲华色斥责，提婆达多愤怒，打碎了她的头颅。这便是佛教五逆罪中第三罪"杀阿罗汉"的由来。第四罪"破和合僧"，第五罪"出佛身血"，全部与提婆达多有关。

东女国

因为记载中西方的拂懔国（东罗马古译名）西南海岛有一个女国，被称为西女国，所以位于青藏高原上的苏毗国便被称为东女国，也就是西域女儿国。《隋书》中记载其"王姓苏毗，字末羯"。

便是玄奘在《大唐西域记》中记载的：

大雪山中，有苏伐剌拿瞿呾罗国，即东女国也。世以女为王，因以女称国。东接吐蕃国，北接于阗国，西接三波诃国。

但事实上，中国境内的女儿国并非苏毗国一个，《旧唐书》记载：

> 东女国，西羌之别种，以西海中复有女国，故称东女焉。俗以女为王。东与茂州、党项接，东南与雅州接……女王号为"宾就"……女王若死……更于王族求令女二人而立之。大者为王，其次为小王。若大王死，即小王嗣立。

这个位置说得很清楚，是在川西北一带，可以称之为川西女儿国。

然而在新旧唐书中，这两个女国被糅合为一，包括吕思勉先生在内的历史学家曾做过大量的工作进行剥离，但至今仍有争议。

作者写作此书时，因为西域女国的资料实在太少，便沿用了部分川西女国的架构。在松赞干布统一青藏高原之时，苏毗国已经被吐蕃兼并。

另外必须指出，玄奘并没有到过苏毗国。他行走过一百一十个国家，但《大唐西域记》中记载的国家更多，其中很多都是他听说的，包括苏毗国。玄奘虽未去过苏毗国，记载得却很准确。因此作者在小说中安排玄奘去了一遭，也算应景。

王玄策

王玄策出使天竺一共有三次，也有人说去了四次。

第一次是贞观十七年（公元643年），因为戒日王派遣使者出使大唐，李世民命李义表、王玄策前往天竺回访。

这一事件应该和玄奘有关，玄奘于公元641年离开天竺回国，戒日王于公元642年派遣使者出使大唐，次年抵达长安。所以说，天竺和大唐的邦交由玄奘促成并不是虚言。只不过玄奘在路上耽搁了三年，直到公元645年才回到长安，戒日王的使者并没能见到他。

当时王玄策在路上走了九个月，于公元643年来到曲女城，见到戒日王。随后游览天竺，登上灵鹫山，刻铭文于山中，又到摩诃菩提寺立碑文，至今碑文犹在，只不过太长，不便摘录。所以，王玄策第一次去天竺，其实不是给玄奘做徒弟的。作者将他去的时间提前到了公元641年，只不过是出于小说的演绎而已，不必深究。

王玄策第二次出使，按《旧唐书》和《新唐书》记载，是贞观二十二年，即公元648年。实际上经考证，应该是公元646年出发，公元647年抵达，公元648年是他回到长安的时间。

这一年王玄策出使的任务很难考证，据《大唐大慈恩寺三藏法师传》所说，是因为鸠摩罗王求《老子》，李世民命玄奘翻译《老子》，让王玄策送过去。另有说法是李世民命王玄策去求长生药。

这次出使天竺，王玄策创造了一个传奇。《旧唐书》所言寥寥，《新唐书》则记载详细：

> 二十二年，遣右卫率府长史王玄策使其国，以蒋师仁为副；未至，尸罗逸多死，国人乱，其臣那伏帝阿罗那顺自立，发兵拒玄策。时从骑才数十，战不胜，皆没，遂剽诸国贡物。玄策挺身奔吐蕃西鄙，檄召邻国兵。吐蕃以兵千人来，泥婆罗以七千骑来，玄策部分进战茶镈和罗城（曲女城），三日破之，斩首三千级，溺水死万人。阿罗那顺委国走，合散兵复阵，师仁禽之，俘斩千计。余众奉王妻息阻乾陀卫江，师仁击之，大溃，获其妃、王子，虏男女万二千人，杂畜三万，降城邑五百八十所。东天竺王尸鸠摩（鸠摩罗王）送牛马三万馈军，及弓、刀、宝缨络。迦没路国献异物，并上地图，请老子象。

娑婆寐

无论在哪一篇正史记载中，娑婆寐始终和王玄策牵连在一起。

《旧唐书》：

> 于是天竺震惧，俘阿罗那顺以归……是时就其国得方士那逻迩娑婆寐，自言寿二百岁，云有长生之术。太宗深加礼敬，馆之于金飚门内，造延年之药。令兵部尚书崔敦礼监主之，发使天下，采诸奇药异石，不可称数。延历岁月，药成，服竟不效，后放还本国。

《新唐书》：

> 玄策执阿罗那顺献阙下……得方士那逻迩娑婆寐，自言寿二百岁，有不死术，帝改馆使治丹，命兵部尚书崔敦礼护视。使者驰天下，采怪药异石，又使者走婆罗门诸国。所谓畔茶法水者，出石臼中，有石象人守之，水有七种色，或热或冷，能销草木金铁，人手入辄烂，以橐它髑髅转注瓠中。有树名咀赖罗，叶如梨，生穷山崖腹，前有巨虺守穴，不可到。欲取叶者，以方镞矢射枝则落，为群鸟衔去，则又射，乃得之。其诡谲类如此。后术不验，有诏听还，不能去，死长安。

李世民服娑婆寐长生药导致驾崩之事，唐朝正史中多有记录。
《资治通鉴·唐纪十七》：

> 冬，十月，戊午，以乌荼国婆罗门卢迦逸多为怀化大将军。逸多自言能合不死药，上（唐高宗）将饵之。东台侍郎郝处俊谏曰："修短有命，非药可延。贞观之末，先帝服那罗迩娑婆寐药，竟无效；大渐之际，名医不知所为，议者归罪娑婆寐，将加显戮，恐取笑戎狄而止。前鉴不远，愿陛下深察。"上乃止。

《旧唐书·宪宗本纪》：

> 唐宪宗时重臣李藩言道："文皇帝（李世民）服胡僧长生药，遂致暴疾不救。"

对娑婆寐此人，作者不能说太多，因为他就是王玄策从天竺给李世民带回来的死神。欲知后事如何，且听下回分解。